U0804596

片言谁解诉秋心

走进红楼诗词的美丽与哀愁

陈英姿◎著

海天出版社（中国·深圳）

图书在版编目（CIP）数据

片言谁解诉秋心 ： 走进红楼诗词的美丽与哀愁 / 陈英姿著. — 深圳 ： 海天出版社，2017.6

ISBN 978-7-5507-1980-4

Ⅰ. ①片… Ⅱ. ①陈… Ⅲ. ①《红楼梦》—古典诗歌—诗歌研究 Ⅳ. ①I207.411

中国版本图书馆CIP数据核字(2017)第104258号

片言谁解诉秋心：走进红楼诗词的美丽与哀愁

PIANYAN SHUIJIE SU QIUXIN：ZOUJIN HONGLOU SHICI DE MEILI YU AICHOU

出品人　聂雄前
责任编辑　南　芳
责任校对　叶　果
责任技编　梁立新
装帧设计　知行格致

出版发行　海天出版社
地　　址　深圳市彩田南路海天综合大厦7～8层（518033）
网　　址　http://www.htph.com.cn
订购电话　0755-83460397（批发）　83460239（邮购）
设计制作　深圳市知行格致文化传播有限公司　Tel：0755-83464427
印　　刷　深圳市新联美术印刷有限公司
开　　本　889mm×1194mm 1/32
印　　张　12.5
字　　数　246千字
版　　次　2017年6月第1版
印　　次　2017年6月第1次
印　　数　1—2000册
定　　价　39.80元

海天版图书版权所有，侵权必究。
海天版图书凡有印装质量问题，请随时向承印厂调换。

前言

《红楼梦》作为中国古典四大名著之一，被公认为我国古典文学的巅峰之作。二百多年来，红楼的作者及其家世、版本、思想和艺术成就成为学术界探讨的热门话题，“红学热”经久不衰。正如美学家李泽厚在《美的历程》中所说：“人们已经说过了千言万语，大概也还有万语千言要说。”

在我国文学瑰宝之林中，《红楼梦》凭其高超的写作技巧，被后人探究的内容包罗万象。这部百科全书式的小说打开了一个神奇的世界，它用文学的形式观照封建时代大家族的兴衰变迁、映射社会众生的命运起伏，叙事纵横交错，情节风起云涌。在曹雪芹的生动描写之下，以贾宝玉和金陵十二钗为代表的典型人物形象深入人心，家喻户晓。

红楼诗学作为大观园中独特的一园春景同样引起人们的关注。诗词歌赋作为一种文学语言现象体现了曹雪芹语言艺术大师的功力，与小说的叙事融为一体，为塑造小说的人物起到很好的烘托推动作用。

诗歌是我国古典文学的起源，从《诗经》、《楚辞》、汉乐府、唐诗、宋词、元曲到清代小说，诗歌这种文学体裁经历了语言发展的一条漫长而又辉煌之路。《红楼梦》作为文学的集大成者，语言炼字锻句的功夫和腕力是后人学习的范本，诗歌韵文趣味隽永值得人探究回味。

从诗学的角度品读红楼，也是对《红楼梦》作品深入研读的方法。红楼诗歌与人物个性命运息息相关，是封建家族荣辱发展的最好刻画和见证，曹雪芹通过小说刻画的清代世态人情风物画卷栩栩如生，如果从红楼诗歌这个切入点去品读红楼，那么对这部小说的理解会更加全面。

以诗歌为代表的国学文化是我国古典文化的最重要组成部分。当代对国学文化进行大力倡扬，《红楼梦》作为我国古代四大名著之首无疑是国学最经典的代表作品。

清代诗歌作为古典诗歌最后一个高峰和结点，《红楼梦》是完整而全面的体现。诗歌与小说互为映衬，烘云托月，齐驱并进，铸就了这部宏大著作的丰碑。

清代诗歌以《红楼梦》为例，应更受到关注和研究。普遍认为盛唐为诗歌巅峰，宋诗清诗不受关注是因为我们没有看到诗歌的内容和体裁由于时代的变迁、文化层面的拓展而发生变化。清代诗歌应有自己的品格和空间，我们忽略社会变革和诗人心态或许是我们只重“唐音”而忽视“清音”的缘由。

《红楼梦》除在小说上的艺术成就是“传统的思想和写法都打破了”（鲁迅《中国小说的历史的变迁》）之外，在诗词歌赋的描写上同样具备“文备众体”的特点。从诗学的角度看，小说中有关诗、词、曲、辞赋、骈文、拟古文、诔、灯谜、酒令、歌谣、谚、赞、偈语、书启等内容应有尽有，这些内容与小说的故事情节和人物命运丝丝相扣、互为映衬，并不是可有可无之笔墨，相反，起到了很好的渲染铺张和抒怀咏志的作用。

可惜大多数人在看名著的同时，把《红楼梦》诗词都忽略了，以为是无关紧要的文字，只看故事情节就行了，所以很大程度上这种缺省是对一部名著阅读理解不全面的现象。

本书的特点在于，对《红楼梦》诗词曲赋的解读方式不是单一的诗篇翻译注释，而是把诗词曲赋的知识介绍、艺术欣赏与故事情节、人物个性结合起来。既能从诗学角度看到曹雪芹深厚的造诣功底，同时又加深对文学名著、古典文学知识的深度探究和理解，对国学文化是很好的继承和弘扬。

本书力求写作创新，打破红楼诗歌原有按诗歌在小说中出现时间前后顺序的解读方法，从诗歌的表现形式进行解析，如赛诗、联诗、即景诗、谜语诗、怀古诗，又把诗、词、曲、赋文学样式等分开写，让读者清晰地看到古典文学诗词不同体裁的脉络和线条。

突出诗意解读，彰显人物诗性。把诗意浓厚的篇章放在前面，赏析作品从诗学角度探析出来的文学性。人物个性重点分析宝玉和十二金钗在诗歌创作方面的灵性和技巧，渲染大观园诗意，使《红楼梦》的鉴赏角度从诗的一面拓展它的广阔性。大观园儿女们人物形象除日常生活的趣闻琐事之外，还用诗意传达人生命途的多重感慨，在一定程度上突破人物形象的一些定性分析。

古典文学知识（格律诗的形式、词、曲、赋等的特点）的内容介绍附在每篇文章后面，融知识性于文学欣赏中，对我国古典文学常识进行介绍推广。

书写不尽之处，诚请包涵。

陈英姿

2017年3月

目录

秋爽斋题咏白海棠

读《红楼梦》，有很多种读法，很多种角度。

从诗的角度，可以看出红楼儿女个个是行家里手。曹雪芹匠心独运，赋予小说中人物能赋能写的高超才华，通过诗暗示了人物多舛跌宕的命运，也使这部巨著在诗的角度独辟一园春景，姹紫嫣红开遍。

小说诗意展现笔墨浓厚、写法精巧的是第三十七回“秋爽斋偶结海棠社，蘅芜苑夜拟菊花题”，第三十八回“林潇湘魁夺菊花诗，薛蘅芜讽和螃蟹咏”，第七十回“林黛玉重建桃花社，史湘云偶填柳絮词”，前两回把大观园才子佳人的诗情点染抒发到极致，后一回可以说在重建诗社后又达到一个诗会的巅峰。余则第二十七回黛玉“埋香冢飞燕泣残红”、第五十回“芦雪广争联即景诗”、第七十六回“凹晶馆联诗悲寂寞”、第七十八回“老学士闲征姽婳词，痴公子杜撰芙蓉诔”等。

红楼诗歌多是一些悲吟者的诗歌，《葬花吟》“一朝春尽红颜老，花落人亡两不知”，是把黛玉的悲恸写到极点，从悲剧美的角度欣赏，是一首好诗。《芙蓉诔》写得缠绵悱恻，“自为红绡帐里，公子情深；始信黄土垄中，女儿命薄！”把宝玉的儿女情深表达得淋漓尽致。

但海棠社和桃花社不同，它的魅力在于参与人数众多，人物因性格各异而情感表达亦各有所异。如宝玉的玩世不恭，黛玉的多情哀婉，宝钗的持重敦厚，湘云的活泼俏丽，使诗风呈现出瑰丽多姿的色彩，哀而不伤，艳而不俗，雅致秀美，谐而为一。

曹雪芹写诗有很多种方法，有时写人物独自吟咏，黛玉在这方面表现得较为突出，有时写完了诗还把它撕了，好像不在乎自己的呕心之作有什么价值；有的写联诗，湘云和黛玉有一段联诗最后引出了一句“寒塘渡鹤影，冷月葬诗魂”的奇谲之语；还有写学诗，描写香菱学诗时自然引出了黛玉对写诗的体会。黛玉写诗着重立意，意趣真切，词句倒是末事，而宝钗写诗则不同，她看重的是诗风要有闺阁大雅之气，在宝琴写出“几处落红庭院，谁家香雪帘栊”，众人一致说好时，宝钗却说“终不免过于丧败”。但小说给读者印象最深的莫过于曹雪芹最擅长写赛诗，也就是说，曹雪芹借诗社、诗会，让红楼儿女在同一题材下作诗竞技。在风雅诗会中，通过命题限韵，考究个人才华，道白独特自我。

红楼诗会的缘起是探春偶起的念头。小说写元妃归省之后，众姐妹住进大观园。大观园珠环翠绕，水榭亭台，风光无限，如不吟诗作画，岂不辜负这一片良辰美景。于是第三十七回曹雪芹有意安排了这么一个桥段。一日，宝玉突然接到探春的一幅花笺，言辞恳切，词句精美。原来探春小病初愈，兴味悠长，羡慕历来古人“虽一时之偶兴，遂成千古之佳谈”的风骚，想效仿他们在名利场中“或竖词坛，或开吟社”

的雅兴，感叹“风庭月榭，惜未宴集诗人”，期盼“帘杏溪桃，或可醉飞吟盏”，探春一女儿身，发出“孰谓莲社之雄才，独许须眉；直以东山之雅会，让馀脂粉”的呼喊，希望在大观园里举办兰亭雅会，并流露出若宝玉“棹雪而来”，自己则“扫花以待”的真诚期盼。在这封邀请信里探春用心地列举了历代名人如东晋名僧慧远、东晋名士谢安、东晋书法家王子猷及唐代诗人杜甫的典故，写得情真意切，使人看了无不为之心动。再说宝玉一看自己是被力邀的对象，即喜不自胜，立刻动身前往秋爽斋。

所谓文人雅会像起诗社什么的，参与者必定要有雅号，才不枉风流潇洒。于是个人依所居之院落取号。李纨称自己住在“稻香村”，因号“稻香老农”；探春本想取“秋爽居士”，但被宝玉觉得“居士”显得累赘，觉得秋爽斋梧桐芭蕉甚多，不妨另取一个，因探春喜爱芭蕉，于是改为“蕉下客”；探春自己取完雅号，又替黛玉取号为“潇湘妃子”，沿用当日娥皇女英洒泪在竹上成斑的典故，因黛玉所居“潇湘馆”竹子甚多，又因爱哭，所以其本人默认此号，黛玉低了头，也不言语；李纨替宝钗取号为“蘅芜君”，也较符合“蘅芜苑”中宝钗高贵娴雅的气质；宝玉的雅号是闹了笑话的，宝钗说他叫“无事忙”，李纨说他是“绛洞花主”，最后“正经”地送了他“富贵闲人”的号，宝玉也不生气，乐得说：“当不起，当不起，倒是随你们混叫去吧。”宝玉性情随和，尤其是被姐妹们当作笑玩的时候，他是不大在意的。黛玉知宝钗玩笑，于是出面取号为“怡红公子”，“怡红院”翩翩一公子，众人叫好。迎春、惜春觉得不大会作诗，本不想起号，但被众人推搡着起了“菱洲”“藕榭”，也因了居所名“紫菱洲”和“藕香榭”，一位负责出题限韵，一位负责誊录监场。李纨序齿大，自当社长，请迎春、惜春当副社长，又说遇到容易些的题目韵脚，她们三个也随便作一首，但其他四个，是一定要限定的。说是诗社，每人的自由度有所不同，要求也不一样。所以这么一说，迎春、惜春也无压力，只能悦服。

探春雅兴正高，她是绝不赞同姐妹们另择一日再起诗社的。“明日不如今日，此刻就很好”，急迫之情溢于言表。众人不忍扫了她的兴致，于是琢磨出什么题。李纨方才见抬进两盆白海棠，于是想咏白海棠。迎春不解，说花还未赏，如何作诗。毕竟迎春不大会作诗，才说出这样的话。这时宝钗说道，不过是白海棠，何必见了才作，古人的诗赋都是寄情寓兴，等见了作，也就没有这些诗了。于是白海棠本是当日贾芸送给宝玉的两盆花，转眼便成了大观园首届诗社的吟咏对象。但这个对象是不见其影的，除了李纨见过，宝玉因匆匆赴会，没见着，其他人更是不着一眼。本想抬来大家一起欣赏，但宝钗一句话说得迎春、惜春无言，其他四个诗才好的也不反对。须知诗歌创作是要靠联想想象，如拘泥于眼前所见，未必能作出好诗。由此看出，宝钗深谙此道。

秋爽斋题咏白海棠，是红楼儿女组建首届诗社“海棠社”的缘起，掀起的是才子佳人精彩诗会之首场比赛和表演。如此一来，菊花、螃蟹、柳絮、红梅等纷纷入诗，诗会赛况空前，拟写、评赏、奖罚等种种闲情雅趣在读者面前展露无遗，黛玉、宝钗两位诗作高手轮番较量，诗风迥乎不同、才力不相上下，红楼诗意也因此产生了韵味悠远、品之不尽的艺术魅力。

《红楼梦》作为诗的大观园是有其值得欣赏和回味之处的，特别是曹雪芹描写的诗会、赛诗表演更是精彩熠熠。小说文学性描写最突出，诗意最浓的是李纨、黛玉开展的“海棠社”“桃花社”的诗社活动。且不说每人起的雅号基本印证了人物的性格命运，就连赏罚奖惩的兴味也丝毫不亚于东晋书法家王羲之“兰亭曲水”“东山雅会”的风流韵致。

首届诗会发起人是探春，地点设在大观园探春居所秋爽斋，颇具豪侠之气的探春似有一呼百应的才能，能让众人在她小病初愈后一封花笺的盛邀下欣然前来。探春兴致甚高，非当日开社不可，于是众人相互打趣地取了雅号，拉开了首场赛诗的帷幕。黛玉和宝钗两位诗作高手在诗才上有机会得以较量，对她们来说，这是另一个舞台。没有家族的背景衬托，没有世人的眼光剔选，诗是唯一驰骋遨游的精神天地。

白海棠作为首个吟咏对象，恰似在情理之中，又颇有奇巧之处。海棠花自古以来被吟咏得好的诗作不多见，但有个非常有意思的典故，且与杨贵妃有关。据北宋僧惠洪所撰《冷斋夜话》记载，唐明皇登香亭，召太真妃，是时卯醉未醒，命高力士使侍儿扶掖而至。妃子醉颜残妆，鬓乱钗横，不能再拜。明皇笑曰：“岂妃子醉，直海棠睡未足耳！”这是“海棠春睡”典故的由来。典故流传后，苏轼据此写了一首《海棠》诗，“东风袅袅泛崇光，香雾空蒙月转廊。只恐夜深花睡去，故烧高烛照红妆。”将海棠比作美人，又将深夜赏花的爱花之浪漫情愫表露无遗。到了明代，“风流才子”唐寅根据“海棠春睡”典故，丰富了想象，画了一幅《海棠美人图》，又诗云《题海棠美人》：“褪尽东风满面妆，可怜蝶粉与蜂狂。自今意思谁能说，一片春心付海棠。”这首诗足见诗画双绝的唐寅风流倜傥，对海棠花的清新淡雅，傲立于尘世之外的姿容品格不惜赞美。

白海棠色如白雪，形如桃花与梅花，花开之际，花姿明媚娇妍，楚楚有致。曹雪芹在大观园首届诗会中以白海棠为诗题，是考虑大家如何在平淡中出奇，在相似中凸显独特，并借此浓墨重彩地渲染白海棠之美，也足见曹雪芹对它的偏爱。且白海棠是当日贾芸送给宝玉的两盆花，除李纨外，众人都没见着，曹雪芹作为出题者的用心玄妙可见一斑。

作诗需要静心地构思揣摩，有时还要搜肠刮肚，非一般人随意可为。曹雪芹写赛诗的妙处不只是在于出成品，而体现在前面的构思和后面的点评。可以想象，当多人参与诗会时，酝酿的过程中会看到很多人不同的状态。有沉着的、潇洒的，也有紧张带点激动的。而这些表现也恰好从侧面展现了他们的才华、修养、气质及性格。既然是比赛，最后是要有比赛结果的，而这个诗社的评委，就是大家公认的社长李纨。

宝玉说，稻香老农虽不善作，却善看，又最公道。所以李纨社长在众人眼中是公允的评委，懂鉴赏诗词，又秉公评判。有专业点评，再加上赛完后个人之间又有互评，所以诗会冷静热闹皆有，看点值得玩味。

比赛一开始，大家都各自悄然思索。黛玉看上去最漫不经心，一会儿抚弄梧桐，一会儿看看秋色，又和丫鬟们嘲笑，这种看似心不在焉的神态却是在不动声色地构思。迎春监考，命丫鬟点燃一支“梦甜香”，只有三寸长，以燃尽为期。探春先交卷，问宝钗作得如何，宝钗谦虚地说有了但作得不好。宝玉明显是在搜肠刮肚，背着手在回廊上踱来踱去，又着急地跟黛玉说别人都有了。黛玉叫宝玉别管她，宝玉见香只剩一寸了，自己才有了四句，又见黛玉蹲在潮地上，便又催她，最后还是怕被罚，也顾不得黛玉，赶紧走到案前写出来。这时只剩黛玉没写了，李纨知道黛玉不写不是没想好，只是不到写出来的时候，于是说，若看完了还不交卷，是要罚的。于是先看前三个。

探春的诗，大家看了，称赞了一下。宝钗的诗，李纨的一句评价是：“到底是蘅芜君！”宝玉的诗大家看了，还来不及评，宝玉说还是探春的好，为什么宝玉没说宝钗的好呢？当然宝玉没说出理由，但李纨却推宝钗，说宝钗的诗有身分。于是又催黛玉，黛玉似乎对刚才的情景没怎么关注，只是说，你们都有了，说着提笔一挥而就，掷与众人。黛玉的“挥”和“掷”是很潇洒的，也就是说，从头到尾，黛玉都是不慌不忙、不急不慢，就是写好了，也不是随便地给，而是

"掷"，从这些动作的描写中，可以看出黛玉那种压轴气势带有非一般的清高。

而黛玉的诗大家是看一句叫好一句，尤其是宝玉，第一句宝玉就先喝起彩来，还说是从何处想来的。第二句是众人都叫好，说果然与众不同，下面两句看完，众人都觉得黛玉的诗应该是为上的。但李纨的点评是，论风流别致，是黛玉的诗，若论含蓄浑厚，终究应该让给宝钗。探春赞同，并直接说潇湘妃子当居第二，李纨认为宝玉的诗是压尾，也就是第四了。宝玉认为自己写得不好，也不在乎自己评第几，但却非常在意黛玉没有被评上第一，觉得黛玉有点委屈了，让大家再斟酌斟酌第一、二名的排序。尽管宝玉的呼声较高，但终究说服不了评委李纨，李纨一锤定音，说自己既然是评委，有权决定最终胜负，再不服也不能上诉了，否则是要罚的。海棠诗被宝钗拿了第一。接着众人商议诗社的名称，因以海棠诗开端，就起名为"海棠社"。

下面看一下四人咏白海棠的诗：

斜阳寒草带重门，苔翠盈铺雨后盆。
玉是精神难比洁，雪为肌骨易销魂。
芳心一点娇无力，倩影三更月有痕。
莫谓缟仙能羽化，多情伴我咏黄昏。
（蕉下客）

珍重芳姿昼掩门，自携手瓮灌苔盆。
胭脂洗出秋阶影，冰雪招来露砌魂。

淡极始知花更艳，愁多焉得玉无痕。
欲偿白帝凭清洁，不语婷婷日又昏。

（蘅芜君）

秋容浅淡映重门，七节攒成雪满盆。
出浴太真冰作影，捧心西子玉为魂。
晓风不散愁千点，宿雨还添泪一痕。
独倚画栏如有意，清砧怨笛送黄昏。

（怡红公子）

半卷湘帘半掩门，碾冰为土玉为盆。
偷来梨蕊三分白，借得梅花一缕魂。
月窟仙人缝缟袂，秋闺怨女拭啼痕。
娇羞默默同谁诉，倦倚西风夜已昏。

（潇湘妃子）

宝钗夺冠的海棠诗被李纨评为“含蓄浑厚”，而含蓄浑厚历来被人认为是诗家本色，就是写诗要哀而不伤、怨而不怒，无论何时都要保持一种落落大方、自当珍重的气质。宝钗以“珍重芳姿昼掩门”为起首句，实则很好地映照了自己的一生，不管是笑谈坐卧，何尝不是这一句诗的写照，在白天掩门，正是大家闺秀一种稳重端凝的表现。“自携手瓮灌苔盆”，似乎是一种优雅的孤独，它不像黛玉那样骄矜的孤独，而是喜欢在内心深处做一个小小的自己，郑重而不轻忽。“胭脂洗出秋阶影，冰雪招来露砌魂”，白海棠仿佛是美人洗净胭脂之后露出了洁白的本色容颜，而它的魂魄又仿佛是冰雪凝结而成。小说中的宝钗不爱搽脂抹粉，她极爱素净，品性贤淑，所以“淡极始知花更艳”，也许只有宝钗眼里才能看出花不需要艳丽的颜色，哪怕是素到极点，反而更是在众花中出类拔萃、引人注目。“愁多焉得玉无痕”，宝钗凡事都谨慎忍耐，她不像黛玉整天悲悲切切，因为愁绪多了，泪痕也多，就像白玉上面有斑痕，会影响玉的光泽，而女子也一样，心事重了容颜也会憔悴不堪，在宝钗看来这又何必呢？万事何不想开一点为好。“欲偿白帝凭清洁，不语婷婷日又昏”，白帝是秋神，它赋予白海棠一身洁白，而白海棠为报答自然的馈赠，更应保持洁白清新的本色，在一个个黄昏的守候中亭亭玉立、默然不言，心中的宁静执着也许只有自己知道。

与宝钗不同的是，黛玉写诗向来是不拘一格的，她注重诗的意境美。在咏白海棠的诗中，前两句是赢得赞赏最多的。“半卷湘帘半掩门，碾冰为土玉为盆”，“半卷”“半掩”有欲说还休、欲进还退之含蓄美，冰作土、玉为盆，烘托出那盆中之物有何等的仪态万方和轻灵洁白。最为绝美的是颔联“偷来梨蕊三分白，借得梅花一缕魂”，这一“偷”一“借”使诗充满奇趣，映衬着黛玉那薄薄的小性子，又赋予白海棠以灵动可爱。诗是需要联想的，黛玉没有直接写白海棠的颜色和品性，而是借梨花的白和梅花的格来间接写，“三分”“一缕”不言多，但白海棠的形神凸显无疑。黛玉的诗向来是跟哀怨结缘的，所以最后两句还是落入了悲伤感情的旋涡，最伤情的一句是“月窟仙人缝缟袂，秋闺怨女拭啼痕”，“月窟仙人”应指嫦娥，她在默默地缝制白衣，暗示着不吉的命运，“秋闺怨女”也在感叹自己的身世不公，整日啼哭不止。也许黛玉看到白海棠一身银装素裹，联想到自己的身世凄楚，不禁悲从中来。尾联“娇羞默默同谁诉，倦倚西风夜已昏”，无尽的哀思无人能听、无人能懂，只好在西风吹起的夜晚，倚在黄昏中的栏杆上独自咀嚼寂寞的滋味。诗中的白海棠恰是黛玉的化身，她知书识礼，但家庭背景使得她在贾府中本想过得小心翼翼，可浪漫诗人的天性又藏不住她的才华和灵巧，她的性子天真烂漫，从不掩饰，也不矫情，随性而发，无所顾忌。但就是这样的性子使她饱受伤害，变成了经常独自哽咽、独自悲欢的寂寞之人，即便是宝玉，虽懂她，但也不能随时随地宽慰她。

探春和宝玉的诗相对来说中规中矩，探春颔联的“玉是精神难比洁，雪为肌骨易销魂”，借白海棠道出了她自己的志向，是冰雪聪明，也是傲骨难改。宝玉则把白海棠的娇弱之态比作刚出浴的美人杨贵妃和因心口疼痛而皱眉的西施，“出浴太真冰作影，捧心西子玉为魂”，在宝玉眼里，白海棠最美的姿态是在清晨晓风中不散的烟雾下那花朵千点似愁怨，在经过一夜的雨淋之后那花瓣上的露水重重似泪痕。“晓风不散愁千点，宿雨还添泪一痕”一句可以看出，宝玉也懂愁，也了解怨。“独倚画栏如有意，清砧怨笛送黄昏”，他在诗中除了描摹白海棠的美态之外，还配以清砧怨笛的曲音，仿佛白海棠让人沉浸到对思念之人的遥想和期盼，对过往时光的留恋和不舍的情感之中。

在秋爽斋咏白海棠的描写中，有一个人落下了，那人就是史湘云。史湘云的性格和诗才是曹雪芹偏爱的，在宝玉、黛玉、宝钗、探春把白海棠仿佛都吟咏完了的时候，却出现了史湘云补咏海棠诗这一节的内容。这一补不要紧，湘云还连着想了两首。史湘云是红楼人物中最活泼伶俐之人，性格大大咧咧，没有心机，不知忧愁。她喜欢热闹，海棠诗会中她姗姗来迟，到次日午后，贾母才把湘云接来，湘云知道有诗会之事，早已迫不及待。要入社，先作诗，湘云的诗也是一挥而就的。她一边和人说话，心内早已想好，嘴上说好歹不知、应命而已，行动上用随便的纸笔录出来，递与众人。众人说："我们四首也算想绝了，再一首也不能了。你倒弄了两首，那里有许多话说，必要重了我们。"

湘云的两首诗：

白海棠和韵

其一

神仙昨日降都门，种得蓝田玉一盆。
自是霜娥偏爱冷，非关倩女亦离魂。
秋阴捧出何方雪，雨渍添来隔宿痕。
却喜诗人吟不倦，岂令寂寞度朝昏。

其二

蘅芷阶通萝薜门，也宜墙角也宜盆。

花因喜洁难寻偶，人为悲秋易断魂。
玉烛滴干风里泪，晶帘隔破月中痕。
幽情欲向嫦娥诉，无奈虚廊夜色昏。

众人看一句，惊讶一句，看到了，赞到了，都说："这个不枉作了海棠诗，真该要起海棠社了。"

却看湘云的诗好在哪里：

第一首起首句"神仙昨日降都门，种得蓝田玉一盆"，白海棠非一般的花，是神仙种的蓝田玉。李商隐早在"蓝田日暖玉生烟"的诗句中把蓝田玉定为了一个会生烟生雾，会含情带泪的情感意象。千百年来，蓝田玉被认为是绝美的玉。接着，"自是霜娥偏爱冷，非关倩女亦离魂"，把海棠比作主管霜雪的女神霜娥，海棠花仿佛是霜雪之神降临在寒冷的季节，它的香气似倩女离魂芳香四溢。"秋阴捧出何方雪，雨渍添来隔宿痕"，海棠花如白雪，被秋阴珍重地捧出，给大家细细赏玩，在秋雨洗涤之下，依稀留着昨夜的雨痕，似愁含怨。"却喜诗人吟不倦，岂令寂寞度朝昏"，正是因为诗人对花吟咏不倦，所以怎会令她独自度过每一个寂寞的清晨和黄昏。

第二首"蘅芷阶通萝薜门，也宜墙角也宜盆"，湘云在诗中别出心裁地运用了楚辞中的意象"蘅芷""萝薜"，这些都是屈原笔下古雅的植物，不被世人了解，因品性高洁而在现实世界中难寻知音。但这些植物适应性很强，无论墙角还是盆中都可以长得生机勃勃。此种对外界环境不挑剔、随遇而安的特点也符合湘云的个性。“花因喜洁难寻偶，人为悲秋易断魂”，海棠花生命力强，但因喜欢洁白，不愿同流合污而无法见容于世，就像人，因为一叶而知悲秋的情感失魂落魄，无人知晓心中的伤痛。“玉烛滴干风里泪，晶帘隔破月中痕”，海棠花露如美人的泪，也像风干的烛油，在晶莹的泪水中仿佛看到些许支离破碎的花影。“幽情欲向嫦娥诉，无奈虚廊夜色昏”，这满腹的幽幽之情欲向嫦娥诉说，可在寂寞的广寒宫里，无奈离开后羿的嫦娥，她的寂寞又向谁诉说呢？无论是天上还是人间，每一个孤独的人都一样找不到可以倾听的对象，都一样只有形单影只、形影相吊。

海棠诗会以史湘云的两首诗为收尾，但这只是一个开始，大观园因诗会而使众人一展胸中的才华，各见人物内在的丘壑，暗示各人不同的命运，也使《红楼梦》这部文学作品诗情洋溢，让人读了意兴湍飞，萦绕于心，久久回味和赞叹。

古典文学知识

七言律诗

七言律诗是律诗的一种，从属于“近体诗”，是唐以后形成的一种诗歌形式。严格讲究平仄、对仗和押韵。诗句字数整齐，由八句四联组成，每句七个字，共五十六字。第一联至第四联依次称为首联、颔联、颈联、尾联。颔联和颈联一般要求对偶。

藕香榭妙赋菊花诗

秋爽斋的白海棠诗余韵未了，湘云便借口迟到急急忙忙要自罚东道儿，翌日再邀一社，众人雅兴正浓，无不赞同。

在第一场诗会中，宝钗的诗因沉稳得体拔得头筹，那么这一回又是谁能够脱颖而出、独占鳌头呢？读者自然会想到最会作诗的黛玉了。黛玉在诗会中沿袭了她平日里诗风的灵巧别致，赢得大家的赞赏，但也因孤绝哀伤的情调在性格开朗的众姐妹面前讨不到好儿。那么，黛玉会不会总结失败的原因，挽回落败的颜面呢？

这边湘云只想着赛诗好玩，却不知邀集众人，是要有所准备的。至少要有吃喝，才不乏兴致，但湘云的零花钱有限，要宴请那么多人，几乎不太可能。这一切思虑周全的宝钗都替她想好了。宝钗家当铺伙计的地里出了好螃蟹，已经备好，螃蟹又是众人爱吃的，宝钗的母亲也正想着要宴请老太太，何不乘着大家赏桂花、吃螃蟹的时候再赛一场诗？宝钗的主意简直是一箭双雕，既把客请了，也把诗赛了。主意是湘云起的，钱物是宝钗赞助的，这下子把那个乐呵呵的湘云感服赞叹得不得了。宝钗对湘云解释说别以为自己小看她，而湘云跟宝钗好得像一个人儿似的，哪在乎这些。

作东道儿还需要出题，于是湘云和宝钗连夜赶着想诗题。两人讨论来讨论去，觉着题目既不能太新奇，也不能太俗套，干脆来个旧题新作。湘云想作菊花诗，菊花诗前人作得太多，于是宝钗想了个新鲜的主意，以菊花为宾，以人为主，两个字的题目，既咏菊又赋事，赋景咏物两关着，十分的巧妙。于是想了《菊梦》《菊影》《问菊》《访菊》等题目十个，后来干脆凑成十二个，宝钗即兴创意地把题目编成次序，这样，一连串的以“菊”为吟咏对象的诗题便顷刻间诞生了。

宝钗说，起首是《忆菊》，忆之不得，故《访菊》，访之既得，便《种菊》，种之既开，故相对而赏，是为《对菊》，相对而兴有余，便折来供瓶为玩，是《供菊》，供而不吟，便觉菊无色彩，自然是《咏菊》，既入词章，不可不供笔墨，接着该是《画菊》，画菊亦不知菊有何妙处，不禁要《问菊》，菊花若能懂得人意，则会喜不自胜，越发要亲近于它，即可《簪菊》，这样一来，菊的一系列与人有关的题目差不多齐全，如果还觉得菊花有可吟咏的地方，那便以《菊影》《菊梦》为题，最后以《残菊》总收前题——这便是三秋的妙景妙事都有了。

读到这里，我们不禁感叹宝钗考虑问题的周全有序，这位女子是做任何事都让人无可挑剔的，所以除了宝玉，大观园几乎所有的人都挑不出她的错儿，除了佩服，还是佩服！而且宝钗想这些问题，是不用绞尽脑汁的，她是天生这样的脑子，天生的聪明和机智，即便是略有缺憾，也会被她巧妙地掩饰过去。

第二日，宴席摆在了藕香榭。藕香榭盖在池中，跨水接岸，四面有窗，左右回廊，曲折有致，附近的山坡上桂花盛开，香气四溢，有道是“芙蓉影破归兰桨，菱藕香深写竹桥”，是个风景宜人的地方。

在众人热热闹闹地吃完螃蟹之后，只留下诗社的人，他们安顿好随身的丫鬟和伺候的婆子之后，开始酝酿诗题，进入赛诗的状态。

湘云取了诗题用针绾在墙上，众人一看十二个诗题都说新奇，因此次赛诗无需限韵，大家便觉着自由些，各自思忖斟酌起来。黛玉是倚栏垂钓，宝钗赏玩桂花，探春、李纨、惜春看鸥鹭，迎春独自穿茉莉花儿。湘云出了会儿神，明显在构思，但见其他几位那么有大将之风，于是又招呼山坡下的众人只管放量吃。宝玉看了一会儿黛玉钓鱼，又俯在宝钗旁边说笑两句，陪袭人饮了两口酒。看似轻松惬意的场面，却是大家搜集佳句美词的紧要时刻，其实谁都不想落后，谁都想出奇制胜。黛玉和宝钗更是要决个高下，都各自饮了两口小酒。宝钗首先蘸笔在墙上头一个把《忆菊》勾了，底下赘一个“蘅”字，宝玉看宝钗这么快勾了第一首，生怕他已经有了四句的第二首也被她抢先了，赶紧求宝钗给他留下《访菊》，黛玉也不说话，接过笔来，一下勾了《问菊》和《梦菊》两首，也赘上一个“潇”字。宝玉赶紧在《访菊》底下赘了“怡”字，探春起身见《簪菊》没人作，于是便勾了。湘云这时过来将第四第五《对菊》和《供菊》

一连两个都勾了，赘上一个“湘”，“湘”不是雅号，探春提醒该起个号，宝钗说湘云家原来有个“枕霞阁”，虽然现在没了，但依然是旧主人，于是湘云便将“湘”字抹了，改了一个“霞”字。十二题便都各有其主人。于是抄写誊录，由李纨按次序从头看来。

忆菊 蘅芜君

怅望西风抱闷思，蓼红苇白断肠时。
空篱旧圃秋无迹，瘦月清霜梦有知。
念念心随归雁远，寥寥坐听晚砧痴。
谁怜我为黄花病，慰语重阳会有期。

访菊 怡红公子

闲趁霜晴试一游，酒杯药盏莫淹留。
霜前月下谁家种，槛外篱边何处秋。
蜡屐远来情得得，冷吟不尽兴悠悠。
黄花若解怜诗客，休负今朝挂杖头。

种菊 怡红公子

携锄秋圃自移来，篱畔庭前故故栽。
昨夜不期经雨活，今朝犹喜带霜开。
冷吟秋色诗千首，醉酹寒香酒一杯。
泉溉泥封勤护惜，好知井径绝尘埃。

对菊 枕霞旧友

别圃移来贵比金，一丛浅淡一丛深。

萧疏篱畔科头坐，清冷香中抱膝吟。
数去更无君傲世，看来惟有我知音。
秋光荏苒休辜负，相对原宜惜寸阴。

供菊 枕霞旧友

弹琴酌酒喜堪俦，几案婷婷点缀幽。
隔座香分三径露，抛书人对一枝秋。
霜清纸帐来新梦，圃冷斜阳忆旧游。
傲世也因同气味，春风桃李未淹留。

咏菊 潇湘妃子

无赖诗魔昏晓侵，绕篱欹石自沉音。
毫端蕴秀临霜写，口齿噙香对月吟。
满纸自怜题素怨，片言谁解诉秋心。
一从陶令平章后，千古高风说到今。

画菊 蘅芜君

诗馀戏笔不知狂，岂是丹青费较量。
聚叶泼成千点墨，攒花染出几痕霜。
淡浓神会风前影，跳脱秋生腕底香。
莫认东篱闲采掇，粘屏聊以慰重阳。

问菊 潇湘妃子

欲讯秋情众莫知，喃喃负手叩东篱。
孤标傲世偕谁隐，一样花开为底迟？
圃露庭霜何寂寞，鸿归蛩病可相思？

休言举世无谈者，解语何妨片语时。

簪菊 蕉下客

瓶供篱栽日日忙，折来休认镜中妆。
长安公子因花癖，彭泽先生是酒狂。
短鬓冷沾三径露，葛巾香染九秋霜。
高情不入时人眼，拍手凭他笑路旁。

菊影 枕霞旧友

秋光叠叠复重重，潜度偷移三径中。
窗隔疏灯描远近，篱筛破月锁玲珑。
寒芳留照魂应驻，霜印传神梦也空。
珍重暗香休踏碎，凭谁醉眼认朦胧。

菊梦 潇湘妃子

篱畔秋酣一觉清，和云伴月不分明。
登仙非慕庄生蝶，忆旧还寻陶令盟。
睡去依依随雁断，惊回故故恼蛩鸣。
醒时幽怨同谁诉，衰草寒烟无限情。

残菊 蕉下客

露凝霜重渐倾欹，宴赏才过小雪时。
蒂有馀香金淡泊，枝无全叶翠离披。
半床落月蛩声病，万里寒云雁阵迟。
明岁秋风知再会，暂时分手莫相思。

新奇而无可挑剔的题目设计使大家诗兴大发、兴趣盎然，诗作于是一气呵成，恰如一套完整的菊谱诗。众人看一首赞一首，彼此称扬不绝，气氛欢快热烈。李纨作为评委，首先是肯定了大家的创作才华，各人有各人的警句，也就是说，诗作中每人都有些妙句，这是值得赞扬的。但若论名次，“《咏菊》第一，《问菊》第二，《菊梦》第三。”这三首都是黛玉所作，那黛玉这次是以三首完胜宝钗，夺得头魁。李纨的点评之句是“立意新”，黛玉凭借创作中对立意新颖的追求，在众人的诗作中脱颖而出。“《簪菊》《对菊》《供菊》《画菊》《忆菊》次之。”探春凭一首位居第二，湘云以两首排于第三，而宝钗名列第四，宝玉可想而知是最后垫底了。宝玉虽二次落第，但见黛玉拿了第一，喜得比自己拿了还高兴，拍手说“极是，极公道”。可见宝玉对上次评判的结果还是觉得有些不公，一直耿耿于怀。在他的心目中，神仙似的林妹妹悲也好喜也好，他都喜欢，怎样都得是第一。黛玉觉得自己忝列第一，有些不好意思，于是说自己的诗伤于纤巧。但李纨是百分百肯定，说“巧得好”。黛玉说，最好的诗句出自湘云《供菊》的“抛书人对一枝秋”“圃冷斜阳忆旧游”，李纨马上说出了《咏菊》的一句“口齿噙香对月吟”完全可以匹敌。探春觉得宝钗《忆菊》里的“空篱旧圃秋无迹，瘦月清霜梦有知”好，宝钗说探春《簪菊》里的“短鬓冷沾三径露，葛巾香染九秋霜”妙，湘云佩服黛玉《问菊》里的“孤标傲世偕谁隐，一样花开为底迟”，李纨赞扬湘云

《对菊》里的“萧疏篱畔科头坐，清冷香中抱膝吟”。宝玉不服气，说自己哪里写得不好，李纨说，写得也好，只是不及他人新巧。一时间，大家你一句，我一句，相互品评，气氛温馨可人。

却看黛玉夺魁的三首诗，一扫过去自哀自怜的心态，用一种抒怀大气之美把菊花之精神加以点染，立意深远，意境淡雅。

《咏菊》诗首句“无赖诗魔昏晓侵，绕篱欹石自沉音”道出了“咏”字，但这吟咏不是自己想吟，而是诗魔侵扰，日夜不绝，使人不得回避。“毫端蕴秀临霜写，口齿噙香对月吟”，“临霜”点出了菊花开的时令，正是因为满腹的诗文要写要吟，所以笔端蕴藉着清秀之意，连口齿都因为咏菊而充满着迷人的香气。这句巧妙地间接写菊香，让人沉浸在月夜之下诗人吟咏菊花的浪漫意境之中，所以，这也是被李纨激赏的原因。“满纸自怜题素怨，片言谁解诉秋心”，“素怨”“秋心”让人浮想，是菊花还是诗人自己在说着淡淡的哀怨，而谁又能理解这秋风中坦然的一片心，诗人和菊花已浑然一体，分不清你我，也划不清界限，片言解释不尽，那到底要说多少、说什么，才能让人了解自己。“一从陶令平章后，千古高风说到今”，古人对菊花的情结由来已久，从东晋陶渊明开始的“采菊东篱下，悠然见南山”，就树立了菊花隐逸超脱的筋骨风范，千百年来屡受世人的赞美，咏菊言志，即便是像黛玉这样的弱质女子，也生着菊花一样的傲骨。

这四句诗中的“沉音”“吟”“题”“说”，没有一句不围绕着“咏”而写，且把自己置身于历史的长河之中，说着菊花的千古高风，也喃喃道着自己的心事。

第二首《问菊》，有三句是问句。首联“欲讯秋情众莫知，喃喃负手叩东篱”是问的姿态，用手轻轻敲打着东篱，问什么，问秋天的境况，众花都不知，那东篱下的菊花可知？“孤标傲世偕谁隐，一样花开为底迟？”问菊花，你孤标傲世，谁和你一起归隐呢，你可有知心的伴侣？为什么一样的花开时节，你却迟迟不开，非要等到众花凋零之后才尽显你的娇颜？“圃露庭霜何寂寞，鸿归蛩病可相思？”还是问菊花，霜冷的季节，你傲霜开放，可否感到孤独寂寞？大雁南归，寒蛩嘶叫，你在心底思念着谁？“休言举世无谈者，解语何妨片语时”，最后一句劝慰菊花，不要说世上没有懂你的人，没有值得你开口的人，如果你能说，何不与我聊上片刻呢？也许我是懂你的那个人。若菊花能懂诗人的话，它又将怎样解答呢？

黛玉强调诗作要有意境之美，那《菊梦》应该是一首朦胧脱俗的诗了。“篱畔秋酣一觉清，和云伴月不分明”，似乎在讲深秋的菊花在东篱边一觉醒来，还在回忆着梦中和云伴月模糊的记忆。“登仙非慕庄生蝶，忆旧还寻陶令盟”，梦中的菊花翩翩起舞，恍若登临仙境，心中不是羡慕庄周之化蝶起舞，而是在寻找陶翁采菊东篱时那种悠然随意的心迹。“睡去依依随雁断，惊回故故恼蛩鸣”，寻时不见，只能依依睡去，梦中的故事追随着南飞的大雁，突然寒蛩嘈杂嘶哑的鸣声把梦惊醒。“醒时幽怨同谁诉，衰草寒烟无限情”，本把最美的情感在梦中寄托在大雁身上带向远方，却被现实的烦恼断了梦想，这种幽怨有谁可以倾诉，眼前的衰草和寒烟似乎也体会到这种无限的愁绪，都隐隐露出款款的深情。

探春的《簪菊》“瓶供篱栽日日忙，折来休认镜中妆”，首句就道出了在繁忙的菊花栽种之后，把菊花折来戴在头上，在镜中几乎认不出原来的自己。“长安公子因花癖，彭泽先生是酒狂”，有谁能像自己这样狂放偏爱菊花呢，恐怕是唐代长安诗人杜牧了，其《九日齐山登高》一诗有“尘世难逢开口笑，菊花须插满头归”的描写；还有一位是彭泽县令陶渊明，既贪恋杯中之酒，又盛赞花中之菊。“短鬓冷沾三径露，葛巾香染九秋霜”，因为喜爱簪菊，所以短鬓之上沾染了小路边的露水，身上佩戴的葛巾也透出秋味甚浓的菊花香气。“高情不入时人眼，拍手凭他笑路旁”，这种在自己看来是高雅的情调可能不太被世人所了解，随他去吧，看着他们拍手笑我的恣情，笑我的癫狂，又有何妨！

再看湘云的两首。《对菊》“别圃移来贵比金，一丛浅淡一丛深”，在湘云眼中，在别的花圃移种过来的菊花无比金贵，它们开放的姿态浅淡相间、疏密有致。“萧疏篱畔科头坐，清冷香中抱膝吟”，怎么样去面对喜爱的菊花呢，是正襟危坐，还是随意烂漫呢？湘云用了“科头”二字，“科头”是不戴帽子的样子，在古代被认为是“非礼”，唐代王维就有“科头箕踞长松下，白眼看他世上人”，那么这种姿态就是恣肆、无拘无束了，而“抱膝吟”更是三国诸葛亮躬耕南阳之时“每晨夕从容，常抱膝长啸”的闲散和抱负，“数去更无君傲世，看来惟有我知音”，诗人心中，除了菊花，再无傲世之花，这世上只有“我”才是菊花之知音，再无旁人可言。“秋光荏苒休辜负，相对原宜惜寸阴”，既然是难觅的知音，那就该好好珍惜这荏苒秋光，不要辜负良辰美景，在相对的那一刻静静相守，好好把持这份情谊。

《供菊》“弹琴酌酒喜堪俦，几案婷婷点缀幽”，菊花被折来放在案几上的瓶中以供赏玩，当然也得有歌舞音乐美酒相伴。“隔座香分三径露，抛书人对一枝秋”，那供养着的菊花是诗人的神仙伴侣，所以在心中开辟出“三径”小路来款待自己的佳客到来，一枝菊而知天下秋，诗人抛下书卷，独自欣赏着那枝菊花透露出来的一丝秋意。“霜清纸帐来新梦，圃冷斜阳忆旧游”，“纸帐”是一种特制的帐子，在供菊的所有物品中，纸帐是其中之一。《悦容编》“雅供”条则展示出了纸帐供菊的全景：“闲房长日，必需款具。衣厨食柜，岂可溷入清供？因列器具名目：天然几、藤床、小榻、醉翁床、禅椅、小墩、香几、笔、砚、彩笺、酒器、茶具、花樽、镜台、妆盒、绣具、琴箫、棋枰。至于锦衾、纻褥、画帐、绣帏，俱令精雅，陈设有序，映带房栊。或力不能办，则芦花被、絮茵、布帘、纸帐，亦自成景。”供菊这般的温柔细腻，才使瓶中的菊花映出了另一个奇特的世界。正所谓“一花一世界，一叶一乾坤”。尾联“傲世也因同气味，春风桃李未淹留”，菊花遗世独立，而供菊之人也是气味相投，不管那些在春风摇曳中的桃花李花，那些太多的俗事俗物，不用挽留，也不值得珍惜，让它们淹没在滚滚红尘之中吧。

而宝钗的《忆菊》“怅望西风抱闷思，蓼红苇白断肠时”多了一分怅然，在西风将起时抱着一腔的愁思，在蓼红苇白的时节因思念而断肠，这样的句子在宝钗写来是不多见的。“空篱旧圃秋无迹，瘦月清霜梦有知”，诗人继续在回忆菊花，回忆菊花盛开时节的美好情感，让人回味留恋的心痕，只见空篱旧圃都不见影子，大概在冷月清霜的梦中能依稀找到吧。“念念心随归雁远，寥寥坐听晚砧痴”，想念之情随着归雁而远去，那相思不断的情愁似捣衣的砧声不绝于耳。“谁怜我为黄花病，慰语重阳会有期”，在回忆的季节里，诗人容颜憔悴，堪比黄花，但希望还是会有的，尽管它渺茫无期，也许就在下一个重阳节，那个人，或那段情谊会重新归来，带给自己片刻的安慰。

虽然没有被排上好的名次，宝钗的《画菊》“聚叶泼成千点墨，攒花染出几痕霜。淡浓神会风前影，跳脱秋生腕底香”也不失为佳句。宝玉《访菊》之“蜡屐远来情得得，冷吟不尽兴悠悠”，《种菊》之“昨夜不期经雨活，今朝犹喜带霜开”也是颇得其妙。湘云《菊影》中“秋光叠叠复重重，潜度偷移三径中”更是奇趣盎然。探春《残菊》“蒂有馀香金淡泊，枝无全叶翠离披”一句让人对菊花的残败凋零心生哀怜。

总之，藕香榭十二首菊花诗是一场真正的比赛，评判是否公允，读者眼中应该各有春秋，尤其是宝钗，这次别样的悲情使她的诗没有了之前的雍容大度，让灵逸多才的黛玉占了上风，而湘云却依旧要着她可爱的小性子，探春也是抒怀自己的风格，粗犷而豪气，宝玉作为唯一的男子，对着花儿也柔情尽显，只不过在情感方面略逊姐妹，可见这些题材的诗凸显不了宝玉的本色，在诗赛中，真正的主角是黛玉和宝钗，她俩的输赢会使人心心念念，而宝玉只是个配角，输赢无关紧要，但有时调侃气氛少不了他。

藕香榭种的是桂花，而在这场菊花诗会中，菊花同样是没有出现的，各人靠想象中的菊花进行描绘，所以，花有姿态芳香，有色泽情感，而咏花之人，更有一份诗意栖居的情调和乐趣。

潇湘馆巧填柳絮词

海棠诗社经过两次诗会之后，众人因杂事耽搁，竟有大半年时间没有聚会。到了第二年的初春时节，黛玉因写了一首《桃花行》，引得一干人等诗意大发。湘云就打发丫鬟请宝玉去看好诗，宝玉忙不迭地过去，只见黛玉、宝钗、湘云、宝琴、探春都在那里。宝琴是宝钗的堂妹，一样的诗才伶俐，招人喜爱。大家见宝玉到，都说初春时节，万物更新，应该是诗社另立起来才好。湘云说，海棠社起在秋天，就不发达，如今万物逢春，重新整理诗社，自然是有生趣，况黛玉这首桃花诗又好，干脆把“海棠社”改为“桃花社”。

众人一致说好，都前往稻香村征求李纨的意见，李纨无异议。于是正式起社，改黛玉为社主。准备三月初二，即第二日齐聚潇湘馆。拟题方面，黛玉想写桃花，但宝钗说使不得，桃花诗太多，即使作了，必落俗套，难以超越，须得再拟。

此时王夫人的哥哥王子腾的夫人来了，于是大家都邀去见面。次日，乃是探春的寿辰，于是忙得开不了社。黛玉笑着怪自己没有想周全，于是改到三月初五。再说宝玉的父亲贾政来书信，说大概六月回京，这倒忙了宝玉，赶紧收拾闲心，临阵磨枪，在家补功课，众姐妹怕他来不及交差，各自都帮他写字帖，诗社之事便被搁着不提。直到宝玉将字临好凑齐，功课又温习了几遍，待父亲回家检查时，贾政又来信说因近海一带海啸，要去赈济，大概七月底回家，宝玉这才舒了口气，便将功课抛于脑后，依旧整日游荡。

时值暮春之际，湘云无聊，见柳花飞舞，便偶成一首小词，词牌为《如梦令》，自己作了，好不得意，给宝钗看了，又来找黛玉，黛玉赞赏。湘云说，诗社总没有填词，明日何不起社填词，来点儿新鲜的。黛玉心动，决定干脆就今日好了，于是吩咐准备几色果点，一面打发丫鬟去请人。

在潇湘馆，以“柳絮”为题的填词比赛就此拉开帷幕。这次参赛的人里头多了一个宝琴。

湘云是最早写就的，来看她的词《如梦令》：

> 岂是绣绒残吐，卷起半帘香雾，纤手自拈来，空使鹃啼燕妒。且住，且住！莫使春光别去。

柳树是春的使者，最早传递出春的消息，而柳絮飞舞是春光烂漫的美景，特别是朦胧氤氲的飞絮，随风飘荡，似烟雾清梦，弥漫着春草香气。如被一双纤纤玉手在春光中拈来，岂不让那些杜鹃空啼，飞燕羡妒，赏春的心绪早已被惹出无限的遐思。但柳絮本无根，终会随风飘走，絮飞春尽，黯然销魂，于是化作一声声的呼唤，在春的尽头渐行渐远。

词是限调的，一支“梦甜香”未了，黛玉有了，写完。接着宝琴也忙写出来，宝钗笑说，先看你们的，看来宝钗要压轴了。探春写了一半，香快燃尽了。宝玉写了又抹，要另作，香已尽了。探春半首《南柯子》写道：

空挂纤纤缕，徒垂络络丝，也难绾系也难羁，一任东西南北各分离。

探春因柳絮的随性而飞想到了人生的起伏不测，柳条千丝万缕，但只是徒然而已，因为留不住柳絮的乘风而起，任春风吹遍东西南北，骨肉分离。探春后来远嫁异域，此半首词成了谶语。

宝玉没按时间完成词作，见了探春这半首，反倒动了兴，乃提笔续道：

落去君休惜，飞来我自知。莺愁蝶倦晚芳时，纵是明春再见隔年期！

宝玉续写的下片挽回了上片流露的悲恸情感。一首词毕竟不能太过绝望，即使是分离也是暂时的，因为花开花落总有期，初春时节是柳叶吐绒时节，飞花弥漫，随着暮春的到来，黄莺愁啼，蝴蝶倦飞，春光暗淡，柳残花堕。纵使再见，也要等到来年春天。只盼流光飞逝，经冬历春，心中的渴望自会如约而至，到时相逢一笑，来倾诉离别的思念。

再看黛玉的一阕《唐多令》：

粉堕百花洲，香残燕子楼。一团团逐对成毬。飘泊亦如人命薄，空缱绻，说风流。草木也知愁，韶华竟白头！叹今生谁舍谁收？嫁与东风春不管，凭尔去，忍淹留。

起首句便是悲戚之调。“堕”“残”是凋零残败，是花的香消玉殒，也是人的红颜老去，“百花洲”曾是姑苏山上一处美丽的地方，素称“水滟接横塘，花多碍舟路”，凋落的花儿阻碍了前行的船只，是凄美的哀艳；“燕子楼”是彭城名楼，其间藏着一段千古伤心的故事。唐代歌伎关盼盼为报答尚书张愔的宠爱，在他身故后寂寞空守燕子楼十余年，最终悲哀不食而死。

无论是落花，还是红颜，都是身不由己，像柳絮随风一团团，随波逐流，浪迹天涯。这种漂泊无迹的生活正如薄命之人，寄人篱下，受尽世态炎凉，即便是一时的风流潇洒，也是空劳缱绻，空自牵挂。而看似无情的草木竟然知道这种无依无靠的愁绪，在最美好的年华变白了头发，哀叹今生为谁分离为谁相聚，无奈之下，便托身与东风，听从命运的摆布，但春神不管不问，看也不看，任由你吹向哪里，是污浊的泥沼还是清水的荷塘，是留恋几许，还是愁肠百转。

黛玉发出这等悲音，多少是自己命运的写照。

黛玉的词众人看了，俱点头感叹，好是好，就是太悲了。

接着又看宝琴的《西江月》:

汉苑零星有限，隋堤点缀无穷。三春事业付东风，明月梅花一梦。几处落红庭院，谁家香雪帘栊？江南江北一般同，偏是离人恨重！

柳树自古以来被人钟爱。汉代苑囿，水边多植柳，可比起隋炀帝时的规模，算是小巫见大巫了。隋炀帝开凿大运河，号召老百姓种植柳树，种活一棵，赏细绢一匹。并且亲临一线，搞了一次植柳仪式，柳树千里绵延，隋炀帝一时兴起，给柳树以最高的皇家荣誉，赐姓“杨”，于是柳树正式成为“杨柳”，柳絮也成为“杨花”。当然，后人把见异思迁者称为“水性杨花”，那是后话。

三春是孟春、仲春、季春，柳絮飞时已是暮春时节，春季行将结束，柳絮只有在明月之夜做着像梅花般洁白的梦想。梦中仿佛看见落红满地，却不知飘在谁家院落，看见香雪锁帘栊，也不知下在谁家屋檐，也许，每个人的命运都有难以言之的苦衷吧。柳絮飘飞，山南水北、天南地北都一样，有些人毫无察觉，似有还无，可怜有些离别之人，看到柳絮便引出万千离愁别恨，言之不尽。

宝琴的词被大家评价为“声调壮”，但宝钗说她“过于丧败”，而自己呢，到了压轴的时刻。对于黛玉的“悲凉”和宝琴的“悲壮”，宝钗则从一个极端走到了另一个极端，显出“乐”的调子。且看她的《临江仙》：

白玉堂前春解舞，东风卷得均匀。蜂团蝶阵乱纷纷。几曾随逝水，岂必委芳尘。万缕千丝终不改，任他随聚随分。韶华休笑本无根，好风频借力，送我上青云！

写词向来愁语易工，欢情难写。柳絮，这个千百年来含愁带恨的意象，宝钗要怎样翻案才不落俗套呢。首先，在宝钗眼里，柳絮是因为欢乐而舞蹈，因为柳絮不怪春风要把它们吹散，相反，却向春风致以谢意，因为春风把它们卷得均匀。人的命运不同并不都是东风无情，机会在每个人眼里是一样的，看你怎样把握，几多随水飘零，几多萎落芳尘，起落浮沉在于每个人自己的心态。人与人之间的缘分也像这漫天的柳絮，谁与谁在一起，谁与谁相别离，一切随缘就好。人的青春年华也似柳絮一样无根，否则怎会年华逝水、容颜衰老呢，只不过有些人没有自怨自艾，凭借一股好风的飞举腾上青云而去。“海阔凭鱼跃，天高任鸟飞”，柳絮因为无根而更应该有宽广的天空，超然飘离。

宝钗的词一出，众人拍案叫绝，都说翻得好，自然这首为尊。由此，宝钗在柳絮词一赛中又高于黛玉一等。那缠绵悱恻的第二名就是黛玉一词，而情致妩媚的第三名要数湘云，探春和宝琴均落第，宝玉明明续了半首，但连落第都算不上，就作交白卷了。可见众姐妹“欺负”他不是一般。还没等罚，贾政回家，此事便不了了之。

大观园三次诗赛是结束了，从结果上来看，宝钗看似两次胜了黛玉，但黛玉在第二次比赛中，三首诗分别占尽前三，所以和宝钗几乎打了个平手，但在《红楼梦》一书中，曹雪芹对黛玉的诗才展现是浓墨重彩的，有时单独开辟一章来写，那是黛玉的专场写诗表演，华丽的舞台留给独舞的角色，而黛玉就是这个舞台的主角。正是因为黛玉的诗具有哀艳美，也造成了她郁结而难以疏散的心病，早早逝去，空留下这么多诗篇千古流芳。

而大观园的结局，人物的命运，也在柳絮词中奏响了悲音……

古典文学知识

词

词是诗的别体，隋唐时兴起的一种新的文学样式。到了宋代，经过不断发展，达到全盛时期。词最初称“曲词”或“曲子词”，是配合乐曲而填写的歌词。词牌是词的调子的名称，不同的词牌在总句数、每句的字数、声调上都有规定。词一般分为上阕、下阕，也有单调、双调、三叠的区别。

芦雪广争联即景诗

"芦雪广争联即景诗"是在《红楼梦》第五十回，比柳絮词要早些时候。排在后面的原因是这些诗不带有明显的诗赛性质，是一种游戏式的即兴创作，输赢有，赢者不分高下，输者要给予处罚，所以是一种介于赛诗和游戏诗之间的诗歌形式。

这一回诗社还是处于海棠社，时值冬天，虽天寒地冻，但大观园内却热闹非凡，除园子里原有的姐妹外，李纨的寡婶带来了两个女儿李纹、李绮，邢夫人的侄女邢岫烟、宝钗的堂妹薛宝琴都进京投亲，还有香菱，原是薛蟠的小妾，住在荣府的梨香院，因薛蟠外出做生意，宝钗便把她带到大观园住下。添上宝玉、凤姐，诗社成员达到十四人，盛况空前。

新成员的到来给诗社增添了活力，当然要接风洗尘以表示欢迎。李纨作为社长，首先想到了这一点，于是提议趁下雪天，大家拥炉作诗。拥炉的意思是在房屋的廊下，挖一长方形的坑，深约六七尺，在坑内砌一灶，通于室内的地下，地下皆有火道，可以使室内温暖。这一取暖工程设在芦雪广，于是大家分头出银子准备果品菜肴。

芦雪广盖在一个傍山临水的河滩之上，一带几间，茅檐土壁，槿篱竹牖，推窗便可垂钓，四面皆是芦苇掩覆。

下了一夜的雪，次日清早天上仍是搓绵扯絮一般，地上积雪已有一尺厚。众姐妹来齐，只缺迎春生病，惜春请假。宝玉和湘云烤了鹿肉大吃大嚼，吃得是满嘴流油，被黛玉、宝钗取笑一回。

等大家齐聚芦雪广，只见墙上已贴出诗题、韵脚、格式。题目是《即景联句》，五言排律一首，限“二萧”韵，拈阄为序。所谓的联句，是旧时作诗的一种方式，两人或多人共作一诗，相互联吟成篇。第一个人先出单句，留着双数句，让下一个人对上联下句，然后再出下句上联，让别人属对。如此轮流相继，押韵的韵脚都是要带 iao 的字。

咋咋呼呼的凤姐赶来凑热闹，出了首句“一夜北风紧”，吃了酒便走了，留下十一个人先按次序联，联了一轮之后，便是抢联，谁想到谁联，看谁的诗才敏捷，反应迅速，要是抢不上的，便是输家。

先看第一轮：

（凤姐）一夜北风紧，（李纨）开门雪尚飘。
入泥怜洁白，（香菱）匝地惜琼瑶。
有意荣枯草，（探春）无心饰萎苕。
价高村酿熟，（李绮）年稔府粱饶。
葭动灰飞管，（李纹）阳回斗转杓。
寒山已失翠，（岫烟）冻浦不闻潮。
易挂疏枝柳，（湘云）难堆破叶蕉。
麝煤融宝鼎，（宝琴）绮袖笼金貂。

光夺窗前镜，（黛玉）香粘壁上椒。
斜风仍故故，（宝玉）清梦转聊聊。
何处梅花笛？（宝钗）谁家碧玉箫？

起首句虽平淡，但从第二句开始，诗意显现。雪花晶莹美丽，飘入泥淖之中自然惹人怜惜，密密匝匝的遍地雪花，分明是琼瑶美玉在眼前剔透。枯草和苇苕在雪花的覆盖之下，等待来年春天的再次荣发，不管是雪花有意还是无心，总是“瑞雪兆丰年”的吉兆。来年土沃肥丰，自然粮食丰收，酒价见涨，于是多盼望下一场厚雪。“葭动灰飞”“阳回斗转”都是指冬天的时节来到，山已失去了苍翠，一片白雪皑皑。河面也已结冰，不再泛起微微的浪潮。雪花挂在疏朗的枝条上凝结成冰，似乎是垂挂下来的丝丝柳条，还有在破败的蕉叶上似乎也堆成了一些形状。在大雪纷飞的屋内，燃起了带有香气的炭火，穿着御寒的貂皮大衣。雪光亮白，简直比窗前的镜子还要明亮，雪花的香气比室内墙壁上涂的花椒还要沁脾。在这洁白透亮的冰雪世界里，感受这冰冷的寒风，做着像雪一样清净寂寥的梦，不知何处传来《梅花落》的笛声，是谁家的碧玉箫牵惹出人的迢迢思绪。

紧接着李纨起身离开去看热酒，下面一阵密集式的抢联，湘云联得是扬眉挺身、口干舌燥，连喝水的工夫都顾不上了，黛玉是联合宝钗、宝琴共战湘云，最后连规矩都忘了，一人只出一句，节奏都乱了，笑也笑岔气了，湘云笑到弯腰，口齿不清，最后伏着，笑软了，滚到宝钗怀里，说自己不是在作诗，而是在抢命，大家又笑作一团。联诗以李绮收尾，算是告一段落。

来看抢联的诗句：

鳌愁坤轴陷，（湘云）龙斗阵云销。
野岸回孤棹，（宝琴）吟鞭指灞桥。
赐裘怜抚戍，（湘云）加絮念征徭。
坳垤审夷险，（宝钗）枝柯怕动摇。
皑皑轻趁步，（黛玉）翦翦舞随腰。
煮芋成新赏，（宝玉）撒盐是旧谣。
苇蓑犹泊钓，（宝琴）林斧不闻樵。
伏象千峰凸，（湘云）盘蛇一径遥。
花缘经冷聚，（探春）色岂畏霜凋。
深院惊寒雀，（岫烟）空山泣老鸦。
阶墀随上下，（湘云）池水任浮漂。
照耀临清晓，（黛玉）缤纷入永宵。
诚忘三尺冷，（湘云）瑞释九重焦。
僵卧谁相问，（宝琴）狂游客喜招。
天机断缟带，（湘云）海市失鲛绡。
（黛玉）寂寞对台榭，（湘云）清贫怀箪瓢。
（宝琴）烹茶冰渐沸，（湘云）煮酒叶难烧。
（黛玉）没帚山僧扫，（宝琴）埋琴稚子挑。
（湘云）石楼闲睡鹤，（黛玉）锦罽暖亲猫。
（宝琴）月窟翻银浪，（湘云）霞城隐赤标。
（黛玉）沁梅香可嚼，（宝钗）淋竹醉堪调。

（宝琴）或湿鸳鸯带，（湘云）时凝翡翠翘。
（黛玉）无风仍脉脉，（宝琴）不雨亦潇潇。
（李纨）欲志今朝乐，（李绮）凭诗祝舜尧。

宝钗展开神奇的想象，出了上联，说巨大的海龟因为雪大而发愁大地会塌陷，湘云于是就描绘了天上的飞龙相斗掀起了阵阵的雪花飞舞。“野岸回孤棹”是王子猷在雪夜乘舟访戴安道的典故，乘兴而去，兴尽而返，见不见面都不重要了。宝琴则典故对典故，“吟鞭指灞桥”是唐昭宗相国郑綮的故事，喜欢作诗的他曾说“诗思都在灞桥风雪中的驴子上”，哪里能随处作诗呢。“赐裘怜抚戍”典出自《宋史·王全斌传》，宋太祖赵匡胤因暮冬天冷，想起了在外征战的将士王全斌无御寒的战衣抵挡风雪，于是脱下皮衣，摘下皮帽，派人骑马送衣帽给他。“加絮念征徭”出自《本事诗》，唐代宫中女子制作棉衣，送到边防的戍卒手里。其中的一个士兵发现棉袄里有首诗：“沙场征戍客，寒苦若为眠。战袍经手作，知落阿谁边。蓄意多添线，含情更著绵。今生已过也，结取后生缘。”士兵把这首诗报告给元帅，元帅把这首诗送交唐玄宗，唐玄宗查出系一名宫女所为，甚为怜悯，便将她嫁给了那个得到诗的士兵。

因大雪覆盖路面，行走要倍加小心，尤其是走到地势有高低的地方，还要注意树枝上会掉落的积雪。要轻轻地行走，慢慢地挪移。轻盈的白雪随风而舞，远处树林之间传来阵阵砍樵之声，时近时远。原野上的雪山似奔跑的大象，舞动的银蛇。雪花因冷而凝聚成美丽的六出之状，它的颜色当然不会像普通的花一样因寒冷而凋谢。

雪翻飞，深院中惊起了一群寒雀，在空旷的山谷里回荡着老鸮的哀号。雪花在台阶的空地上，在一汪池水中漂浮上下，雪光闪亮，照耀着清澈透明的早晨，朵朵雪花又在通宵的夜中缤纷乱舞。瑞雪让人忘记了冰封的寒冷，消除了多重的焦虑，带给人身心的愉悦，有人在下雪之时表现出各自独特的个性。接下来几句再用典故，“僵卧谁相问”，像汉代的袁安，别人扫雪他则在家中僵卧，原因是天冷不宜出去干扰他人，“狂游客喜招”，也有像唐代的王元宝，每逢雪天，便开门扫雪，招呼客人来家宴饮，名曰“暖冬之会”。

那厚厚的雪地是织女织布时断裂的缟带，是深海的鲛人身上遗失的透明薄纱。在冷寂的冬日，对着亭台楼榭独自寂寞，怀揣着一种清贫的气节回忆着箪食瓢饮简陋的生活。烹煮的茶水渐渐沸腾，被雪打湿过的树叶难以用来煮酒了。山僧拿着扫帚扫着积雪，而稚嫩的童子挑着琴身在雪中行走，石雕的楼台上睡着闲云野鹤，温暖华丽的厨房慵懒着睡意蒙胧的小猫，银色的月亮仿佛翻滚着银色的浪花，晚霞的黄昏中隐去了太阳的隐隐光芒。沁人心脾的梅花香气可嚼，被雪水淋湿的竹子似醉还无可以调弄风雅。在雪中走湿了身上披挂的织着鸳鸯图案的带子，有时头上翡翠的钗饰也被雪凝结成霜。虽然无风吹过，但脸上亦感脉脉的温情，虽然没下过雨，也感到身边萧萧瑟瑟的窸窣之声。想要表达心中的快乐，那就借写诗来恭祝天下大安。

幸亏有李纨、李绮匆匆把诗收尾了，要不黛玉、湘云、宝琴三人抢来抢去不知要联到何时方休。从次数上看，湘云联了十一次，是最多的、反应最快，其次是宝琴八次，黛玉七次，抢联过程中探春、宝钗等人基本上是插不进话，只能笑看她们三人混战成一片。从联诗的内容上看，基本也分不出谁是最好，因为联诗是一个整体，混杂起来可以使诗的内容丰富，单独哪一句挑出来都会破坏诗的连贯性。不管是写景还是用典，联诗者都紧扣雪景，即兴创作，而且兴致高涨，大家都说湘云是吃多了鹿肉的缘故，但吃了鹿肉的宝玉这回是落第了，不仅是宝玉，还有邢岫烟等人都联得少，所以要受处罚。

古典文学知识

五言诗联句

五言诗分“五言绝句”和“五言律诗”，从属于“近体诗”。所谓联句，是旧时作诗的一种方式，两人或多人共作一诗，相互联吟成篇。第一个人先出单句，留着双数句，让下一个人对上联下句，然后再出下句上联，让别人属对。如此轮流相继，韵脚讲究押韵。

栊翠庵乞访红梅赋

且说宝玉连连在诗赛或游戏中输场，海棠社社主李纨表态，对宝玉要给予处罚。但罚什么呢？此时芦雪广一片白雪皑皑，附近栊翠庵的红梅胭脂吐红，李纨便罚宝玉去摘红梅来。栊翠庵是妙玉所居之处，但妙玉平时为人冷僻，李纨极不喜欢。所以李纨想了这一招，她知道妙玉和宝玉是知己，摘一红梅是易如反掌之事，宝玉也乐得乘此机会拜会一下妙玉。众人觉得这罚也罚得有趣，都异口同声表示赞成。

宝玉不顾天寒地冻，拔腿要走，亏得黛玉、湘云体贴周到，叫他吃杯热酒再去。宝玉吃了一杯，冒雪前去。李纨原要派人跟着，被黛玉阻止。这栊翠庵是佛门净地，不是一般俗人皆可进得去，黛玉言语不多，心思却极细腻。

这边李纨命丫鬟将一个美人耸肩瓶拿来，贮了水，准备插梅。湘云急着等宝玉回来拿红梅作诗，宝钗笑着说湘云作诗太会抢了，等下又怕抢了别人的风头，于是就叫湘云歇了，让宝玉作。黛玉赞同宝钗所说，还提议刚才联句不够的几位客人邢岫烟和李纹、李绮来作。宝钗圆滑，说刚才几位是屈才了，是客人让主人，都让琴儿（宝琴）、颦儿（黛玉）、云儿（湘云）抢了去，这回该让她们显显才。李纨说李绮不大会作诗，不如让宝琴来作，宝钗依允。三人准备以“红”“梅”“花”三字作韵。李纨觉得不让宝玉依韵作诗，便宜他了。湘云就想了个题目叫“访妙玉乞红梅”，这个题目显得宝玉较低声下气，料想宝玉也不好作，到时再看宝玉出出丑，众人顿时都觉得有趣。

正在大家商议怎么捉弄宝玉之时，宝玉已笑欣欣地掮了一枝红梅进来。众人接过，插入瓶内，皆一起赏玩。宝玉完成了一项艰巨任务，便取笠掸雪，喝酒取暖。袭人怕宝玉冻着，早遣人送了褂子来。李纨也回了袭人些果品。湘云把诗题一说，宝玉求大家饶了他作押韵诗，众人都应允随他作去。

众人趁四人作诗之际，齐齐赏起梅来。只见这枝梅有二尺来高，旁有小枝纵横而出，姿态特异。或如蟠螭，或如僵蚓，或孤削如笔，或密聚如林，真乃花吐胭脂，香欺兰蕙，不免个个称赏。

此时，邢岫烟、李纹、薛宝琴都已吟成。既都以红梅为题作诗，那么一种作法是分韵来作，分到某一韵字的人，在诗题下注明“得某字”，并用这个字所在韵部的字作韵脚。邢岫烟得“红”字，李纹得“梅”字，薛宝琴得“花”字，而宝玉在姐妹们的允许下，自己用韵。

先是邢岫烟的《咏红梅花》诗一首：

桃未芳菲杏未红，冲寒先已笑东风。
魂飞庾岭春难辨，霞隔罗浮梦未通。
绿萼添妆融宝炬，缟仙扶醉跨残虹。

看来岂是寻常色，浓淡由他冰雪中。

冰雪娇姿的梅花盛开在冰天雪地之中，这是梅花笑东风的世界，梅色占尽冬天的色彩，一花开放，独领妖娆，桃花杏花还在遥远的春天作漫长的等候。庾岭为五岭之一，在江西大庾山，岭上多植梅树，又名“梅岭”，若梅花都飞向庾岭，那儿肯定是姹紫嫣红的春天，分不清是否还是冬天。隋代赵师雄曾游广东的罗浮山，梦见梅花化为淡妆素服的美人，并与之欢宴歌舞。但赵师雄所梦见的罗浮山梅花是淡色的，而眼前的梅花灿若晚霞，流云飞彩，好像也不是那梦中的幻想。颈联两句都把梅花比作仙女，如梦似幻。梅花有纯绿的，好事者比之九嶷仙人萼绿华，所以“绿萼添妆”是说梅花像仙女添上了红妆，也像燃烧着的红烛散发着幽光。“缟仙扶醉”指喝醉了酒的白衣仙女需要人搀扶，跨过彩虹的桥，彩虹桥的红色似乎有些褪色，仅残存一些微红。梅花不是寻常的淡雅之色，它有浓有淡，在冰雪天地中尽显旖旎芳华。

接着是李纹的诗作《咏红梅花》：

白梅懒赋赋红梅，逞艳先迎醉眼开。
冻脸有痕皆是血，酸心无恨亦成灰。
误吞丹药移真骨，偷下瑶池脱旧胎。
江北江南春灿烂，寄言蜂蝶漫疑猜。

白梅开放在春天，于这搓绵扯絮的雪天，当然是红梅逞艳的季节。醉眼可见红梅娇憨可爱的姿态，花色好像是冬天雪白的脸庞被冻得通红，流出的眼泪透出鲜红的血色，红梅开过，梅子酸心。但这又不关恨什么事，那终究是什么情感和记忆最终相思成灰？让人联想到李商隐的诗句：“春心莫共花争发，一寸相思一寸灰。”接着，诗人把红梅想象成瑶池的仙桃，因偷吃了仙丹脱胎换骨而成，并告诉蜂蝶，现在还是冷雪严寒的季节，不要把红梅误认为是桃杏，以为是春光灿烂的季节来临了。

再看宝琴的一首《咏红梅花》：

疏是枝条艳是花，春妆儿女竞奢华。
闲庭曲槛无馀雪，流水空山有落霞。
幽梦冷随红袖笛，游仙香泛绛河槎。
前身定是瑶台种，无复相疑色相差。

首联落笔便描绘出梅花浓淡分明，疏密有致的情致，大气而华丽俊美，冬景因有枝条疏朗、花朵艳丽的梅花而成一道独特的风景，又有孕育着春天的喜悦和喧闹。颔联则更具才气，“馀雪”和“落霞”是双关语，既是写实，又隐藏一层暗喻，分别喻指白梅和红梅。在闲庭曲槛、流水空山之处生长的是红梅，不是白梅。唐代张谓《早梅》中把梅比喻成雪的诗句也非常生动，“不知近水花先发，疑是经冬雪未销”，所以馀雪喻白梅早已有出处。颈联把红梅和笛声联系在一起，如红袖飘香的女子随着一曲幽梦，泛槎天河，直达牛郎织女身旁。据说“泛河槎”是一则美丽的典故。传说中大海尽头处是天河，海边曾有人年年八月都会乘槎往返于天河与人间。在天河处，豁然见城郭和屋舍，女人在织布机前忙碌，一名男子在水滨饮牛。那情景，不正是“金风玉露一相逢”的恋人一年一会的地方吗？红梅花飘落在银河，银河变成了绛红色，此联写得如梦似幻，似对神仙眷侣般的爱情有不少的期许。尾联更是肯定红梅是瑶台仙境的奇葩之物，不要因为仅仅一点的色相差别而怀疑它高贵奇特的出身。

邢岫烟、李纹、李绮与宝琴是在《红楼梦》第四十九回三家一路同行进贾府的亲戚。这几位新人里曹雪芹刻画较多的是宝琴，她是薛宝钗的堂妹，依古怪精灵的晴雯之言“她们里头薛大姑娘的妹妹更好”，探春也评道“据我看来，连她姐姐并这些人总不及她”。宝琴年纪最小、才思敏捷，未婚夫是翰林之子，身份高贵，才情不凡，被王夫人认了干女儿，深受贾母宠爱，贾母甚至有时干涉宝钗对她的管教，这便使年轻心热、性情聪敏的宝琴在大观园众姐妹中出落成别样的新鲜景致。在芦雪广即景联诗中，宝琴抢诗的速度是名列前三，在红梅赋中又因年纪小，诗意新获得众人点赞。可以说，红梅诗是新客的表演赛，也是大观园诗社进入人数最多、气氛最热闹的鼎盛时期。

正当大伙都贺宝琴，宝钗也找个由头嗔怪众人打趣她妹妹之时，李纨注意到乞访红梅的宝玉还差一首诗，宝玉连忙解释说本来是有了，不想被这三首诗唬得忘了，赶紧再想。湘云逮着宝玉不依，一边拿了铜火箸，要击节限时，鼓绝不成，又要再罚。于是湘云边击边催，黛玉边代笔边评论，宝玉连念带笑完成了诗作。宝玉的首联头一句被黛玉摇头笑评为“起的平平”，第二句黛玉、湘云点头笑道“有些意思了”，颔联黛玉摇头“凑巧而已”，后两联黛玉写完众人刚要评论时，被几个丫鬟跑进来禀报说“老太太来了”打断了，使得宝玉的诗评不了了之。

且看宝玉的诗：

酒未开樽句未裁，寻春问腊到蓬莱。
不求大士瓶中露，为乞嫦娥槛外梅。
入世冷挑红雪去，离尘香割紫云来。
槎枒谁惜诗肩瘦，衣上犹沾佛院苔。

宝玉的诗看似断续磨蹭而作，但细看却有几分离尘脱世的散逸。前两联实写，评价一般，后两联念出还未评赏，却被匆匆打断，似乎是曹雪芹刻意安排，把宝玉的诗留待读者去品评。

首联一看便知宝玉是被半戏半罚在大冷天去踏雪寻梅，酒也没喝，诗也没构思，就去栊翠庵讨要梅花。栊翠庵是妙玉所居之处，平时无人随便入得，但宝玉去却是自然随意，在他眼里，栊翠庵是超脱尘世的蓬莱仙境。“春”和“腊”都是指梅花。南朝陆凯《赠范晔》有“折梅逢驿使，寄与陇头人。江南无所有，聊赠一枝春”。宋代仁渊注黄庭坚《戏咏腊梅二首》

有“京洛间有一种花，香气似梅，花亦五出而不能晶明，类女工捻蜡所成，京洛人因谓蜡梅”。蜡梅即腊梅，折得一枝腊梅，即折得一枝春。

颔联“大士”即观世音大士，喻指妙玉，瓶中露是观世音手里的净瓶中有甘露，可救灾厄。“嫦娥”，广寒宫中的仙女。“槛外”，指栊翠庵。宝玉把妙玉看成美丽孤傲的出家人，用了一定的想象。颈联是宝玉写得最好的一句。“挑红雪”“割紫云”都是折梅的意思，从栊翠庵折梅返回称“入世”，去庵里讨要红梅称“离尘”，梅亦称“冷香”，宝玉把两字分开处理，显现诗人写诗的态度和温度。“槎枒”是瘦骨嶙峋之意，“诗肩”必定要瘦削，这是诗歌里诗人的意象，如陈草阁《沁园春》词里“漠漠风烟，昏昏水月，醉耸诗肩骑瘦驴”。踏雪而归，衣上仍沾有佛院的苔痕，这是写诗的前后呼应，也或许是宝玉对寻梅一事的眷恋和回顾。

潇湘子情拟桃花行

黛玉在《红楼梦》中诗才的表现除了参加诗社诗赛外，单独表演主要有两场，一场是《葬花吟》，另一场是《桃花行》。前一场的参与者有宝玉，后一场除了宝玉之外，还有大观园众姐妹。《桃花行》一出，海棠诗社换社名为“桃花社”，社长由李纨改为黛玉。

第七十回，曹雪芹并没有描写林黛玉是如何写就《桃花行》的，只是被姐妹们传阅，落到了彼时在那里闲愁胡恨的宝玉手里，宝玉因柳湘莲遁入空门、尤三姐自刎、尤二姐被凤姐逼死，弄得似染有怔忡之病。一日清晨突然听闻有好诗，忙梳洗出去看。《桃花行》是海棠诗社因大观园变故耽搁散了一年，黛玉在初春时节所作，一时惹得众人诗兴大发，要去稻香村找稻香老农商议再起诗社。

黛玉写的这首《桃花行》原系唐乐曲名，据唐武平一《景龙文馆记》载，唐中宗景龙四年春，宴桃花园，群臣毕从，学士李峤等各献桃花诗，中宗令宫女歌之，辞即清婉，歌乃妙绝。其中十二篇入乐府，号曰《桃花行》。行，原是乐曲的意思，也是古代诗歌的一种体裁，属乐府诗一类，此类诗一般称为“歌行体”，明代文学家徐师曾在《诗体明辨》中对“歌”“行”及“歌行”作了如下解释：“放情长言，杂而无方者曰歌；步骤驰骋，疏而不滞者曰行；兼之曰歌行”，其实二者并无严格区别，其音节、格律一般比较自由，形式采用五言、七言、杂言的古体，富于变化。

黛玉的《桃花行》属七言古风，句式齐整，偶有换韵，音律和谐。

桃花帘外东风软，桃花帘内晨妆懒。
帘外桃花帘内人，人与桃花隔不远。
东风有意揭帘栊，花欲窥人帘不卷。
桃花帘外开仍旧，帘中人比桃花瘦。
花解怜人花也愁，隔帘消息风吹透。
风透湘帘花满庭，庭前春色倍伤情。
闲苔院落门空掩，斜日栏杆人自凭。
凭栏人向东风泣，茜裙偷傍桃花立。
桃花桃叶乱纷纷，花绽新红叶凝碧。
雾裹烟封一万株，烘楼照壁红模糊。
天机烧破鸳鸯锦，春酣欲醒移珊枕。
侍女金盆进水来，香泉影蘸胭脂冷。
胭脂鲜艳何相类，花之颜色人之泪。
若将人泪比桃花，泪自长流花自媚。
泪眼观花泪易干，泪干春尽花憔悴。
憔悴花遮憔悴人，花飞人倦易黄昏。
一声杜宇春归尽，寂寞帘栊空月痕！

自古以来，桃花因其特有的文化寓意被历代诗词名家所歌咏，最早及有名的诗句“桃之夭夭，灼灼其华。之子于归，宜室宜家”出自《诗经·周南》，赞美年轻美貌的女子出嫁，借桃花喻生活的美满与幸福。据历代咏桃诗词选统计，咏桃诗在先唐、唐宋元明清历代有名的概有七百六十六篇。咏桃诗大多表达对春天的喜爱和眷恋，对美丽易逝的伤感与怅惘。曹雪芹借黛玉写出的这首《桃花行》应该是古往今来较独一无二的诗作。其一是以“行”的体裁作为表现形式，其二是花人相映成趣、花人情感交融的优美意境突出，引得大观园诗社又掀起了诗会的雅兴。

诗的开头几句表现桃花与人在一帘之隔下的景致和风情。帘外桃花和东风，帘内佳人懒梳妆，花人相映之下又引出一段伤情。满庭春色娇艳无比，但伊人憔悴消瘦，若桃花懂得怜惜，也应该会蒙上氤氲的愁绪。满腹心事无人懂，只有独自凭栏，偷傍桃花，泣对东风，在一阵纷纷扬扬的桃花雨中看叶瓣凝碧。想象和夸张手法较着力的是用万株桃花形容其多，用鸳鸯织锦描摹其美，桃花盛开烟雾笼罩，鲜红如火映照楼壁，似红色云锦烧破落于地面，又仿佛是春梦长酣后回忆这如梦似幻的美景而醉红容颜。桃芳菲，化作胭脂泪，何事能使泪长流，桃花不语兀自憔悴，在杜宇声声的悲鸣中送春归去。

《桃花行》这首古风巧在赋予桃花人的情感，由喜转悲，与抒情主人公有情感交流，起伏跌宕，打破了古代写桃花较单一的形式。但也可看作黛玉在仲春时节的顾影自怜，眼中桃花即是她自己的写照，自娇自媚，又略自怨自艾。全诗构思独特，感情浓郁，柔肠婉转，唏嘘感人。

孰料宝玉看完，并不称赞，而是痴痴呆呆，竟要滚下泪来。又怕众人看见，忙自己拭了。接着问怎么得来的，宝琴叫宝玉猜是谁作的，宝玉笑道自然是潇湘妃子的稿子。宝琴说是她作的，宝玉笑说不信，“声调口气，迥乎不像”，宝琴又搬杜甫的诗为例，“丛菊两开他日泪”和“红绽雨肥梅”都是一人所作，为何不信。宝玉又笑着说出理由，纵使宝琴有此等作诗的才华，但宝姐姐是断不许妹妹有此伤悼之句，比不得林妹妹曾经离丧，作此哀音。众人被这两人的猜度和分析逗笑了。

宝玉这一拭泪一说笑，其实是感情的真实流露和机警的掩饰。在众人眼里，《桃花行》是首好诗，该博得连连称赞。海棠社社长李纨看了，自不必说，称赏不已，社名更改，社长换人。黛玉虽在第二十七回中有《葬花吟》，但那只是吟，并没有写出来，这次桃花诗是众人一起传阅，黛玉凭着出众的才华和冠绝的桃花诗，在《红楼梦》第七十回担当了诗社社长的身份，社名“桃花社”也由此得来。可以说，《红楼梦》对诗社活动的描写是非常精彩和得当的，李纨先当社长是序齿大，黛玉后当社长是诗才高，众望所归，名副其实。和宝钗相比，黛玉写诗不受拘束的灵性和格调脱俗的意境高过宝钗，不当社长说不过去，创作才华和宝钗几次比量，虽有输赢之分，但最后定然是优胜而出，不言而喻。曹雪芹一波三折的谋篇安排，尽显小说艺术曲径通幽的技巧，在读者眼中，大观园诗篇被欣赏品评的视角因而显得更加丰满。

桃花易谢，落红易伤，《桃花行》出现在第七十回，离荣府败亡和黛玉夭折已然不远。宝玉的落泪之举虽一时敛饰，但“花飞人倦易黄昏，一声杜宇春归尽”，夕阳的晚景，落日的悲音已悄然而临。

古典文学知识

七言诗歌行体

歌行体是古代诗歌体裁之一，是初唐在汉魏六朝乐府诗的基础上建立起来的，以七言为主。篇幅可短可长，短的有十七八句，长的如韦庄《秦妇吟》共有二百三十八句之多。歌行体保留着古乐府叙事的特点，记人物言行、发议论感慨为一体，内容充实而生动。声律、韵脚比较自由，平仄不拘，可以换韵。明代文学家徐师曾在《诗体明辨》中对“歌”“行”及“歌行”作了如下解释：“放情长言，杂而无方者曰歌；步骤驰骋，疏而不滞者曰行；兼之曰歌行”，其实二者并无严格区别。

埋香冢泣闻葬花吟

《葬花吟》出现在《红楼梦》第二十七回，早早地为红楼故事定下了悲剧的基调。这是一首吟者悲、听者恸的诗歌，是黛玉在最美的青春年华洞见未来的自己，在孤寂的角落用飘零的落花埋葬花事的盛筵，用哀艳的诗行痛省俗流的无情，用悲泣的哭声卓然不愿陷入污泥的风骨。

黛玉是个异常清醒的女子，自进入贾府之日起，便谨记母亲所叮咛的，外祖母家与别家不同。所以步步留心、时时在意，提醒自己不要多说一句话，不可多行一步路。即使在贾府受外祖母的疼爱，凤姐的怜惜，宝玉的冷热知心，但侯门深似海的封建大家庭处处有规矩、样样讲礼节，黛玉感受不到在家时依恋在父母身边的温暖，年纪轻轻要在各种场面上应对得体、不失分寸，这日子对她来说过得并不十分遂心，不如意或受了委屈也只能独自垂泪排遣。第十四回黛玉父亲林如海病故，对黛玉来说更是雪上加霜，她完全成了孤儿，只能长期寄身贾府，凭着贾母外孙女的身份博取大家对她的照顾。

在所有的红楼诗词里，《葬花吟》被公认为诗歌的冠冕。俞平伯先生认为“千古红楼第一诗，伤怀唯有落花知。锦囊艳骨犹无主，已是香丘月堕时”。细心的读者会发现，在《葬花吟》诗歌出场前，曹雪芹用心做足了铺垫。

一是营造了绝美的环境。黛玉处理完家事再进贾府，正是贾元春被皇上封为凤藻宫尚书外加封贤德妃之时，更可喜的是作为皇亲国戚获圣旨批准扩建荣、宁二府，建造省亲别墅，以尽椒房孝心，荣、宁二府上下内外人等莫不欢天喜地。于是贾赦、贾政大兴土木，堆山凿池，起楼竖阁，种竹栽花，且让宝玉试题额匾。第十八回元妃省亲，小说笔墨更是描写得波澜有致。元妃赐其园总名为大观园，把原所拟之各处园林重新定名，并让宝玉和众姐妹写匾题诗，文采绰约，华彩弥彰。大观园此时风生水起，熠熠生辉。第二十三回元春下一道谕旨，让宝玉和众姐妹住进大观园，各人择处而居，称心合意，不负此园美景。在得天独厚的环境里，《葬花吟》的出现便有了极为自由广阔的天地，那一场落花雨纷纷扬扬下满了整个园子，那场景为黛玉怜花惜花、荷锄葬花的重头戏埋下了充分的伏笔。

二是积淀了伤怀的愁绪。《葬花吟》写得凄厉哀怨，刻骨悲凉，这样愁绪满怀的黛玉从何而来？读者很难想象正当贾府深受皇恩眷宠，大观园珠玉生辉、金银焕彩，一片太平景象、富贵风流之时，《葬花吟》却唱出了绝世的悲歌，难免与时景不衬、与欢庆不符。琉璃世界、珠宝乾坤里仿佛看到衰草枯杨、蛛丝结梁的凄凉萧条。

黛玉的愁绪是很复杂的，从和宝玉的关系来看他们是心意相通的一对，宝玉自从与黛玉相见那一刻，便有了“这个妹妹似曾见过”的熟识。虽然后来贾府来了得体识礼的宝钗，宝玉在被一堆脂粉环绕之中心心念念的还是黛玉。黛玉的喜怒娇嗔也只有在宝玉面前自由表现。两人在大观园沁芳闸桥的桃花树底下曾有共读《西厢记》的浪漫和甜蜜，宝玉借机向黛玉表白，被黛玉又啐又笑后，一起收拾落花，掩埋进花冢。

但两人的心事只有两人懂，贾府里每一个人都过着自己或荣华或局促的生活，没有人真正顾得上这两个年轻人怀着怎样的心事，更无人对一个在绣闱中散发着幽芳的颦儿产生更多的关心。在外人看来，黛玉身患不足之症，病体怏怏，能健康生活就自求多福了，还能有什么奢求。在黛玉看来，莺飞燕舞、火树琪花的大观园也是自己无奈选择的栖身之所，满腹的诗书才华欣赏者寥寥，宝玉是唯一真诚的听众，但时常身不由己，只落得孤单影照、寂寥伤感。再加上才貌双全、机智圆滑的宝钗加入，“金玉良缘”的姻缘般配似乎更比“木石前盟”的前世报恩被众人看好。绛珠仙草的还泪之说在《葬花吟》里第一次得到了现实的展现。

而恰巧《葬花吟》前夜又发生了一段情节，黛玉怀着关切之情前往怡红院看望宝玉，被晴雯迁怒，关着门不让她进去。站在门外却听得宝玉和宝钗的笑声，顿时既动气又伤感，不顾苍苔露冷、花径风寒，独立墙角边花荫之下，悲切呜咽起来。

第二天乃四月二十六日，尚古风俗里这日是芒种节，也是饯花神节。因为芒种一过，便是夏日，众花皆谢，花神退位，须要饯行。大观园内的女孩子们早已用花瓣柳枝编成轿马，用绫锦纱罗叠成干旄旌幢，用彩线系在每一棵树头、每一枝花上。满园里绣带飘摇，花枝招展。

而黛玉还记着昨晚的事，就算宝玉一早来找她，她也当没看见，独自找别的姐妹去了。宝玉找到宝钗、黛玉、探春她们，又被探春拉着说话，黛玉趁机悄悄离群，不见踪影。

黛玉去的不是别处，正是那日与宝玉共同葬花之处。宝玉兜着凋零的花儿，过树穿花，欲奔花冢。只听得花冢旁的山坡上传来哭声，一段低吟哽咽的《葬花吟》听得宝玉痴倒：

花谢花飞花满天，红消香断有谁怜？
游丝软系飘春榭，落絮轻沾扑绣帘。
闺中女儿惜春暮，愁绪满怀无释处。
手把花锄出绣闺，忍踏落花来复去。
柳丝榆荚自芳菲，不管桃飘与李飞。
桃李明年能再发，明年闺中知有谁？
三月香巢已垒成，梁间燕子太无情！
明年花发虽可啄，却不道人去梁空巢也倾。
一年三百六十日，风刀霜剑严相逼。
明媚鲜妍能几时，一朝飘泊难寻觅。
花开易见落难寻，阶前闷杀葬花人，
独倚花锄泪暗洒，洒上空枝见血痕。
杜鹃无语正黄昏，荷锄归去掩重门。

青灯照壁人初睡，冷雨敲窗被未温。
怪奴底事倍伤神，半为怜春半恼春：
怜春忽至恼忽去，至又无言去不闻。
昨宵庭外悲歌发，知是花魂与鸟魂？
花魂鸟魂总难留，鸟自无言花自羞。
愿奴胁下生双翼，随花飞到天尽头。
天尽头，何处有香丘？
未若锦囊收艳骨，一抔净土掩风流。
质本洁来还洁去，强于污淖陷渠沟。
尔今死去侬收葬，未卜侬身何日丧？
侬今葬花人笑痴，他年葬侬知是谁？
试看春残花渐落，便是红颜老死时。
一朝春尽红颜老，花落人亡两不知！

在黛玉眼里，这漫天飘洒的落花预示着生命的终结，有谁堪怜？大观园锦楼绣阁沾满飞舞的花絮，枝头残留芳影无几。那柳丝榆荚兀自芳菲，哪管落花满径，惜花之人黯然销魂？有道是，年年岁岁花相似，岁岁年年人不同。物换星移人去楼空巢倾，梁间燕子亦无寄身之处。红粉朱楼春色阑，人情似水终将逝，如花美眷敌不过似水流年，经不起风刀霜剑的无情催逼。那风声、歌声、落花声不知是花魂还是鸟魂，埋葬的正是自己美丽的青春和梦想，那没有希冀的明天充满着阴霾，就是随着落花飞到天尽头也找不到真正的归宿。不如用锦囊收起埋入尘土，强过陷入万千沟渠遭受玷污。葬花之人为情所痴，这世上再无他人能理解，等到红颜老去，花落人亡，不知自身将被谁埋葬，魂魄归向何方？

一首断肠离恨的诗句哭完，这边宝玉听得早已恸倒在山坡，怀里兜的落花撒了一地。黛玉自怜自哀，而宝玉却由黛玉联想到宝钗等人，又联想到自己，等所有人都无可寻觅之时，大观园斯处、斯园、斯柳、又不知当属谁姓？一而二，二而三，反复推求了去，不知如何解释这段伤悲。

按下后面发生的故事情节暂且不表，黛玉葬花之举其实有历史典故。明代历史上有一位真实生活过的女子，据清人赵吉士《寄园寄所寄》引《弘雅堂外集》：

> 吴江叶氏琼章，月府侍书女也，卒后从泐大师授记。师曰："既愿皈依，必须审戒，我当一一审汝仙子。身三恶业，曾犯杀否？"对曰："曾呼小玉除花虱，尝遣轻纨坏蝶衣。""曾犯盗否？"对云："不知新绿谁家树，怪底清箫何处声？""曾犯淫否？"对曰："晚镜偷窥眉曲曲，春裙新绣鸟双双。""口四恶业，曾妄言否？"对云："自谓生前欢喜地，诡云今世辨才天。""曾绮语否？"对曰："团香制就夫人字，镂雪裁成幼妇诗。""曾两舌否？"对云："对月意添愁喜句，拈诗评出短长谣。""曾恶口否？"对云："生怕帘开讥燕子，为怜花谢骂东风。""意三恶业，曾犯贪否？"对云："经营缃帙成千

轴，辛苦莺花满一庭。”“曾犯嗔否？”对云：“怪他道蕴敲枯砚，薄彼崔徽扑玉奴。”“曾犯痴否？”对云：“勉弃珠环收汉玉，戏捐粉盒葬花魂。”泐大师遂授记。

这故事来得风趣，故事当中这位可爱而伶俐的女主角就是著名的明代才女叶小鸾，以诗语一一应答自己曾经犯过的佛戒，尽是一副小女生的娇痴。其中痴戒犯的是“勉弃珠环收汉玉，戏捐粉盒葬花魂”，正是黛玉葬花之所本。

黛玉的落花诗主题在历史上也有人写过。如明代著名文学家和书画家唐寅在政治上遭受打击，便一心从事诗文、书画创作，游览东南名山大川，在苏州桃花坞筑桃花庵，与当时文学家和书画家周臣、沈周、文徵明、仇英、祝允明、张灵、徐桢卿等人相往还。当时落花诗由沈周首唱，和者有文徵明、唐寅等人。唐寅写就三十首落花诗被人收集，编成诗册。诗的内容反映了封建士大夫感物伤怀之情。如“刹那断送十分春，富贵园林一洗贫”“身渐衰颓类如此，树和泪眼合同枯”“桃叶参差谁问渡，杏花零落忆题名”“人不归来春又去，与谁连臂唱盈盈”。

曹雪芹把落花的哀悼和葬花的痴情联袂一起，唱出了一曲千古绝唱《葬花吟》。自此，黛玉的诗意悲情的形象深入人心，这首歌行体古诗也继唐代张若虚的《春江花月夜》之后再登诗歌艺术巅峰，让后来者难可比肩。

凹晶馆寒塘渡鹤影

《红楼梦》第七十六回，曹雪芹对大观园欢度中秋的情节作了一番浓墨重彩的描绘。虽说是阖家团聚的良辰佳节，但大观园却经历了一场抄检风波，欢乐喜庆的表象之下，呈现出格外凄清冷寂的氛围。

众姐妹中那夜到的人也不齐，宝钗、宝琴回自家赏月团圆，李纨、凤姐生病缺席，宝玉因晴雯生病而诸务无心，在凸碧山庄玩击鼓传花游戏时不敢说笑话，只奉贾政之命作了首即景诗便早早离席，探春因“家事着恼，无暇游玩”，勉强陪着贾母坐到四更也疲惫歇息，迎春、惜春平日默默无言，不到四更早熬不过，都去睡了。只剩黛玉和湘云，两个孤苦无依的姐妹挚情相伴，对月抒怀，兴致盎然，意趣投合，即景生情联出佳句二十二韵，后又被妙玉添上十三韵，是为《右中秋夜大观园即景联句三十五韵》。

黛玉、湘云同病相怜，都是父母双亡，过着寄人篱下的生活，但两人却都对诗有着天性的喜爱，在诗的天地里，她们抛却人世凄凉、人情冷漠，满腹经纶满身豪气得以尽情挥洒，更何况三五中秋夕，圆月当空，不吟咏赏月，岂不有负美景。湘云一边咕哝说宝钗不守信，本来说好中秋赏月，起诗社联句，却自己赏月去了，一边又劝慰黛玉别独自倚栏垂泪，索性两人来联句，来日羞姐妹们一番。湘云这番自宽自慰的话引得黛玉也暂时忘记了烦恼，干脆趁着这清静无人的月圆之夜，兴尽联诗的乐趣。

大观园赏月之处在凸碧山庄，是一座山坡，湘云认为山上赏月虽好，总不及近水赏月更妙，于是两人往山坡底下的凹晶馆所处之地去。"凹凸"两字在湘云看来用于轩馆之名是新鲜而不落窠臼，只是读音有点俗，不大见用。黛玉引经据典说这两字古人用得多了，不胜枚举，只是今人不知，用作俗字，还说当年元春大观园试才题对额，宝玉拟了未妥，这两字还是自己改拟的。

凹晶馆此时池中月影婆娑，池面皱碧叠纹，近处又飘来悠扬笛韵，这笛声是贾母赏月时特意安排的，虽然那晚人丁不旺，但贾母兴犹未阑，说了句"如此好月，不可不闻笛""只可远远的吹起来就够了"，所以在笛声的助兴之下，黛玉、湘云兴致盎然，两人都爱五言，便确定为五言排律。韵脚的选择更是别致，黛玉笑说数栏杆的直棍根数，数到十三根完，那就是十三元韵，这个韵用得少，湘云怕牵强，黛玉跃跃欲试两人谁强谁弱，只是没有笔，湘云说先记在脑子里，这点儿聪明还是有的，明日再写。

且看两人的联句：

林黛玉：三五中秋夕，
史湘云：清游拟上元。撒天箕斗灿，
林黛玉：匝地管弦繁。几处狂飞盏，
史湘云：谁家不启轩。轻寒风剪剪，

林黛玉：良夜景暄暄。争饼嘲黄发，
史湘云：分瓜笑绿媛。香新荣玉桂，
林黛玉：色健茂金萱。蜡烛辉琼宴，
史湘云：觥筹乱绮园。分曹尊一令，
林黛玉：射覆听三宣。骰彩红成点，
史湘云：传花鼓滥喧。晴光摇院宇，
林黛玉：素彩接乾坤。赏罚无宾主，
史湘云：吟诗序仲昆。构思时倚槛，
林黛玉：拟景或依门。酒尽情犹在，
史湘云：更残乐已谖。渐闻语笑寂，
林黛玉：空剩雪霜痕。阶露团朝菌，
史湘云：庭烟敛夕棔。秋湍泻石髓，
林黛玉：风叶聚云根。宝婺情孤洁，
史湘云：银蟾气吐吞。药经灵兔捣，
林黛玉：人向广寒奔。犯斗邀牛女，
史湘云：乘槎待帝孙。虚盈轮莫定，
林黛玉：晦朔魄空存。壶漏声将涸，
史湘云：窗灯焰已昏。寒塘渡鹤影，
林黛玉：冷月葬诗魂。

联句以黛玉一句现成的俗语起首，湘云跟着把中秋节比作元宵节，群星撒天，管弦遍地，接着“几处狂飞盏，谁家不启轩”想象家家户户飞盏举杯、推窗赏月的盛景，这两句两人都觉得接得满意。联句也要讲究铺陈，如“轻寒风剪剪，良辰景暄暄”增添欢乐喜悦的心情，同时也要加点人间俗事，“争饼嘲黄发，分瓜笑绿媛”，描绘中秋节争吃月饼，参差切瓜的喜乐之事。南朝宋谢灵运曾说“天下良辰、美景、赏心、乐事，四者难并”，不想黛玉和湘云很快地在前五韵都吟咏出来了。不过两人一边联，一边笑说对方是杜撰，又说自己有出处可证，相互戏谑，乐趣不停。接着两人又笑对方塞责地说出“玉桂”“金萱”等词来对付，于是干脆考虑把诗句铺陈得富丽些，方是即景之实事。在这样的思路下，“分曹尊一令，射覆听三宣。骰彩红成点，传花鼓滥喧”，有关行射覆、猜拳行酒令、击鼓传花等游戏都被联进诗里，也是大观园平日宴饮喜乐生活场景的植入描写。

联到此处，湘云想着要点题，“晴光摇院宇”引出“素彩接乾坤”，开始描写月光，渐渐把视线从行酒令和吟诗作对的众人转入在月光下的自我。“构思时倚槛，拟景或依门”，自我在这无边的月色之中，显得如此渺小，而月色在兴尽、更残、乐谖、语寂之后留下的是霜痕空剩、朝菌阶生、庭烟敛棔的寂定。这几句由喧哗转为静谧，渐渐呈现出诗意的空阔和开阖。接着两人点首望月，吟出“虚盈轮莫定，晦朔魄空存”，发出人生在世，如月亮盈虚不定的感慨。苏轼曾在中秋对月抒怀时有“人有悲欢离合，月有阴晴圆缺，此事古难全”的千古佳句，黛玉、湘云孤独无依的身世使两人同时合拍地发出此等悲音，也符合情境的合一。

夜深人静，壶漏声涸，灯焰已昏，此时突然在寒塘之中飞出一只白鹤，远飞而去，惊吓到两人，但也使诗句有了助兴的巧妙。当湘云念出“寒塘渡鹤影”时，黛玉猝不及防，又叫好，又跺脚，不知如何接对，黛玉说只有“魂”可对“影”，寒塘渡鹤是何等自然、何等现成、何等有景，况又新鲜。正在黛玉绞尽脑汁之时，湘云说细想就有，要不然放着明日再联，殊不知黛玉不听不理，只看天，半日，猛然笑道已有了，只听吟出“冷月葬诗魂”一句。

最后一句黛玉没有输给湘云，反而技高一筹压倒湘云，黛玉用工出奇的押尾句非她莫属，一个把诗视为生命的人，以冷月埋葬诗魂也是何等自然。也许，黛玉在半日的思忖中，想到了自己的将来和结局，却用笑的方式说出来，这含悲带泪的笑不由让人生出无限的凄楚悲凉之情。

此时的凹晶馆摇曳着水光和月光，湘云拍手叫好，称赞诗句新奇，但又埋怨黛玉出此凄清奇谲之语不免有些颓丧，不利病体。突然，栏外山石后转出一人，此人正是独在清池边赏玩皓月的妙玉，妙玉听完联诗，觉得诗固然好，只是太过悲凉，关乎人之气数，不如到此为止，顺道到栊翠庵吃茶歇息。

黛玉、湘云跟随妙玉来到栊翠庵，由妙玉写下刚才的二十二韵联句，黛玉趁着妙玉有心情，顺便请教妙玉对联句的评价并做些改正。妙玉笑说不敢妄评，更不敢狗尾续貂，黛玉机智地请妙玉把她们的联句写得不好的地方往好了带，这样的央求之语还是说到了妙玉的心里。从未在她们面前作过诗的妙玉，那夜破例一挥而就联了十三韵，作为收结，也为刚才的凄楚之意作个翻转。

来看妙玉的收结：

香篆销金鼎，脂冰腻玉盆。
箫增嫠妇泣，衾倩侍儿温。
空帐悬文凤，闲屏掩彩鸳。
露浓苔更滑，霜重竹难扪。
犹步萦纡沼，还登寂历原。
石奇神鬼搏，木怪虎狼蹲。
赑屃朝光透，罘罳晓露屯。
振林千树鸟，啼谷一声猿。
歧熟焉忘径，泉知不问源。
钟鸣栊翠寺，鸡唱稻香村。
有兴悲何继，无愁意岂烦。
芳情只自遣，雅趣向谁言。
彻旦休云倦，烹茶更细论。

妙玉的联句顺着刚才的诗意作了过渡的安排，由室外转移到室内，考究的室内陈设金鼎里烧着盘香，玉盆里插着燃尽的蜡烛，寝被尚温，闲屏散彩，寂寞箫声引得独守闺阁之人些许悲伤落寞。此时室外该是露浓霜重，荒原野郊石木森森，破晓之光隐照石龟和垣屏，听得鸟飞林樾，深谷猿啼。这看似陌生的环境其实并不奇特，因为栊翠庵敲起了晨钟，稻香村响起了鸡鸣。生活只要是有兴致哪来的悲伤，心里没有愁绪谈何烦恼，身为闺阁女子只要有闲情雅趣，只管自己寻找一种寄托，哪怕和朋友一起笑谈坐论、煮水烹茶，不顾通宵达旦到天明。

妙玉作为槛外人，清静修为，在联句中表现出的中秋节不是世俗生活喧闹欢腾的场景，而是佛门中人的冷眼观照，看破红尘滚滚，远离尘嚣如只身游历荒原，任世间有否妖神鬼怪的凄厉和神秘，还不是山间一泓泉，生命终究回归本质。路多歧岂能忘径，水多眼不会忘源，暮鼓晨钟，生命周而复始，有兴无愁，寂寞人有知己二三，夫复何求。

古典文学知识

五言排律

五言排律从属于“近体诗”，是五言律诗扩大而成。

五言律诗，简称五律，发源于南朝，初唐成型，成熟于盛唐。全诗八句，每句五个字，共四十个字。有仄起、平起两种基本形式。诗讲究句式整齐、对仗、押韵、平仄。第二联（颔联）、第三联（颈联）须作对仗。

排律和一般律诗一样，遵守平仄、对仗、押韵等规则，不限四韵。每首最短五韵十句，多的长达五十韵（一百句）甚至一百韵（二百句）以上。除首位两联外，中间各联都要用对仗，各句间也都要遵守平仄粘对的格式。相对来说，写诗的限制比较多，名篇较少。

痴公子泪撰芙蓉诔

在《红楼梦》里，贾宝玉写诗多数是跟着众人一起应和的，要么是贾政的命题考试，要么是大观园诗社的每次赛诗活动，作诗的题材和规则大都受到限制，自我发挥的余地不大。

在父亲贾政面前，宝玉的诗旁逸斜枝，跳出传统思想的束缚，经常冒出叛逆性的奇思妙想，被迂腐刻板的父亲训斥那是家常便饭。在钗黛等大观园众女儿面前，宝玉的诗一样也是超凡脱俗的品格，但是从细腻与灵巧的角度来看，宝玉的诗显得线条粗一些。而且每次诗社创作活动，宝玉在时间的把握上总是有点磨叽，构思缓慢，出手不快，是大家揶揄和笑谈的对象。不仅如此，在比赛中诗的质量没有达到公认的标准、社长的肯定，所以时常落第，甚至垫底。

但是宝玉喜欢写诗，积极性很高，只要是被邀，没有一次是落下的。可以说，在一些应和作品中，宝玉没有显露出自己真正的写作才华。

但是曹雪芹非常有心地告诉读者，贾宝玉真正的诗心隐藏在内心深处。《芙蓉女儿诔》就是曹雪芹为宝玉的诗才做了极有力的明证。这篇诗文宝玉用千余字的篇幅来祭奠丫鬟晴雯，写的是汪洋恣肆、情真意切，是红楼诗歌中最令人感到震撼的诗文。

宝玉先用了汉赋的形式写序，极尽铺排渲染之能，又用骈文的形式，对仗用典十分精巧洒脱。接着用辞的形式写出歌的内容，其风流倜傥的神韵可与楚辞开创者屈原一比高下。全篇读来回肠荡气、情思不绝如缕，让人慨然忘忧，意兴缭绕不尽。

且宝玉写这篇诗文是没有公开发表的，也就是自己一个人悄悄写的，泣涕念完后用火烧掉，以表奠茗，除了被站在园中花阴下的黛玉无意听到，没有人知道宝玉除了去偷偷探视病着的晴雯之外，还作了诗祭奠她的离去。

其实，这样安排故事情节是非常合理的。因为宝玉根本不可能有机会或者有条件把祭文公之于众，或把祭奠的仪式明目张胆地让众人看到，因为在封建等级制度的影响下，宝玉和晴雯的主仆关系异常明显。主人只有役使仆人的责任，仆人成了主人眼中钉之后被拔去是必然的命运结局。

所以，晴雯被贴上“妖精”的标签并同时被驱逐出大观园远离宝玉，这个情节的设计合乎常理。晴雯“风流灵巧招人怨”的个性使她在金陵十二钗又副册中的排名中居首位，她的俊俏和勇敢就像一把随时可以燃烧的火，时时埋伏着险情和危机。大观园抄检风波袭来，晴雯没有躲避，而是“挽着头发闯进来，豁一声将箱子掀开，两手捉着底子，朝天往下尽情一倒，将所有之物尽都倒出”。这种无声的抗议和平时她口露锋芒的性子是一脉连贯的。

相反，贾宝玉去探视甚至祭奠晴雯的举动更被视为弥足珍贵。封建家族贵公子身边的丫鬟随时都有被赎或被驱的可能，走马灯式的换人常见不鲜，命运的否泰变化无常。宝玉面对晴雯的落难，说不出辩解的证据，又无力顶撞家长挽回沮丧的局面，只有悄悄去探看以尽主子的情分，盼着晴雯病好能找个好人家嫁了心安。就是这么做，宝玉也是冒着反逆的罪行，因为这明摆着是对母亲王夫人的处理结果表示不满而为。

可惜的是，晴雯没有躲过这场灾难。年纪轻轻的她在疾病缠身的困境下，被哥嫂冷落怠慢，终至夭亡。宝玉在她临终前的看望是她短暂的一生中最为幸福而动人的时刻。对于宝玉来说，纯洁美丽的晴雯离他而去是美的幻灭，他敢想而不敢说的抗议化为一帛诔文，在他声泪俱下的呜咽声中化为一阵飞灰而湮灭。

宝玉在晴雯最终栖身之所不敢祭奠，在怡红院更是不敢，所以他的祭奠之所是大观园中一处僻静角落，这个角落刚好有一池芙蓉。当日他无意中听到身边丫鬟秋纹说了一句“真是‘物在人亡’了！”也不敢吱声，等麝月、秋纹走远，才问了随从的两个不知名的丫头晴雯的事。他向丫头打听晴雯临终之言，当得知晴雯说等不了宝玉，要去上天玉皇爷那儿掌管花儿去了，丫头说自己听了不大相信的时候，宝玉忙说真有这事，就是不知道是总花神还是单管一种花神。小丫头见池塘生芙蓉，就诌说掌管芙蓉花。宝玉不但不以为怪，反而去悲生喜，要去晴雯灵前一拜。但晴雯哥嫂早已被王夫人打发到外头送殡去了，宝玉扑了个空。他一心凄楚，回至园中，在芙蓉池边嗟叹出神，冒出在灵前祭拜不成，在芙蓉花前祭奠尽礼的念头。

宝玉祭奠的方式是写了一长篇诔文，来表达自己的诚敬之心。他用晴雯平日所喜之冰鲛縠一幅，也就是用上等丝织品作书写材料，用楷书写成千余字。祭奠时挂在芙蓉枝上，再摆上四样晴雯所喜吃食，让小丫头捧至芙蓉花前，自己则把全文含泪带悲念完，泣声不断。

诔文也就是哀祭文，经由历代发展，一般由序文、叙述生平、颂述德勋、颂述哀情四部分构成行文模式。语言形式在四言的基础上加入了骈偶因素，逐渐形成了骈体诔文的体制，也就是说，在应用文的基础上加大了文学性，看起来像有韵的散文。

宝玉在序文中写道：

> 维太平不易之元，蓉桂竞芳之月，无可奈何之日，怡红院浊玉，谨以群花之蕊、冰鲛之縠、沁芳之泉、枫露之茗，四者虽微，聊以达诚申信，乃致祭于白帝宫中抚司秋艳芙蓉女儿之前曰：

诔文开头一般交代年月日，只是真实的年月皆隐去，留下扑朔迷离的无稽可考的虚幻时空。“太平不易”颇含讥讽，太平岁月真的一成不变吗？“蓉桂竞芳之月”，宝玉眼前的芙蓉花盛开正艳，那可是晴雯的化身？置身于凄楚环境中的宝玉深感无奈，只好贬自己是浊玉一块，用自然界人世间最美而在凡人眼中最平淡不起眼的花蕊、鲛縠、芳泉、露茗四样珍品来表达自己水晶般莹亮的心意，祭拜白帝宫中掌管秋艳的芙蓉花神晴雯。

接着是记述了晴雯的身世来历，回忆与其共度的美好岁月，颂述她高洁的品德，遭人嫉妒陷害而身死不测的悲惨结局。原文为：

窃思女儿自临浊世，迄今凡十有六载。其先之乡籍姓氏，湮沦而莫能考者久矣。而玉得于衾枕栉沐之间，栖息宴游之夕，亲昵狎亵，相与共处者，仅五年八月有畸。

噫！女儿曩生之昔，其为质则金玉不足喻其贵，其为性则冰雪不足喻其洁，其为神则星日不足喻其精，其为貌则花月不足喻其色。姊妹悉慕媖娴，妪媪咸仰惠德。

孰料鸠鸩恶其高，鹰鸷翻遭罦罬；薋葹妒其臭，茝兰竟被芟钼！花原自怯，岂奈狂飙；柳本多愁，何禁骤雨。偶遭蛊虿之谗，遂抱膏肓之疚。故尔樱唇红褪，韵吐呻吟；杏脸香枯，色陈顑颔。诼谣謑诟，出自屏帏；荆棘蓬榛，蔓延户牖。岂招尤则替，实攘诟而终。既忳幽沉于不尽，复含罔屈于无穷。高标见嫉，闺帏恨比长沙；直烈遭危，巾帼惨于羽野。

晴雯是赖大家买来的丫头，后来送给贾母，从小不知父母是谁，家乡姓氏都已无可查探，孤苦的身世飘零在尘世繁华之所十六年。在宝玉身边服侍日常起居也有五年又八个月，可以说是宝玉身边亲密的丫鬟随从。

晴雯在大观园所有的丫鬟中，应该说是辨识度最高的一个。首先她长得漂亮，伶俐标致，博得贾母的喜爱，先服侍贾母，后来又到了宝玉房里。从主子的身份地位来看，晴雯自然是高过别的丫鬟一等。其次，晴雯的个性磊落、脾气耿直，从来不藏着掖着，同时还顽皮任性，甚至敢跟主子顶撞冒犯，不像袭人一样循规蹈矩、温顺低眉。她失手打折扇子，被宝玉埋怨，即刻冷语回敬“散了算了”，气得宝玉“浑身乱战”，要将她打发出去。晴雯并不讨饶，说“碰死也不出这门”以示心意。这样的坚决和忠心使得宝玉也宽容她的所为，主动修好，撕扇子以博千金一笑。

这个说来可爱俏皮的晴雯要是不遇上什么事惹火她，她其实也能给主子带来很多的欢乐，因为她聪明活泼，心灵手巧，对宝玉也是忠心耿耿，别无二心。宝玉的雀金裘烧了个洞，其他女工不敢修补，晴雯却挣扎着病体熬夜把补裘的技艺活使出来，绣工绝得是没话说。但是就是她的心直口快，言辞犀利，有时得罪了身边的一堆人。同样和宝玉有亲密关系地位特殊的袭人成了她讽刺的对象，就连宝玉身边地位低点的丫鬟秋纹得了点王夫人的赏赐也遭她讥笑，说“冲撞了太太，我也不受这口软气”；看到宝玉给另一个丫鬟麝月篦头，又抢白一顿，在宝玉面前摔帘子去赌钱。这个在封建贵族家庭地位低心眼高的晴雯不太招人喜爱，在大观园出现乱象危机的时候，便成了众矢之的，直接成了受陷害的对象。

宝玉在诔文里颂扬了晴雯的金玉之贵，冰雪聪明，灵秀精巧，又兼具花容月貌。在宝玉眼里，阶级地位对他来说没有严格区分，他有时生晴雯气是因为她性格过于火爆，而不是因为她是丫鬟就可以对她随意发火。在宝玉眼里，主子和仆人之间的地位是平等的，关系是随和的。晴雯水晶般的心灵特别符合宝玉眼里“女儿是水做的骨肉”的标准，冰清透亮，不掺一丝杂质，没有心机，光明磊落。

紧接着，用了楚辞离骚笔法，挞伐了对晴雯嫉恨诬陷之人。鸠多鸣，喻人话多而不实，传说鸩羽毛有毒，能杀人。晴雯遭人暗算的情节，小说中有一番来龙去脉的描写。

起因是在贾母身边做粗活的丫鬟傻大姐在假山石背后无意见到一只艳情香袋，恰巧被邢夫人看到。邢夫人封好香袋打发自己的陪房王善保家的送给王夫人看，以示王夫人治家不严。这其实是贾府内部的矛盾交锋，是贾府中不当家的邢夫人与当家的王夫人之间的一次较量。

王夫人看了，果真“气了个死”，先是“气色更变”找凤姐，以为这样有伤风化的东西是凤姐夫妇遗失的。但凤姐辩解不是，王夫人就怀疑起了大观园的丫鬟们。王夫人叫来自己的陪房，并委托送香囊的邢夫人的陪房王善保家的一起“暗地访拿”。王善保家的正因平时众丫鬟对她不大趋奉心里不自在，正巧逮到机会可以整治这些丫鬟。于是先拿晴雯开刀，她趁机在王夫人面前进言道："别的都还罢了。太太不知道，一个宝玉屋里的晴雯，那丫头仗着他生的模样儿比别人标致些，又生了一张巧嘴，天天打扮的像个西施的样子，在人跟前能说惯道，掐尖要强。一句话不投机，他就立起两个骚眼睛来骂人，妖妖趫趫，大不成个体统。"

一番话触动王夫人的心事，她想起宝玉身边有个水蛇腰、削肩膀儿，眉眼有点像黛玉的丫头，亲眼见她曾轻狂地骂过小丫头。于是把她叫来，把气全往清白的晴雯身上撒，"好个美人！真像个病西施了。你天天作这轻狂样儿给谁看？你干的事，打量我不知道呢！""自然明儿揭你的皮""我看不上这浪样儿！""谁许你这样花红柳绿的妆扮！"一顿劈头盖脸的羞辱和责骂，使得晴雯有口难辩，直哭着回园。

晴雯身遭陷害，就像鹰鸷之卓然不群，反被网捕获；也像幽香的兰草，因为薋葹（苍耳和蒺藜，泛指恶草）嫉妒香味而被铲除。晴雯本来就是怯花弱柳，怎经得起这番狂风暴雨的无情打击。就像中了巫蛊的毒害，从此花容枯槁，一病不起。流言蜚语，荆棘毒草，是使晴雯蒙受垢辱而致死的主因，哪里是因为自招罪愆而丧生的理由。幽沉在内心深处的怨恨冤屈如此之痛彻心扉，只因容貌出色、才艺出类拔萃而易树敌招恨，也因虽身为闺阁女子，却有着与男子一样的刚烈性格，不屈强权，才落得与屈原、贾谊和古代神话传说中鲧一样的惨痛结局。

宝玉在诔文中用三个典故暗喻晴雯的命运。一是战国时期楚国政治家、诗人屈原。屈原早年受楚怀王信任，提倡“美政”，主张对内举贤任能，修明法度，对外力主连齐抗秦。因遭贵族排挤毁谤，被流放至汉北和沅湘流域，楚都郢被攻破后，屈原抱石沉汨罗江殉国。屈原曾在《离骚》中写下“众女嫉余之峨眉兮，谣诼谓余以善淫”，恶势力的造谣中伤势力强大，要对付那些阴谋诡计，要付出巨大的勇气和下定不同流合污的决心。二是汉文帝时期著名的政治家贾谊。贾谊主张加强中央集权，削减地方王侯权势，年纪轻轻就担任朝廷里的重要职务。后来受到权贵排斥，被贬为长沙王太傅，三十三岁就郁郁而死。三是古代神话传说中禹的父亲鲧。鲧没有天帝的命令，就擅自拿息壤（一种可以生长不息的神土，能堵塞洪水）治洪水，天帝就叫祝融将他杀死在羽山的荒野（据《山海经·海内经》）。屈原在《离骚》中说“鲧幸直以亡身兮”，大胆肯定了鲧的耿介正直。

“直烈”是引用了屈原的话，宝玉在诔文中极大地同情晴雯这个巾帼女子，因见嫉遭危，遭遇之惨甚于男子，令人心生无限怜惜。

宝玉在怜惜芳魂已散，人力无法回天。即使是有灵丹妙药恐怕也是难以寻找，哀叹年轻的生命再也无法复原之后，回忆往昔，睹物伤情，不觉失魂落魄，又想到晴雯已做芙蓉花神，似感安慰：

自蓄辛酸，谁怜夭折！仙云既散，芳趾

难寻。洲迷聚窟，何来却死之香？海失灵槎，不获回生之药。眉黛烟青，昨犹我画；指环玉冷，今倩谁温？鼎炉之剩药犹存，襟泪之馀痕尚渍。镜分鸾别，愁开麝月之奁；梳化龙飞，哀折檀云之齿。委金钿于草莽，拾翠𨱑于尘埃。楼空鳷鹊，徒悬七夕之针；带断鸳鸯，谁续五丝之缕？况乃金天属节，白帝司时，孤衾有梦，空室无人。桐阶月暗，芳魂与倩影同销；蓉帐香残，娇喘共细言皆绝。连天衰草，岂独蒹葭；匝地悲声，无非蟋蟀。露苔晚砌，穿帘不度寒砧；雨荔秋垣，隔院希闻怨笛。芳名未泯，檐前鹦鹉犹呼；艳质将亡，槛外海棠预老。捉迷屏后，莲瓣无声；斗草庭前，兰芽枉待。抛残绣线，银笺彩缕谁裁？折断冰丝，金斗御香未熨。

昨承严命，既趋车而远涉芳园；今犯慈威，复泣杖而遽抛孤匿。及闻槥棺被燹，惭违共穴之盟；石椁成灾，愧迨同灰之诮。尔乃西风古寺，淹滞青燐；落日荒丘，零星白骨。楸榆飒飒，蓬艾萧萧。隔雾圹以啼猿，绕烟塍而泣鬼。自为红绡帐里，公子情深；始信黄土垄中，女儿命薄！汝南泪血，斑斑洒向西风；梓泽余衷，默默诉凭冷月。

呜呼！固鬼蜮之为灾，岂神灵而亦妒。钳诐奴之口，讨岂从宽；剖悍妇之心，忿犹未释！在君之尘缘虽浅，然玉之鄙意岂终。因蓄惓惓之思，不禁谆谆之问。始知上帝垂旌，花宫待诏，生侪兰蕙，死辖芙蓉。听小婢之言，似涉无稽；以浊玉之思，则深为有据。

何也？昔叶法善摄魂以撰碑，李长吉被诏而为记，事虽殊，其理则一也。故相物以配才，苟非其人，恶乃滥乎？始信上帝委托权衡，可谓至洽至协，庶不负其所秉赋也。因希其不昧之灵，或陟降于兹；特不揣鄙俗之词，有污慧听。

神话传说中西海有聚窟洲，洲上有大树，香闻数百里，叫做返魂树，煎汁制丸，叫做振灵丸，或名却死香，能起死回生。再有传说东海蓬莱仙岛有不死之药，秦代有个徐福，带了许多童男童女入海寻找，一去没有回来。

宝玉的黯然神伤，在于晴雯娇俏美丽的身影不再，不能再相伴不离左右。诗文中用了赋的铺叙手法，极尽渲染痛失红颜后的穷悲极伤。通过夸张和丰富的想象，眼前残景和过往欢情丝缕片连，勾画出无数回忆中的美好。

晴雯长相娇媚，眉如墨画，似远山含黛，仿佛是自己昨日所画；玉指纤纤，手上的指环现已玉质冰凉，也已无人焐暖。病时喝的剩药还在，衣襟上的泪渍未干。看着平日女儿家用的妆奁和梳子依存，联想到神话传说，更觉物是人非，凄凉满目。传说罽宾王捉到一只鸾鸟，非常喜欢，养了三年都不肯叫，听说鸟见了同类才鸣，就挂一面镜子让它照。鸾见影，悲鸣冲天，一奋而死。又传说晋人陶侃悬梭于壁，梭化龙飞去，木梭齿断。一奁一梳（梭），哀愁莫过于睹物思人。

昔日杨贵妃遭遇兵变，唐玄宗马嵬赐死，香消玉殒，头上的花钿掉落一地无人收拾，而如今同样是金玉之质，于杂草尘埃中终化为烟云无形。

晴雯善织，不是一般女儿家的缝缝补补，她是巧手如飞，织补出来的绣品无可挑剔，可比天上的织女。旧时民间风俗，农历七月初七晚上，妇女们向织女星乞求智巧，谓“乞巧”。《荆楚岁时记》：“七月七日，为牵牛织女聚会之夜。是夕，妇女结彩缕，穿七孔针，陈瓜果于庭中以乞巧。”可鸩鹊楼空，鸳鸯带断，七夕夜无人向针眼中穿眼乞巧，五色丝线空余断缕，无法被灵巧之手续接。

时序秋季，宝玉孤身一人，回忆起晴雯被撵当夜五更时分，梦见她从外头走来，向他告别，说毕转身即走，宝玉连忙叫她，自己醒了，答应的只有袭人。梧桐阶影，昏暗的月光照彻的是痛骨的悲凉，室内的芙蓉帐内，听不到俏语娇音，寻不见钗环鬟影。

秋意渐深，衰草连天，不只是苍苍蒹葭才引起人的思念，满地的哀愁，听起来像蟋蟀的叫声。从今以后的日子，寂寞难度，没有谁能来安慰自己的心。就像秋天到了，本可以听到砧声传来，那是因为有远方牵挂之人，幸福地为他捣衣御寒。如今，什么都没有了，只有秋雨浇打着爬满薜荔的墙，连隔院邻人吹奏的笛声都难以闻见。《晋书·向秀传》载：向秀跟嵇康、吕安很友好。后嵇、吕被杀，向秀一次经过这两位的旧居，听见邻人吹笛，声音嘹亮，向秀非常伤感，写了一篇《思旧赋》，后人称这个故事为“山阳闻笛”，如今宝玉感觉连这种追思都难以奢望，因为有太多的樊笼羁绊，太多的无常安排，让自己很难为这个早夭的芳魂做太多的祭奠。

怡红院阶前曾有一盆海棠花，无故死了半边，宝玉当时不信有什么灾祸降临，如今看来似是花语预谶。园内一花一草、一帘一屏，都似在默默守候着不归的熟悉身影。记得当时大家曾经开心地玩着一种叫“斗草”的游戏，各人采一些花草在手，一人先出示一种花草并说出其名，另一人说出相对的花草名并出示花草。如“君子竹”对“美人蕉”，“观音柳”对“罗汉松”，还可以根据花草的性状特征，说出一个想象的名儿，如“姐妹花”对“夫妻蕙”，“并蒂莲”对“连理枝”。

晴雯被遣病重，宝玉探视过她。她曾向宝玉哭诉冤屈，自己一身清白，空担“狐狸精”的骂名，对宝玉她是一片赤诚之心，只不过稍稍打破了封建家庭上下主仆等级之间存在的严格规矩，在服侍宝玉的日常生活中，较为宽松自由些，而这些都成了被恶人罗织诬告罪名的证据。而今针线犹在，人去楼空，孤月哀照，怨笛声悲。

宝玉在这里用了两个典故。一个是以晋代汝南王司马义亮自比，汝南王当时有个爱妾名唤碧玉，十分宠爱，作《碧玉歌》歌之。还有一个是西晋大官僚石崇在金谷（今河南洛阳市东北）建园，世称“金谷园”，又名“梓泽”。石崇的爱妾绿珠为孙秀所逼，在梓泽跳楼自杀。汝南王歌赠爱妾，宝玉作诔文祭宠婢；绿珠和晴雯两个女子同是被逼迫而死，未能尽表的衷情也只能向一弯冷月倾诉。

宝玉虽然在诔文中出现了与晴雯生同一穴、死同成灰的行文，但是在现实生活中这是不可能实现的。晴雯死的那天，宝玉被父亲叫去应酬，很晚才回来，未能见上最后一面。晴雯死后第二天，灵柩即被送往城郊火化，连最后的送别也未能成行。公子情深和女儿薄命是注定的悲剧结局，可以说，宝玉越是对哪个丫鬟深情，在封建家长们看来，就是哪个丫鬟施了魔法去勾引宝玉，任谁都得遭到驱遣。也就是像袭人这样，在长辈们眼里老实巴交，时不时把宝玉的动态汇报一下，这样才显得本分守规矩，懂事识礼。宝玉对那些善妒小人满腔愤懑，在心里对他们恨之入骨，即使诉诸文字，忿犹未释。

所以宝玉宁愿相信晴雯远离红尘浊世，真的是去天帝那儿掌管芙蓉花去了，虽然他也知道小丫头之言无凭无据，但宝玉告诉自己，这是真的。

因为古书中有载，北宋张君房编《云笈七签》：唐代有个抚州（今江西抚州）人叫叶法善，通阴阳卜卦之术，他请当时著名的书法家李邕为其祖父书写碑文，遭到拒绝，叶法善就准备纸笔，施展阴阳法术，把李邕的魂魄招引来，书写了碑文。还有，天帝打算给建造的白玉楼记载传略，到人间唤来唐代著名诗人李贺的精魂。这些事情虽然有所不同，但其中的道理却都一样，要根据事情的特性来委派人才，如果用错了人，岂不是滥竽充数？相信天帝在人事安排这方面，真是恰到好处，从未亏欠人们本来的天赋。

接着，宝玉对着芙蓉花，用骚体赋的形式为晴雯招魂：

> 天何如是之苍苍兮，乘玉虬以游乎穹窿耶？地何如是之茫茫兮，驾瑶象以降乎泉壤耶？望繖盖之陆离兮，抑箕尾之光耶？列羽葆而为前导兮，卫危虚于旁耶？驱丰隆以为比从兮，望舒月以离耶？听车轨而伊轧兮，御鸾鹥以征耶？闻馥郁而薆然兮，纫蘅杜以为纕耶？炫裙裾之烁烁兮，镂明月以为珰耶？籍葳蕤而成坛畤兮，檠莲焰以烛兰膏耶？文瓟瓠以为觯斝兮，漉醽醁以浮桂醑耶？瞻云气而凝盼兮，仿佛有所觇耶？俯窈窕而属耳兮，恍惚有所闻耶？期汗漫而无夭阏兮，忍捐弃余于尘埃耶？倩风廉之为余驱车兮，冀联辔而携归耶？余中心为之慨然兮，徒嗷嗷而何为耶？君偃然而长寝兮，岂天运之变于斯耶？既窀穸且安稳兮，反其真而复奚化耶？余犹桎梏而悬附兮，灵格余以嗟来耶？来兮止兮，君其来耶？

骚体是屈原在《离骚》中使用的文体，骚体必用“兮”，“兮”字相当于语气助词“啊”，表示停顿或感叹。宝玉不仅在形式上使用骚体，而且在内容的书写上也模仿《离骚》笔法。诔文中出现的意象“玉虬”“瑶象”“丰隆”都在《离骚》中有过描写。如“驷玉虬以乘鹥兮”“为余驾飞龙兮，杂瑶象以为车”“吾令丰隆乘云兮，求宓妃之所在”。宝玉想象晴雯的魂灵驾着玉龙乘着象牙车在苍茫大地之间无穷遨游，上天入地，无所不至，风驰电掣，星光闪耀。云神随从，月神接送，又像是乘着鸾凤出游，身上充满了扑鼻的香气，衣裙光彩夺目，两耳明月生辉。又或想象晴雯作为芙蓉花神设坛拜祭，酌酒饮浆，与茫茫大士相约在无限遥远的地方，而把自己抛弃在这身受桎梏的尘世，宝玉希望神灵能有所感应而前来相会。

最后，诔文转为骈文和骚体法并用：

若夫鸿蒙而居，寂静以处，虽临于兹，余亦莫睹。搴烟萝而为步幛，列枪蒲而森行伍。警柳眼之贪眠，释莲心之味苦。素女约于桂岩，宓妃迎于兰渚。弄玉吹笙，寒簧击敔。征嵩岳之妃，启骊山之姥。龟呈洛浦之灵，兽作咸池之舞。潜赤水兮龙吟，集珠林兮凤翥。爰格爰诚，匪簠匪筥。发轫乎霞城，返旌乎玄圃。既显微而若通，复氤氲而倏阻。离合兮烟云，空蒙兮雾雨。尘霾敛兮星高，溪山丽兮月午。何心意之忡忡，若寤寐之栩栩。余乃欷歔怅望，泣涕傍徨。人语兮寂历，天籁兮篔筜。鸟惊散而飞，鱼唼喋以响。志哀兮是祷，成礼兮期祥。

呜呼哀哉！尚飨！

招魂是民间的一种习俗，古人迷信，人死亡了，灵魂离开了，就要举行招魂仪式，呼唤灵魂回来。屈原《楚辞》中有《招魂》篇，作品虽然存在争议，但多数认为是屈原为“客死于秦”的楚怀王招魂，全篇运用了神话的瑰奇想象，赋予了令人炫目的奇幻色彩，是一篇非常独特的文学作品。

为迎接晴雯魂魄归来，宝玉取“烟萝”“枪蒲”等植物列队成行，叫“柳眼”“莲心”不要贪睡或苦心，再驰骋遥想，呼唤神话中善弹奏的神女和伏羲氏的女儿、被洛水淹死的洛神宓妃，在长满桂树的山间、开遍兰花的洲边盛情款待。如此美好的盛筵还需音乐的伴奏，宝玉希望秦穆公的女儿弄玉来吹笙，月中仙子寒簧来打击乐器。据说弄玉非常会吹一种笙的乐器，嫁于萧史，萧史善吹箫，能作凤鸣，教弄玉吹箫，引来凤凰，后来弄玉乘凤、萧史乘龙，夫妻随凤化仙而去。明代叶绍袁《午梦堂集·续窈闻记》载，仙女寒簧因为书生狂言而不觉心动失笑而下谪人间，深深后悔而复归月府。

不止如此，宝玉还招来嵩山的灵妃，惊动了骊山之姥。灵妃是嵩山神的夫人，《旧唐书·礼仪志》载，武则天临朝时，“下制号嵩山为神岳，尊嵩山神为天中王，夫人为灵妃”，灵妃也是善于吹箫之人，韩愈《谁氏子》诗：“或云欲学吹凤笙，所慕灵妃媲萧史。”

骊山之姥，《汉书·律历志》中说殷周时期有骊山女子为天子，才艺出众，所以传闻后世，到了唐宋以后，就传为女仙，并尊称“姥”或“老母”。

接着，想象继续延伸，传说中的灵龟曾经因为大禹治水从洛水中背着文书来献给他，此时也从洛水中跃出，百兽像听到了尧的咸池曲那样群起跳舞。潜伏在赤水中的蛟龙在吟唱，栖息在珠林中的凤凰在飞翔。宝玉的一纸诔文真情动人，无需用高贵的祭器来装点祭祀的场面。芙蓉花神从天上的霞城动身，回到了昆仑山的玄圃仙境。霞城，在神话中以为元始天尊居紫云之阁，碧霞为城。霞城就成了神仙居处的代称。玄圃是传说中的“黄帝之园”，昆仑山顶的神仙居处，黄帝的下都（即陪都）。玄圃之下有清凉山，四季凉风习习，凡人登上此山，即可长生不死。玄圃内长满奇花异石，各式美玉。

宝玉神思惝恍迷离，难以分辨现实和想象的距离。神灵缥缈，难以接近，尘埃仿佛消散，山溪呈现美丽，但内心依旧烦乱不安，好像在梦中出现眼前的一切景象，梦醒怅然四望，空有余恨一片，只有哭泣流连，见闻大自然中的鸟儿、鱼儿四处飞散、喋喋作响。这篇诔文也因此作为一种祭奠和祈祷，含悲带痛，请芙蓉花神前来歆享所供奉的祭品。

至此，长达千余字的诔文结束。难以想象，宝玉对身边一个地位低下的丫鬟动用了这么真切的感情，他眼中的晴雯完美纯真的形象，配得上所有神仙对她的眷顾。晴雯之死，比得上贾谊、屈原、石崇、嵇康等在政治斗争中遭祸的人物。这篇洋洋洒洒的祭文不为秦可卿之死而作，也不为金钏儿之死而作，偏偏写给晴雯。也许，这一方面显示了宝玉在儿女情感上的痴，另一方面更是对当时社会政治风气的影射。

古典文学知识

骈文

骈文又称骈体文，起源于汉魏，是以字句两两相对而成篇章的一种文体。通常用四字、六字句，所以也称“四六文”。全篇以对偶句为主，多使用典故，讲究对仗的工整、用词的绮丽和声律的铿锵。

骚体

指模仿屈原《离骚》的文体，起源于战国楚国，是在楚国民歌基础上创造的一种抒情韵文，是古典文学体裁的一种。因屈原写有《楚辞》，所以骚体也叫“楚辞体”。此体裁富于抒情成分和浪漫气息，篇幅较长，多为六言或七言，形式也较自由，以“兮”字作为语气助词。到了汉代，渐渐发展成“赋”的形式。这样，“骚体”又包括了与《离骚》形式相近的一些赋。

题对额诗品大观园

大观园是《红楼梦》中众儿女们生活的重要场景，也是小说自然环境刻画描绘最多的地方。它是继颇具豪华排场的荣国府和宁国府之后又开辟出来的一个更加浪漫华美、诗意盎然的园子。

有关大观园的情节出现在小说第十六回。其独特之处在于，它不是一般的私家花园，是为元妃省亲而修建的省亲别墅，是一处行宫，并且是太上皇、皇太后为赞皇上体贴人心、恪尽孝道而亲自下的谕旨。

这道谕旨的来龙去脉从贾琏口中说出，消息虽不十分准，但八九不离十、喜事即将临门的猜测还是引起了贾府一干人等更多的议论和关注。贾府自祖辈侍驾有功，深受皇恩眷宠，“敕造荣国府”牌匾大字赫然彰显贾家尊贵荣华的地位，加上贾元春才选入宫，被封凤藻宫尚书，加封贤德妃，伺候皇上左右，贾府此时正如秦可卿临死前预见，“眼见不日又有一件非常的喜事，真是烈火烹油、鲜花着锦之盛”。

建造省亲别墅来由自有说法。皇上至孝为上，日夜伺奉太上皇、皇太后，还不能尽显孝义，看到宫里嫔妃才人都是入宫多年，想到天伦之情定然有所不享。所以启奏太上皇、皇太后能准椒房眷属入宫请候。太上皇、皇太后一听皇上如此体察人心，哪有不准之理，不仅大喜恩准，还大开方便之恩，额外同意诸椒房贵戚家里“有重宇别院之家，可以驻跸关防之处”，也就是说家里房子有宽裕并且保证安全的，诸椒房可以择日回家探访父母，以表孝心，共叙天伦。

既有太上皇、皇太后的恩准，很多椒房贵戚家里就开始大兴土木，修盖省亲的别院。因为皇上也没有说不能建，新建的省亲别院地点环境可能更新更气派，衬托各自家里的权势地位，让别人不能小看，光宗耀祖，何乐而不为。贾府更是不甘落于人后，修建之事迫在眉睫。

经贾琏一番叙道，在旁的凤姐和赵嬷嬷即刻回忆起了往事，凤姐忆起当年王府接驾的荣耀，赵嬷嬷趁机夸口自己见过贾府曾经接驾的世面。虽然那都是两人几岁年纪或记事的年纪发生的事，但也仿佛是历历在目，更何况如今又要亲历贾家再一次的风光，这辈子碰上千载难逢的机会，自然喜不自胜。

贾琏一顿饭的工夫，还不等去贾珍那里商量，贾蓉、贾蔷已来回话，说省亲别院的事老爷们定了。从贾蓉口中，得知大观园的修建地点和情况：“老爷们已经议定了，从东边一带，借着东府里花园起，转至北边，一共丈量准了，三里半大，可以盖造省亲别院了。”贾琏笑着忙说：“正经是这个主意才省事，盖造也容易；若采置别处地方去，那更费事，且倒不成体统。”据第十六回记载：“次早贾琏起来，见过贾赦贾政，便往宁府中来，合同老管事的人等，并几位世交门下清客相公，审察两府地方，缮画省亲殿宇，一面察度办理人丁。自此后，各行匠役齐集，金银铜锡以及土木砖瓦之物，搬运移送不歇。先令匠人拆宁府会芳园墙垣楼阁，直接入荣府东大院中。荣府东边所有下人一带群房尽已拆去。当日宁荣二宅，虽有一小巷界断不通，然这小巷亦系私地，并非官道，故可以连属。会芳园本是从北拐角墙下引来一股活水，今亦无烦再引。其山石树木虽不敷用，贾赦住的乃是荣府旧园，其中竹树山石以及亭榭栏杆等物，皆可挪就前来。如此两处又甚近，凑来一处，省得许多财力，纵亦不敷，所添亦有限。全亏一个老明公号山子野者，一一筹画起造。”

按小说描述，大观园是横跨荣宁二府的建筑，其亭台楼阁、水榭花径设计结合了江南园林和帝王苑囿的特点，精巧有致、典雅大气，又因其是为元妃省亲准备，所以既要有一定的皇室威仪，又要有贵戚的文德内涵，这些都造成了大观园和荣宁二府在建筑格局上的不同。

荣宁二府是贾母、贾政、贾赦等所居之处，建筑布局精美、结构讲究、轩峻壮丽。尤其是荣国府“荣禧堂”是贾政平日所居之所，堂屋陈设豪华，富丽堂皇，有对联道：“座上珠玑昭日月，堂前黼黻焕烟霞。”皇帝墨迹、郡王手书随处可见，贾府人来人往都是达官显贵、朝廷重臣，社会地位突显是显而易见的。

大观园特为元妃准备，而元妃省亲按皇家规矩只是稍作停留，其实大可不必费钱再兴土木，但贾府向来讲究气派排场，不管家底够否殷实都要倾其所有，在所不惜。所以构建策划，喧阗热闹，愣是建造出了一所颇似世外桃源的精致园林。

贾府作为诗礼簪缨之家，钟鸣鼎食之族，赫赫扬扬已历百载。过去的兴旺到了贾政一代，已渐处于日暮穷途的状态，幸好贾元春得皇上荣宠，贾府依旧显得财大气粗，把这三里半的园子打造得像模像样，像当年祖上接驾一样，银子花得像淌海水似的，反正钱往皇帝身上使总是没错的。

大观园工程告竣，紧接着重要之事便是题匾额对联。偌大的园子一处处题过去对贾政来说是件难事。一是主题的人应该是元妃，但元妃没有见过大观园不好题；二是即使元妃一处处看了再题，那些花柳山水无字标题，欣赏起来也是枯燥乏味，料想元妃也不会尽兴满意。

贾政身边有一帮清客，附和着说各处匾对断不可少，也断不可定。只可虚题，待贵妃游幸时，再请定名，是为两全其美。

为大观园题额作对是对贾政的考验。贾政在建造大观园时把俗务都交给了贾珍，但文笔园林的任务不好推脱，因为这不是俗务，相反是考察一个人的才华和学识，对贾政来说是分内之事。

贾政也不是孤立无援，一个人拍脑袋想，他身边围绕着一群清客。

清客，也叫幕客，是封建时代富贵人家养着的帮闲凑趣的门客。他们有学问，因科举仕途不顺，投身于达官贵人，“释本而事口舌”，像是一种职业，专门为主人调侃谈笑、凑趣取乐、排忧解难，为主人撑撑面子、打打圆场。

清《品花宝鉴》里谈到清客有“十样要诀”，即所谓：“一团和气要不变，二等才情要不露，三斤酒量要不醉，四季衣服要不当，五声音律要不错，六品官衔要不做，七言诗句要不荒，八面张罗要不断，九流通透要不短，十分应酬要不俗。”所以，清客听起来很雅，但实际上是寄人篱下、仰人鼻息的文化闲人。

传说最典型的清客是清代一个叫金农的画家，他家主人是位淮阳盐商，喜欢附庸风雅。一次行酒令时，憋了老半天，胡诌了一句“柳絮飞来片片红”，把白色的柳絮说成红色。这时，金农说：“俺东家这句诗是他作的七绝中的一句，他的原诗我记得，上句是‘夕阳返照桃花坞’，所以下句才有‘柳絮飞来片片红’。”这位“优秀”的清客用机智的头脑、灵活的反应，及时替主人打了圆场，免去了主人犯常识性错误的尴尬。因此，清客这种救场的本事也常常博得人们的笑谈，主人面子无损反增，遂养成了对清客的依赖和顺从也不足为奇。

所以，当贾政身边的清客提出为大观园拟题对额的建议时，贾政赞同，这样做相当于通过公拟，各举所长，既为园子增色，又留点余地空间让元妃存优去劣，极为妥当。

但曹雪芹在写这一章回时，安排了宝玉的出场。

宝玉平时见父亲极少，即使见到也躲之不及，像老鼠见到猫一样害怕。因为父亲严厉，对他冥顽不知极为痛恨，对他读书不用功不好好走仕途之路的公子哥习气经常予以训斥，偶有爱子之心，也不会轻易表露，一副冷若冰霜的面孔，时刻维护着封建社会父父子子的纲常伦理。

但贾政知道，大观园题对额，不完全是科举考场儒家经典的四书五经考试，是书本之外对生活场景的即兴创作。自己的官场语言过于俗套，八股文章写多了思想虽然正统也会迂腐刻板，一帮清客多为奉承迎合，难以跳出窠臼。所以他逮到了宝玉，这个儿子虽然平时不识实务，但说不定有什么奇思怪诞的想法，可供借鉴也说不准，再说宝玉刚被老师夸过专能对对，贾政意欲试试他的歪才。

宝玉也因秦钟早逝忧伤不已，经常被人领着来新园子玩耍，刚巧遇到贾珍，说父亲即刻前来，赶紧跑出园子想躲，但顶头看见贾政引着众清客来园，只得在一旁站住。

大观园拟题对额，是以贾政为首的封建正统思想和宝玉的离经叛道思想的一次对立和冲突，整个游园题额过程宝玉才思敏捷，对答如流，虽几次被父亲指责喝骂，但他新颖而具有创想的才华最后大都得到了元妃的首肯。

所谓对子，是一种俗称，又称对联或楹联，可以写在纸、布或刻在竹子、木头、柱子上的对偶语句，它来源于骈文与律诗。对联在自身发展过程中，又吸收了古体诗、散文、词曲等的特点，因而所用句式除了律诗句式、骈文句式外，还有古体诗句式、散文句式、仿词曲句式。不同句式格律不同，宽严不同。如律诗句式平仄要求严，古体诗句式句末平仄有要求，其他位置平仄不拘。

匾额，是古建筑的必然组成部分，是悬于门屏上的牌匾，作装饰之用，反映建筑物的名称或性质，是表达人们义理、情感之类的文学艺术形式，尤其是那些融词赋诗文的匾额，是文人骚客的艺术创作，属于雅文化，而且，匾额文化在明清之际也广为流传。

因此，大观园题对额，是一次古典山水园林审美文化交流和文学创作活动，通过这次活动，大观园由纯自然的山水景观过渡为人文山水景观，这座省亲别墅也因这些诗意浓郁的题对而体现出了一份情景交融、灵性洒脱的诗意。

贾政、宝玉及一帮清客从正门看起，正门不事粉饰却高贵典雅，贾政看完自是喜欢，并未即刻拟定园名，只顾推门细看。

入园后，第一处便得天然之趣。山石奇形怪状，纵横拱立，上有绿萝藤蔓，斑驳苔藓，其中有一条羊肠小道逶迤前去。这种布局在古典园林建筑中亦有讲究。按贾政的说法，非此一山，园中所有之景悉入目中，更有何趣？山石掩映，令人欲探究园中景物，含蓄曲折的空间组景手法，一步一景、移步换景的园林欣赏乐趣自在其中。

这块山石屏障除了引起人游览的兴致之外，也是贾政等人第一处留题之所。留题，即题字留念，是古代文人雅士为园林留下文翰墨宝，抒怀山水意趣的风雅行为，有时所题所咏被勒石刻字，成为永久的一道人文景观。

众人见山上有镜面白石一块，正是迎面留题处。于是贾政问该题何名，众清客随声附和说“叠翠”“锦嶂”“赛香炉”“小终南”……清客们的拟题也是有些文采和底蕴的，“叠翠”“锦嶂”显出山石树茂叶盛，人工斧凿逼真，有层峦叠嶂之感。“赛香炉”“小终南”是说这座山建造得比江西庐山香炉峰还要妙，比陕西的终南山更加高峻奇幻，这当然是比较夸张的修辞，可见清客们对诗词文章、见闻地理是信手拈来，毫不费力。

贾政主要是试才宝玉，所以听完众清客敷衍，便叫宝玉拟名。宝玉喜诗词，文章看多了，寻章摘句自然不在话下，且又有主见，外加也有杜撰的才能，机警又灵活应变，所以对付这样的现场考试，他并不胆怯，反而如鱼得水、应付自如，要好好表现一番。

宝玉看众清客都蛮有创意，他就干脆来个直书古人，理由是古人说“编新不如述旧，刻古终胜雕今”，不如就拟“曲径通幽处”旧句为好。“曲径通幽处”不算新颖的名词，大家都知道，唐代常建《题破山寺后禅院》诗句“曲径通幽处，禅房花木深”广为流传。原句颇带禅意，说了一个佛家的道理，即要到达领悟妙道的胜境，先得走过一段曲折的小路。宝玉觉得眼前的山石非园林正景，本来没什么好题的，不过就是为探寻更好的景色起到一个引导的作用，所以用旧句倒也显得大方。

众清客没想到宝玉引用耳熟能详的唐人诗句，在他们面前反而显得独特贴切，立即赞道“是极！”对宝玉的第一次表现给予极大的赞赏，说他天分高、才情远，说自己都是腐朽之读书人，不能相比。这些阿谀逢迎的话听起来还是很舒服，说得不苟言笑的贾政也笑了，毕竟是自己的爱子，能遵循引用古人诗句，说明读书还是用功的，用得恰到好处，也没什么可挑剔，只是叫众清客别夸了，说儿子年纪小，以一知充十用，让人见笑而已，并暂留此题以备候选。

山水为园林的主干，古代私家园林大多因阜掇山、因洼疏地，再点缀以亭台楼阁，植以花草树木，于日常家居生活中得山林之趣，借以聚会游息、宴客居住，修身养性，清高风雅。

贾政等人穿山过石，眼见得来到一带清流之地，水从花木深处泻于石隙之间，眼前视野开阔，地势平坦宽豁，两边飞阁流丹，隐于山坳树杪之间。俯视清溪流涧、水声淙淙，池沼清澈，石桥横跨水面，桥上有亭翼然。

诸公亭内坐下，诸人以欧阳修《醉翁亭记》中“有亭翼然”，建议贾政第二处留题之所应题为“翼然”。贾政是裁夺之人，自然要听取各人的意见，但也要适时表达自己的主见。贾政说“翼然”虽好，但此亭压水而成，还须偏于水题为称。也就是说，留题要突出景物的主题，不要偏题。大观园进门见山，此处应以水为主题，才不失园林建筑以山水为重点的构建旨趣。

于是贾政借用欧阳修《醉翁亭记》句“泻于两峰之间”的“泻”字，诸公又道“是极，是极”。溪水流泻，似珠玉飞溅，有一客建议题“泻玉”二字为妙。

贾政颇觉此题不错，正在拈须寻思之时，也叫宝玉拟一个来。宝玉在父亲的指示没有出来之前，在前辈们面前是断然不敢擅作主张的。有了父亲的允许，他才敢说出自己真实的想法。宝玉这次的思路有别于他人，他非常简明扼要地说出了不能用“泻玉”二字的理由，原因是非常冠冕堂皇的。因为大观园是省亲别墅，而不是纯粹的私家园林，承蒙皇恩浩荡建造，在留题时要考虑表达对皇恩的感激之情，对当今皇上妃子的赞颂之意，说白了，就是要歌功颂德，以表诚敬。有了这层意思，所以在字句的斟酌上还得仔细推敲，不能马虎，此为“应制体”的要求。

曹雪芹在《西江月》中曾描写宝玉“腹内原来草莽”“潦倒不通世务”，其实是似贬实赞。从封建统治阶级的眼光来看，宝玉不读儒家政治教科书的四书五经，不图仕途功名简直就是不孝之子，是大逆不道的行为。而宝玉对这种被封建统治者奉为经典权威的“最要紧”的东西，偏偏“怕读”，以至“大半夹生”，“断不能背”，但是却对《西厢记》《牡丹亭》之类理学先生最反对的文学书籍爱若珍宝，诗词歌赋熟稔在心。所以宝玉才情横溢，思路经常出新，会变着花样想一些问题。

应制体的说法一出，贾政等人没有料到，不能不说这个年轻人让资深的学者专家汗颜了一把。宝玉抓住了问题的关键，说得十分在理，众清客心里暗暗羞愧都不一定。贾政面子上要摆出家长的尊严，一边说着宝玉的不对，一边掩饰着因思虑不全内心的尴尬，笑着批评宝玉一会儿述古，一会儿编新，变来变去，没个定法。

这边宝玉想出了“沁芳”二字，“沁芳”意谓水渗透着芳香。“芳”字原意指花草的香气，也喻美好的德行。大观园为贾元春省亲而建，应制体自然要歌颂元妃的美好德行。而宝玉的姐姐贾元春当年是“因贤孝才德，选入宫中作女史去了”，后又由宫廷女史，“晋封为凤藻宫尚书，加封贤德妃”。故元春的进宫和晋妃，都与“贤德”有关。

宝玉虽然没有说出具体的理由，但是贾政一听，也是说到了心坎儿上，自己教育出来的女儿有出息，有贤德美名，是配得上这个“芳”字的。加上众清客又称赞宝玉才情不凡，贾政便再让宝玉作一副七言对子来。

宝玉四顾一望，对子便有了，念道：“绕堤柳借三篙翠，隔岸花分一脉香。”意思是水光澄碧，好像借来堤上杨柳的翠色，泉水香洌，仿佛是分得两岸花儿的香气。宝玉这副七言对子把大观园满园青翠欲滴，香气弥漫的景致尽收眼底。沁芳溪为园内一条主要水道，隔开了大观园两岸旖旎风光，站在亭子处，视界开阔，胜景一览无余。

宝玉第二次得到父亲的肯定，也得到众清客的捧场点赞。出现这种情况也是极少有的，贾政嘴上不说，心里还是埋伏着一股子气，是要找个机会教训教训这小子一顿的。

贾政两次采纳了宝玉的意见，并不见得对儿子真正的刮目相看。因为在他眼里，这个不孝子就是有些歪才，“正经”的书不喜读，“浓词艳赋”倒是会得很，且在一帮老先生面前高谈阔论，虽然有几分道理，但有失长辈颜面。众清客被拂了面不说，自己作为父亲还是要严厉点儿，适时在众人面前树立一下父亲的权威，是很有必要的。

出亭过池，前有一带粉垣，数间房舍，茂林修竹，清泉绕阶围屋，气象清幽。贾政是个饱读诗书之人，一见房舍环境雅致，不由得发出了“若能月夜坐此窗下读书，也不枉虚生一世”的感慨，顺便回头看了一下宝玉，吓得宝玉连忙低了头。

众清客中有二客早已想好了，一个题“淇水遗风”，一个题“睢园雅迹”，这两个题额各有典故。淇水在今河南省北部，《诗经》有《卫风·淇奥》篇，“瞻彼淇奥，绿竹猗猗”起句，全诗以绿竹为起兴，颂扬君子高雅的学识德行。睢园，是汉代梁孝王刘武在睢阳（今河南商丘）所造花园，即梁园，又名修竹园。梁孝王好宾客，司马相如、枚乘等辞赋家皆曾被延居园中，吟咏游赏。

这八个字的拟题看似怀古述今，切题应景，但贾政评论为“俗”“也俗”。也许在贾政看来，这种题额太常见、太常听，没什么新意，平庸之至，不足可取。这时贾珍在旁提醒叫宝玉拟一个来，贾政心里窝着一股子气，趁机便发作了起来。说宝玉是个轻薄东西，之前自己题未作先议论人家好歹，这种坏习惯不能被纵容。面对一顿教训，众清客忙打圆场，说宝玉议论的是，怪不得他。贾政为大家挽回一点面子之后，才允许宝玉只可今日“狂为乱道”，要先评论得有理，才能被允许作题。

宝玉说这是第一处行幸之所，一定要颂圣方可，两个典故刻板现成，都不妥，不如叫“有凤来仪”。这四字有三层含义：第一层凤凰是传说中的仙禽，相传它的出现是一种祥瑞。《尚书·益稷》：“箫韶（虞舜时的乐曲）九成（一曲终叫一成），凤凰来仪”；第二层即凤凰食竹实，此地有“千百竿翠竹遮映”，凤凰自来；最后一层古时多以凤凰比后妃，额题为元春归省而拟，“有凤来仪”是对元春的赞颂。

众人这时哄然叫妙。贾政一边点头，一边骂着宝玉“畜生，畜生，可谓‘管窥蠡测’矣”，命他题一联来。宝玉念道：“宝鼎茶闲烟尚绿，幽窗棋罢指犹凉。”是说房舍里有煮茶的鼎炉，在茶沸热之时，冒出一团烟雾，慢慢地，茶温冷却喝茶之人闲适随意，但因为四周多竹，那鼎炉里依然飘散的淡烟仿佛在窗牖之间变得青绿。浓荫生凉，房舍主人走罢闲棋，凉风清冷，竹影婆娑，映入纱窗，满屋内阴阴翠润，几簟生凉，似乎感觉手指也有一股冷意。

宝玉所咏的对联紧紧扣住竹子的居住环境，且描绘煮茶下棋等闲适优雅的日常，对第一处行幸之所吉祥不凡、高贵雍容进行了衬举。

贾政似乎对这一联并不表示什么特别的赞赏，觉得一般，也就向贾珍、贾琏打听起一些新建院落、屋宇的陈设配就之事。一行人一面说一面走，见青山斜阻，转山入怀，里面数楹茅舍，外墙黄泥围屋，青篱疏落，几百枝杏花怒放，并桑、榆、槿、柘各色树稚新条，随意曲折，篱外山坡一望无际，土井钴辘、佳蔬瓜果，一派田园风光。

贾政一见，遂隐隐勾起归农之意。自东晋陶渊明《归园田居》诗成就以来，封建士人把归耕田园当作一种高洁孤标的隐士之风。在追名逐利的官场浸染多时，同时也向往农家的质朴恬淡生活。众人方欲进门，见篱门外路旁有一石，亦为留题之所。

众人先对此处用一块石头进行留题的设计进行了一番赞赏，都觉得如果悬匾留题，简直大煞风景，与田舍家风完全不协调，而立此一碣，绝妙无比，连宋代大诗人范成大的《四时田园杂兴》诗都吟咏不尽其中妙处。正当大家品评笑谈之时，贾政邀请诸公留题。

众人觉得此处留题非常简单，就直书“杏花村”为好。此词出自唐代杜牧《清明》一诗：“借问酒家何处有，牧童遥指杏花村。”田园风光古人写得太多了，杏花村是一个最典型最有代表性的村落名词，最能勾起人们的想象。

贾政没有马上给出意见，而是向贾珍交代了一事。贾政听到“杏花村”一词，觉得此处少了一样东西，便是酒幌。按理说，酒幌是做生意的酒店该有的招牌，让人远远可以看见。但是大观园内又没有什么生意可做，要酒幌何用？由此可见，贾政虽然不具体管理大观园内的配备设施，但是在园林建造软件的设计上还是有独到之见的，酒幌更能渲染乡村酒肆的趣意烂漫，田园之乐在于酒，酒幌是一点睛之笔。贾珍更建议说不如养些鸡鸭鹅来代替雀鸟，得到了贾政及众人的一致赞同。

然后，贾政才提出所拟的“杏花村”直书古人已有之名，自是不妥。宝玉一直没有开口，也许父亲的酒幌给了他灵感，他等不得，不等贾政的话，便拟了“杏帘在望”四字，因为旧诗有云：“红杏梢头挂酒旗”，这样，杏花村和酒肆酒旗都囊括在内了，且还不犯跟古人一模一样没有创意的错误。此外，宝玉还引用了唐人一句诗“柴门临水稻花香”，把“杏花村”改为“稻香村”。众人听了，越发同声拍手道：“妙！”

宝玉这两处改拟着实改得好，好得无可挑剔。但是他的态度中间出现了一些问题，比如没有父亲的允许就开口，众人说“杏帘在望”暗合“杏花村”的意思时，宝玉冷笑讥讽众人题“杏花村”为“俗陋不堪”，所以题拟得再好，还是被贾政一声断喝：“无知的业障！你能知道几个古人，能记得几首熟诗，也敢在老先生前卖弄！你方才那些胡说的，不过是试你的清浊，取笑而已，你就认真了！”一顿严厉的责骂，宝玉只有挨训的份儿。

但是宝玉性子依旧耿直，虽然挨骂，还是不说假话套话。当贾政等人看了茅堂里的纸窗木榻，一派清幽气象，心中非常欢喜之时，宝玉不仅没有任何赞叹的表情，还对着父亲打量他的眼光，不听人言，应声道："不及'有凤来仪'多矣。"气得贾政又骂他："无知的蠢物！你只知朱楼画栋、恶赖富丽为佳，那里知道这清幽气象。终是不读书之过！"

宝玉说不好是有理由的，在他看来，稻香村是人力造作而成，说是村，远无邻村，近无城郭，背山无脉，临水无源，突兀孤零零的，非常勉强，即使设计得再精巧，欣赏起来与"天然"二字相去甚远。

宝玉一番说辞，气得贾政喝命把他叉出去又叉进来。叉出去是儿子竟然不顺从父亲的喜好，还自有不少主张，没把长辈们放在眼里；叉进来是又要命他作一联，若不通，一并打嘴巴。

宝玉于是战战兢兢地念出了一联："新涨绿添浣葛处，好云香护采芹人。"稻香村虽人工穿凿而成，但不乏山野之趣。春水新涨，农妇在河边清洗葛衣回家，山间杏花喷火蒸霞般蔚然绽放，护佑着贾府的读书人。前一句出自《诗经·周南·葛覃》："薄浣我衣"，借以称颂后妃之德（妇德），后一句又隐喻贾府出了名门闺秀才学之人贾元春，如祥云庇护着贾府。《诗经·鲁颂·泮水》："思乐泮水，薄采其芹"，泮水，泮宫（学宫）之水，后人把考中秀才入学称为"入泮"或"采芹"，所以"采芹人"又指读书人。宝玉作联的典故皆出于应制体的要求，所以，贾政嘴上说"更不好"，也没见把宝玉真的叉出去一并打嘴巴。

接着，一行人等转过山坡，穿花渡柳，抚石依泉，越过荼蘼架、牡丹亭、芍药圃、蔷薇院、芭蕉坞，来到一个石洞底下，见石洞上有薜萝倒垂，下有落花浮荡，水声潺潺，风景宜人，贾政便问该处题何名。诸公见此处隐蔽，若与外界隔绝有别，便说“武陵源”三字。“武陵源”即桃花源，是东晋陶渊明《桃花源记》中叙武陵捕鱼者无意中走入桃花源，见其中居民往来耕作怡然自乐，武陵源也即成了桃花源的意思。

贾政说这三字陈旧且又直书古意，没有新颖之处。众人笑说那就用“秦人旧舍”，“秦人旧舍”也是桃花源之地，不过借用原文一句“先世避秦时乱”，意指为了躲避战乱所居之地。宝玉一听，说了句“越发过露了。‘秦人旧舍’说避乱之意，如何使得？”宝玉曾多次强调留题应考虑应制体的要求，他就是不懂这帮老先生们为何还会想出这种悖谬的题来，不仅不颂扬，反而用避乱的典故，那不是明显地犯错误吗？

于是宝玉想出了“蓼汀花溆”四字，“蓼汀”一词出自唐代罗邺《雁》诗“暮天新雁起汀州，红蓼花开水国愁”，蓼，别名水红花子、狗尾巴花等，花小，穗状花序，生长在水边或水中，是一种不太起眼、不惹人注目的花，而且多少带点清冷萧条的意境。汀是水边平沙。“花溆”出自唐代崔国辅《采莲》诗“玉溆花争发，金塘水乱流”，“溆”是水边的意思。

宝玉想要表达这是长满花草的水边或岸边，后来元妃省亲时看到这四字，笑道：“‘花溆’二字便好，何必‘蓼汀’？”想来这蓼花不够雍容华贵，不符合皇家气派，且有些萧索之意，所以直接去掉“蓼汀”，保留了“花溆”二字。

当然，宝玉也可能为了凑合四个字，且四字为互文，意思接近，没想到元妃非常在意这些带有寒瑟之意的词句，这也是宝玉在应制体的使用过程中稍稍忽略，被元妃挑出来予以纠正的地方。贾政听了宝玉拟的四字，觉得不痛不痒，也没什么大错，也见不出特别之好，更批胡说，就直往前走了。

贾政、贾珍等人从山上盘道而走，见港洞内水流清澈，水上漂满落花，池边垂柳桃杏妖妖娆娆，自成一片花天水地，自在逍遥。过一折带朱栏板桥，来到一所清凉瓦舍，贾政见房舍一色水磨砖墙，清瓦花墙，觉得太过于无味。

正在评价此处没什么特色时，突然迎面见到一块插天大玲珑山石，四面竟是各式石块掩映住所有房屋。周围没什么花木，但见很多异草种植，牵藤引蔓、垂山穿石、绕柱盘阶，香气馥郁，非凡花可比，是一处平淡中见奇特的房舍建筑。

贾政觉得非常有趣，只是觉得这些异草平时没大见过，叫不出名。众清客帮着猜测，也只是说了“薜荔藤萝”，再多也说不出了。贾政说薜荔藤萝哪有异香，深表不信。宝玉这时插话道，不止有薜荔藤萝，还有杜若、蘅芜、茝兰、清葛、金蓌草、玉蕗藤、紫芸、青芷、石帆、水松、扶留、绿荑、蘼芜、风连……大凡《离骚》《文选》（南朝梁昭明太子萧统选编）等书上所有的异草也都齐备了。

宝玉对异草这番如数家珍，让贾政大为恼火，又没有经过允许就脱口而出，并且都有出处，说得天花乱坠，显得这些老先生们才学浅薄，知其一而不知其二的匮乏之态，这是贾政绝不允许的。贾政于是喝道："谁问你来！"吓得宝玉倒退两步，噤声不语。

贾政等从抄手游廊步入，更觉清雅不凡，于是请诸公留题。众人笑说"兰风蕙露"四字贴切。"蕙"，兰的一种，多穗。兰花高洁，向来喻君子的品格，所以拟题"兰风蕙露"从应制体的要求来说没什么不妥。贾政一时也想不出好的题，也只好用这四字，并叫众人拟一联来。一人道："麝兰芳霭斜阳院，杜若香飘明月洲。"众人觉得妙是妙，但是"斜阳"二字不妥。因为古诗有"靡芜满手泣斜晖"，有些颓丧之意。下句也是引用唐代徐坚《棹歌行》"影入桃花浪，香飘杜若洲"，只是这里是一院落，没洲没浪，想象有些遥远，不太应景。

又有一清客道，也有一联，请诸公评阅，随即拟来"三径香风飘玉蕙，一庭明月照金兰"。"三径"是指庭园间小路。汉代蒋诩隐居后，曾于舍中竹下开一条三叉小路，只与求仲、羊仲二位隐士来往，意指归隐生活，基本不与俗世为伍。"玉蕙"和"金兰"都是指兰花，词义重复。所以这一联也是勉强而为，没什么令人惊喜。

贾政见两联要么意境不合，要么谈什么归隐，都不令人满意，正想自己拈须沉吟出一联，抬头见宝玉在旁，又喝道："怎么你应说话时又不说了？还要等人请教你不成！"宝玉心里早就想好，一听允许说话了，也不怕挨批，直截了当地说这里又没有兰花，也没有明月、洲渚，拟了这些没用的联做什么，如果这样联，随便吟个二百联都有。

贾政说又没人强迫规定一定要这样联，只管拟自己的好了。贾政不随意出联，众清客拟的联有好的，他同意，有不好的，他沉思，叫宝玉题。作为家长对宝玉时不时训斥断喝，作为封建贵族家庭的主人对一帮清客持有倚重尊重的态度，行事作风颇为老辣稳重。

宝玉想好了四字为“蘅芷清芬”，“蘅”“芷”都是香草名，汉代刘向有《九叹》“怀兰蕙与蘅芷兮，行中野而散之”。清芬是香草散发着清淡的芬芳。宝玉的联为“吟成豆蔻才犹艳，睡足荼蘼梦也香”。豆蔻诗出自唐代杜牧非常有名的一首诗《赠别》：“娉娉袅袅十三余，豆蔻梢头二月初。”豆蔻，指草豆蔻，春天开花，密集成穗状花序，花初生时，卷于嫩叶之中，俗称含胎花，以喻少女。前一句说即使吟成杜牧那样的豆蔻诗后，才思还是很旺，后一句说在满院的异草奇香中睡醒一觉，梦自然觉得香甜。

宝玉的留题既赞颂了房舍主人诗才绵密不断，又突出了院落被奇草香气弥漫的特点，应该是最恰当的。贾政听了，笑说宝玉前句套用古人诗句“书成蕉叶文犹绿”不足为奇时，众人连忙说连李白的《登金陵凤凰台》也是套用崔颢的《黄鹤楼》，只要套得好、套得妙，可以超越前人，并评价宝玉套得就比原句好。贾政听了，说了句“岂有此理！”也就装作不再理会了。

众人出来，走不多远，景色大变，再也不是小桥流水，曲径洞天，而是层楼崇阁，巍峨高起，富丽堂皇，犹如仙境。有一座玉石牌坊，似有留题之意。待贾政问时，众人都答必是“蓬莱仙境”方妙，贾政低头不语，命宝玉题来，宝玉这时见了这个所在，心有所动，这番景象似曾见过，又想不起来是哪年哪月的事，神思迷离，竟没有听到贾政在说什么，于是众人想着宝玉也受了半天的折磨累了，就劝贾政别逼儿子，明天再说吧。贾政又骂了他一通，教他明日一定要想出来，这么重要的所在，必须要好好想，不能马虎，否则定是不饶。

此时，大观园游了十之五六，贾政便要寻路出园。见前有一大桥，似是通外河之闸，便问此闸何名。宝玉说这是沁芳溪流的正源，叫沁芳闸，贾政听宝玉言之凿凿，十分不屑，说道“胡说！偏不用‘沁芳’二字！”

在出园的路上，众人见清堂茅舍、石垣花门、幽尼佛寺、女道丹房都在园林设计之列，只不过没有进去歇息。正腿软疲乏之时，又见一院落粉垣环护，绿柳四垂，园内除山石芭蕉点缀外，有一树名贵海棠丝垂金缕，花开正艳。

众人在对这一外国品种西府海棠进行了一番品评之后，又想着此处该题何字。一人道“蕉鹤”，一人道“崇光泛彩”，众人都觉后一个好，但宝玉说可惜了。宝玉是有缘由这样说的，因为“崇光”一词出自苏轼《海棠》诗，原句为“东风渺渺泛崇光”，是写月下海棠之姿。但是此院落不仅种着海棠，还有芭蕉，所以拟题有点以偏概全的意思，宝玉觉得不甚满意。

在贾政催问下，宝玉说出了“红香绿玉”四字，贾政摇头道：“不好，不好！”众人听了，也没有什么附和，就进入房内欣赏起精致的装饰来。

从此院落出来，大观园概已游遍，贾政带着一行人过溪转山，回到原来的大门处，这造园之妙，神搜夺巧，众人一概膺服。

由此，贾政由贾珍领着，带着宝玉及众清客经过对大观园的一次实地考察，基本上把主要的景点都看过了，同时完成了留题的任务。

在中国的山水园林中，楹联题额是不可或缺的部分，是用来点染山水的重要手段。曹雪芹在《红楼梦》中用大量的篇幅描写了大观园在竣工之前，贾政等人给各景点题名的情节，之后元春再率众姐妹和宝玉题咏正式定名，所以小说这段故事情节的描写是古代造园活动的真实再现。经过文人的参与，山水园林的意境得到了升华，审美情趣也跃然纸上，大观园因而更增添了一份浓郁的诗情画意。

古典文学知识

楹联

也叫对联，是中国的传统文化之一，古时多悬挂于楼堂宅殿的楹柱而得名。对联是一种对偶文学，言简意赅，对仗工整，平仄协调，字数相同，结构相同，是中文语言独特的艺术形式。骈文和律诗是对联的两大直接源头。对联在自身发展过程中，又吸收了古体诗、散文、词曲等的特点，因而所用句式除了律诗句式、骈文句式外，还有古体诗句式、散文句式、仿词曲句式。不同句式格律不同，宽严不同。如律诗句式平仄要求严，古体诗句式句末平仄有要求，其他位置平仄不拘。

题额

题写门楣或匾额。匾额是古建筑必然的组成部分，相当于古建筑的眼睛。悬于门屏上的牌匾，作装饰之用，反映建筑物的名称或性质，是表达人们义理、情感之类的文学艺术形式，尤其是那些融词赋诗文的匾额，是文人骚客的艺术创作，属于雅文化。

元宵夜元妃评才藻

贾政等人为新建的大观园拟题额匾的事刚忙完，这边王夫人为园中各种古董、文玩、鸟雀等的陈设和采办亦已齐备，贾政特邀请贾母俱处把关斟酌妥当。等一切较为安心之后，才敢题本上奏。即奉旨：明年正月十五，上元之日，贵妃省亲。

转眼元宵，大观园内张灯结彩，蟠龙绣凤、帐舞帘飞、香雾缭绕、喜乐喧声。贵妃乘坐金顶金黄绣凤版舆，伴一对对龙旌凤翣、雉羽宫扇逶迤前来。贾母等跪接之后，元妃上舆进园，开始游览这座特意为她省亲而建的无比富丽堂皇又流光溢彩的大观园。

到了园内，元妃下舆登舟，桂楫兰棹之舟行于沁芳溪，两岸水晶玻璃各色风灯照映，上下辉映，水天焕彩。先入一石港，港上一面匾灯，有“蓼汀花溆”四字。元妃看了，概觉着“蓼汀”二字多余，且有萧瑟之意，只留“花溆”便可。侍坐太监即刻下舟登岸，飞告于贾政，贾政听了，忙换了匾灯。

贾政做事谨慎，之前大观园拟题额匾是初步的工作，当然并不十分完美。幸亏有宝玉的参与，掌握了应制体的要求，宝玉虽然挨了骂，但也出了不少力，使得元妃对于园内各处所题的匾额基本满意，只作了少许的修改。“蓼汀花溆”便是元妃第一处修改的匾额。

元妃自沁芳溪去舟上岸，只见宫殿巍峨绰约，石牌上写着“天仙宝境”四大字，元妃命换了“省亲别墅”四字。这行宫正面的玉石牌坊四字曾有两个拟题，一是之前贾政领着宝玉和众清客那日观园，清客们题的“蓬莱仙境”，宝玉当时语塞，贾政也低头不语。后来贾政命令宝玉第二天题来，小说也没有具体描写宝玉有没有题，在元妃省亲时牌坊上出现了“天仙宝境”四字，想必不是宝玉所题也是可能的。

因为当日宝玉看到此境，心有所动，好像在哪见过一般又想不起来。其实小说这样的描写是梦境与现实的复合重叠。在《红楼梦》第五回“贾宝玉神游太虚幻境”时曾有描写：“宝玉听说，便忘了秦氏在何处，竟随了仙姑，至一所在，有石牌横建，上书‘太虚幻境’四大字，两边一副对联，乃是：‘假作真时真亦假，无为有处有还无。’转过牌坊，便是一座宫门，上面横书四个大字，道是：‘孽海情天’。又有一副对联，大书云：‘厚地高天，堪叹古今情不尽；痴男怨女，可怜风月债难偿。’”

这段文字的描写在现实中就是元妃省亲的大观园。宝玉在梦中见过此景，在现实中又回忆不起来，如梦似幻，欲说还休，迟疑不决，当时清客们都认为他走了半天园子累了，劝贾政别为难他，贾政却愤愤地要他第二天便题来，所以这“天仙宝境”四字是不是宝玉题的小说没有特别交代，如果不是宝玉，有可能是后来贾政等人补题的也说不定。

此外，不管是“蓬莱仙境”，还是“天仙宝境”，给人虚幻缥缈之感，正是应和了《红楼梦》本就是梦幻一场，贾府的奢靡豪华和尊贵显赫转眼成空，宝玉是对这一弥漫在华林中的悲凉之雾似有感悟，又不能完全觉悟，在现实和梦境中似是而非、徘徊交织的曲折反映。

元妃题完玉石牌坊四字，进入行宫。行宫乃正殿，匾额贾政等人不敢擅拟，只等元妃亲自题字。元妃在正殿受礼毕，又备省亲车驾出园，来到贾母正室一一见过亲眷，与祖母父母叙家常、话别情。

久别重逢的天伦之乐，元妃做女儿的回家看望祖母父母以尽孝道，应该是欣喜不已的事。但是小说描写省亲礼仪繁缛复杂，元妃与亲人相见之时言语间总是含悲带泪，她代表着皇上的威仪，所有人等都要行“国礼”，身为祖母的贾母和母亲的王夫人都怕元春“行家礼”，全都“跪止不迭”。父亲贾政更是隔着帘子含泪向女儿称臣道名，行参启事，言语恭肃卑顺，像一个低贱的奴才侍奉尊贵的主子一样，父女之间的亲情被君臣之间的尊卑所替代，但这似乎也是天经地义、理所当然的封建伦理纲常之所定。

贾政极其谨慎地恭颂圣上和祈请贵妃勤恭侍奉圣上，启完一事之后，又启了一件重要的事，那就是请贵妃赐名园子各处匾额，原有匾额大都是宝玉所拟题，最后要请元妃赐名为幸。

贾政作为文笔园林总管，他是有很多机会可以找名公大笔来完成这个任务的，但他偏偏叫了宝玉，一个重要的原因是与元妃有关。元妃与宝玉是姐弟关系，宝玉三四岁时，元妃就教他识了数千字、传授了几本书。后来元妃进宫，常常对幼弟眷念不止，托父母好好抚养弟弟，嘱托既不能不严加管教，也不能过于严厉。所以贾政知道元妃对爱弟感情深厚，犹如母子，现在宝玉被塾师赞为有才情，贾政便要他拟题匾额，让元春看看宝玉才学的长进，让她放心勿念。

元妃听了宝玉能题，觉着爱弟果然长进了，召见宝玉前来，国礼尽毕，近前揽于怀内，爱抚赞赏、眷念不舍之情重重叠叠，不禁泪如雨下。

等园内宴席齐备，元妃在宝玉的导引下，与众人步行至园门前，开始游幸。此时园内灯光各色、缤纷辉映，早把园子诸般罗列照射得分外清楚。进园之后，缘山涉水，登楼步阁，从“有凤来仪”“红香绿玉”“杏帘在望”“蘅芷清芬”等处一一眺览遍观，极为赞赏。

等来到正殿落座，铺纸摆砚，元妃亲自题园总名为“大观园”，行宫正殿匾额题为“顾恩思义”，一联为“天地启宏慈，赤子苍头同感戴；古今垂旷典，九州万国被恩荣”。

“顾恩思义”四字，意为眷顾恩情，还要想着尽到责任、担负起道义和维系情谊。在元妃心里，恩情主要是皇恩和父母养育之恩。贾元春作为贾府里元、迎、探、惜四姐妹中排行最大的“大小姐”，从小受到祖母及父母的教诲自然比别的姐妹要多，懂得的道理也多，担负的责任也重。她成熟懂事，知书识礼，是一位名副其实的大家闺秀，因贤德孝顺被选入宫中，成为从贾府飞出的一只“金凤凰”，光宗耀祖，令人艳羡不已。

她的入宫和晋妃，都与“贤德”二字有关。在众姐妹面前，她的才学并不十分出众，正如她自己归省时曾向众姐妹笑道：“我素乏捷才，且不长于吟咏，妹辈素所深知。今夜聊以塞责，不负斯景而已。”这是她说的实话，因为她的诗才平平，与黛玉、宝钗等是不能相提并论。但是她沉稳得体，孝母爱弟，平易可亲，即使身为贵妃之尊，贾母、王夫人等理应向她下跪行“国礼”，她总是命昭荣传谕曰：“免。”对薛姨妈等也是如此，其对长辈体贴亲和，并没有因身份的改变而改变，反而一如从前。

她对待父亲贾政也是孝顺之极。在归省时隔帘对父亲诉说思念父母之苦，说从小生活在父母身边，虽粗茶淡饭生活清苦，也可享受天伦之乐，如今尊享富贵，却骨肉分离，人生过得似乎没什么乐趣。

虽然元妃表达这份思念之情时动容流泪，但是她是个明白事理的人。她非常清醒地认识到自己自由的失去，也是皇上对她的垂怜恩宠所致，这份荣耀来之不易，更是求之不得，是需要自己终身感恩戴德的。自己家族的祖辈也是受了皇室的隆恩眷顾才有今日的尊贵地位，这一切好像是上苍开启了如天高地厚的洪恩旷德，古今罕有，自己要和万民苍生一同感戴这份恩惠和荣耀，同时不仅要顾恩，还要思义。

所谓思义，就是要尽到自己做贵妃的责任，要与皇上情谊相通，就像夫妻之间要相互体谅，要恭顺勤慎地侍奉皇上。即使离家别亲，去到那“见不得人的去处”，也要忍受得了独处时的寂寞和对亲人的思念，同时自己的家人，尤其是父辈们要为朝廷多出力，报效国家。所以在与父亲见面时，元妃最后不忘叮嘱父亲国事宜勤，这样才不负浩荡的皇恩。

元妃一额一联已出，接着对方才所游览的大观园各处正式赐名，在宝玉拟题的基础上，“有凤来仪”赐名“潇湘馆”；“红香绿玉”改作“怡红快绿”，赐名“怡红院”；“蘅芷清芬”赐名“蘅芜苑”；“杏帘在望”赐名“浣葛山庄”。此外，正楼曰“大观楼”。东面飞楼为“缀锦阁”，西面斜楼为“含芳阁”，更有“蓼风轩”“藕香榭”“紫菱洲”“荇叶渚”……匾额还有“梨花春雨”“桐剪秋风”“荻芦夜雪”……又命旧有匾联不必摘去。也就是说，贾政原领着宝玉及一帮清客所拟的依然保存，元妃又重新赐名，或把一些别的亭台楼阁另赐了一些匾额。

至此，大观园通过匾额的点染，人文风物一应俱全，四时景象一切齐备。园内各处院落、亭台楼阁、水榭花草在诗意的命名下呈现出各自的景致风采。园内种植花草甚多，很多处所便以花草命名，贴近自然，意境优美。

大观园第一处行幸之所是“有凤来仪”，赐名“潇湘馆”，后来是林黛玉的居所，在大观园的西面，沁芳溪西南岸边。潇湘馆种竹甚多，可谓“竿竿青欲滴，个个绿生凉”，竹便成了潇湘馆的标志。关于竹子，更有古老的传说，这要从“潇”和“湘”两地说起。潇，湖南省境内的潇水河；湘，横贯湖南的河流湘江。“潇湘”一词始于汉代，《山海经·中山经》言湘水“帝之二女居之，是常游于江渊。澧沅之风，交潇湘之渊”。

后来，传说尧帝的两个女儿成了舜帝的妃子，一个叫娥皇，一个叫女英，她们千里追寻舜帝到君山，闻舜帝为征服恶龙已崩，抱竹痛哭，流泪成血，落在竹子上形成斑点，故又名“泪竹”，或称“湘妃竹”。陈鼎《竹谱》称“潇湘竹”“泪痕竹”。此后，潇湘一词广为流传，并不断赋予新内容，作为美的象征，如用作词牌《潇湘神》、戏曲《潇湘夜雨》、琴曲《潇湘水云》等。

秋爽斋也在大观园的西面，处潇湘馆的东北角，距离潇湘馆很近，后为贾探春所居。因前院有芭蕉后院有梧桐，元妃赐匾额为“桐剪秋风”，园内有晓翠堂，临沁芳溪，是贾母初宴大观园的地方，也是宝玉和姐妹们互起别号、结海棠诗社，首次大观园诗社活动题咏白海棠的地方。

荇叶渚在秋爽斋附近，荇草是生长在水中的水草，叶子成片地漂浮在水面，渚是水中小陆地。荇叶渚类似于码头，贾母两宴大观园时在此登船往蘅芜苑。

潇湘馆往西北走，是芦雪广，也叫芦雪庵，临水而建，是一处水边的农舍，推窗可垂钓。因盖在依山傍水的河滩之上，所以四面都是芦苇掩覆，一条去径逶迤穿芦渡苇而去，便是藕香榭了。芦雪广被元妃赐名“荻芦夜雪”，因芦苇开花白茫茫一片命名，当然，小说中有一回是写大观园儿女在此即景联诗，那日正是天寒地冻，芦雪广白雪皑皑的风光给写诗者带来充满喜悦的创作灵感。

芦雪广的东面、荇叶渚的北面是藕香榭，此地紧邻沁芳溪，是盖在水池中的一所建筑，四面有窗，左右曲廊可通，跨水接岸，不宜住人，是一处赏玩风景的地方，尤其附近种有荷花，夏至时飘来荷花淡雅香气，元妃因此命名。

芦雪广往西北便是稻香村，元妃赐名“浣葛山庄”，其东面是蓼风轩和暖香坞。贾惜春奉元春之命居住在此。因园内红蓼花深，清波风寒，元春因此命名。暖香坞是惜春的卧室，冬日，暖香坞温香拂面，是非常温暖的居所。居所处有惜春的画室，惜春曾在这里作画《大观园》，众姐妹也曾在此雅制春灯谜。

再往西北，西面是一片植物园，东面临沁芳溪的是紫菱洲和缀锦楼。紫菱洲是宝玉当日所题“蓼汀花溆”一带，缀锦楼是贾迎春居所，此楼在《红楼梦》中没有详细的描写，但是紫菱洲却洋溢着一股诗意。

紫菱洲因临沁芳溪水边长满菱角而命名。《红楼梦》第七十九回“贾迎春误嫁中山狼”，贾赦将迎春许嫁了孙绍祖，并接她出大观园。紫菱洲人去楼空，宝玉天天到这一带徘徊，只见“那岸上的蓼花苇叶，池内的翠荇香菱，也都觉摇摇落落，似有追忆故人之态”，情不自禁，写就一首诗：“池塘一夜秋风冷，吹散芰荷红玉影。蓼花菱叶不胜愁，重露繁霜压纤梗。不闻永昼敲棋声，燕泥点点污棋枰。古人惜别怜朋友，况我当今手足情！”从这首诗看出，迎春平时沉默不语的时候多，但是喜欢下棋，“永昼”可见是喜欢得入迷，难怪迎春的丫鬟叫司棋，正应了贾府四小姐会琴棋书画的才能。

紫菱洲隔岸对面是薛宝钗后来所居之蘅芜苑，“蘅芜苑”是元妃赐名，原来叫“蘅芷清芬”，在沁芳溪的北岸西面，此院都是奇石异草，异草一样散发着香气，连贾政看了都叹道：“此轩中煮茶操琴，亦不必焚香矣。”

蘅芜苑东面是凸碧山庄，南面是凹晶馆，而北门是梨香院，梨香院最早是“荣公暮年静养之所”，宝钗初入贾府时，便住在梨香院。在大观园建成后，薛姨妈另迁于东北上一所幽静房舍居住，将梨香院早已腾挪出来，另行修理了，就令教习在此教演女戏。所以，梨香院成了龄官等十二女伶的住所。顾名思义，梨香院应该是种植梨花，元妃赐名“梨花春雨”，出自唐代白居易《长恨歌》一句诗“梨花一枝春带雨”。

大观园东面还有两处房舍在小说中较为重点描写的，一是妙玉所居之栊翠庵，二是宝玉所居之怡红院。栊翠庵是专门为元妃省亲时做法事建的寺庙，小说中描写：“忽见山环佛寺，忙另盥手进去焚香拜佛，又题一匾云：‘苦海慈航’。又额外加恩与一般幽尼女道。”可见，栊翠庵是元妃回銮前见的一座寺庙并给予赐匾的，小说是到了第四十一回才出现“栊翠庵”这个寺名。

怡红院在南面，与西面的潇湘馆遥遥相对。元妃改“红香绿玉”为“怡红快绿”，赐名怡红院，是后来宝玉所居之处。怡红院内种植红绿分明的芭蕉和西府海棠，还有各色花种，总的色调是红色为主的暖色调，衬托宝玉爱热闹爱凑趣的性格特征，与潇湘馆的绿色幽谧形成对比，宝玉题自己居所为绛云轩，绛云也是红云的意思，所以宝玉的怡红院一派艳丽华美，可称得上是真正的温柔富贵乡。

元妃为自己的省亲别墅各处都题了完美的匾额，总题名为“大观园”，说是大观，一是它面积够大，周围“三里半”；二是园内景象万千，亭台楼阁，流泉曲水，层峦叠嶂，奇花异草，珍禽贵兽。在正殿题完总名，又写了一首七言绝句：“衔山抱水建来精，多少工夫筑始成。天上人间诸景备，芳园应锡大观名。”

“衔山抱水”体现了中国古典园林建筑的特点，明代邹迪光《愚公谷乘》云：“园林之胜，唯是山与水二物。”大观园主山在大观楼后，凸碧山庄就建在山上，山向东西两翼分脉，向西穿蘅芜苑到稻香村，向东过沁芳闸桥到东侧的栊翠庵等幽尼佛寺女道丹房。水经原来会芳园的西北角引入至大观园的东南角流出。整个园内“清溪”“河”“池”水系分布，迂回曲折，极尽婉转掩映之巧。

大观园在建筑布局上讲究精美，费时费力是不言而喻的。因为它并不是单一的宅第园林，虽然是钦封一等荣国公府第的后花园，但元妃的身份地位一定程度上使园林又多了一重帝王宫苑的特色，在私家园林的建造上要凸显皇家气派。它的排场气派和华丽精巧在小说人物初次游览时有两段较为详细的描写。

一段是贾政在游园拟题时，问贾珍院落屋宇、几案桌椅都有了，那帐幔帘子、玩器古董可有了没，贾珍说不准，叫来贾琏问话，贾琏回道："妆蟒绣堆、刻丝弹墨并各色绸绫大小幔子一百二十架……帘子二百挂……外有猩猩毡帘二百挂，金丝藤红漆竹帘二百挂，黑漆竹帘二百挂，五彩线络盘花帘二百挂……椅搭、桌围、床裙、桌套、每分一千二百件，也有了。"

第二处是贾政、宝玉等人走到"红香绿玉"，也就是后来赐名怡红院的房内，曹雪芹对室内精湛的装饰艺术做了精细的描画："只见这几间房内收拾的与别处不同，竟分不出间隔来的。原来四面皆是雕空玲珑木板，或'流云百蝠'，或'岁寒三友'，或山水人物，或翎毛花卉，或集锦，或博古，或万福万寿。各种花样，皆是名手雕镂，五彩销金嵌宝的。一槅一槅，或有贮书处，或有设鼎处，或安置笔砚处，或供花设瓶、安放盆景处。其槅各式各样，或天圆地方，或葵花蕉叶，或连环半壁。真是花团锦簇，剔透玲珑。倏尔五色纱糊就，竟系小窗；倏尔彩绫轻覆，竟系幽户。且满墙满壁，皆系随依古董玩器之形抠成的槽子。诸如琴、剑、悬瓶、桌屏之类，虽悬于壁，却都是与壁相平的。"

大观园在园林外观设计和室内装修设计上都是极具审美价值和意义的，在一定程度上体现了清代园林美学的思想在前代基础上的发展和弘扬，园林创作技巧和手法的应用已经步入了一个新的境界。大观园所透露出来的造园艺术已经把叠山、理水、花木、建筑完美地进行了结合，所以园中“天上人间诸景备”，没有的景可以造出来，有的景可以艺术地表现，既写实，又写意，能让游览者驰骋想象，达到深刻而全面的艺术享受。

如元妃正月省亲，大观园应该处于冬季，没什么鲜花可供欣赏，但是文中却有这样一段描述：“上面柳杏诸树虽无花叶，然皆用通草绸绫纸绢依势作成，粘于枝上的，每一株悬灯数盏”，也就是说，大观园内此时的花是人工做成，粘在枝上用来观赏，所以在大观园，只有想不到，没有做不到的事，只要想看，都可以通过人工的造景之术用来满足欣赏者的需求。

元妃题完一匾一绝之后，便要众妹妹各题一匾一诗，且可以随意发挥。对宝玉她又另有要求，因为元妃看完大观园，最喜欢的两处是潇湘馆和蘅芜苑，其次是怡红院和浣葛山庄，这四处，元妃觉得应该别有章句题咏方可，所以她干脆考一下宝玉，让他各作五言律诗一首，才不负从小教习的苦心。

元妃所提议的赋诗活动是一种曲宴赋诗唱和的形式。在古代尤其是在宋代是一种制度化的礼仪活动，曲宴本义，并非一定要设有音乐歌舞之宴，它是古代宫廷赐宴的一种，特别之处就在于无事而宴，时间、地点不固定，席上常有赏花、赋诗等活动，参加人员为宗室成员或皇帝身边的近密臣僚。通过君臣赋诗唱和，达到皇室对臣僚的恩宠，君臣关系上下融洽的目的。

元妃代表帝王之家，所以在她赋完诗之后，众妹妹们是要有所唱和的，这其实也是朝廷上君臣关系的一种反映；而且在唱和的过程中诗的特点要符合应制体的要求，也就是切合颂美德、披恩泽之类的主题要求。

于是，贾府迎春、探春、惜春虽不擅长作诗，也只得应命。李纨也推辞不掉，勉强而为。宝钗和黛玉自然不在话下。且看六人的五言诗作：

旷性怡情　贾迎春

园成景备特精奇，奉命羞题额旷怡。
谁信世间有此境，游来宁不畅神思？

万象争辉　贾探春

名园筑出势巍巍，奉命何惭学浅微。
精妙一时言不出，果然万物生光辉。

文章造化　贾惜春

山水横拖千里外，楼台高起五云中。
园修日月光辉里，景夺文章造化功。

文采风流　李纨

秀水明山抱复回，风流文采胜蓬莱。
绿裁歌扇迷芳草，红衬湘裙舞落梅。
珠玉自应传盛世，神仙何幸下瑶台。
名园一自邀游赏，未许凡人到此来。

凝晖钟瑞　薛宝钗

芳园筑向帝城西，华日祥云笼罩奇。

高柳喜迁莺出谷，修篁时待凤来仪。
文风已著宸游夕，孝化应隆归省时。
睿藻仙才盈彩笔，自惭何敢再为辞。

世外仙源 林黛玉

名园筑何处，仙境别红尘。
借得山川秀，添来景物新。
香融金谷酒，花媚玉堂人。
何幸邀恩宠，宫车过往频。

贾迎春在贾府四姐妹中排行第二，是荣国府大老爷贾赦的女儿，生母为贾赦之妾，早已去世。她生性沉默寡言，不太爱招事惹事，性情平稳，作诗对于她来说不甚喜欢，在大观园诗社中负责出题限韵，平时最多也就下下棋、穿穿花，在下人面前也不拿出小姐的身份和脾气，是个“软柿子”、比较好欺负的对象。

对于大观园题匾作诗，她首先想到的匾是“旷性怡情”，也就是大观园能使观者胸怀开阔、心情愉快。一个“温柔沉默，观之可亲”，在外貌上并不出众的女子，生活也应该是平淡而简单的，从小失去母爱的迎春，性格内向懦弱，少与人交流，所以心情如何变得开朗明快是她生活的目标，少些阴翳、多些怡情悦性之乐也是一件幸福而让人憧憬之事。

在七言绝句中，她赞叹大观园建造得精细奇特，只是自己诗才平平，非常惭愧题了匾额，这诸景齐备的人间仙境说来不一定让人相信，在这样的园子中游览怎不令人神驰向往?

相反，三小姐贾探春写的“万象争辉”额匾就很有气势，“万象”包罗一切事物，指大观园具备所有景物，且发出各自耀眼的光辉，当然这“象”还可以指元妃的美德熠熠生辉，具赞颂之意。

探春的文学修养较高，她是《红楼梦》中首先发起诗社的倡导者和组织者，对自己的才能相当自信，想干什么就干什么，没什么瞻前顾后的犹犹豫豫，所以在七言绝句中她称赞大观园是一座名园，气势雄伟，自己既然奉命作诗，纵然不学无文，也不怕当场献丑，写就写了。只是大观园之精妙之处言之不尽、道之无穷，只要是园中万物，真的都会生发出一种神采和光辉。

四小姐贾惜春是宁国府贾敬的女儿，年纪小，文采诗兴不突出，在诗社中担任了“誊录监场”的工作，但是她有一样别的姐妹没有的本领，那就是绘画。在惜春眼中，大观园修建于皇帝贵妃的恩泽荣光之中，风光景物简直就是巧夺天工，是一幅山水画卷，这幅画卷绵延不断，楼台高筑，是立体呈现的画作。凭着绘画的特长她想把这山水画下来，《红楼梦》第四十二回惜春为大观园作画专门有一处描写。

但是惜春作画只是写意的几笔，既不擅长工笔楼台，也不会画人物，还是宝钗替她出了主意：先照着当初盖园子时匠人描的大观园图样删补着立了稿子，然后添人物就是。不过这个画作到小说结束还没完成。

李纨是贾政、王夫人的儿媳，丈夫贾珠早逝，便带着儿子贾兰守寡在家。李纨出身金陵名宦之家，自幼受封建礼教的教育，思想行为都奉行自己的准则，做事“按例行事”，不“多事逞才”，是个老实本分、为人厚道之人。

李纨同样具备文学修养，喜欢与诗有关的活动。探春发起诗社，李纨是举双手赞成，并且第一个起“稻香老农”的别号，又替宝钗想了“蘅芜君”的别号。她还因自己年龄大的原因自任第一届诗社“海棠社”社长，又聘请迎春、惜春两位当副社长，主动做东道主，说每月初二、十六日要大伙儿必往她那儿去活动。她作诗不多，却擅长评诗，论诗也自有一番专业的见地，在赛诗结果的公布、名次的排序上特别公道，经常一锤定音，不行更改，树立了一定的权威，社员们也别无争议，都很信服她。

李纨的匾题为“文采风流”，是指景物风采特别美好，格调高，雅兴浓，令人流连忘返。她的七言律诗赞美大观园山明水秀、风光旖旎，胜似蓬莱仙境。接着用歌扇、舞衣成对的诗句衬托大观园芳草鲜嫩翠绿、落梅嫣红飘洒，与欢歌笙舞中美丽女子的扇面、红裙相映生辉的光艳景象。大观园盛宴题咏，文章诗作如珠玉般美妙动人，在挥毫间，这种风流韵事将在昌明盛世中流传下去，元妃就像神仙一样难得下瑶台看一下这人间仙境，自从这所名园被神仙赏玩之后，成了圣地，一些凡人可再也不敢跨入了。

李纨的诗作歌颂太平盛世，称誉元妃为瑶台神仙，所以在应制体的要求上是极其符合规范的。

还有两位专业作诗的人才便是宝钗和黛玉，宝钗的匾额一看也是赞祥颂瑞之意。“凝”“钟”都是聚集的意思，“晖”“瑞”代表光辉和吉祥。宝钗的诗是七言律诗，基本每句都在称颂元妃，让人觉得宝钗太会做人了，这哪是一般地夸，而是快要把人吹捧到天上去了。

宝钗先说大观园在京城的西面，受皇帝的恩荣，像时刻被祥云笼罩，地理位置好，是块风水极佳的宝地。接着说元妃就像一只莺，飞出了高高的柳树，进入深宫为妃，是一件大喜之事，现在盖建大观园就像准备了深密的竹林，等待凤凰回来寻食，也等待贵妃荣归省亲。大观园赋诗这一壮举是替皇上完成了一次外出巡游的任务，特别彰显了朝廷的伦理教化，并且元妃省亲这件事特别能体现孝道，以后尽孝道的民风也会逐渐跟随着转好和兴盛。元妃娘娘的笔端流出佳匾诗作才智非凡，如手握五彩笔文思满溢，自己才疏学浅，在娘娘面前怎敢再有措辞。

从这首唱和诗可以看出，宝钗不论自己有多出众的才华，在元妃面前始终把握分寸，见元妃如高山仰止、自愧弗如，抬高贵妃的同时把自己放得很低，非常圆滑机智，且诗作中有好几个诗文典故，显示出宝钗的涵养水平，捧要捧得有内涵，让人心里透亮舒服，这一点宝钗做到了。

薛宝钗是第一次见元妃，凭借她的聪慧灵活，在元妃心目中留下了极好的印象，至少，让人觉得这个妹妹聪明懂事、礼节周全，是位不可多得的美貌人才。

再看黛玉的匾额诗作，“世外仙源”匾额意思平平，诗作首联也赞颂大观园这座名园犹如仙境，有别于俗世红尘凡夫之所，园中景物借得山川风貌，归省一事增添了园林新景，大观园大开筵席，命题赋诗，浓浓的花香仿佛融入了美酒更加得以助兴，花儿对着玉堂人娘娘更加妩媚多姿，最后说元妃受皇上恩宠，宫车仪仗前呼后拥，风光无限，显赫扬扬。

林黛玉也是第一次与元妃见面，相对于宝钗的全面赞颂来讲，黛玉的赋诗相对平淡些。宝钗是从省亲一事的隆重、吉祥、有教风化等各种意义，又从元妃的文藻才华、身份尊贵等方面逐一称颂，每字每句俯仰感佩，又像发自肺腑，让人听了为之动容。而黛玉的赋诗好像没有什么特别之处，像是有点敷衍，意思已经被三春和李纨说过多次，最后压轴也没有什么气势，特别是在宝钗的完美称颂之后，反而显得有点简单冷落。

元妃看完匾额诗作，称赏不已，对三春和李纨她是非常熟悉，对宝钗和黛玉她是第一次见，尤其是宝钗的诗作写得如此熨帖，让她欣赏不已，黛玉虽然没有交口称颂，但作诗信手拈来，也是才情不凡。所以她评价道：“终是薛林二妹之作与众不同，非愚姊妹可同列者。”意思是自己比不上两人的写诗才华。元妃自幼饱读诗书，进宫后是凤藻宫尚书，凤藻宫尚书是曹雪芹拟的宫名和职务名，凤藻是有文采的意思，尚书是管理一些皇帝奏章的职务，所以是有一定文化水准的人。元妃在众妹妹的诗作中一眼看出了宝钗和黛玉的圆稳和灵逸，也不愧是个有眼力的人。

面对元妃的命题考试，宝钗非常用心得体，博得娘娘的称赞，黛玉本想凭着自己的才华将众人压倒，但是这种应制体对她来说发挥不了水平，再说元妃她也是第一次见，让她这个平时性格比较孤高的人一下子说出很多溢美之词，好像也不太屑于如此。从这个角度来说，宝钗比较善于抓住一切机会不放过，哪怕是一次赋诗，她也要先博得人心，自己的才华如许不重要，重要的是让元妃心情大悦，才是自己做人的原则。所以相比之下，黛玉是为了显显本事，这次应命性质的考试她没当回事，显得潦草了些、胡乱了些，让宝钗棋高一着，占了上风，不过她自己可能也觉着不会怎么样。

再看宝玉这时拿着元妃的命题试卷已经做了好久，才有两首，还差两首，在宝钗的一字帮助和悄悄催促下，紧张而又局促地完成了三首。黛玉这时又帮着宝玉作弊，自吟最后一首，写在纸条上，掷给宝玉，宝玉这才将四首诗用恭敬的小楷誊写完呈上给姐姐元妃看。来看宝玉的四首五言律诗：

有凤来仪 贾宝玉

秀玉初成实，堪宜待凤凰。
竿竿青欲滴，个个绿生凉。
迸砌妨阶水，穿帘碍鼎香。
莫摇清碎影，好梦昼初长。

蘅芷清芬 贾宝玉

蘅芜满净苑，萝薜助芬芳。
软衬三春草，柔拖一缕香。
轻烟迷曲径，冷翠滴回廊。
谁谓池塘曲，谢家幽梦长。

怡红快绿 贾宝玉

深庭长日静，两两出婵娟。
绿蜡春犹卷，红妆夜未眠。
凭栏垂绛袖，倚石护青烟。
对立东风里，主人应解怜。

杏帘在望 林黛玉代拟

杏帘招客饮，在望有山庄。
菱荇鹅儿水，桑榆燕子梁。
一畦春韭绿，十里稻花香。
盛世无饥馁，何须耕织忙。

这四处地方宝玉在初游大观园时都拟过对联，不过那是一句诗而已，这次在元妃的命题下要咏五言律诗，一下子让他大伤脑筋。想了半天，才想了两首，可见宝玉对于重复做的事情好像没了灵感，但又迫于无奈，所以才费神想来，勉强而为。

先咏的潇湘馆，诗题为“有凤来仪”，宝玉把潇湘馆的绿竹比为秀玉，长势正好，等待凤凰来食，起句平平。颔联描写了竹子青翠欲滴，绿荫生凉，颇带有画面感和新意。颈联说馆内竹子绵密，挡住了绕阶的泉水迸溅到台阶上来，使房中鼎炉上所焚的熏香气味不会穿过帘子散去。尾联说竹影深深，幽梦正长，不要摇晃竹子，破碎这层层叠叠的竹影，让好梦继续悠远地做下去。

第二首是“蘅芷清芬”，写的是蘅芜苑。蘅芜苑种满异草，散发着奇香，那异草长得非常柔软，像春日的嫩草，吐露着一缕芳香，那些藤蔓牵牵连连，有时连曲径也被像轻烟一样的纤柔枝蔓所弥漫，草上露珠无意间沾湿了衣裳。看到这样的景象，该是多么诗意盎然，谁说只有南朝的谢灵运梦见其弟才会想到佳句呢？宝玉最后用了一个典故，在《谢氏家录》中有载：“康乐（南朝诗人谢灵运）每对惠连（其族弟），辄得佳句，后在永嘉西堂，思诗竟日不就。寤寐间，忽见惠连，即成‘池塘生春草’。故尝云：‘此语有神助也，非吾语也。’”

“池塘生春草”是谢灵运的名句，这样的佳句觅得在蘅芜苑也同样做得到，不一定要像谢氏非要做梦才可以寻到。宝玉在此处把蘅芜苑的奇香异草夸赞得非常迷人，能触动人的诗情雅兴，吟得出千古名句。

第三首是“怡红快绿”，写的是怡红院。怡红院以种植芭蕉和海棠出名，且颜色是红配绿，非常鲜艳明快。宝玉把蕉棠两种植物说成是非常美好的样子。宝玉本来想把芭蕉叶写成“绿玉”，在宝钗的提醒下，改换成“绿蜡”，因为宝钗知道元妃在正式赐名的时候把“红香绿玉”改成了“怡红快绿”，说明元妃不喜欢"绿玉"两字，宝玉再次用"绿玉"，宝钗阻止了，叫他改成"绿蜡"，"绿蜡"也突出了芭蕉叶厚实发亮的特点，比"绿玉"要特别些。芭蕉叶在春天还卷着未舒展，海棠仿佛还涂着红妆未卸在夜里不成眠。在幽暗的夜色下，海棠仿佛如美人凭栏垂下大红色衣袖，芭蕉依着山石而植，山石看上去像被青烟笼罩。两种植物相互对立在东风里，院落的主人应该会好好爱惜它们美好而相依偎的存在。

最后一首是黛玉代拟，宝玉偷了一次懒，作了一次弊，幸亏元妃没有觉察，反而还夸赞了一通。这首是"杏帘在望"，写的是浣葛山庄。山庄的酒幌招招摇摇，仿佛在等待客人的到来，在风景质朴的山庄，水里生长着菱角荇草，水面鹅儿戏水，房前屋后种植桑树榆树，燕子正衔泥在梁间筑巢。春天田间一畦韭菜发绿，秋天十里稻花飘香，在太平盛世里没有忍饥挨饿的威胁，何必要躬耕织布如此繁忙，好好享受田园生活岂不快哉？

这四首诗，最后一首称颂的意味比较浓，因为太平盛世是对皇上治理国家政通人和的恭颂，无灾荒，无饥饿，百姓生活富足，是对统治者最好的褒奖。

元妃看完，非常欣喜，赞道："果然是进益了！"又指"杏帘"一首为四首之冠，并将"浣葛山庄"改为"稻香村"。"稻香村"原来宝玉就题过，当时因自作主张被贾政喝断过。不过元妃喜欢，贾政等人看了，也都称颂不已。

元妃省亲最后一个环节，是安排了赐物的发放，然后撤筵回宫，大观园风风光光、声势浩大的游园活动至此结束。正因为元妃的省亲，大观园各处的匾额题诗在山水之间熠熠生辉，它代表着一种古代园林文化、宫廷文化、封建贵族家庭文化等多方面的因素，在一片祥和快乐的氛围中，大观园也徐徐拉开了宝玉和众姐妹接下来在里面的生活，就像一个生动而充满魅力的舞台，大观园用诗情画意衬托了小说中各个主要人物的活动场景，更是上演了一出悲欢离合交织的人间戏剧。

古典文学知识

应制诗

应制诗是指应帝王之命而吟写的诗歌。据《史记·秦始皇本纪》载，秦始皇的“命”称“制”，“令”为“诏”。历代相沿，所以臣下应帝王之命而吟诗和诗，逐渐称应制。唐以后大都为五言六韵或八韵的排律。多半以歌功颂德、雕章琢句为能事，少数也会陈述一些对皇帝的期望。从思想内容和艺术水准上看，价值都比较小。

唱和诗

唱和，指歌唱时此唱彼和，是歌唱的一种形式。《诗经·郑风·萚兮》有“倡予和汝”。唐代陆德明释文：“倡，本又作唱。”后成为作诗的方式之一。

唱和诗是古代诗人相互间应答酬谢所作的诗词，方式多种多样。其大致分为限韵和不限韵两类。唐以前没有和韵的要求，只要求和诗与原诗语意相应答，和诗比较自由。中唐以后对声律的讲求日趋严格，除了“依韵”“用韵”，更讲究“次韵”（亦称“步韵”），所以唱和诗在用韵方面大致分为和诗、依韵、用韵、步韵四种方式。

和诗，只作诗酬和，不用被和诗原韵；依韵，亦称同韵，和诗与被和诗同属一韵，但不必用其原字；用韵，即用原诗韵的字而不必顺其次序；步韵，又叫次韵，即用其原韵原字，且先后次序都须相同，此用韵的规定使和诗越来越受到形式的束缚。

七言绝句

七言绝句是绝句的一种，属于近体诗范畴。绝句是由四句组成，有严格的格律要求。常见的绝句有五言绝句、七言绝句，还有很少见的六言绝句。每句七个字的绝句即是七言绝句，基本句式一般而言，第一二四句平声同韵；第三句仄声不同韵。第二四句倒数第三字通常为仄音；整首诗的意境高，文辞雅，寓意深。

七言绝句是诗歌中最具代表性的体裁之

一。在近百年的演进过程中，体式逐渐定型，数量不断增多，质量不断提高，内容日益丰富，风格逐步趋向多样化。唐代七绝诗坛名家灿若群星，佳作层出不穷，留下了无数的千古绝唱，为后来者树立了最高的艺术典范，提供了无尽的艺术营养，几乎从根本上决定了后世七绝理论批评与创作实践的发展走向。不论从哪方面看，七言绝句都堪称唐代诗歌史乃至整个中国诗歌史上的一座富矿。

七绝诗人用这种仅有二十八个字的短小诗体描绘山川大漠，揭露社会现实，抨击朝政黑暗，书写友谊爱情，排遣离愁别绪，展现自然风光、社会政治、风俗习惯、士人心态等多方面的图景，几乎无所不包，其题材涉及范围之广、开掘程度之深，在七绝发展史上是空前的。内容多山水、田园、边塞、战乱、怀古、咏史、离别、思乡、闺怨、奁艳、悼亡以及四时、宫怨、游仙等多种题材，书写诗人喜怒哀乐，反映社会状况。作为一种成熟的诗歌体裁，七言绝句具有言微旨远、含蓄蕴藉、婉转悠扬、情韵兼胜的艺术特征。

贾宝玉闲题姽婳词

《红楼梦》第七十八回，贾宝玉奉父亲贾政之命，与贾兰、贾环一道为传说中的历史人物林四娘题了一首《姽婳词》。

在题这首词之前，宝玉彼时正因晴雯早逝心绪悲戚，准备去停柩之处看最后一眼，不料扑空。转身复回园中，来潇湘馆找黛玉不在，去蘅芜苑又见静寂无人，宝钗在大观园抄检风波后为了避嫌已搬出居所。蘅芜苑空无一人，宝玉怔了半天，宝钗要走他阻止不了，想到袭人是自己忠心的丫鬟，平日里还可以厮混，黛玉是知己，又无家可归，可以为伴，知心的也就两三个人可以同死同归。

宝玉对于现实的要求似乎已经不高，大观园的寂寥冷清仿佛是迟早要出现的事，晴雯的死、宝钗的走，宝玉来不及面对生活的无常，傻呆呆地又回到潇湘馆等黛玉，黛玉还没回来，宝玉就不知道要干什么，直到有丫鬟来叫他，说“老爷回来了，得了好题目，找你呢，快走”。宝玉纵然心里有再多的落寞惆怅，也不敢耽搁。

而此时贾政的书房内却是一派热闹。贾政下朝之后带回一个题目，正兴致勃勃地与身旁的幕友清客谈论如何做一首挽词。挽词中的人物是在当时流传甚广、影响较大的绝色美女兼巾帼英雄林四娘，人称“姽婳将军”。

在清代，林四娘是酒肆街坊之中甚至是朝廷命官之间谈论的一个传奇式的人物，历史上有无这个真实的人物堪待考查，但在人们口耳相传的过程中，仿佛已经被颂扬得极其神奇可嘉。

众人只听得贾政绘声绘色地描述，这林四娘是明代朱佑樺（明宪宗之子，封衡王，也叫恒王，镇守青州，今山东临淄、益都一带）身边的美女，因为恒王喜好女色，又喜欢习武，所以这些美女除了承欢侍宴之外，还要兼习武艺。而林四娘是其中的佼佼者，恒王最为得意，封她为“姽婳将军”名号，让她统领众姬。

这故事一讲，贾政身边的一帮幕友清客听得惊叹不已。一是觉得“姽婳将军”这个名号取得特别，“姽婳”一词来源于战国时期宋玉的《神女赋》“既姽婳于幽静兮，又婆娑乎人间”，指女子娴静美好，后面加个“将军”，妩媚中又增添了一丝勇武，恒王拥有这样美貌和武艺兼备的女子，是何等的风流和潇洒。

重要的还不止这些，因为贾政关于林四娘的故事还没讲完，更有可奇可叹之事，众清客好奇心更强，要探个究竟如何，贾政接着便娓娓道来。

林四娘被封为“姽婳将军”之后，第二年恒王统辖之青州地区便出现了农民起义军，抢掠山左一带，恒王以为起义军都是犬羊之辈，不足以成就大业，就掉以轻心地带着轻骑前去围剿。没想到那些起义之人狡诈诡谲，恒王与之交战两次，不但没胜，反而被杀害致死。于是青州城内文武官员不胜惶恐，都说连恒王都没打赢胜仗，还有谁能有希望剿灭匪贼呢，情急之下，准备要投降献城。

万分危急之际，林四娘听到了凶信，立即聚集了一众女将，众女看在恒王平日恩重如山的情义上，都发誓甘愿牺牲自己，也要替恒王报仇雪恨，前往剿灭起义军。于是一呼百应，林四娘带领众人，连夜出城，杀至贼营。只可惜势单力薄，虽杀了几个贼首，终因寡不敌众，林四娘殒身沙场，可歌可泣的事迹传为千古美谈。

众清客中早已有人取了笔砚，把这个传奇记录下来，稍改了几字，成了一篇短序。贾政说，原序已有，奉朝廷恩旨，要察核前代遗留下来的应该褒奖而遗落的人物事迹，不管是僧、尼、乞丐、妇人等，如有事可褒奖，要送到礼部奏请恩奖，所以原序已经送上去了。朝廷命官们一听这样的新闻，都觉得应该作一首《姽婳词》，来记录这样忠义的事。众清客一听，更是称赞当朝天子是位明君，本朝本代是肯定不可能有所遗漏的人物事迹，也就是前代遗留的，现在补也是明智之举。

于是，贾政趁机就进行了一次命题考试，命贾兰、贾环、宝玉各吊一首《姽婳词》，谁先做好有赏，谁做得最好也赏。在《红楼梦》中，出现唯一一次三个男子同咏一个题材的作诗场面，也就是同题分咏。

贾政是最喜欢当着众清客的面考查晚辈们的，这是他独有的教育方式之一，因为他知道，这种检查学习的方式是有效的，因为一可以锻炼小子们的胆量，评价的人越多，压力就会越大，效果反而会越好。二是因为众清客喜欢打圆场、说好话，哪怕诗作得不理想，场面也不会尴尬、冷场，有幕友们帮着暖场，自己再摆摆家长的威风，显示严厉的作风，说明自己教子有方，是一件很体面的事。

这三个被要求作诗的人里面，数贾兰最小，并且速度最快。贾兰是荣府的重长孙，地位比较特殊，姑姑是皇妃，父亲过早离世，母亲李纨守寡，但母以子贵，李纨得到的经济地位尚可，但是贾兰除了母亲的照顾之外，从贾母和王夫人那里得到的宠爱就少得可怜，所以这个孩子从小学习特别努力，觉得只有靠自己认真读书，走仕途之路，才会得到别人对自己该有的尊重。

贾兰十三岁的年纪，很快完成了命题考试。接着，贾环也写好了。贾环的母亲是父亲贾政的侍妾赵姨娘，是庶出的第三子，在封建社会嫡庶差异的影响下，虽然和贾琏、贾珍、宝玉同辈，但是总不招人待见，是一个人见人不爱的主儿，他自己性格也是自卑多疑，生活过得远不如宝玉滋润。

其实等贾兰、贾环交卷之后，宝玉是还没有写好的，但宝玉是贾政的爱子，他解释了几句写得慢的原因之后，贾政并没有责怪他，反而叫宝玉说一句他写一句，当然在说与写的过程中，众清客在旁边拍手叫好，就像一场戏，观众的阵阵喝彩使舞台上的演员演得更加带劲，也使宝玉作诗的戏份更加增添了一丝玩闹的看点。

且看三人写的《姽婳词》：

其一　贾兰

姽婳将军林四娘，玉为肌骨铁为肠。
捐躯自报恒王后，此日青州土亦香。

其二　贾环

红粉不知愁，将军意未休。
掩啼离绣幕，抱恨出青州。
自谓酬王德，讵能复寇仇。
谁题忠义墓，千古独风流。

其三　贾宝玉

恒王好武兼好色，遂教美女习骑射。
秾歌艳舞不成欢，列阵挽戈为自得。
眼前不见尘沙起，将军俏影红灯里。
叱咤时闻口舌香，霜矛雪剑娇难举。
丁香结子芙蓉绦，不系明珠系宝刀。
战罢夜阑心力怯，脂痕粉渍污鲛鮹。
明年流寇走山东，强吞虎豹势如蜂。
王率天兵思剿灭，一战再战不成功。
腥风吹折陇头麦，日照旌旗虎帐空。
青山寂寂水澌澌，正是恒王战死时。
雨淋白骨血染草，月冷黄沙鬼守尸。
纷纷将士只保身，青州眼见皆灰尘，
不期忠义明闺阁，愤起恒王得意人。
恒王得意数谁行，姽婳将军林四娘，

号令秦姬驱赵女，艳李秾桃临战场。
绣鞍有泪春愁重，铁甲无声夜气凉。
胜负自然难预定，誓盟生死报前王。
贼势猖獗不可敌，柳折花残实可伤，
魂依城郭家乡近，马践胭脂骨髓香。
星驰时报入京师，谁家儿女不伤悲！
天子惊慌恨失守，此时文武皆垂首。
何事文武立朝纲，不及闺中林四娘。
我为四娘长太息，歌成馀意尚傍徨！

贾兰作的是一首七绝，称赞林四娘色艺双绝、铁骨柔肠，颇有英雄豪杰的气度风范，为报答恒王对她的恩宠而不惜抛弃自己的生命，青州大地的泥土因埋葬了林四娘的忠胆芳魂而留有余香。诗的最后一句化用唐代王维的《少年行》“孰知不向边庭苦，纵死犹闻侠骨香”，颇为自然。

众幕宾看了，都大赞贾兰家学渊深，十三岁小哥儿能写出如此高水平的诗，没有一定的学问积累是达不到的。贾政心里满意，嘴上说那是“稚子口角”，“也还难为他”，从贾政嘴里是很难听到那种夸赞之语的，尤其是对晚辈，贾政非常严格，甚至是严厉，儿孙们难得看到他一张笑脸，能不得到训斥就已经是最好的了。

接着看贾环，是一首五言律诗。贾环虽遭人嫌弃，其实他也不是一个不学无术之人，在这样的豪门贵族之家，对子孙们的教育极其重视，花昂贵的费用请家教指导，所以诗文平仄对于他们来说当然是知晓一二。小说对贾环的刻画大部分写了他的坏，他的粗俗无赖，但是在父亲贾政面前，他还是老老实实地说一不二、收敛自知，尤其是命题考试，他写得不能输于贾兰，好歹两人是叔侄关系，年龄也大些，在众人面前写得不好，那是太丢脸了。

在贾兰的笔下，林四娘不是一般普通不知忧愁的女子，她是“将军”，是个有武艺有志向的人，尤其是恒王遭难，林四娘决意报仇，胆量惊人，气概如山。但这个人物注定是有着悲剧结局，身为女子，对恩人重情重义，对仇敌势不两立，整个青州城都无人敢面对贼寇，一个弱女子却挺身而出，视死如归，勇气可嘉，但是战局肯定是毫无悬念的以败告终，这等忠义之举，独步千古，风流百年。

贾环比贾兰多了四句，诗文表达的内涵要更为多些，其中一些对比的手法用得较为巧妙，比如林四娘身为红粉，却一如将军，情感色彩悲痛欲绝又气贯长虹，理想中为君报仇雪恨现实中折戟沉沙，悲愤感慨，意犹未尽。

众人一致觉得贾环写得水平更高，立意不同，又是一番夸赞。贾政说好是好，就是不大恳切，对贾环他的要求就不同了，不像贾兰，学习认真，只是年纪小的原因，还可以假以时日。对贾环的评价，即便幕宾们吹捧说以后再多读，赶得上“大阮”“小阮”了，贾政还是说“只是不肯读书过失”，在他看来，贾环读书不够用功，花点小聪明在长辈面前应付一下，并没有什么特别好的表现让他满意。

再看众清客的吹捧功夫也是一流的，把贾环用三国时期“竹林七贤”中的魏国诗人阮籍、阮咸的才能作比，绝不是一般的赞扬，说明众清客虽然也知道贾环庶出的身份，但他们在这种学问考试面前是绝对不会对贾环另眼相看的，都是贾政的子孙，他们的学识水平高，体现的是家学渊源深厚，而自己投身贾政门下，是正确的选择，这是不容置疑的。

宝玉此时还没有落笔，众清客已经把褒扬之词先落到了这个贾府里最受宠最尊贵的公子哥儿身上了。“细心镂刻”“风流悲感”“不同此等”诸如此类的期许已溢于言表，其实大家心里很清楚，贾政最看重的是这个在人前风流倜傥的“二爷”，在脂粉堆里混久了，对女子的了解多于贾环、贾兰不说，至少宝玉刚才听了林四娘的故事，是不会无动于衷的，虽然还没见动静，但是大家自然而然地把目光和焦点集中到宝玉身上，准备用更大的热情面对接下来宝玉要完成的考试，他们就像一个个被打过招呼的评委，知道自己要做什么，并且怎么做。

果然，宝玉笑着开口了。他说，这个《姽婳词》的题目怎么看也不是用近体诗写，似乎应该是用古体诗，或者歌行体写一首长篇，才能较为恳切地表情达意。宝玉的意思是，刚才贾环、贾兰用七言绝句和七言律诗写都不太好，太简单了，如果换作是我写的话，那必定要来一篇拟古之作才行。

宝玉这一说，众人都站起身来，点头的点头，拍手的拍手，好像是中了彩或赢了赌一样，“我说他立意不同！”那么众清客的夸赞有没有道理呢？不得不说，众人的反应比贾政要快，在上次大观园拟题匾额的时候，宝玉就施展过自己的才华，众人领教过宝玉的作诗切题之胜，所以宝玉这次又有完全不同于众人的想法，他们一秒钟就反应过来，而且给出了非常合理的解释。

首先夸赞宝玉是老手妙法，什么意思呢？就是宝玉每一题到手，先考虑的是用什么体格写诗才是合适的。众人记得大观园拟题匾额的时候，宝玉提出用应制体，是非常正确的选择，当时好几次被众人忽略了，宝玉不断地提醒才没有出现大的差错。那这次宝玉说用古体写诗，也是在提醒大家不要忽略一点，就是刚才的那篇序文。

一般来讲，近体诗是绝句和律诗，没有序文。而古体诗前面可以有序，比较著名的白居易的《长恨歌》《琵琶行》就是典型的歌行体，再加上字数多，拟咏起来流利飘逸，是非常妙不可言的。

贾政一听，脸上顿时堆笑，准备亲自来写，又用教训的口气叫宝玉好生念来，如只是大言不惭，是要挨打的。

其实宝玉哪有心思真正地去写这首诗，因为晴雯刚死，心痛不已，宝钗离园，寂寥空虚，自己则像个孤独的影子游荡在大观园之中，心里无着无落，情感无处排遣，遇上老父出卷，自己不得不在众人的哄抬之中吟诗做题，做不好还要挨骂，心里的无奈痛楚和脸上的强颜欢笑不得不交织错横，这个林四娘对恒王赤胆忠心的故事，不管历史上有还是没有，反正是当今皇上要歌功颂德予以褒奖的，就只好勉为其难地作一首吧。

宝玉首句念道“恒王好武兼好色”，贾政写了看，摇头说“粗鄙”，大家都劝贾政不要着急，这样写比较方古，所谓方古的意思就是有古体诗的意思了，众人记得白居易《长恨歌》第一句“汉王重色思倾国”，汉王就是唐玄宗李隆基，因为唐代诗人写唐代皇帝是很忌讳的，所以用汉代皇帝代替一下，第一句写的是唐玄宗思恋女色，好像起笔也不见得有多么高雅。众人想看的是宝玉下面如何发挥。

宝玉又道：“遂教美女习骑射。秾歌艳舞不成欢，列阵挽戈为自得”，意思是这个恒王于是就教美女学习骑射的本领，因为恒王觉得美女歌舞再美艳也引不起更大的兴趣，不如看着她们列队舞枪弄棒来得洋洋自得。宝玉这几句用“不成欢”的原因，把轻歌曼舞的女子变身为战习沙场的士兵，突出了恒王的喜好比较特殊，也为下文故事的展开作了铺垫。

众人一致赞扬这几句“古朴老健，极妙”“平叙出，也最得体”。贾政一边写，一边听宝玉如何转写下文。

宝玉念道：“眼前不见尘沙起，将军俏影红灯里”，说的是美女习武，只是摆摆俊俏的模样，在红灯下穿上将军的战袍显示飒爽武姿，比身穿曼妙的舞衣那要迷人多了。众人听了，一个个都说“妙，好个

‘不见尘沙起’！又承了一句‘俏影红灯里’，用字用句，皆入神化了。”

宝玉接着道：“叱咤时闻口舌香，霜矛雪剑娇难举”，宝玉这几句描写林四娘等美女虽然练兵场上风云叱咤，但是口舌生香，虽然持盾舞剑，但是身体娇俏，似乎是难以力举，把一群美女在习武中遮掩不住的美态香艳之姿表露无遗。难怪众人拍手笑宝玉似乎是亲眼所见，见其娇、闻其香，要不怎么刻画得如此惟妙惟肖呢！

宝玉笑说女子习武，再怎么悍武，跟男人怎么比？不用问不用看就知道那些女子的娇弱羞怯之态了。贾政见儿子聒噪太多，要不阻止，宝玉还可能说起女儿家的没完没了，赶紧催促他快念。

宝玉道：“丁香结子芙蓉绦”，丁香结，是指状如丁香花蕾的扣结，芙蓉绦，是色如芙蓉的丝带。这两句是描写女子身上的装饰物，都是丝带花结之类的饰品，诗句自然转为萧韵，众人都说转韵转得好，这样才显得流利飘逸，而且出现类似花之类的意象，显得绮靡秀媚。

而贾政却觉得宝玉甚是啰唆，正题不入，反而越来越有堆砌累赘之嫌，宝玉辩解说长歌就是要用些词藻来点缀点缀，否则太萧索了不好。既然讲到了女子，那女子身上的饰品也顺带描写一下总是没错的。贾政说，那你有多大本事，这句撒得那么开，下面一句怎么兜转带煞，明显会心有余而力不足嘛。

不料宝玉垂头一想，说了一句“不系明珠系宝刀”，一下子把刚才女子身上的饰品跟刀枪剑棍联系起来，转速快，让人始料不及，煞是令人惊奇，众人听了，更是拍案叫绝。贾政写了，也笑道，那好吧，再往下！

宝玉这时文思泉涌，说诗要一气呵成了，写得好就算，写不好重新写过。贾政又生气地喝道，做不好十篇百篇都得做，还怕辛苦？！宝玉只得继续往下念。

“战罢夜阑心力怯，脂痕粉渍污鲛鮹”，是说女子们习武到深夜也累了，身心疲惫，脸上的脂粉痕迹弄脏了手帕。可以想象，恒王对这些女子尤其是林四娘的战习训练还是挺抓紧的，要求也蛮高，这些女子经过军营生活的磨炼强化，确实在胆量上和军事技能上有所提高。

贾政一听，这也该换段了，那底下怎么样呢？宝玉道“明年流寇走山东，强吞虎豹势如蜂”，确实是换段了，把形势说到了第二年，太行山以东出现了流窜的盗贼，如狼似虎、来势汹汹，众人都说“走”字好，“走”是奔驰，说明盗贼流窜之势频繁凶猛，让人听了如谈虎色变、闻风丧胆。

“王率天兵思剿灭，一战再战不成功。腥风吹折陇头麦，日照旌旗虎帐空。青山寂寂水澌澌，正是恒王战死时。雨淋白骨血染草，月冷黄沙鬼守尸。”恒王为剿灭贼寇，身先士卒，一战再战，但盗贼兵势强壮，恒王匹敌不过，战死沙场，在血雨腥风中鲜血染红草地，虎帐人空，月冷黄沙，独留青山寂寂，流水澌澌，祭奠忠魂烈骨。

宝玉一口气把恒王为剿灭贼寇而身死战场的壮怀激烈之情倾泻说出，博得众人的交口称赞，都说“妙极，妙极！布置，叙事，词藻，无不尽美，且看如何至四娘，必另有妙转奇句”。确实，诗歌写到此处，都是铺叙写法，恒王的好武引来美女的习武，同时恒王的好武也使他不顾个人安危，折戟沙场。那么林四娘该如何表现呢？

“纷纷将士只保身，青州眼见皆灰尘。不期忠义明闺阁，愤起恒王得意人”，出人意料的是，那些平时勇武的将士看到恒王死了，纷纷为了保全自己，再也不敢迎敌出击了，青州城见不到战旗猎猎，只见黄沙漫漫、尘土飞扬。没想到这种胆小怕事的举动激愤起了恒王身边得意之人，闺阁女子一样也有忠肝义胆。

众人都道“铺叙得委婉”，眼看到切入林四娘的正题了，贾政评价道前面的铺叙太多了，底下只怕累赘。

于是宝玉文不加点一气呵成：“恒王得意数谁行，姽婳将军林四娘，号令秦姬驱赵女，艳李秾桃临战场。绣鞍有泪春愁重，铁甲无声夜气凉。胜负自然难预定，誓盟生死报前王。贼势猖獗不可敌，柳折花残实可伤，魂依城郭家乡近，马践胭脂骨髓香。星驰时报入京师，谁家儿女不伤悲！天子惊慌恨失守，此时文武皆垂首。何事文武立朝纲，不及闺中林四娘。我为四娘长太息，歌成馀意尚彷徨！”

宝玉先说恒王身边最得意的人是谁，那就是“姽婳将军”林四娘，林四娘带领一众美女，也就是恒王的姬妾不怕形势危险，为了给恒王报仇雪恨，面临疆场。“秦姬赵女”“艳李秾桃”都是指美貌女子，古人常说秦、赵多佳人，自然成了美女的代名词。这些女兵女将坐着马鞍子，为恒王的死悲愁沉重，在黑沉凄凉的夜里，身上的铁甲发出凛凛寒光。

其实已经知道胜负难料，但是为了报效恒王，她们曾经一起发誓立盟同生共死，可惜贼寇势力猖獗，这些女将们个个柳折花残，鲜血凝碧，抛尸战场，芳魂不能归乡。此等巾帼英雄死难之消息报入京师，没有谁听了不感动伤悲，连皇帝也发愁青州城将要失守，谁能出兵抵挡，可满朝都低头不敢应战，这些被贼寇的嚣张吓破了胆的文武百官，居然比不上一个个女流之辈，比不上闺阁之中的林四娘。

宝玉念完，众人大赞，贾政嘴上说着“到底不大恳切”，脸上还是堆笑的，说道“去罢”，最后也没有给出谁好谁最好的评价，赏还是没赏就更加不得而知，而贾政叫贾兰、贾环、宝玉走之后，他们自己有无留下来再题林四娘也说不准。但是宝玉这次的考试是过关了，林四娘的故事只在他心头打个了转或许早就烟消云散了，他一心凄楚地记挂的人是晴雯，这个可怜的丫鬟早早地远离人世，留给宝玉的是一腔的悲愤和思念，宝玉也因此为她写就《芙蓉女儿诔》，千余字诔文道之不尽对晴雯早逝的忧伤和失意。

曹雪芹在贾宝玉祭奠晴雯之前安排贾政的一场作诗，是很有玄机在内的。大观园内死了个丫鬟，对宝玉来说是晴天霹雳，但是对别人来说这样的生命如弃草芥、微不足道，宝玉满心惆怅却要应对贾政房内如火鼎沸的考试，大家对死去的历史人物津津乐道，对身边同样忠心事主的丫鬟却视而不见，这是很可悲的对比。众人都说本朝圣主英明，不会遗漏嘉奖好的人事，可是也许每天都有像晴雯一样忠贞的人离开人世却不为人所知，而这些人在临死前还要遭人诬陷，沉冤不雪。

所以曹雪芹把这首词名为《姽婳词》，“姽婳”系“鬼话”，这是《红楼梦》小说中的“谐音”现象，就像“元、迎、探、惜”谐音“原应叹息”，曹雪芹表面上以称颂林四娘为题材让大家作诗，其实说出来的都是“鬼话”，也就是根本不用信以为真的戏谑讽刺之语。

最大的讽刺在于恒王训练军队或是女兵也好，去镇压的是农民起义军，曹雪芹作为封建没落贵族的代表，看到封建社会腐朽没落和必然衰败的命运，当然不会站在封建贵族的立场对农民起义军大加鞭挞，说他们是贼寇，这是其一。其二，林四娘这个人物突出的不是她的“勇”，而是她的“忠”，这种忠君的思想在当时社会是倍加推崇的美德，所以才要被本朝树碑立传，重点褒奖。其三，林四娘这个人物故事在清初《聊斋志异》中有记载，原来是一个志怪故事，林四娘就是一个女鬼，所以，曹雪芹借这个人物写出了镇压起义军为恒王报仇雪恨的故事，那《姽婳词》岂不是真正符合“鬼话”的谐音。

由此，不得不佩服曹雪芹的小说写作腕力，借一首诗达到讽刺目的，可谓一箭三雕，无一遗漏。

再来看林四娘这个人物，民间早有传闻，也多次出现在文学作品中，故事的记载见《聊斋志异》卷五《林四娘》、王渔洋《池北偶谈》等处。其中较为集中体现林四娘人物形象的是蒲松龄的《聊斋志异》中对林四娘的人物形象塑造，短文如下：

青州道陈公宝钥，闽人。夜独坐，有女子搴帏入。视之，不识；而艳绝，长袖宫装。笑云："清夜兀坐，得勿寂耶？"公惊问："何人？"曰："妾家不远，近在西邻。"公意其鬼，而心好之。捉袂挽坐，谈词风雅，大悦。拥之，不甚抗拒。顾曰："他无人耶？"公急阖户，曰："无。"促其缓裳，意殊羞怯。公代为之殷勤。女曰："妾年二十，犹处子也，狂将不堪。"

狎亵既竟，流丹浃席。既而枕边私语，自言"林四娘"。公详诘之，曰："一世坚贞，业为君轻薄殆尽矣。有心爱妾，但图永好可耳，絮絮何为？"无何，鸡鸣，遂起而去。由此夜夜必至。每与阖户雅饮。谈及音律，辄能剖悉宫商。公遂意其工于度曲。曰："儿时之所习也。"公请一领雅奏。女曰："久矣不托于音，节奏强半遗忘，恐为知者笑耳。"再强之，乃俯首击节，唱伊凉之调，其声哀婉。歌已，泣下。公亦为酸恻，抱而慰之曰：

“卿勿为亡国之音，使人悒悒。”女曰：“声以宣意，哀者不能使乐，亦犹乐者不能使哀。”两人燕昵，过于琴瑟。

既久，家人窃听之，闻其歌者，无不流涕。夫人窥见其容，疑人世无此妖丽，非鬼必狐；惧为厌蛊，劝公绝之。公不能听，但固诘之。女愀然曰：“妾，衡府宫人也。遭难而死，十七年矣。以君高义，托为燕婉，然实不敢祸君。倘见疑畏，即从此辞。”公曰：“我不为嫌，但燕好若此，不可不知其实耳。”乃问宫中事。女缅述，津津可听。谈及式微之际，则哽咽不能成语。女不甚睡，每夜辄起诵准提、金刚诸经咒。公问：“九原能自忏耶？”曰：“一也。妾思终身沦落，欲度来生耳。”又每与公评骘诗词，瑕辄疵之；至好句，则曼声娇吟。意绪风流，使人忘倦。公问：“工诗乎？”曰：“生时亦偶为之。”公索其赠。笑曰：“儿女之语，乌足为高人道。”

居三年。一夕，忽惨然告别。公惊问之。答云：“冥王以妾生前无罪，死犹不忘经咒，俾生王家。别在今宵，永无见期。”言已，怆然。公亦泪下。乃置酒相与痛饮。女慷慨而歌，为哀曼之音，一字百转，每至悲处，辄便哽咽。数停数起，而后终曲，饮不能畅。乃起，逡巡欲别。公固挽之，又坐少时。鸡声忽唱，乃曰：“必不可以久留矣。然君每怪妾不肯献丑；今将长别，当率成一章。”索笔构成，曰：“心悲意乱，不能推敲，乖音错节，慎勿出以示人。”掩袖而出。公送诸门外，湮然没。公怅悼良久。视其诗，字态端好，珍而藏之。

诗曰：“静锁深宫十七年，谁将故国问青天？闲看殿宇封乔木，泣望君王化杜鹃。海国波涛斜夕照，汉家箫鼓静烽烟。红颜力弱难为厉，惠质心悲只问禅。日诵菩提千百句，闲看贝叶两三篇。高唱梨园歌代哭，请君独听亦潸然。”

蒲松龄塑造的林四娘是个衡王府的宫女，十七岁的时候遭难而死。明代衡王，是指朱佑楎，明宪宗朱见深第七子，成化二十三年封为衡王，弘治十三年就藩青州，是明代也是整个封建社会封藩青州的最后一个王爵。该王爵传六世七王，前后共一百四十余年。清兵入关，末代衡王朱由棷降清，顺治三年五月，清廷以私藏金玉银印、欲行谋反等罪名，将他与被俘的南明弘光帝朱由崧、潞王朱常淓等明宗室共十一人处死，并将衡王府抄没，算最后完结。

所以林四娘应该是一个在衡王府当婢妾的宫女，因衡王府抄没而死，化身女鬼之后，见到来青州主事的陈宝钥，陈宝钥所居之地正是当年的衡王府所在地，所以林四娘深夜来临，与陈宝钥两相欢好，道出胸中无限凄楚怀国之意。

林四娘在陈宝钥处住了三年之后，以投生为名与陈宝钥离别，写就一首诗，交待她的身世之谜和抒发内心的苍凉伤感，诗为："静锁深宫十七年，谁将故国问青天？闲看殿宇封乔木，泣望君王化杜鹃。海国波涛斜夕照，汉家箫鼓静烽烟。红颜力弱难为厉，惠质心悲只问禅。日诵菩提千百句，闲看贝叶两三篇。高唱梨园歌代哭，请君独听亦潸然。"

全诗流露出的是一种沉痛哀婉的亡国悲音，蒲松龄通过林四娘和陈宝钥哀艳缠绵的人鬼故事，刻画了林四娘身世悲凉，感情绵长，对国破家亡的沉痛悼念，整篇写得集中精炼，塑造了林四娘鲜明的艺术形象。

既有蒲松龄的故事改编在前，曹雪芹在此基础之上又进行了小说的加工处理，所以《姽婳词》（鬼话辞）不难理解。当然，贾宝玉说了一大堆"鬼话"之后，还受到贾政及封建幕僚们的夸奖，其反讽含义跃然纸上，而接着宝玉马上作了首《芙蓉女儿诔》，对丫鬟晴雯这样一个忠心耿耿事主却招致灾祸而死的身边事表达了一种真正的愤慨和悲哀，而这篇诔文写得再好，宝玉也不敢拿出来，可以想见，在封建官僚思想的压抑下，有多少真情实感其实藏在内心而不敢呼喊，而又有多少虚情假意却被涂脂抹粉堂而皇之地受褒奖。

宝玉心似明镜，在父亲贾政面前，他不敢造次，哪怕连"鬼话"他也要扯上三分，以应对这些迂腐的封建文人的爱好，可心里，他喜怒哀乐分得很清，为谁流泪为谁伤悲，心灵感应都十分准确，在别人眼中，他“无故寻愁觅恨”“似傻如狂”，可见，他对人事物真正的感情不敢宣泄，即使发泄出来在世人眼中不被理解，所以整日“厮混”，经常被父亲责骂，甚至棍棒伺候。

而《姽婳词》正是体现了贾宝玉在写诗方面对题材的灵活应变能力和写诗技巧，在写歌行体诗的过程中，体现了他对诗的体格的熟悉，对艺术表现手法的拿捏到位，即使贾政对他的能力有所怀疑，他也是不紧不慢，按照自己创作的节奏完美地奉上令人拍案叫绝的诗作，至此，不难看出，贾宝玉的诗才也是让人刮目相看，足可以与红楼女儿们的作品竞相媲美。

暖香坞怀古诗制谜

在《红楼梦》中，有一种诗歌的形式是谜语诗，就是通过诗句来让大家猜谜，且有十三首七言绝句的谜语诗没有交待谜底。有读者猜测，谜底可能在小说后面部分有揭晓，但是曹雪芹原稿有佚失，所以谜底就成了众说纷纭的各种揣度。

按古代生活习俗，一般是在元宵节玩猜灯谜游戏，尤其是在明清时代，猜灯谜在民间十分流行。《红楼梦》中写贾府猜灯谜的章回主要集中在第二十二回和第五十回，而没有谜底的十三首灯谜诗是在第五十回“暖香坞雅致春灯谜”和第五十一回“薛小妹新编怀古诗”中。

为什么曹雪芹在这两回中没有直接交待谜底，是忘了吗，还是另有隐情？从猜谜的角度讲，大观园的儿女们聪明伶俐，博古通今，不可能猜不出。薛宝琴和林黛玉、薛宝钗、贾宝玉的十三首七言绝句从字面上讲并不十分深奥难懂，难道只是为了显示各自的诗才吗？也不是。

如要猜透这谜一样的问题，还是先看看灯谜这种民间流行的游戏最早的来源。

早在夏朝，就出现了一种用暗示来描述某种事物的歌谣。到了春秋战国时期，这种歌谣发展演变成

“庾辞”（亦称“隐语”）。当时由于列国纷争，有不少游说之客在进谏时，往往都用“隐语”道出己见，使君王得到启发。《国语·晋语》记载“有秦客庾辞于朝，大夫莫之能对也”。可见当时的“庾辞”和“隐语”，就是灯谜的雏形。

到了南朝宋文学家鲍照作“井”“龟”“土”三个字谜，并以《字谜三首》收入他的诗集后，才有了“谜”字一称。刚开始的谜流行于口头猜测，三国时期有人把谜写在纸上贴出来令人猜对。到了南宋，有一些文人学士为了显示才学，常在元宵花灯之夜，将谜条贴在纱灯之上，吸引过往行人，供人猜测，所以又有了“灯谜”之称。《武林旧事·灯品》中记载“以绢灯剪写诗词，时寓讥笑，及画人物，藏头隐语，及旧京诨语，戏弄行人”。

南朝梁文学理论家刘勰在《文心雕龙·谐隐》中首次对谜语作了理论上的概括：“自魏代以来，颇非俳优，而君之嘲隐，化为谜语。谜也者，回互其辞，使昏迷也。或体目文字，或图像品物，纤巧以弄思，浅察以炫辞。义欲婉而正，辞欲隐而显。”

意思是说，自从魏代以来，对俳优人物有所非议，而君子用来嘲讽的隐语，就逐渐变为谜语了。“谜”就是把话说得曲折交错，使人迷惑的意思。它们有的打文字谜语，有的打事物谜语，从纤细巧妙处玩弄心思，凭浅近的理解来炫耀文辞。但谜的意义要曲折而正确，文辞要含蓄而浅露。

刘勰认为，“隐”指隐语，即谜语，主要来自民间，也不是不登大雅之堂的文体。因为这种文体可以表达百姓的怨怒，对统治者有一定的箴戒作用。观察古人的隐语，说理遍及各种重要的事物，岂只是为了幼稚的儿童游戏，让大家拍腿鼓掌大笑而已，就像诸子九流中有小说一派，主要是用来增长见识的。

谜语既有隐语的含义，我们不难看出，曹雪芹在制作灯谜的时候，过节玩乐是表象，但是其中隐含的意义是不能被忽略的。也就是说，曹雪芹用了高超的制谜手法，告诉读者小说中制谜者似乎在设置俗物为谜底的谜面，但是他们自己谜一样的人生，隐藏在背后的身世命运才是真正让读者去猜的一个谜语，这是《红楼梦》中灯谜的双重含义。那么，诗歌便是起到了一个承载的作用，用诗化的语言赋予谜语以曲折含蓄的表现形式，为小说情节的发展和人物形象的塑造起到铺垫或暗示作用。

谜语的这种隐示或暗示的作用很大程度上也是一种预示，所以也有人把这种语言称为谶语，一语成谶，不能不说，这是小说中出现比较多的一种语言现象。《红楼梦》中两次猜灯谜的描写都有这种含义。如果从隐语或谶语的角度去看这十三个未被曹雪芹揭晓的灯谜，答案也就不足为奇，曹雪芹是在告诉读者，谜语有些可以猜对答案，有些本来就是人生解不开的谜团，无需答案来揭示，本身就是一“幻笔”，然亦“伏脉千里”。脂砚斋评批为“草蛇灰线”，像草丛之中的蛇行，时隐时现；像撒灰为线，时断时续。这种别开生面的创作手法唯曹雪芹之独有。

且这十三首灯谜诗没有答案也不是突然出现，让读者懵懂。曹雪芹在两回的描写中非常细致确切地交待了灯谜的猜法和隐语（或谶语）的理解方式，所以等到曹雪芹不留答案的时候，读者是可以根据“蛇形”和“撒灰为线”的方式自己来解开谜底的。

以第二十二回“制灯谜贾政悲谶语”为例先来看曹雪芹如何制灯谜。从标题看，曹雪芹已经告诉读者这些灯谜都是谶语，一定程度上给了灯谜一个定性，所以读者不难理解“以谜预谶”这二合为一的语言文化现象。

小说描写贾府第一次猜灯谜是在元妃省亲之后，“忽然人报，娘娘差人送出一个灯谜儿，命你们大家去猜，猜着了每人也作一个进去。”猜谜的地点是在贾母上房，来人是个小太监，手里拿的是“一盏四角平头白纱灯，专为灯谜而制”。由此可见，灯谜就是把谜面贴在灯上，而这种灯不是为了装饰之用而是为了猜谜用简单特制而成的。

这次猜谜活动是元妃娘娘与众小姐及宝玉、贾环、贾兰的一个互动游戏。元妃出的什么谜面一开始小说没有交待，大家看到的是一首七言绝句，猜的谜底也同样不得而知，只是大家各自写在纸上一齐封送进宫去让元妃看猜对否，同时也把各人自己设置的谜面写在纸上，悬挂于灯，送进宫中让元妃猜。

这个猜谜的互动游戏是比较好玩的，因为猜对了娘娘有赏。从竞猜游戏的结果来看，并不是所有人都猜中了，二小姐迎春和三爷贾环就没猜中，自然也没领赏，而且贾环制作的谜面连元妃娘娘也莫名其妙地猜不出，最后只有他自己道出谜底，让大家大笑一场。

由元妃引发的猜谜游戏引得贾母饶有兴致，也要在家里玩乐一番。于是便命速作一架小巧精致围屏灯来，设于堂屋，命姊妹们把谜面写了，粘于灯上，然后也预备下香茶细果及各色玩物，作为猜中之奖赏。

谜面设下了，接着由谁来猜呢？读者细想，既然是贾母想要玩乐，那活动的主要参与者应该是贾母，贾母作为贾府地位最高的老祖宗，她的喜怒哀乐是大家关注的重点。晚年的贾母，把该料理的家事都托付给了儿媳妇王夫人和孙媳妇王熙凤，所以日常生活清闲自在，最喜带着孙儿孙女们宴饮游乐，尊享清福。而儿子儿孙辈们在老寿星面前自然是恭顺孝敬，想着各种法子为她逗笑取乐，让这个慈眉善目的老人家经常笑口常开，俗话说，“家和万事兴”，贾府也因“老太太”拥有了欢乐而时常呈现出一种封建大家庭的富贵祥和之气。

猜灯谜游戏尚在元春归省后的正月之内，这时贾府内欢庆元宵佳节的气氛还没散去，府内娱乐活动安排繁多，摆戏台看戏、放花灯、赶围棋掷骰抹牌、为薛宝钗庆生，等宝钗过完生日的几天，元妃的灯谜游戏引发了贾母的兴致，这位会享福会玩乐的老太太便以猜灯谜的节目继续领着众人热热闹闹地过节。

其实，元宵节猜灯谜的游戏是一种古老的传统民间习俗，从南宋开始流行，此游戏既可观灯，也可通过谜语启迪人的智慧，深受社会各阶层的喜欢。而且谜语各式各样，是一种具有民族风格的文学形式，用各种生动的文句表达，趣味十足，内容上至天文，下至地理，经史辞赋，生活知识，包罗无遗，可以启发人的想象，锻炼人的思维，是十分益智的游戏。

贾府人丁兴旺，物质条件充裕，精神文化生活自然需求颇高，元妃既然从宫中送出灯谜让大家猜并且有赏，也说明当时社会风气自上而下提倡一种优良民风民俗的传承和发扬，历经功名鼎盛、家业兴旺、资深威重的贾母深得其意，便在家宴上举办了猜灯谜的游戏并且亲自参与其中，祖孙三代共度良宵，其乐融融。

曹雪芹在写这一章回的时候，把主要的笔墨给了贾政。既然是从元妃开始的自上而下的游戏活动，那么除了贾母，贾府里还有一位权威人物就是贾政。贾政在孩子们面前是位严厉的长辈，但是在贾母面前却是位合格的孝子。他对母亲毕恭毕敬，从不敢说一个“不”字，但是又因为他性格板腐、幽默感不足，所以有时还遭贾母的“嫌弃”，让他早早退席，不要打扰她和儿孙们的快乐。

贾政也会在该有的礼节尽完之后识趣退场，对他来说，让母亲大人高兴尽兴是应该的，至于老老小小嬉闹成什么样，他管不了，也不是他所管的事，反正只要开心就好。

所以这场以“捧”和“乐”为主旨的猜灯谜游戏在贾母和贾政母子之间率先展开，可以说，贾政给下一代也树立了一个很好的孝顺的榜样，他非常用心地哄逗贾母开心，本来贾母让他猜一个就走的，结果就是因为贾政表现不错，贾母乘兴让他把所有的谜都猜完了再走，这不得不说贾政赢得了母亲的欢心，更使整个家庭气氛充满和谐欢乐。

贾母是性格直爽的人，她一开始是巴不得贾政早点走，因为贾政在，谁都不敢说笑，但是贾政却央求着贾母让他玩玩灯谜，也心疼心疼他，别那么早赶他走。贾母爽快答应，并立下规矩，猜对有赏猜错要罚，先和儿子玩起了游戏。

谜语一般包含谜面、谜目和谜底三个部分，谜面是谜语的喻体，又叫“表”，它是巧妙地隐喻着谜底（本体）的单字、多字、成语、古今诗词文句或曹雪芹自拟的句子等。

谜目指谜语要求猜射事物的范围，一般以“打一×”来标志。谜目是要有规定的，否则猜谜者会不知从何下手，无所适从。

谜底是指谜面提出的实际要猜的事物，即谜语的“本体”和“里”，猜谜者难的是要从谜面的暗示，在谜目规定的范围内，找出它所指的实际事物，达到猜中的目的。

贾母首先出的谜面是“猴子身轻站树梢”，谜目是打一果名。贾政已知答案，却故意乱猜，装作怎么也猜不出来，罚了好多东西。要知道如果一下子就猜出来的话，出谜的人多没意思啊，尤其是老太太，猜不中才会让她开心，显示出制谜水平高，而自己的智商在母亲大人面前还差一大截，那样不哄得老太太开心才怪。

果然在罚了许多东西之后，贾政“终于”猜出了谜底，是“荔枝”。为什么是荔枝呢，因为这是一个谐音谜，“站树梢”就是“立枝”，音通“荔枝”。所以，这个谜说好猜也好猜，要是没从谐音的角度去想，也是要费点儿神思的。

接着是贾母来猜儿子的谜，贾政的谜是“身自端方，体自坚硬。虽不能言，有言必应。——打一用物”。贾政是个读书人，设谜也离不开文房四宝，对一个老太太来说，这谜有点难度，不一定能猜出来，贾政于是悄悄把谜底告诉了宝玉，宝玉会意，又悄悄告诉了贾母，贾母想了一想，也对，于是说“是砚台”，贾政便夸道：“到底是老太太，一猜就是。”然后大盒小盒奉上很多贺彩的礼物，都是灯节下所用所玩的新鲜之物，看得老太太心花怒放，遂赐贾政酒，叫他把屏上的灯谜都猜出来听听。

贾政把老太太哄开心了，他也开心，于是把灯谜一条条看过去。

元妃灯谜

能使妖魔胆尽摧，身如束帛气如雷。
一声震得人方恐，回首相看已化灰。

迎春灯谜

天运人功理不穷，有功无运也难逢。
因何镇日纷纷乱，只为阴阳数不同。

探春灯谜

阶下儿童仰面时，清明妆点最堪宜。
游丝一断浑无力，莫向东风怨别离。

惜春灯谜

前身色相总无成，不听菱歌听佛经。
莫道此生沉黑海，性中自有大光明。

宝钗灯谜

朝罢谁携两袖烟，琴边衾里总无缘。
晓筹不用鸡人报，五夜无烦侍女添。
焦首朝朝还暮暮，煎心日日复年年。
光阴荏苒须当惜，风雨阴晴任变迁。

贾政对于这些灯谜猜的是得心应手，毫不费力。按顺序，依次说出了“爆竹”“算盘”“风筝”“海灯”，只是最后一个“更香”的谜底他没说出，心里已是悲戚之状。

这几个灯谜的制作存在一些分歧的说法，因为《红楼梦》第二十二回结尾有破失和再补之说，各种版本也呈现多样面貌。有些版本止于惜春谜，保持因破失而断尾的原貌；有些版本把破失的补上，说“朝罢”谜为宝钗所作，而没有写黛玉和宝玉的谜；还有版本删去惜春谜，把“朝罢”谜改为黛玉所作，另增宝玉镜子谜和宝钗竹夫人谜。

不管是什么说法，第二十二回破失是事实，因为有关断尾的脂批有三条，其中一条“此回未（补）成而芹逝矣，叹叹！丁亥夏，畸笏叟”。也就是感叹这一回破失后还没有补完，曹雪芹已经去世了，成了一件遗恨之事。

所以后人的增补原则上也是根据回目交待的“谶语”性质去推断，“按帽制人”，至于不同版本有些差别，倒是给后人待续考证和读者的理解想象留出了很多的空间。

贾政先看元妃的谜，元妃从宫中送出的谜一开始没有交待，在这里看得非常清楚。说的是爆竹，爆竹一响，声如惊雷，在人听了心惊肉跳的同时，回头看此物瞬间化为尘灰。此谜从谶语的性质看，恰好是元妃的写照。元妃才选入宫，贾府气势如日中天，让人望而生畏，但宠享荣华有止，益寿延年难保，随着自己的一病不起、香消玉殒，贾府从煊赫沸腾的声威一下子落到一败涂地的结局，把这富贵如烟云的世事比做爆竹是再恰当不过的。

元妃的谜当时有两个人猜不出来，一个是迎春，一个是贾环，从下文迎春制谜的角度看，她虽然讷于言，但是文化水平还是有，只是不那么高而已。贾环虽然粗俗，但是在后文写《姽婳词》时也有一定的表现。他自己的灯谜“大哥有角只八个，二哥有角只两根。大哥只在床上坐，二哥爱在房上蹲”让元妃看得懵里懵懂，干脆就没猜退回来，但他的谜底是枕头和兽头，也是独想一面、让人料想不到的东西。

但是曹雪芹为什么要安排这两个人猜不出是爆竹

的谜底呢，其实谜面把爆竹的形“身如束帛”、声“气如雷”、炸响后“胆尽摧”“震得人方恐”“已化灰”都描摹得十分逼真，猜不出来有点说不过去。但是从谶语来看就可以理解了，贾府里并不是所有人都能预感到将来的结局如何，得过且过的人很多，拿迎春的木讷和贾环的粗鄙来代表，说明还有很多人并不懂这浮华的背后隐藏着什么，就像爆竹即使在他们耳边炸响了，也许只是被吓破了胆，战战兢兢不知为何故。

迎春虽然对周围环境反应迟钝，但是这个温柔敦厚、观之可亲的女子对自己命运的预测是有感觉的，她的谜面带着莫测的悲哀，很难想到一个忠厚老实的二小姐在命运上会遭遇什么困境。

她是一个最不会算计的人，谜底却是算盘。每天上下拨动的算盘珠子能算出纷繁复杂的数字，也能算出天地间无法穷尽的人事。迎春的生性懦弱是她对世事选择规避的一种态度，在封建大家庭这个恃强凌弱的环境中，她母亲是贾赦的妾，身份低微且早已死去，甚至在小说中连个名字都没有交待，可想而知，庶出无名又怎能让她拥有果决的话语权，就连她的奶妈子欺负到她头上，她也是避之不及，恐惹事端。

小说中贾赦把自己的女儿嫁给了当年希慕宁荣二府权势而投靠门下、后又忘恩负义的中山狼式的人物孙绍祖，迎春怎么也不会想到怯弱老实的性格没有给自己带来好的运气，婚后看到丈夫丑恶嘴脸选择忍气吞声，终遭屈辱折磨而死的命运。

就像算盘，人纵然拨得再精准，在没有算出数之前，谁也不知道算盘上的子分分合合有什么结局，就算有结局，但是其中过程又不为人所知，加减乘除、进退上下，每次运算的数字不一样，结果也不同，每个人也是如此，天运、人功，有功、无运，迎春之谜也是人生之谜，谁都无法胜算的命运之谜。

探春的谜面“儿童仰面”“东风”“游丝一断”，让人猜想她的谜底应该是风筝。清代诗人高鼎有《村居》诗：“儿童散学归来早，忙趁东风放纸鸢。”纸鸢即风筝，不过探春设的是断了线、远别离的风筝谜底。

其实探春的结局，早在第五回贾宝玉神游太虚幻境中就有描述，她的画册上画的是：两人放风筝，一片大海，一只大船，船中有一女子掩面泣涕之状。画中有四句题诗，后两句是：“清明涕送江边望，千里东风一梦遥。”同样也提到“清明”“东风”，可见探春是在清明的季节，含泪离别家园，远嫁海之一隅。

探春谜之后，因原版本的破失造成后人对后来几个谜进行了增补设置，大抵都是按照“谶语”的性质去编新，以至于贾政看到最后“甚觉烦闷，大有悲戚之状”，认为这些谜语诗十分凄婉，小小年纪的姑娘们制这些谜，似不吉的命运预测，所以续补的部分也正应了曹雪芹在回目中交待的“制灯谜贾政悲谶语”的原意。

小说第二次灯谜描写是在第五十回和第五十一回，地点在大观园内的暖香坞惜春住处，做灯谜的提议者是贾母。

因十月下了头场雪，宝玉和众姐妹在芦雪广拥炉作诗，密集式联句的形式让宝玉落了第，只得被罚去栊翠庵向妙玉讨梅花，讨得梅花回来之后，又被众姐妹罚作红梅诗，诗作成还未被评，老太太来了，贾母听说在作诗，提议说不如作些灯谜，正月里好玩。

贾母来时惦记着惜春的画，于是众人拥着老太太穿过藕香榭，来到惜春的住处暖香坞，暖香坞暖气拂面，贾母急着要看惜春画的大观园，可惜春说天气寒冷，画画的材质凝涩不润，画都收起来了。

贾母见不着画，出门却见到了雪地里远远立着两个人，配着红梅，煞是好看。两人到了近身一看，是宝玉和宝琴，可贾母觉得刚才之景比自己房里挂着的仇英的《艳雪图》还要美十分，于是第二天便催促惜春把昨儿的琴儿、丫头和梅花添到大观园的画里头，而且要快，照样一笔都别错。

第二天众人都好奇地跑到惜春的暖香坞来看惜春作画。惜春动作慢，还在构思，李纨便和大家聊起灯谜的事儿，说昨儿既然是老太太提议，自己回去睡不着，就和李绮、李纹都编好了几个。

众人听说，便先和李纨等玩起猜谜来。暖香坞猜谜分为三个场景和环节，每个场景都有其特点和不同之处。曹雪芹在写这一章回的猜谜游戏中，谶语的写法角度和之前不一样。

之前把谶语落在出谜的人身上，而这次的第一个环节把谶语反映在猜谜者身上，通过众人的参与，最后猜中的那个人说出的谜底最符合其身世遭遇。

第一个场景是李纨、湘云和众人猜谜，这几个谜都是有谜底的。李纨除了说出自己的两个谜之外，还替李绮、李纹把制的谜说出来让大家猜。

李纨先说了个谜面“观音未有世家传”，打四书中的一句。湘云很快就说出了谜底“在止于至善”，这句语出《礼记·大学》，意思是人要通过道德修养达到品行最善、最完美的境界。宝钗觉得湘云只猜对了一半，让她再想想“世家传”三个字的意思，黛玉这时说出了正确答案“虽善无征”，大家都笑说答对了。

黛玉的谜底出自《礼记·中庸》，原句应该是“上焉者虽善无征”，意思是先王之礼虽好，但是无从证实。“征”有验证或稽考的意思。除此之外，语意还有一层双关，即“纳征”，就是纳彩礼以成婚的意思。观音虽然至善，但因为是菩萨，无人向她纳彩定亲，不能传宗接代，暗合“未有世家传”的谜面含义。

猜中谜语者黛玉，本性善良，但是与宝玉却无缘婚姻，病逝早亡，无后代可传，正应了“虽善无征”的一句谶语。

李纨又拿了几个谜语和众人猜玩，被湘云、探春、宝琴皆猜着了。宝钗觉着这些谜语太文雅，不合老太太口味，提议猜些浅近的俗物比较好。这时湘云想了一想，编了《点绛唇》的词句当谜面：“溪壑分离，红尘游戏，真何趣？名利犹虚，后事终难继。”谜底是打一俗物。

这个谜底虽然是俗物，但是谜面充满禅意，有人猜和尚、道士、偶戏人，可惜都不是。因为从词句上解释，好像与尘世隔离，把名利看虚，且没有后事可忧，定是远离凡尘之人或物。但众人都没猜中，反倒是宝玉说出了他猜的谜底，是耍的猴子，湘云于是笑说猜对了。

这个谜颇有深意，一般人猜不中，为什么安排宝玉猜中了，这层意思其实也暗含谜语的谶语性质。宝玉本来就是女娲补天遗漏的顽石一块，跌入红尘数年，就好像猴子本来是在山谷溪涧中生活，被人捕住后离开山林，在闹市中供人玩耍，真的是那么有趣吗？猴子虽然在游戏之时穿衣戴帽，扮成文官武将的样子，但还不是为了方便掌控，被主人断了尾巴，身后的尾巴再也长不出来。宝玉厌倦功名利禄，最后出家为僧，后事也难以为继，这谜语形象的类比放在宝玉身上，是再合适不过了。

猜谜的第二个环节是李纨提议让宝琴出谜。在宝琴构思诗谜的时候，宝钗、宝玉、黛玉各自出了一个诗谜，也是暖香坞制谜的第三个环节，这三个谜在小说中没有交待谜底。因为是老太太说正月供人玩乐，所以谜没有被当场猜出来是符合小说情节的，要是都被猜出，那么以后过节的时候玩什么乐子呢，设置一些悬念留给读者还是需要的。不过读者大致能猜出谜底，最主要的是三个谜都附带谶语性质。

来看三个诗谜：

镂檀锲梓一层层，岂系良工堆砌成？
虽是半天风雨过，何曾闻得梵铃声！

（薛宝钗）

天上人间两渺茫，琅玕节过谨隄防。
鸾音鹤信须凝睇，好把唏嘘答上苍。
（贾宝玉）

騄駬何劳缚紫绳？驰城逐堑势狰狞。
主人指示风雷动，鳌背三山独立名。
（林黛玉）

宝钗的谜底看似一件跟佛寺宝塔上悬挂的风铃有关的俗物，有人猜是松球，因为松球形状长得层层叠叠，好像被匠人精雕细琢过，但是在松涛声吹过风雨淋过之后，又怎么能听到像寺庙梵铃发出的声音，意指是铃却又不是铃。从另一层意思讲，宝钗这个八面玲珑的女子也是天生一人间尤物，经过凡尘磨砺后愈加成熟，最后与宝玉金玉良缘配成佳偶，但宝钗与梵音终究隔一条天堑，她那种入世的思想是和宝玉出世的念头格格不入，所以何曾听得懂梵铃之声，何曾与宝玉结成为真正的夫妻或知己？

宝玉的谜有人认为是风筝，因为风筝飞入天际，与人间相隔遥远，而且在放线过竹竿的时候要提防被挂住，风筝以竹制成，在鼓入风高飞的时候，须抬头凝望，并且会听到发出筝一般的声音，似乎在与上苍之间相互应答。明人陈沂《询刍录·风筝》有载："于鸢首以竹为笛，使风入，作声如筝鸣，俗呼风筝。"

此谜另一层含义似暗示与黛玉的生死分离。唐玄宗当年与杨贵妃就是因"马嵬驿兵变"而天上人间永不相见，成为流传千古的爱情悲剧，"琅玕"是竹的代称，而黛玉就是住在竹子多的潇湘馆。当“鸾音”“鹤信”传来，须要凝目注视，因为有人要乘鸾鹤登临仙界而去，黛玉本是天上一绛株仙草，在报答完神瑛侍者浇灌之恩后回归天界是迟早之事，只是与宝玉的一段未竟之缘让人唏嘘不已。

黛玉所设之谜有人猜是走马灯，也就是古代在正月十五观灯的时候一种灯山，作鳌背形状，上面有千百种彩灯，有马灯，这种马叫“騄駬”，是千里马的名称，但是在灯节上，马灯不用缰绳束缚，只要点灯之人一亮灯，便可以做出驰城逐堑、凶猛骠勇之状。

这个谜暗含黛玉是才华横溢的女子，从不拘封建礼教的束缚，不管发生什么重大的事，她在众人之中总是独占鳌头，抱着冷眼看人世的态度，就像鳌背三山的神话故事，美丽而虚无缥缈。鳌背三山出自《列子》，传说中渤海有三座神山蓬莱、方丈、瀛洲，本随波往来，天帝恐怕它们漂浮到西极去，就叫十五只巨鳌（大海龟）来背着它们。

从第三个环节的猜谜中，读者看出，其实谜底并不重要，每个设谜者的谜与他们的身世或身边人的身世是紧密相关的，这就是曹雪芹写谜语诗一种非常鲜明的特点。

暖香坞制谜笔墨最多的还是集中在第二个环节，小说放在宝、黛、钗制谜后来交待，也就是宝琴出的十首怀古诗谜，这十首诗谜量大典故多，对猜谜的人是个智慧的考验，对读者也是一个鉴赏的考验。

从上面的制谜规律可以看出，曹雪芹引导的不是谜底的正确与否，交不交待谜底也并不重要，尽管后人对十首诗谜猜得津津乐道，但诗谜的含义却是真正要探寻的重点。

来看宝琴的十首怀古诗：

赤壁怀古　其一

赤壁沉埋水不流，徒留名姓载空舟。
喧阗一炬悲风冷，无限英魂在内游。

交趾怀古　其二

铜铸金镛振纪纲，声传海外播戎羌。
马援自是功劳大，铁笛无烦说子房。

钟山怀古　其三

名利何曾伴汝身，无端被诏出凡尘。
牵连大抵难休绝，莫怨他人嘲笑频。

淮阴怀古　其四

壮士须防恶犬欺，三齐位定盖棺时。
寄言世俗休轻鄙，一饭之恩死也知。

广陵怀古　其五

蝉噪鸦栖转眼过，隋堤风景近如何。
只缘占得风流号，惹得纷纷口舌多。

桃叶渡怀古　其六

衰草闲花映浅池，桃枝桃叶总分离。
六朝梁栋多如许，小照空悬壁上题。

青冢怀古　其七

黑水茫茫咽不流，冰弦拨尽曲中愁。
汉家制度诚堪叹，樗栎应惭万古羞。

马嵬怀古　其八

寂寞脂痕渍汗光，温柔一旦付东洋。
只因遗得风流迹，此日衣衾尚有香。

蒲东寺怀古　其九

小红骨贱最身轻，私掖偷携强撮成。
虽被夫人时吊起，已经勾引彼同行。

梅花观怀古　其十

不在梅边在柳边，个中谁拾画婵娟。
团圆莫忆春香到，一别西风又一年。

怀古诗，是古诗的一种类别，内容主要是以历史事件或历史人物、历史遗迹为题材，感慨兴衰、寄托哀思或借古讽今，内容多用典故，寓意比较深远。

宝琴从小跟父亲走的地方多，大抵三山五岳都走遍了，所走的地方古迹不少，所以编了十首怀古诗作为诗谜来让大家猜，也是个特别新巧的猜谜游戏。但是大家猜了一回，皆不是，曹雪芹后面也没有交待谜底，有人说后书有遗失，曹雪芹应该在后面有交待，但从前面曹雪芹制谜的规律来看，其实曹雪芹根本就不用交待什么，因为这十个谜本身就是十个谶语。

那么这十个谶语预言什么？从怀古诗的性质看，已经死去的人可以用来怀念，难道曹雪芹把小说中死去的人编成诗谜，让大家去对号入座？从前面诗谜的分析来看，这种可能性是存在的，同时也解释通了为什么小说没有交待谜底，按宝玉、宝钗、黛玉等机智灵活的头脑，不可能一个也猜不出来，况且都是俗物，没什么大的难度，但是从谶语的角度看，就没有必要交待谜底了，怀古诗之谜也许就是人物之谜。

这十首诗都是七言绝句。宝琴的诗才曹雪芹刻画过她写的柳絮词、七律红梅赋、五言联句，这里用怀古诗表现她七言绝句的创作才能，可以说她写诗的才华在红楼儿女中也是卓越不凡的。

第一首《赤壁怀古》，讲的是东汉建安十三年孙权、刘备火烧赤壁大败曹操的历史事件，曹操所拥八十万大军在孙刘联盟的进攻之下，将士不习水战，惨败赤壁，一把火炬燃红了赤壁的天空，徒留战船的遗骸在悲冷的寒风中祭奠死去的英魂。

这个谜后人猜的俗物是法船，即为超度亡灵而焚烧的纸船，是一种冥器。但是跳出俗物的猜想，曹雪芹似用赤壁之战死去的英烈告诉读者，曹家（贾府）在官场上的溃败衰迹相似于曹操在战场上的一败涂地，曹雪芹写这部小说本来就贯穿有家世的感慨，喟叹贾府的穷途末路也在悲叹自己的家世浮沉，小说中死去的人很多，这些人在命运的战争中丧失了性命，其悲惨的结局与战场上死去的将士没什么两样，都是空留名姓，让后人伤怀悲悼。

第二首《交趾怀古》，说的是东汉时期武将马援的故事。马援为汉光武帝刘秀平定交趾郡立下战功，浇铸两根铜柱立在交趾作为汉朝的边界，后在进击西南武陵时，病死军中，但声威远扬于西戎等地，其对东汉的功劳，连为刘邦建立汉朝立下汗马功劳的张良都比不上。

这首诗的谜底有人猜是喇叭，因为喇叭除用兽角、皮革、螺角制成之外，还可以用铜这种材质制成，喇叭在战场上一吹可以振奋精神、鼓舞士气，声响远播，功劳自是不小。

但从谶语的角度看，这首诗像是在说贾元春。元春身在宫闱，经常听得到金钟（即“金镛”）的声响。汉代张衡的《东京赋》里有写“宫悬金镛”，南齐武帝悬置金钟于景阳宫，是为了使宫人黎明早起，为了“振纪纲”，后宫治理好了，不怕朝廷没有威信，国家纲纪礼法也就不乱。元春被晋封为贵妃声势显赫、盛名远扬，对贾家延续前代的富贵荣耀起到了极大的作用，然而却突然病逝于皇上的隆恩之中。如果还有人能超得过元春对贾家的功劳，小说也可以再写一二，可惜在元春死后，贾家再也没有出过对家族功劳赫赫的人才了。

第三首《钟山怀古》，钟山是南京的紫金山，宋代张敦颐《六朝事迹类编》里有述，（刘宋）文帝在钟山西岩下筑室叫招隐馆，用来招纳隐士。到了南朝齐，有个叫周颙的人也在钟山西建了隐舍，遇假日则在此休憩。后来周颙担任海盐令，有个叫孔稚珪的人就写《北山移文》讽刺他，说他无心归隐，身在山野，心在朝廷，是个贪图名利的假隐士。不管像周颙等人是真隐还是假隐，大抵只要与山林为伴一段时间，人就以为是有归隐之意，倘若再出来为官，就免不了要被他人嘲笑讥讽了。

此谜底后人猜是木偶，因为木偶无所谓有名利需求，但是被人牵引操纵来到凡尘世界，有时难以回避要假戏真做，即使是没有感情的木偶人也会被人当作真人一样讽刺嘲笑。

在小说中有谁是与红尘若即若离的人物呢？从这个角度去想，应该是李纨。李纨青春丧偶，心如“槁木死灰”，与外界之事“一概无见无闻”，自己号称“稻香老农”，居住在颇有山野之趣的稻香村，在大观园中独自“归隐”。后来她儿子贾兰“爵禄高登”，她“戴珠冠，披凤袄”，也是悲喜交集、身不由己，在别人眼里觉得一个寡居之人突然以高调的姿态出现在世人眼中，不免被人嗤之以鼻，但是这种被人当作笑谈的事又何曾是当事人能阻止隔绝得了的。

第四首诗《淮阴怀古》，说的是楚汉战争时期淮阴侯韩信的故事，韩信年轻时贫贱，曾遭淮阴恶少欺侮，但他忍辱负重，以优异的将才帮助刘邦打下汉家天下，封为齐王，至死都不忘当年予他“一饭之恩”

的老妪。

这个谜很多人猜不出来，答案有人说是乞丐的饭碗，也是模棱两可。但是在小说中暗示谁呢？最接近的人物应该是王熙凤。王熙凤是个女汉子，风风火火，办事利索，但是她身边也有恶犬贾琏，表面上王熙凤比他精明强干，背地里偷鸡摸狗的事也干了不少。凤姐在秦可卿去世后，独揽大权，主持荣国府，协理宁国府，及包揽外界诉讼、放债等事，地位至高。但等她日后获罪，成为阶下囚，最应感谢的人是搭救她女儿巧姐的刘姥姥，刘姥姥把巧姐从老鸨手里赎出来，凤姐就是死了，也难以报答这份救命之恩。

第五首《广陵怀古》，广陵在隋朝称为扬州，隋炀帝年间调动百余万人开挖通济渠，从长安直通扬州，在河渠两岸种植杨柳，谓之隋堤。运河开通后，隋炀帝带领百官嫔妃浩浩荡荡游扬州，耗尽国力、劳民伤财。隋堤柳树多蝉和乌鸦，转眼繁华如烟云，如今景况如何，隋炀帝因为当年贪图享乐，虽然开通运河有功，同样也惹得后世人口舌纷纷指责其奢侈的罪过。

这个谜底后人猜测为柳木牙签，因牙签用柳木制成，而且与口舌有关。在小说中暗示的人物应该是宝玉身边的丫鬟晴雯。因为晴雯与宝玉同住怡红院，怡红院四周绿柳垂枝，在大观园中又通往柳叶渚，还有一条柳堤，与隋堤相仿。而且晴雯与宝玉相处五年零八个月，也是“转眼即过”，晴雯“风流灵巧招人怨，寿夭多因诽谤生”，她年轻的生命就是在诬陷她的恶人口中丧失的。

第六首《桃叶渡怀古》，桃叶渡在今南京秦淮河与青溪合流处。桃叶，是晋代王献之的妾，曾渡河与献之分别，献之在渡口作《桃叶歌》相赠，桃叶作《团扇歌》以答。据《古今乐录》载后人称此渡口为桃叶渡。这首谜语诗写了秋天的衰草闲花照映清浅池塘，桃叶与心爱之人分别，因为爱人是朝廷的大臣，所以离多聚少的日子总是很多，相思之情无以言表，只有把画像徒然地挂在壁上以表思念，《晋书·王献之传》载有王献之曾有壁上题字及作画之事。

谜底有人猜是门神纸，也有猜团扇、桃木木梳，相对来说都有些牵强。但是这个谜语暗示了小说中的哪个人物呢，说是贾迎春也有些道理。因为迎春被接出大观园后，宝玉“天天到紫菱洲一带地方徘徊瞻顾”，“看岸上的蓼花苇叶，池内的翠荇香菱，也都觉得摇摇落落，似有追忆故人之态。”宝玉和迎春是姐弟关系，“桃叶桃枝”本是同根生，宝玉感伤迎春别离之后，写过“池塘一夜秋风冷，吹散芰荷红玉影”的诗句，“六朝梁栋多如许”，暗指金陵诸钗最后大多离散夭亡的结局，唯有看着壁上的画像或题字才能勾起往事的回忆。最后一句虽似无证可考，但是可以联想到诸钗的图册判词，再说古人离别之时赠画像赠手书也不是不可能之事。

第七首《青冢怀古》，青冢是汉代王昭君的墓，在今内蒙古自治区呼和浩特市。清代宋荦《筠廊偶笔》：“墓无草木，远而望之，冥蒙作黛色，故曰青冢。”此诗讲的是王昭君死后，葬在内蒙古的黑河岸边，早晚有愁云怨雾覆盖在冢上，河水也似悲痛而哽咽不流。昭君离家万里，琵琶声道尽万千愁绪，就只因为没有贿赂画师毛延寿，阴错阳差被汉元帝挑选到荒烟蔓草的胡地，汉元帝知道昭君原来是美貌女子之后，后悔不迭，如此无用受人蒙蔽的皇帝，只会引得万古之人的嘲笑。

这首诗谜有人猜是墨斗，墨斗是木工行业的常见工具，墨线溽墨后一端固定，拉出墨线在需要的位置弹一下，就可以在木材上画上直线。而且墨斗一般都是用好的木料做成，比如用不易开裂、变形的干燥松木或柏木制成，所以像“樗栎”（臭椿和柞树）这些不成材的树应该感到惭愧。

同样，这首诗谜可以联想到被家庭暴力所辱的香菱。香菱的图册上画了一方池沼，其中水涸泥干，与黑水咽而不流吻合，香菱从小被人拐卖，离乡背井，本是甄家千金，却落得做人丫鬟的命运，嫁给“呆霸王”薛蟠还遭受夏金桂的蛮悍排挤，丈夫是个不成才的草包，是该永远蒙羞。

第八首《马嵬怀古》，讲的是唐玄宗和杨贵妃的故事。马嵬，在现在陕西兴平西。当年唐玄宗宠爱杨贵妃，日日笙歌艳舞，不思朝政，引得安史之乱爆发，在逃难路上于马嵬坡赐死杨贵妃。杨贵妃和唐玄宗风流韵事流传甚多甚广，但花容月貌已成过往，柔情似水也付之东流，真情不再，只留衣香鬓影在数落着寂寞泪容的陈年往事。

这首诗谜底更多人猜的是香皂，香皂在被洗用之后发着油脂的光亮，柔软的材质随水而一点点消逝，它一生的风流就在与衣物融为一体，去除污渍，只留下一丝香气在衣衾间流连飘荡。

小说中暗合的人物应该是秦可卿，秦可卿是位温柔妩媚、风流艳丽的少妇，在宁府中她是贾蓉之妻，但是又同贾府其他男性有暧昧关系，在小说中她是第一个死去的人物，曹雪芹把她塑造成了在封建家族内一位成熟而有见识的女性，因抵挡不住诱惑而陷入无法自拔境地后令人不齿、遭人轻视的角色，同时她的柔情温和也给读者留下极深的印象，甚至超越了那种成见而对她抱以极大的同情之心。

第九首《蒲东寺怀古》，这个诗谜讲的是元代王实甫的杂剧《西厢记》的故事。蒲东寺，也叫普救寺，是故事中张生和崔莺莺发生爱情故事的一个寺庙。“小红”说的是红娘，从封建道学眼光来看，小红私下张罗张生和崔莺莺的婚恋之事，是不合封建礼教规定的，所以说她“骨贱”“身轻”，虽然后来被莺莺母亲逼问，还是撮合成了一对夫妻的美满姻缘。

这个谜底猜的是色子。色子是游戏用的立体小方块，经常被玩的人抛起扔下，它的作用就是撮合玩游戏的人的好事，点谁大谁先来，或者按游戏之人制定的别的规则，总之是起到成人之美的作用。

此谜说的较像小说中的金钏儿，金钏儿是王夫人的丫鬟，只不过与宝玉稍拉扯几句，被王夫人说成行无耻之事，跳井而死。虽然没像红娘一样牵线搭桥，但她那种反抗封建思想的刚烈性格，与红娘可有一比。

第十首《梅花观怀古》，说的是明代汤显祖戏曲《牡丹亭》的故事。《牡丹亭》的主人公杜丽娘最后抑郁成疾，死后葬在梅花观后面的梅树底下，后来杜丽娘生前梦见的男主人公柳梦梅经过该观，拾得杜丽娘的画像，与其鬼魂相见，将她躯体救活，终结为夫妻。

这个诗谜猜的谜底是纨扇，纨扇也叫古扇、团扇，一般用竹制成，扇面覆以丝绢。纨扇上一般会画有或绣有各种花鸟、人物图案，纨扇的形状以圆形为多，在人手中扇起来凉风习习，是消暑纳凉的最好工具，一年一度最用得到的佳品。

这个谜底暗指小说的哪个人物呢？杜丽娘的爱情理想受到封建礼教的压抑在现实中未能实现，与小说中的林黛玉极为相似。林黛玉青春貌美，才华横溢，但是因为在贾府的层层势力的压制中难以寻得梦中的佳偶，最后郁郁而死，葬身于大观园漫天飘落的花海之中，她曾为自己捞下了花冢，也说过“侬今葬花人笑痴，他年葬侬知是谁”，小说中她曾经有意无意地吟起杜丽娘的唱词而泣不成声，虽然她没有像杜丽娘一样起死回生，但她和宝玉的心意相通，在一别后年复一年的等待中，春残花落，是否能得真正的团圆，让人遥想联翩。

薛宝琴所作十首七言绝句的怀古诗未必像她所说的一定去过那些古迹，尤其后两首是元代、明代的文学作品，是虚构的人物故事，所以薛宝钗说最后两首史鉴上“却无考”，要她再作两首。这时黛玉就笑宝钗“胶柱鼓瑟、矫揉造作”，在黛玉的理解中，怀古未必一定是真实的古迹，比如说外传野史、民间传说、文学改编也可以用来怀古的，这一下便扩大了怀古的内涵。

而李纨的理解是薛宝琴可能走过后面两首所讲的古迹，因为史鉴上虽无可考，但是说不准人们以讹传讹，弄出什么古迹来愚人，比如关羽的坟都有三四处，所以民间对这种喜爱的故事中的人物来进行编造，弄出无考的古迹就更多了，况且是走走古迹，又不是看了《西厢记》《牡丹亭》的“邪书”，留着但也无妨。

从宝钗、黛玉和李纨的一番话里可以看出，宝钗之所以挑宝琴的毛病，是因为宝钗是绝不会对《西厢记》《牡丹亭》这些当时人们认为是邪书之事认可的，宝钗是正统封建思想的维护者，所以对这些“淫词艳曲”充满排斥，而黛玉却在讽刺宝钗装腔作势，太过于正经，理解过于狭窄，没必要批评堂妹宝琴，李纨从现实中举出实例，帮宝琴开脱说不是看书是实地走过的可能性，宝钗听说，方罢了。

小说中对十首怀古诗用了很多篇幅，但猜谜的情节曹雪芹只写了一句“大家猜了一回，皆不是”，就转了故事情节，“不觉又是前头吃晚饭之时，一齐前来吃饭”。

十个谜一个谜底都没猜出，是不太符合小说中人物腹有诗书、聪明伶俐的个性的，这不得不让人想到曹雪芹在暗示什么，暗示是不需要说明白的，读者去猜想就好，红楼儿女的一曲曲悲歌也许在谜语诗里已经有埋藏，这种写作技法是一种谶语、一条伏脉，神来幻笔，如蛇行草中，行踪若有若无，如撒灰为线，痕迹时断时续。

大观园的暖香坞，留给读者谜一样的故事除了惜春未完成的大观园图画之外，就是这十三首无底谜语诗，它是谜外之谜，更像是大观园女儿的一曲悲艳的哀歌。

宝公子四时即景诗

在《红楼梦》中，有一章回的诗歌写得风格迥异于其他诗歌，且情节起到一个过渡的作用，那就是贾宝玉搬进大观园后写的《四时即景诗》。

大观园因为元妃的归省曹雪芹进行了浓墨重彩的描写，先是在即将完工之时贾政带领宝玉和一帮清客为园子留题匾额，接着借着元妃省亲又对这座豪华奢靡的省亲别墅着重点染，曹雪芹用了全景式描写，在读者眼中，大观园景致新雅迷人，花草摇曳生姿，山石俊秀胜美。

因为是皇家别墅，自是一般人不得入内，所以在元妃回宫之后，这所稀世名园的大门关上了。贾府人等各忙各的琐事，也就把园子之事抛诸脑后。只留贾政、贾珍等人选拔精工巧匠，把娘娘编定的众人题咏大观园之诗凿刻在园内的石碑上，勒石镌字之举又为大观园添上一道千古风流之雅景。

却道元妃在宫中编次《大观园题咏》之时，念念不忘这座园子的稀罕之景，觉得如若就这么空着，实在是辜负这园美景，不如让能诗会赋的姐妹们住进去，也不使佳人落魄，花柳失颜。同时还想到宝玉从小在姐妹中长大，也应该让他住进去。于是命太监到荣府下一道谕，命宝钗等只管在园中居住，不可禁约封锢，命宝玉仍随进去读书。

元妃一道令下，大观园再次风生水起。青春貌美、风流俊逸的佳人才子有了各自独立生活的院落，大观园四季美景在他们眼里顿时显得细腻多情起来，春花秋月、夏荷冬雪有了他们的吟诗作赋更显风情万种、绰约多姿。《红楼梦》众儿女真正的生活场景此时刚刚拉开帷幕，一切美好的愿景在这个梦幻般美丽的地方开始徐徐展现。

元妃的一道谕命下来，最欢喜的人是宝玉，他早已喜不自胜，和贾母盘算着各式各样。这贾府里最得宠的公子哥儿，自小生活在贾母身边，过着锦衣玉食的生活，什么都不劳操心，只要好好念书。念书是求取功名利禄的大事，马虎不得，虽然有贾母帮着撑腰，宝玉还是时不时因为念书不用功遭到贾政的训斥。

而此时元妃因为体恤弟弟宝玉受冷落，也要他随姐妹们进园读书，只这件事贾政便放心不下，只恐宝玉因此得了机会不务正业，整天花红柳绿厮混度日，所以少不得要叫宝玉到跟前来严格训导一番。

贾政从娘娘的话头说起，给宝玉来了个下马威："娘娘吩咐，说你日日在外嬉游，渐次疏懒，如今叫禁管，同你姊妹在园里读书写字。你可好生用心习学，再如不守分安常，你可仔细！"

贾政这番话明显是故意歪曲元妃的本意，元妃是爱弟心切，在归省时试才了宝玉，觉得爱弟有前途可为，让他住大观园能更好地求学上进，关心希冀之意多于苛求责备，而贾政这个当父亲的便把自己对宝玉的不满强加进元妃的本意，以娘娘的名义从禁管的角度给宝玉下一道紧箍咒，让他别恣意妄为，纵使诡计百般也休想翻出他如来佛的掌心。

尽管贾政严词厉色、不停断喝，在贾政面前唯唯诺诺的宝玉一出了门儿，便像换了个人似的，跟丫鬟使眼色吐舌头，一溜烟地跑得没影了。对宝玉来说，父亲的训导是家常便饭，每天少不了但也不用惊慌，反正说完了就抛到脑后了，自己怎么快活怎么来，更何况还有大观园这个自由的天地在等着他，这是多么令人向往的一种生活。

宝玉第一个想到可以商量的人便是黛玉，因为原来两人同住在贾母处，这回分开住了，当然不能离得太远。黛玉说喜欢潇湘馆的竹影清幽，是自己的心意所选，这想法与宝玉的心思不谋而合，宝玉便思忖着住怡红院，两处离得近且都清幽，来往十分方便。

小说中两位主人公的住所商定好，其他人物一笔带过。“薛宝钗住了蘅芜苑，林黛玉住了潇湘馆，贾迎春住了缀锦楼，探春住了秋爽斋，惜春住了蓼风轩，李氏住了稻香村，宝玉住了怡红院”，并随各人奶娘丫头使唤打扫人等，省亲之后静寂无声的大观园一时间热热闹闹、波澜生花起来。

姐妹们住进大观园无非把日常生活过得更加淑女精致些，读书写字、弹琴下棋、吟诗作画、描鸾刺凤、斗草簪花，天真烂漫。而宝玉呢，更是过上了逍遥自在的生活，这时他隔着贾母和贾政、王夫人远，不用在他们眼皮子底下拘谨受束缚，他就像一只被放了长线的风筝，呼吸着自由新鲜的空气，随风飘荡，惬意快活。

这种随意的生活对宝玉来讲是奢侈的享受，传出去也让很多人羡慕。贾府生活条件的优渥是他得以潇洒的资本，大观园得天独厚的环境更使他的生活质量远远超于常人。当更多人为柴米油盐生活困窘发愁的时候，他已经为大观园的四时美景写下了即景诗篇，当有些人为温饱御寒的日子暂有而得以庆幸的时候，他已经在温软细语之乡里做起了绮丽迤逦的美梦。

因此，大观园四时即景诗是宝玉在温柔富贵之乡里一曲浓艳清丽的欢歌，传将出去惹得众多轻薄子弟争相赏赞，追慕荣华富贵是很多人的向往，宝玉这个“富贵闲人”用诗歌描画了一种贵族生活的模式，也是令人神往效仿的生活方式，尽管对于大多数人来讲这是可望而遥不可及的幻想。

来看宝玉的《四时即景诗》：

春夜即事

霞绡云幄任铺陈，隔巷蟆更听未真。
枕上轻寒窗外雨，眼前春色梦中人。
盈盈烛泪因谁泣，点点花愁为我嗔。
自是小鬟娇懒惯，拥衾不耐笑言频。

夏夜即事

倦绣佳人幽梦长，金笼鹦鹉唤茶汤。
窗明麝月开宫镜，室霭檀云品御香。

琥珀杯倾荷露滑，玻璃槛纳柳风凉。
水亭处处齐纨动，帘卷朱楼罢晚妆。

秋夜即事

绛芸轩里绝喧哗，桂魄流光浸茜纱。
苔锁石纹容睡鹤，井飘桐露湿栖鸦。
抱衾婢至舒金凤，倚槛人归落翠花。
静夜不眠因酒渴，沉烟重拨索烹茶。

冬夜即事

梅魂竹梦已三更，锦罽鹴衾睡未成。
松影一庭惟见鹤，梨花满地不闻莺。
女郎翠袖诗怀冷，公子金貂酒力轻。
却喜侍儿知试茗，扫将新雪及时烹。

四时，即春夏秋冬四个季节；即景，是根据眼前的景色进行描绘。宝玉用春夏秋冬四时即景诗概括了他进园之后的生活场景，更多的是大观园四季美景的色彩斑斓，宝玉和姐妹及身边丫鬟们相亲相近的生活写照。

大观园生活的豪华讲究、肆意放诞在诗中处处有迹可循。《春夜即事》中，“霞绡云幄”，是指房间里的像云霞般美丽的彩色丝锦、轻纱帷帐任意铺着、挂着，房内点着烛光像盈盈的泪水，隔巷似有似无的蛙声断续入耳，寂静的夜晚下起了蒙蒙细雨，在枕眠入睡时感受到一丝春天的寒气还在身边停留，好梦不绝，春色无边和梦中美人是所希求的生活理想，现实中也总有不少的喜怒哀乐之事发生，身边的丫头们年纪尚小，花样年华中的她们时常娇怒喜嗔、得意犯懒，在她们耳边笑谈絮语还要被拥着锦衾的她们责怪笑骂。

《夏夜即事》中，诗歌描绘了很多贵族生活的日常享受，比如用金质的笼子养着会叫唤的鹦鹉，日常使用的镜奁一打开锃明发亮，误以为是明月照亮了窗子。宫廷之中贵重的香料在房内点燃，整个房间缭绕着檀云的香雾，让人在品鉴之中陶然自醉，用琥珀做的半透明的杯子倾倒着叫作“荷露”的酒，琼浆美酒凝滑如脂。在玻璃槛栏内看柳枝摇摆，乘风纳凉，在靠近水边的亭子处，看到姑娘们穿着细白的薄纱绸，随风飘动，娉娉婷婷。夜晚即至，朱楼竹帘放下，绣了一天的佳人们也累了，卸下了脸上的脂粉浓香，懒懒地准备沉沉入睡，做一个悠长好梦。

《秋夜即事》中，绛云轩是宝玉的卧房，没有了嘈杂的人声，只闻到桂花的摄人香气浸染着月光慢慢渗进薄薄的窗纱，秋夜静谧，苍苔露重，柔软平滑的石阶青苔都可以让鹤憩息，秋天的梧桐树叶飘落在井边，露水打湿了树上栖止的乌鸦。身边的婢女们抱着绣有金凤图案的锦被过来休息，慵懒地靠在门边站久了的丫鬟们也卸下了头上饰有翡翠珠玉的簪花，在安静的夜晚喝多了酒难以成眠，只有重新燃起烹煮的茶壶，烧点水来喝茶醒酒。

《冬夜即事》中，寒梅竹影是少不了的景致，在三更人都睡去之时，还有人抱着织有锦花的毛毯、拥着雁凫绒里温暖的被褥夜不成眠，在清冷的庭院中唯见松影孤鹤在月下参差彷徨，满地霜雪似梨花铺地，自然听不到莺鸟的啼唤。在严寒的冬夜，丫鬟们穿着翠袖衣衫，吟着诗句也感觉怀中冰冷，即使是着金毛貂裘的公子喝了许多酒也不足以御寒，让人感到惊喜的是，身边服侍的丫头知道要尝尝茗茶的滋味了，赶紧把庭院的落雪取其洁净的下来，用来煮水烹茶，不失为冬日里一大快乐之事。

宝玉的《四时即景诗》用了七言律诗，着墨不多，却晕染全面，大观园四季变换的风景、人物的闲居幽情，无不精细地被描摹出来，宝玉和丫鬟们的生活轻松浪漫，闲看庭院落花，梦回午夜悠长，这些风流妖艳的诗句被抄录出来，顿时成了那些同样是过着庸庸碌碌日子，却追求时髦品位生活的公子哥们效仿的对象，于是很多人争相抄录，还写在扇头壁上，不时吟哦赞赏。更有甚者，前来寻诗觅字，倩画求题，宝玉遂成了大家竞相崇拜的偶像，风头甚劲。

可是对于宝玉来讲，这种生活非常平常，没什么值得大惊小怪的，在他，也许都厌倦了这种常态，反而变得无所事事、若有所失。在这四首诗中，曹雪芹看似不经意的描写，其实还暗藏了一个隐秘，就是在诗中分别出现了宝玉身边丫鬟的名字，如花袭人、麝月、秋纹、茜雪、檀云、四儿等，不管是有意无意的点名，曹雪芹似乎想要告诉读者的是，大观园上演的不仅仅是主人公宝玉和黛玉、宝钗的故事，还有那些围绕在主人公身边的丫鬟们，她们的命运和主人公时时联系在一起，难以分割，和园中的四时即景一样，美丽多情却又变幻莫测，悲欢交织更是阴晴难料。

大观园四时即景诗是宝玉刚入园不久的生活映照，追求自由烂漫生活的宝玉在这样的环境中享受了惬意，但是这样的生活能长久地延续下去吗？这座联系着贾府盛衰兴辱的风水宝地还会发生什么？这是小说接着要描写的重点。

短短的四首诗，是曹雪芹在写小说时用的省笔，看似可有可无，但在情节上起到一个过渡的作用，在气氛上非常轻松随意，也许，在没有封建制度的压制下，大观园真的可以称得上是人间天堂，或者是世外桃源，但是封建制度的必然崩溃，封建家族的最终消亡是大观园山水失色的主要原因，这座华贵优雅的林苑在宝玉的笔下保留了它的理想原貌，随着故事的发展，大观园也逐渐蒙上了凄迷的雾色，渐渐消失在白茫茫的一片大地之中。

秋雨夕黛玉拟秋词

在《红楼梦》中，林黛玉是大观园众儿女中最具有诗意的人，曹雪芹对她写诗的才华总是不吝惜笔墨加以描述，而且她写诗经常是因情而起，自然流露，跟薛宝钗差别很大。

宝钗同样也读过很多书，对写诗作画见地很深，但是宝钗不会有事没事写一首诗来寄情或娱兴，除非有诗社赛诗或家庭聚会，宝钗才会显露才华、与人角逐，而平时除了做女工，问候长辈，与姐妹们玩笑，她不大会把小儿女的心事通过写诗来表达。

而黛玉则不同，她的生活里诗是少不了的精神伴侣，是她的情感相伴不离左右的寄托，从性格上来讲她比较多愁善感，诗成了她情感宣泄的出口，黛玉身上的特点可以概括为：一是体弱多病，二是敏感多疑，三是诗意灵巧。

所以在小说中，经常看到她生病吃药，也看到她在喜欢的宝玉面前使小性子闹闹脾气，再则就是欣赏她写出的一篇篇出类拔萃的诗歌作品。

黛玉是个让读者既同情爱怜又赞佩叹服的人，是一个特别纯粹又至情至性的人，投身到贾府后，她乖乖地听从贾母对她的一切照顾和安排，与宝玉同吃同住，感情投合，住进大观园后，她为几竿竹子挑选了心仪之所潇湘馆，与宝玉相隔不远。在生活上，她什么也不缺，在精神上有宝玉对她的关心爱护，身世虽孤苦伶仃，但寄身贾府的日子过得也是衣食无忧、丰腴可靠。

但贾府来了薛宝钗之后，黛玉那多疑多愁的性格就愈显突出了。宝钗的得体机敏、圆滑老练在长辈们面前非常讨巧，大家都喜欢这个性格开朗、与人和善的宝钗，宝钗不装清高，也不会孤僻，凡事替人着想，真诚有加，是个人见人爱的姑娘。

相比之下，黛玉则显得自命不凡、落落寡合，再加上她那有时尖酸刻薄的嘴，更是让身边的人远离她三分。由于她心思细，所以她在宝玉身上花的脑筋也比别人要多些，和宝玉之间的惺惺相惜是众人都知晓的秘密。

贾母最疼爱的孙子外孙女情投意合，可偏偏来了薛宝钗，还带着一挂金锁，说是配玉方可成就姻缘，这个插曲成了黛玉挥之不去的阴霾，她的希望变得渺茫，理想的生活因而变得迷蒙不清。

可偏偏宝钗又是个落落大方之人，人前人后都避而不谈她和宝玉有什么特殊缘分，反而总是撮合宝玉和黛玉之间的关系，心底无私一如澄明的天空。宝钗越是这样，黛玉心里越发感到不安。宝钗听其自然显得自信从容，甚至有时摆出刻意旁观的态度，来注视黛玉特别想抓住那根稻草的焦急窘态，这不得不说为黛玉在感情道路上设置了一道难以逾越的隘口和障碍。

宝钗住处蘅芜苑没有奇花只有异草，住房内如雪洞一般清冷素净，不摆器玩，不事雕饰，不像一般姑娘家喜爱涂脂抹粉、花花草草，反而像清净修为的女道士一样克己本分，除了贾母略嫌这么年轻的姑娘，屋里这么素净，也忌讳，帮她添置一两件使卧房增色的摆件之外，别的大概也实在挑不出这姑娘的什么错儿来了。

宝钗的堪称完美在黛玉眼中是个不小的挑战，黛玉无家可归，把所有的希望寄托在贾府，寄托在这个让她感到一丝温暖的地方，但是出现的竞争者实力不容小觑，宝钗有母有兄，有亲人可以依靠，不管怎么样都有退路可寻，这使手中只有唯一筹码的黛玉心理压力很大。体现在言谈举止上，黛玉显得患得患失、忧虑深重，而宝钗却成竹在胸，云淡风轻。其实每个人心头都各自有一份孤寂，宝钗含而不露，黛玉除了对熟悉的宝玉嗔怪数落之外，就把这种易伤感恼神的心思写在了诗篇上。

大观园住着的都是贾府的公子哥儿和小姐，日常居所有丫鬟婆子专人料理，满园洋溢着青春烂漫的气息和自在逍遥的富态贵族气象，但大观园是贾府的后花园，贾府里最高权威的人物贾母时常来园设宴游玩，还有王夫人、王熙凤等主持料理家事的主儿也时常在院子里进进出出，大观园儿女与贾府千丝万缕的联系并没有因为一园之隔而完全疏离，各院人等的喜怒哀乐全拴在一起，众儿女们虽有自己的一方天地可以独立，但是到了谈婚论嫁的年龄也有各自的烦恼和忧愁。

尤其是黛玉，形单影只的生活容易使她消沉低迷，大观园一丝风吹草动也会让她浮想联翩，上至元妃贾母，下到丫鬟仆从，她细心观察每个人对自己的冷暖态度，在纷繁芜杂的环境中保持自己的冷静自处。她从不刻意讨好长辈，在姐妹中说话总是直着性子，在宝玉面前更是不加掩饰，娇嗔无常。在贾府中，除了贾母对她格外溺爱之外，就是宝玉对她百依百顺，其他人都是看脸色行事，也没有什么人对她表现出真正的在意关怀。

她跟宝钗之间的关系也较为若即若离，有时两人为了宝玉针锋相对，暗自较劲，又有时两人像金兰姐妹，互诉衷肠。本来黛玉比宝钗先来，又是贾母的外孙女，与宝玉的关系自然亲密些，但是宝钗和宝玉的“金玉良缘”之说仿佛是黛玉的一块心病，根除不去。宝钗看到黛玉和宝玉的默契相知也免不了话里带刺。两人像极了一对欢喜冤家，时而疏远时而亲近，宝钗的言行举止有时在黛玉眼里都是打翻醋坛子的根由，尤其是宝玉在场的时候，两人经常话里有话、夹枪带棒，弄得宝玉不知所措，两头不讨好。

但是宝钗年龄比黛玉大几岁，自己又是贾府的客，怎么样都不能随心所欲任性妄为，她的自我约束能力要比黛玉强些，她那种受封建正统教养濡染出来的大家闺秀气质远超于一般的小家碧玉，就是黛玉跟她相比，也不觉相形见绌。

小说有一段描写是这样的：“不想如今忽然来了一个薛宝钗，年岁虽大不多，然品格端方，容貌丰美，人多谓黛玉所不及。而且宝钗行为豁达，随分从时，不比黛玉孤高自许，目无下尘，故比黛玉大得下人之心。便是那些小丫头子们，亦多喜与宝钗去顽。”

宝钗虽是客，但是在人口众多的贾府里赢得上至贾母、下至随从的喜爱，理由很简单，因为宝钗很会为人处世。她的处世之道是圆融通达、灵活应变，是封建社会正统思想教育出来的典型淑女，身上的每一个细胞都散发着迷人的魅力，简直是一个无可挑剔的完美形象。

在对待自己和宝玉的感情上她也是顺其自然，不会怨天尤人、自寻烦恼。宝玉在她眼里也就是个弟弟，她像姐姐一样教导他的时候还多一些，宝玉的天生惫懒，不爱功名利禄是宝钗规劝的主要话题，可惜时常被宝玉嫌弃，因此她和宝玉之间隔了一道很深的鸿沟，可以说两个人没有对生活的共同追求和希冀，在感情上也很难达到真正的情投意合。

宝钗很会规劝人，她也有自己的个性爱好，但是在“礼”这方面，她的教导比一般人要多，说起来的道理都是一套一套的，让人不得不信服，就连黛玉这样的挑剔之人，在宝钗的规劝之下，也变成了乖乖的小绵羊，甚至在心里还怀有几分感念之想。

宝钗对于黛玉的劝主要是针对她的两个特点：一是劝她养身，二是劝她宽心。这两个是黛玉的主要病症，曹雪芹在黛玉初进贾府的时候是这样描写她的：“心较比干多一窍，病如西子胜三分。”黛玉比商代纣王的叔父比干还要聪明，病弱时的娇美远胜过西施。

黛玉的聪明灵秀在性格上表现出来是心思多，而且放不下，所以有些过度敏感，患得患失。体弱多病虽然有娇弱之美，但是在很多人眼里是一种不健康的表现，久了会让人操心而对她有所嫌弃。

在大观园里，关心她的人有贾母、宝玉，贾母是深知自己的外孙女有不足之症，所以黛玉有什么养病的需求，贾母凡是知道，是一概应允，并且还会心疼。而宝玉是体现在实际行动上的嘘寒问暖，对黛玉的日常起居、饮食料理都会关怀备至，有时因为自己的疏忽还会埋怨自己。

即使有这样的关心，黛玉的病体还是总不见好，而且似有加重的痕迹。一到春分、秋分后，就会咳嗽，每天食药进补，成了药罐子。姐妹们也来看望问候她，但是总没一个认真劝过她。

而宝钗就不是这样的轻忽省略，在小说的第四十五回，宝钗对黛玉的身体调养和心病进行了一次尽心的宽慰和劝导，这些话听起来字字珠玑、句句入耳，听得黛玉对宝钗卸下了平日的心防，在心底里对宝钗树起了一丝钦佩和服帖。

宝钗先从黛玉的病体说起，她叫黛玉不要吃多人参肉桂等补养之物，不妨喝点燕窝粥先平肝养胃、滋阴补气，然后才能更好地吸收食物的营养。宝钗说得极有道理，勾起了黛玉对她平日小心提防的种种错误来，黛玉心直口快、毫无保留地一下子端出了平时对她的成见，还说出了自己认为宝钗“有心藏奸”这种话来，亏得宝钗大度宽容，要不这种掏心窝子的话当着对方直说也是有些伤人的。

说到保养身体，黛玉不怕贾母、宝玉、凤姐多话，怕的是底下人不好得罪，这说明黛玉在贾府赢得的人心远不如宝钗。贾府是一个社会世态的缩影，上上下下虽然有等级规矩，但是只迎上不谀下，也是要招人白眼的。

黛玉这么一说，宝钗也附和着说自己也是一样的。虽然宝钗和下人的关系处理得比黛玉要好，但是两人都是贾府的客人，从亲疏关系上来讲，黛玉是舅表亲，宝钗是姨表亲，与贾府的关系还要远些，所以她劝黛玉不要在亲疏关系上有所顾虑，都是做客他家，两人是同病相怜，从亲疏远近上来讲自己还不如黛玉。

照理说宝钗的劝说可以起到一定的作用，虽然没有明说，但“一样的”的话语黛玉应该明白，可是黛玉却偏偏又谈起自己的可怜身世，把自己的一无所有拿来和宝钗比，这一比宝钗没话说了，确实和黛玉比，自己有母亲有兄弟，家里有房有地，眼见的比黛玉拥有的要多些，可是这些又说明得了什么，正如黛玉所讲“吃穿用度，一草一木，皆是和他们家的姑娘一样”，在宝钗看来，这已经是很好的生活了，不是贾府之人享受贾府姑娘的待遇，黛玉还能有什么不满足的。

可黛玉偏偏这样说，在宝钗面前把自己说成是贾府的姑娘，其实不坏啊，宝钗就没有这种待遇，于是说得宝钗只好讪讪地打趣“将来也不过多费得一副嫁妆罢了，如今也愁不到这里”，宝钗看来，黛玉看似一无所有，但是什么都不缺，将来出嫁贾府还会对待亲生女儿一样给黛玉送上一副嫁妆，有什么好发愁的，这种幸福的日子应该好好享受，怎么还唉声叹气呢。

但是黛玉真正在意的不是贾府的高层领导，而是底下的那些小人背地里言三语四，黛玉就是太在意周围人等对她的看法，所以才顾虑重重，背上了沉重的思想包袱。毕竟黛玉在大观园生活远离了贾母等人，生活招人不待见也只有她自己体会得到，所以从这个层面上去诉说内心的委屈，宝钗也是理解的。宝钗只不过比黛玉多了一分圆滑老练，不像黛玉直性子，不会通融打点，和底下人关系比较僵硬。宝钗说了句“你才说的也是”，就准备从自己家里拿燕窝给黛玉，不用惊师动众的。黛玉一时感激不尽，宝钗还觉自己应候不到，谦谦地走了。

宝钗这一走，天就变了，淅淅沥沥下起雨来，那雨滴在竹竿上，更觉凄凉。于是在秋霖脉脉、阴沉潮湿的夜晚，黛玉写了一首诗《秋窗风雨夕》，这首诗是拟古体，拟唐代诗人张若虚《春江花月夜》之格。

大观园是黛玉创作诗词的重要场所，很多脍炙人口的诗句从她笔下诞生。细腻敏感的黛玉有着不同于宝钗的伤春悼秋的情怀，而且在这两个季节，也是她身子发病较多的时节，特别容易情思缱绻、黯然神伤。在春天，她写下了桃花诗、柳絮词，在秋季，又有咏菊诗和秋雨词，这些代表性作品烘托了她写诗的独具才华，也暗示了她命运的凄凉暗淡。

来看黛玉的《秋窗风雨夕》：

秋花惨淡秋草黄，耿耿秋灯秋夜长。
已觉秋窗秋不尽，那堪风雨助凄凉！
助秋风雨来何速，惊破秋窗秋梦绿。
抱得秋情不忍眠，自向秋屏移泪烛。
泪烛摇摇爇短檠，牵愁照恨动离情。
谁家秋院无风入，何处秋窗无雨声！
罗衾不奈秋风力，残漏声催秋雨急。
连宵脉脉复飕飕，灯前似伴离人泣。
寒烟小院转萧条，疏竹虚窗时滴沥。
不知风雨几时休，已教泪洒窗纱湿。

潇湘馆的几百竿竹子在秋雨的浇淋之下发出瑟瑟秋声，给病中的黛玉增添了一丝惆怅。虽然白日里宝钗的劝解暂时缓解了她心头的烦恼，但是夜深人静之时，连绵不断的秋雨敲打着秋窗，打破了平日里潇湘馆适宜读书的那份宁静。贾政在初游大观园来到此地，曾发出过“若能月夜至此窗下读书，也不枉虚生一世”的感慨，宝玉也形容这里的窗是“幽窗”，因为窗外即是扶摇竹影，清幽寂静为读书人所钟情。

但秋夜风起，秋雨娑娑，对一个病中的颦儿来讲更显孤独寂寞。在诗中，她写到了秋风、秋花、秋草、秋灯、秋窗、秋雨、秋院、秋屏、秋梦、秋情，一系列悲秋的景象在诗中描画殆尽。在黛玉看来，秋风来速迅急，秋雨助长了凄凉之意，秋花秋草凋零惨淡，在秋窗外看到绵延不尽的秋意深浓，秋院也在秋风中茕茕而立，秋声惊破了还在秋窗内做着秋梦的人，秋梦醒来，抱着感伤的情怀无法入眠，对着秋屏移动融化如泪滴的蜡烛，内心牵动起多少的离情别恨。

黛玉在诗中还写道“离情”“离人”，因为秋意悲凉，让人容易产生离别伤怀的感情，尤其是对于身世飘零的黛玉来说，身为孤女背井离乡来投靠外祖母，本身就是被亲情的永久别离所缠绕悲恸，而在贾府的种种生活虽然过得去，但也有不尽如人意的地方，最伤心的是没有至亲的人在身边可以得到一丝安慰，自己身体羸弱，将来的归宿如何，还不知晓。想到自己的悲凉身世，不禁滴下眼泪，如窗外水珠下滴。纱窗已被风雨浸湿，而自己的风雨人生不知道何时是个尽头。

这首诗的拟格形式就是它的主体事物“秋”的不断出现，《春江花月夜》中“江”出现的次数有十二次，“月”出现了十四次，在此篇中，“秋”出现了十五次，“风”“雨”也各有五次，此外还有四句一转韵的方式，都是模仿“初唐体”歌行的体式，这种诗格因为不用典故，以抒发感情为主，喜欢铺陈渲染，复叠咏叹，为当时文人流行效仿的一种诗歌体裁。

这首诗在思想感情上表达了黛玉的苦闷，一定程度上反映了她有着多虑敏感的性格特征，且不善于与人交际，思虑往往纠结而伸展不开，闷在心里加重精神负担反而让身体无法好转。所以她的心病是她病体的元凶，但是她又很难改掉这种与生俱来的性格脾气，所以病情只有不断加重的份儿。

黛玉刚刚写完，宝玉就身披蓑衣头戴箬笠冒雨过来看她了，问她病情好些了没有，宝玉的温情关怀给黛玉带来了一丝温暖，黛玉看到宝玉的打扮就笑了，而且两人又为渔翁渔婆的事说了半天，黛玉不觉话说得太明白而绯红了脸。宝玉看了黛玉写的诗不觉叫好，黛玉忙把诗拿来在灯上烧了，宝玉却说他已经记熟了。

宝玉看到黛玉写如此伤感的诗句不仅没有像宝钗一样的劝说，反而叫好，可以看出在宝玉眼里，林妹妹怎么写都是好的，尤其是拟古之作，从写诗的角度来说是一次新的文学创作，没什么不好，而且诗中所描绘景象符合当夜之景，至于诗中所说的“离人”“离情”宝玉也没有去深究，黛玉是否在诗中预言两人最后的离别宝玉也没有在意，这是曹雪芹的又一处伏笔，用宝玉的叫好一时间掩盖了诗歌的哀怨之气，反而用了两人的笑玩打趣来冲淡诗歌的悲凉意境，这是小说写法曲笔的纯熟运用。

宝玉走了之后，宝钗又差婆子来送燕窝，宝钗如此细心体贴真是让黛玉心里过意不去，她客气地打发婆子走，心里感念宝钗的周全真心。照理说在秋风秋雨之夜，黛玉得到了宝玉冒雨前来慰问病情的爱人之情，又得到了宝钗雨夜不忘差人送东西的姐妹之情，心里应该是感到幸福和安慰的，可是黛玉还是郁郁寡欢，一边羡慕宝钗有母有兄，一边又烦恼和宝玉终有嫌疑，自己又在清寒透幕的雨声淅沥中滴下泪来，直到四更才睡去。

《秋窗风雨夕》这首诗创作的前后，黛玉的心情都不太好，但是周围的人如宝玉、宝钗对她都关怀至切，没什么可挑剔的。也就是说，黛玉的性格是天生而就，很难改掉，哪怕再多的关怀她也觉不够，再多的恩情她还是嫌少，这就造成了淤积的心病难以根除，心灵演变得十分脆弱，禁不起一丝风吹雨打，在纷繁复杂的贾府中，她终究慢慢走向了生命的尽头，这不禁让读者对她的感情是又悲又怜，又叹又哀。

慕雅女香菱苦学诗

《红楼梦》中对贾府的描写涉及方方面面，是社会风情画卷的一个缩影，在艺术方面的笔触更是描画甚多，值得探究，如建筑、服饰、绘画、文学等。

文学，尤其是诗歌创作是刻画小说人物学问修养、性格特征最佳的一种表现方法。作为“钟鸣鼎食之族”，曹雪芹用了很多的篇幅描写贾府的排场礼仪，那么作为“诗礼簪缨之家”，曹雪芹同样要用足够的文字去表现富贵荣华表象下的内涵深蕴。

贾家之所以能够得到历代皇恩的眷宠，不仅仅是因为祖辈积德恩报，从贾政对子女的教育方法来看，治家谨严、训导善诱，让子女们饱读诗书，以待日后出仕有为、报效朝廷也是家族家风的美德传统。所以，以贾家为代表，四大家族贾、史、王、薛的后代基本上都是学问深厚、功底不凡的人。无论谈古论今、经营买卖、朝廷为官都有一套比常人要宽的思路和灵活的方法。

以大观园众儿女论，贾宝玉风流倜傥、才富冠群，众姐妹锦心绣口、文采斐然。小说写尽人情世态，如烟火一炬刻骨悲凉的同时，文章妙语、思才卓绝的步履屐痕也深入到几百年来读者的心里。

从第三十七回贾探春发起海棠诗社开始，大观园众儿女以诗歌活动为主的文学创作就有了一个正式的组织和形式。海棠诗社前后组织了三次赛诗比赛，以咏白海棠、菊花、柳絮为主题，进行了诗艺高下的切磋，当然也角逐出了林黛玉、薛宝钗这样才学不负众望的女子。

黛玉和宝钗的较量从比赛结果来看是不分上下、旗鼓相当的。白海棠诗先是被宝钗夺冠，菊花诗黛玉三首占尽前三，柳絮词被宝钗夺魁。小说在海棠诗社成立之前还有一次才艺比赛是元妃归省时各人递交的颂大观园诗篇，黛玉和宝钗同时被元妃称赞，不分伯仲。

黛玉曾吟过葬花诗，但是当时只有宝玉听到，后又写过风雨词，写完被宝玉看过一眼就烧掉。曹雪芹明显是想把黛玉塑造成大观园第一诗人的完美形象，读者不会不认同。但是在大观园的众人眼中，黛玉和宝钗到底哪个写诗的水平高，好像并没有确切的定论，除了宝玉带有个性化的偏好，明显喜欢黛玉的诗作。

所以在第四十八回，曹雪芹有意安排了香菱学诗的故事情节，再次刻意突出黛玉写诗的才华和学识，香菱住在蘅芜苑薛宝钗身边，却拜潇湘馆的林黛玉为师学写诗歌，成了黛玉的粉丝，这已经在暗示，林黛玉才是大观园真正的写诗高手，可以当得文学创作的老师，她写诗的心得积累、创作理念和创作方法自成一格，追求诗歌灵巧飘逸的写作技法，值得人推崇和膜拜。

林黛玉教香菱学写诗的过程，简直让读者大呼惊奇。贾府侯门似海的封建贵族家庭小姐，文化修养的积累、文学创作的见识水平足以让常人叹为观止。以林黛玉为代表的大观园众儿女，深厚的文学功底和涵养，超人的创作能力和风华，淋漓尽致地展示在读者面前。《红楼梦》小说诗意的底蕴，在这一回显山露水，已见端倪。

香菱，是小说“金陵十二钗”副册之冠的人物，她原本出自乡宦之家，身份该是位主子姑娘，但因自小在一次元宵花灯节中被人拐卖与家人离散，一直流离失所，后来被薛蟠所买，身份跌落至侍妾。薛蟠因挨了打准备外出躲个一年半载，又把她交给了薛宝钗，香菱就以宝钗随从丫头的身份入住进了大观园的蘅芜苑。

香菱虽然地位低微，但是她天性里隐藏着大家闺秀高雅的追求，从小丧失了良好教育的她十分可怜，但是善良朴实的本性、天资聪颖的慧根在她心里依然没有被磨灭。跟随宝钗住进大观园，是她梦寐以求的期盼，因为大观园是青春浪漫的居所，是散发着旖旎诗意的地方，它雍容华贵、富丽堂皇，同时又兼具文学气息和艺术氛围，对于香菱来说，这是她梦想的地方，虽然她已经不记得自己原本也应该拥有和园子里姑娘们相同的生活条件，因为这一切离她太遥远而记忆早已模糊，无法辨析得清。

香菱陪从侍奉的主子姑娘是薛宝钗，宝钗何尝不是一等一的人物。在小说中，宝钗之所以随母兄进京投身贾府，是因为要应征朝廷才人、赞善之职。宝钗出身皇商之家，“丰年好大雪（薛）”，家族钱财富甲一方，自己从小在父亲教导下读书识字，才学识见高于其兄十倍。舅舅又任朝廷重职，权重势威，可以称得上是世宦名家之女。

皇上除了聘选嫔妃之外，还崇尚诗礼，下诏征集有才能之人，作为公主、郡主的入学陪侍，在朝廷中称为“才人”“赞善”，其身份是宫中女官，职责是为公主们陪读尽心。

宝钗之所以符合条件，是因为家境殷实、学富五车，且生得肌骨莹润、举止娴雅。这么好资质的人物对香菱来说，能陪从左右是件幸运之事，更何况还可以入住大观园，远离拈花惹草的薛蟠一段时间，是乐得逍遥自在的一种体验，加上蘅芜苑宝钗身边有丫鬟婆子服侍，自己也不用过于辛苦，说是随从，身份到底也就是小姐的贴心陪伴。

香菱一进大观园，一开始是先叫宝钗教她写诗。宝钗是个得体识礼之人，觉得姑娘家学写诗有什么重要，重要的是进了园，先要去跟贾母等人问候一下，各处各人打声招呼。因为香菱原住的是梨香院，进大观园，意义上也就相当于进了贾府重地，所以要知会贾府里各色人等，包括料理家事的凤姐，哪怕是坐更上夜的人也要知晓，方便关门候户。

香菱按宝钗的吩咐见了众人，还是按捺不住想学作诗的念头，尽管宝钗叫她缓缓再学，可她却直奔潇湘馆，请黛玉教她作诗。没想到黛玉比宝钗爽快，满口应承，还叫她拜自己为师，说自己虽然不是精通写诗，但是教习香菱，并不为难。

黛玉教香菱写诗大致分为三步。第一步灌输作诗的理念，即“不以辞害意”；第二步是熟读经典，熟能生巧，不落窠臼；第三步是纠正诗歌创作的俗套，给予大胆创新的提示。

诗歌的初学者往往会对诗的结构、对仗、平仄、押韵等格律的严格要求心生疑惑或产生畏难情绪，从而知难而退。黛玉首先说了一句“什么难事，也值得去学！”一句话说得轻松自在，把香菱学作诗紧张担忧的心情先消除了一大半。

既然不难，那要注意些什么呢？黛玉接着说出了三个主要观点：一是起承转合注意结构，其中承、转句必须要对仗（包括词性虚实的相对）；二是音律平仄要相对；三是凸显诗歌主旨，词句是末事，立意是要旨。

黛玉的指点先从诗歌的结构特点说起，一般诗歌分为起、承、转、合四部分。“起”就是诗歌的开端，“承”是承接上文进一步描述，“转”即转折，有时语意需要从另一方面论述，“合”就是全文的结语。

从黛玉的分析来看，讲的是绝句和律诗。绝句是四句，从第一句到第四句，也有着起承转合的结构；律诗八句，两句一联，第一联至第四联分别叫首联、颔联、颈联、尾联。接着，黛玉说当中两副是对子，也就是指出律诗的颔联和颈联要对仗。“平声对仄声，虚的对实的，实的对虚的”，平仄是对音节声调的要求，格律诗每字每句的声调有规定的格式，一般是平声对仄声。虚实并不是对词性的要求，而是指内容的虚实，比如写景为实，抒情为虚，虚实相合，气韵生动。

但是黛玉说“若是果有了奇句，连平仄虚实不对都使得的”，这就是教初学写诗的人既要掌握诗歌格律的规定，有时也不一定拘泥于定格，如果诗意灵感来临，可以突破格律限制，做自由发挥。

黛玉所教的对于懂诗的人来讲是很平常的知识点，但对于香菱来讲简直是醍醐灌顶，使她茅塞顿开、恍然大悟，解开了平时在看诗时的很多疑惑之处，比如为什么有的句子对仗很工整，有的句子不对仗等问题。最重要的是理解了“一三五不论，二四六分明”的句子含义，觉得平时看古人的诗在平仄上明显有对错的，现在有了“词句新奇”之说，所有的疑难问题都迎刃而解了。

“一三五不论，二四六分明”是说诗平仄声的规定，一般每句的一、三、五字要求的较宽，平仄都可以，但如果是五言诗的话，第五个字既要注意平仄，还要注意押韵。第二、四、六字要求就严格多了，平仄必须依律。这是基本的规律，有时第一、三、五字能否调换平仄声，也是有许多条件限制的。

所以黛玉的“词句新奇”打破了许多成文的规定，形成了她“词句末事，立意要紧”的观点，即所谓不以辞害意，这句话道出了诗歌创作的重点。正是因为诗歌有格律的各种约束，所以有时为了词句的工整，反而不考虑诗歌的立意，使诗歌仅拘泥于对仗、平仄而失去了这种文学体裁该有的飘逸灵动，变得呆板凝滞、了无生趣，且格调不高。

说完了第一步，香菱似有所悟说“只爱陆放翁的诗‘重帘不卷留香久，古砚微凹聚墨多’”，黛玉一听，忙阻止她不要对这样的诗句入迷，因为这句对仗工整，对的没有意境，只是为了对仗而对仗，这样写诗容易误入格局，造成写诗立意和意境的全无。

第二步最重要的基础是熟读古诗经典，还要观摩其他名家诗作。经典之作在黛玉看来非王摩诘（王维）、老杜（杜甫）、李青莲（李白）莫属了。王维的要看《王摩诘全集》的五言律一百首，杜甫的要看他的七言律一百二十首，然后看李白的七言绝句一二百首，看完并细心揣摩了这些，才算是有了底子。

从黛玉的指点来看，她推荐的都是唐代诗歌作品，且都是名家，从诗歌形式上是看五律、七律、七绝，这几种形式也是《红楼梦》大观园众儿女平时诗歌创作的主要形式，所以黛玉引导香菱先去熟读，想学诗，就要大量阅读，并用心品味；品味诗歌除格律之外的意趣，意趣真了，那么词句不必过于修饰，而且立意深的诗句，不拘泥于格局，避免诗歌只停留在形式的浅显表层。

除此之外，黛玉还列举了其他诗人的作品让香菱看一看，如陶渊明（东晋诗人）、应玚（东汉末诗人，“建安七子”之一）、谢灵运（南朝诗人）、阮籍（三国时魏国诗人，“竹林七贤”之一）、庾信（北朝周诗人）、鲍照（南朝宋诗人）等人。

从黛玉推崇诗人的角度看，当时大观园儿女崇尚写律诗多过写绝句。王维善五言律诗，所以排在最前面；杜甫的七言律诗属翘楚，排第二；李白七言绝句写得绝佳，创作形式不同于前者，排在了第三。后面推荐的诗人如陶渊明也是以五言古诗、律诗见长，也许律诗是当时曹雪芹所处年代清朝最流行的诗歌体裁，曹雪芹把它体现到了小说里。

说完这些，黛玉很有把握地给了香菱信心，说她聪明伶俐，不出一年，变成诗翁绝对没问题。黛玉对自己的指点方法和途径充满信心，对这个刚收为学生的香菱也同样给予希望，从这一点看，香菱拜黛玉为师没有错，黛玉在作诗的学问上绝不含糊，有一说一、有二说二，倾自己所学的体会教与香菱，是个毫无保留、不会遮掩又会指点学生的好老师。

在黛玉的鼓励下，香菱心情急迫地向黛玉要诗书看，黛玉就把王维的五言律给她，书上有很多自己做的标记，黛玉让香菱先看那些红圈的，有不明白的地方回去问宝钗，或者遇见自己，就直接讲给她听。

香菱拿了书之后，废寝忘食地一首首读起诗来，读完了王维的，又到黛玉处换书看。黛玉把杜甫的书换给她之前，就问她读得可有体会。于是两人就王维一首《塞上》诗开始研究讨论起来。恰好宝玉和探春过来，宝玉就趁机把大观园儿女们创作的闺阁诗篇被外头坊间流传的趣闻说了出来，大家作一笑谈。

那么香菱在读王维诗的过程中领略到了什么呢？用香菱自己的一句话总结“诗的好处，有口里说不出来的意思，想去却是逼真的。有似乎无理的，想去竟是有理有情的”。黛玉听了，说“有了些意思”，为什么黛玉听到香菱领略到这几点，就笑着表示赞许呢？大概香菱是初学者，不能像黛玉用专业的眼光来看诗或品味诗，她的体会虽然有些词不达意，但是对诗这种文学体裁的认识是有些入门了。

香菱第一想要表达的是说诗以写意为主，口里说不出来，想去却是逼真，如果口里都能说得出来，那就是实写，是真实的描摹，但诗不是，诗是用一种写意手法来构造一种逼真的感觉，让人产生联想，从而领略到一种美的意境，这就是黛玉说的“立意”。

香菱第二层意思说的是诗句用词的新奇，“有似乎无理的，想去竟是有理有情的”，无理又有理的用词方法即是一种匠心，有理的词句是平淡而常见的，无理的词句是创新和别见，而这种词句的使用因融入了诗人对文字的熔铸能力和锻造功夫，往往使得一字不能替换，从而有些诗句成了流传千古的精辟佳句，这一点也是黛玉之前强调的“词句新奇为上”。

香菱在读了王维的诗之后悟出这两个道理，黛玉十分欣慰，先是一顿赞许，然后说“何处见得”，让她谈得再具体点，于是香菱以王维三首诗的三句为例，来说明和证实上面的体会。

香菱先举王维的《塞上》诗一句“大漠孤烟直，长河落日圆”为例，说“直”字用来形容孤烟，似是无理，“圆”字太俗，但是合上书细想，又十分逼真，像真的见了此景，且又没有别的字可以替代的了。

又说《送邢桂州》诗一句“日落江湖白，潮来天地青”，“白”和“青”似是无理，但念在嘴里，好像有几千斤重的一个橄榄似的。《辋川闲居赠裴秀才迪》一句“渡头馀落日，墟里上孤烟”，“馀”“上”两字又十分应景，想起上京来时在渡河边看到的景色，尤其是远处几家人做晚饭时房舍冒出的烟竟然是青碧连云，跟诗句里描绘的景一模一样。

当然，香菱从小被拐的经历使她丧失了读书受教育的机会，些许认得字，凭着对文学的兴趣、写诗的兴致，请黛玉教她作诗，但是在诗句的理解上还是有所欠缺的。

她所说的“口里说不出来”和“无理”，是写诗的两重高深境界，王维作为唐代著名诗人，诗艺精湛，刚才香菱所点到的诗句中几个字其实都是“有理”的，这是诗人能够抓住诗歌文字和意境的神韵，既能炼意又能炼句，精工直白，如此所形成的独特诗风。

王维的三句诗，第一句“直”“圆”两字是事物形态的修饰词，边城孤烟在一片寂静的荒漠上升起，看起来直直的，也说明了荒漠的无风干燥，烟不会飘动，这是诗人眼中看到的一道特有景致；落日之所以“圆”，是因为长河一望无际，无物遮挡，在视野中就是一轮圆日，这两句诗境界宏阔，词藻不事修饰，风格质朴，深稳雅健。

第二句“白”和“青”是色彩的表现，日落之后天边消散了绮霞，原本多彩的天空只剩下透亮，江湖波光粼粼，被日落的余晖反射出片片白光；潮水涨来，苍茫大地呈现一派青绿色与澄蓝的天空交相辉映。

第三句“馀”和“上”是事物动态的表现，“馀”字表现了渡头的夕阳余晖只剩点点的稀薄景致，“上”字又承接诗的上句，在薄暮斜阳之时，炊烟袅袅，夜色降临，一帧乡间宁静安详村居生活的惬意写照。

王维对诗字句的锤炼炉火纯青，新奇别致，难怪香菱说既无理又有理，“若说再找两个字换这两个，竟再找不出两个字来……想来，必得这两个字才形容得尽”。

正当香菱侃侃而谈之时，宝玉和探春也来了，两人入座听她讲，宝玉笑着夸她已经入门了，黛玉把陶渊明的诗“暧暧远人村，依依墟里烟”拿出来，说“上孤烟”一句诗套了前人的诗句，而且前人写得还好些。香菱看了，马上看出了“上”是从“依依”两字化用而来，这眼力见儿一下子高了许多，连探春也说明儿写个请柬，请香菱入大观园诗社。

香菱不好意思说只是学着玩儿罢了，黛玉和探春就谦虚地笑说大家都是玩的，谁还认真作诗来着，要是出了园子，这些诗会让人笑掉大牙的。宝玉这时站出来说还真不是那么回事，不能自暴自弃，宝玉与外界公子哥儿交往广，听说大观园有诗社，央求宝玉把诗稿给他们看看，结果谁不是真心叹服，还把诗稿即刻抄了去。

黛玉、探春还不相信这是真的，宝玉一口咬定没什么假的，闺阁之诗被人传抄很正常，要不以前那些闺阁诗怎么流传下来的，还不是一样写得好，闺阁诗被传抄是一种流行风尚，是时人羡慕崇拜的事。

香菱学诗的第三步是创作阶段的苦思和修改。换了杜甫七言律诗之后的香菱得了黛玉给她的创作习题，边看书边创作，茶饭不思，坐卧不定，连宝钗都说

“越发弄成个呆子了”。

香菱倒也快，刚看完王维的五言律诗，杜甫的七言律诗还没看完，就开始创作写七言律诗了，要知道七言律是诗中难度最高的一种，香菱竟然写了一首，宝钗看了，说这个不好，叫她拿给黛玉看看怎么说。

香菱的一首七言律，写月色，十四寒韵：

月挂中天夜色寒，清光皎皎影团团。
诗人助兴常思玩，野客添愁不忍观。
翡翠楼边悬玉镜，珍珠帘外挂冰盘。
良宵何用烧银烛，晴彩辉煌映画栏。

黛玉看了，说“意思却有，只是措词不雅，皆因你看的诗少”，“把这首丢开，再作一首，只管放开胆子去作”。

对于香菱的习作，黛玉用肯定的语气表达了其作品中有诗意的呈现，再者诗的基本结构，对仗、平仄等规则都符合要求，这是对香菱连日来专心致志苦学诗的一种鼓励。

这首习作首联起得平平，用白描的手法写了月光的皎洁，在寒夜中散发着清辉；颔联使用了对仗和对比，把诗人借月助兴思玩和野客睹月思愁添哀进行了对比，说明香菱学诗入门的一种进步；颈联用了对仗和比喻，把月亮比作“玉镜”和“冰盘”，喻体常见，在结构上没有体现“转”的技巧，比较俗套；尾联用了反问，说月光明亮辉煌，晴彩之光映照画栏，可以替代良宵的银烛照明。

香菱的诗从整体看，就是一个习作，刚入门级水平，黛玉教她大胆放开了作，意思是写诗的规矩懂了，接着要大胆地创作，寻找新颖的立意，措辞要雅致，不要受太多的拘束，这样才能有更快地提高。

香菱得了黛玉的指点，更加夜以继日地创作起来，平日里不是坐在池边树下，就是坐在山石上出神，要不就在地下抠土，全然不顾周围人对她投来诧异的眼光，连诗社里的李纨、探春、宝钗、宝玉听了都赶来看，远远地站在山坡上笑着看她那不疯魔不成活、痴痴呆呆的样子，众人都乐了，宝钗更是说“这个人定要疯了！”把香菱刻苦学作诗的事说与众人听，宝玉也说平时只说香菱俗，但毕竟老天生人，也是不虚赋性情的，香菱竟然也有今日这般真性情流露学诗，真是天地至公的表现。

说着见香菱又往潇湘馆走去，众人只管跟着，看看她作得如何。到了黛玉处，黛玉说这一首又作得过于穿凿了，还得另作。

来看香菱的第二首吟月之作：

非银非水映窗寒，试看晴空护玉盘。
淡淡梅花香欲染，丝丝柳带露初干。
只疑残粉涂金砌，恍若轻霜抹玉栏。
梦醒西楼人迹绝，馀容犹可隔帘看。

这首诗香菱已经跳出了对月亮的直白描写和浅近

比喻，立意与之前的大有不同了。月光如水，照映窗寒，梅花和柳枝在月色下飘散着香气，露水初干，金色的台阶在月光中似涂上一层白粉，玉栏杆仿佛抹上了轻霜，夜梦醒来，将要西沉的月亮还可以隔帘相看。

写诗的技巧用了烘托的手法，用月夜下的梅花、柳枝、台阶、栏杆来侧面烘托月色的清新朦胧，笔法出现了较之以往所不同的曲笔腾挪，不得不说香菱在诗歌创作上因为意念执着而发生了新的变化。

但这首诗黛玉评价“过于穿凿了”，就是有些不太自然、牵强附会，缺少诗歌在结构上的起承转合，尤其是月色描写的句子太多，单调地重复，过多地渲染。正像宝钗看完所评价的，“不像吟月了，月字底下添一个‘色’字倒还使得，你看句句倒是月色。”

香菱第二首诗虽然有起色，但还是得不到众人的认同，因此有些心灰意冷、垂头丧气，尽管众人依旧拿她那呆头呆脑的样子开玩笑。回到蘅芜苑，在半夜睡梦中惊醒，说得了八句，宝钗怕她得病，赶紧叫她写出来，香菱于是把睡梦中作成的八句诗写出来，在沁芳亭给众人看。

香菱的第三首吟月诗是这样写的：

精华欲掩料应难，影自娟娟魄自寒。
一片砧敲千里白，半轮鸡唱五更残。
绿蓑江上秋闻笛，红袖楼头夜倚栏。
博得嫦娥应借问，缘何不使永团圆！

这首诗月的意境开阔许多，首联用了“精华”一词，指月亮的光华璀璨，云雾很难遮挡，月亮的形状非常美好，月魂月质是寒冷彻骨的。颔联写在秋夜月色千里照耀之中，听到一片捣衣声传来，直到五更鸡唱，残月西斜。颈联写秋天的江上，披着蓑衣的野客听闻到了笛声，在高楼上倚栏的女子望月感怀。尾联用了想象和疑问的手法，问月中嫦娥一个千古之难题，为什么想要相聚的人却不能团圆，是什么样的缘分使相思之人分隔两地，感受分离的痛苦。

仿佛一轮皓月，破云而出，香菱这首诗获得了成功，它的特别之处在于开题的新颖别致，一句话刻画了月亮的光华难掩、冰清玉洁、孤高冷寂的特点，然后打开视野，时间和空间在随着月光照耀的地方转换，因望月而带来的离愁别恨不断堆积弥漫，在层层的铺垫中，最后终于发出一声感喟，嫦娥是否得知人间不团圆之事，这一问只恐怕在广寒宫的嫦娥也不一定能回答，因为她自己也饱受离别之苦。诗歌以双关的语意收尾，余韵悠长，耐人寻味。难怪众人评道：“这首不但好，而且新巧有意趣。”

香菱这首诗表面像在吟月，其实更多的是对自己身世的感慨和不平，从小与家人分别的痛苦在心中埋下了刻骨的伤痕，无论是抬头望月、低头思乡，这份苦楚深藏于心，在梦中她都要忍不住地呼喊出来，所以这首诗的诞生是在梦中，这个可怜的身份低微的女子唯有在梦中才能真正想到她的过去、现在和未来。

香菱的学诗经过了几次挫折，终于功夫不负有心人，得到了大家的好评，好评的结果是大家说香菱可以入诗社了。香菱不信，只问黛玉和宝钗等。

香菱到底有没有入社呢，从小说故事情节后来的描写中，香菱有一次是参加了诗社的活动，就是芦雪广争联即景诗活动，香菱在开始的时候联了一句，虽然后来联句紧密，根本插不进去，但那一句诗接得自然贴切，是她学诗后写诗水平一次质的飞跃。

黛玉教诗，香菱学诗，曹雪芹给我们呈现了大观园众儿女诗歌创作和品评的理念、角度，在黛玉、宝钗等文学才女深厚文学功底的带动影响之下，闺阁诗章得以发扬传唱，读者也在香菱学诗的故事情节中体会一波三折的写诗艰难和取得成功的喜悦兴奋，而大观园诗社也在一次次的人才培养和吸收中越来越壮大，吸引大家的不断加入，最后达到一个时期的鼎盛，诗社对诗歌创作的追求和旨趣越来越高，诗歌艺术也向越来越高的难度发起挑战。

太虚境幻梦歌红楼

小说在第五回“游幻境指迷十二钗，饮仙醪曲演红楼梦”中，曹雪芹以贾宝玉做梦的形式埋下了小说主要人物金陵十二钗的命运伏笔，它是全书的总纲之一，也是写得最奇幻的一回。

第三回林黛玉进贾府和第四回薛宝钗投身贾府，小说主人公贾宝玉、林黛玉、薛宝钗均已出场，金陵十二钗其余几个重要人物如王熙凤、李纨、贾迎春、贾探春、贾惜春也纷纷亮相。那么曹雪芹为什么要在接下来的第五回让贾宝玉梦游太虚幻境，把小说中的主要人物作一交待呢?

这不得不从曹雪芹写小说《红楼梦》的缘由说起。全书开卷第一页有一段话，这段话交待了写此书的本旨。本来的出发点是什么呢，说来非常离奇。

曹雪芹自云曾经历一番梦幻，之后把真事隐去，写就《石头记》一书，书中写的尽是当日所有的女子，那些女子的行为见识远远超过堂堂须眉，自己过着锦衣纨绔、饫甘餍肥的生活，违背父母教育之恩，有负师友规训之德，半生潦倒，一技无能，但不能因为自己的不肖不贤而泯灭了闺阁女子的芳华。

故小说第一回出现了甄士隐（真事隐）和贾雨村（假语存）两个人物，接着曹雪芹道出了《石头记》的来由，是一块女娲补天遗弃的顽石因自怨自艾被茫茫大士和渺渺真人携入红尘，历经繁华沧桑后把故事镌刻在石身上，立在大荒山无稽崖青埂峰下，后被访道求仙的空空道人抄写了去，改名《情僧录》《风月宝鉴》，曹雪芹得之，自己批阅十载，增删五次，题名《金陵十二钗》，又名《石头记》。

所以《红楼梦》即《石头记》，来源是个充满神话色彩的故事，主要记载的内容是半世亲见、亲闻的几个异样女子的故事，并没有大贤大忠理朝廷、治风俗的善政，虽然不强似前代书中所有人，但书中所写的事迹原委，可以用来消愁解闷，其中离合悲欢、兴衰机遇的故事，在酒消醉醒之后看玩一下，可以使人洗旧翻新，不去谋虚逐妄。

曹雪芹既然这样交待，那么本书要讲的就是金陵十二钗的故事，然而浮世若梦，几个女子有什么好写呢，在小说描写贾府来了林黛玉和薛宝钗、贾府众多人物悉数登场之后，曹雪芹又站在另一个角度道出这温柔富贵乡背后所隐含的虚幻空蒙，现实与梦幻的差异，让人们清醒红尘逐嬉最后都是荒唐梦一场，曾经的盛筵华席难免曲终人散。

《红楼梦》述说的是一个悲剧故事，刻画了一群哀艳的女子，反映了一个即将没落的朝代，更是一部带有梦幻色彩的小说。

所以要从梦说起，而贾宝玉神游太虚幻境是梦的开始，也是梦的结束。在这个梦境中，宝玉看到了金陵十二钗的图册和判词，听到了十二支《红楼梦》曲子，小说人物的前身、今生、后世都交待得明明白白、清清楚楚，只不过宝玉作为一个凡人看得迷迷糊糊、听得恍恍惚惚，因为图册判词和歌曲并没有指明是谁，宝玉不懂天机，听得没什么趣味。

宝玉的神游幻境是小说交待金陵十二钗人物的总纲，也是小说以四大家族为背景，封建贵族家庭分崩离析，封建社会终要走向没落衰亡的主题反映，曹雪芹在这一回中大量运用了诗歌和曲子的形式，把小说主题的隐喻和人物命运的暗示以艺术的形式表达出来，符合梦境中的迷蒙空灵，暗藏天机的幽微深远，令人回味隽永。

贾宝玉的梦是如何而来？他为什么梦见金陵十二钗的图册、判词和听到演绎她们身世的曲子？从小说塑造的贾府公子“宝二爷”贾宝玉的人物来说，他和贾府里的女子，也就是金陵十二钗关系密切，是小说故事情节的主要推动者。当贾府这座大厦经由巅峰之最到忽喇喇倒下的时候，贾府的人死的死、散的散，贾宝玉才如梦初醒，恍然了悟，遂脱离红尘，皈依佛门。

这生生死死梦一场的结局，在小说开头又何尝没有伏笔的交待，遗憾的是宝玉年少懵懂，就是在太虚幻境警幻仙姑再三的提点下，他还是冥顽无知，参悟不透，不懂玄机。

在曹雪芹的笔下，太虚幻境是一处仙界所在，在离恨天之上、灌愁海之中，掌管此处的是居放春山遣香洞的一位叫警幻仙姑的仙子。这位仙子专管人间的风月情债、尘世的男女痴怨，因近来风流冤孽多缠绵，所以出来访察机会，布散相思，与宝玉相遇。

警幻仙姑与宝玉在太虚幻境的相遇除了宝玉在贾府中与黛玉、宝钗相会，传说中“木石前盟”和“金玉良缘”给他们三个带来感情的痴缠之外，还有一个主要原因是警幻仙姑受宁荣二公魂灵的嘱托，要她引宝玉领略人间男女之情事，希望他看破情欲声色，读书入仕走正道，光宗耀祖，救贾府于将败之危。

贾府功名百世，富贵百年，可是到了宝玉这一代，运数将尽，只有一个嫡孙宝玉虽然性情怪谲，行为乖张，但聪明灵慧，前途似有，所以当警幻仙姑从宁府经过时，宁荣二公之灵对她千叮咛、万嘱咐，一定叫她帮宝玉遍历饮馔声色之幻，让他跳出情色圈子，如果将来有所领悟，也是于家有望的好事。

警幻仙姑受其所请，乘宝玉熟睡之时把他的魂魄勾引至太虚幻境，让他熟玩家中上中下三等女子的终身册籍，又让他听遍《红楼梦》十二曲，对他进行教导指引。

而宝玉做梦的地方是在宁府的秦氏卧房，那秦氏秦可卿是贾府重孙贾蓉的媳妇，宝玉是贾蓉的叔叔，一日在宁府赏玩梅花之后不觉困倦，由秦氏带入房内歇息。

秦可卿是金陵十二钗之一，生得袅娜纤巧，行事温柔平和，是个极得贾母信任之人，所以引宝玉前去歇息，贾母甚觉放心。宝玉一行先是来到上房，见房内挂一幅《燃藜图》，又有一副对联“世事洞明皆学问，人情练达即文章”，宝玉忙说：“快出去，快出去！”

《燃藜图》所画的人物是汉代刘向和一个神人。讲的故事是刘向在夜里独坐诵书，来了一个神人，手持青藜杖，吹杖头出火照着，教给他许多古书。对联的意思是把世间之事洞彻透底就是学问，练就一套老练通达的人情世故也就是文章。宝玉是至情至性之人，向来讨厌世故圆滑，所以一看到房间布置成这样，赶紧嚷着出去。

秦可卿于是把宝玉带至自己卧房，房内装饰香艳浓丽，宝玉只觉眼饧骨软，倒头便睡，跟着秦氏恍惚来到一处朱栏玉砌、绿树清溪的地方。这地方不是别处，正是宝玉梦到的太虚幻境。

在太虚幻境，宝玉听到歌声缥缈，眼前出现一位绰约仙子，曹雪芹用了赋的形式极力渲染了这位仙姑的貌美态怡：

> 方离柳坞，乍出花房。但行处，鸟惊庭树；将到时，影度回廊。仙袂乍飘兮，闻麝兰之馥郁；荷衣欲动兮，听环佩之铿锵。靥笑春桃兮，云堆翠髻；唇绽樱颗兮，榴齿含香。纤腰之楚楚兮，回风舞雪；珠翠之辉辉兮，满额鹅黄。出没花间兮，宜嗔宜喜；徘徊池上兮，若飞若扬。娥眉颦笑兮，将言而未语；莲步乍移兮，待止而欲行。羡彼之良质兮，冰清玉润；慕彼之华服兮，闪灼文章。爱彼之容貌兮，香培玉琢；美彼之态度兮，凤翥龙翔。其素若何，春梅绽雪。其洁若何，

秋菊被霜。其静若何，松生空谷。其艳若何，霞映澄塘。其文若何，龙游曲沼。其神若何，月射寒江。应惭西子，实愧王嫱。奇矣哉，生于孰地，来自何方；信矣乎，瑶池不二，紫府无双。果何人哉？如斯之美也！

曹雪芹此辞赋堪比三国时期曹植写的《洛神赋》，《洛神赋》描写了洛神精妙无双的女性之美，吸收了两汉以来抒情小赋的传统，兼具楚辞的浪漫主义精神，是充满想象的、词藻绵丽、落笔传神的文学作品。

两者相同之处都是通过梦幻的境界，对初见神女时的情状做了精彩纷呈的形容，曹植《洛神赋》中精彩的段落：

其形也，翩若惊鸿，婉若游龙，荣曜秋菊，华茂春松。仿佛兮若轻云之蔽月，飘飖兮若流风之回雪。远而望之，皎若太阳升朝霞；迫而察之，灼若芙蕖出渌波。秾纤得衷，修短合度，肩若削成，腰如约素。延颈秀项，皓质呈露，芳泽无加，铅华弗御。云髻峨峨，修眉联娟，丹唇外朗，皓齿内鲜。明眸善睐，靥辅承权，瑰姿艳逸，仪静体闲。柔情绰态，媚于语言。奇服旷世，骨象应图。披罗衣之璀粲兮，珥瑶碧之华琚。戴金翠之首饰，缀明珠以耀躯。践远游之文履，曳雾绡之轻裾，微幽兰之芳蔼兮，步踟蹰于山隅。于是忽焉纵体，以遨以嬉。左倚采旄，右荫桂旗。攘皓腕于神浒兮，采湍濑之玄芝。

对女性美的形容应该说文学作品中有很多，但是描写得精致细腻，想象瑰丽，不外乎这篇《洛神赋》。这篇文章是曹植离开京城，到达洛滨时，在一片静谧的气氛中，神思恍惚，极目远眺波光潋滟的洛水，想象山边水畔落日前洛河之神（传说中伏羲氏的女儿，因溺死于洛水而为水神）靓妆刻饰，便环绰约的姿逸。

曹植对洛神的描写细到一丝一发、一唇一齿、一颦一笑，用“秋菊”“春松”“若惊鸿”“若游龙”“若轻云之蔽月”“若流风之回雪”“若太阳升朝霞”“若芙蕖出渌波”等一连串生动的比喻形容其风姿神韵、轻盈飘逸和明艳清朗，从身姿体态、肩腰颈髻、眉唇齿眼等角度描摹其容貌绝丽、皓质天生，再从华服首饰、举止动态勾勒烘托其流光溢彩、生动活泼的飞扬神采，使洛河女神的形象仿佛一幅丹青图画展现在眼前，形神兼备，呼之欲出。

再往久远的时间追溯，《诗经》对卫庄公夫人庄姜的赞美亦如是，“手如柔荑，肤如凝脂，领如蝤蛴，齿如瓠犀，螓首蛾眉，巧笑倩兮，美目盼兮”（《卫风·硕人》），也使人联想起宋玉对东邻女的称道，“增之一分则太长，减之一分则太短，著粉则太白，施朱则太赤”（《登徒子好色赋》）。

曹雪芹显然受了前人的影响，对警幻仙姑的人物刻画有过之而无不及。汉代辞赋的特点是词藻华丽而不浮躁，讲究排偶、对仗、音律，语言整饬凝练、生动优美，故看这篇《警幻仙姑赋》足可与《洛神赋》媲美高低。

曹雪芹从仙姑出现至眼前的仙袂飘飘、芳香四溢，佩环作响入笔，描写到她的笑靨云髻、唇齿纤腰，再从她的嗔喜容貌、华服态度、气质仪态加以书写，更从仙子的素艳洁静、文雅神采进行修饰，最后使古代美女西施、王嫱与之对比都黯然失色，衬托出警幻这位掌管人间风月情债的仙子容貌惊艳、风流美色的魅力。

宝玉随警幻仙姑所到的地方叫太虚幻境，看到一副对联：“假作真时真亦假，无为有处有还无。”太虚，本谓空寂玄奥境地，亦指天或宇宙，幻境即虚幻之地。这副对联讲的是把假的当作真的，真的也就成了假的，把没有的当作有的，有的也就成为没有的了。

宝玉这里所看到的太虚幻境在小说中是第二次出现，第一次是在第一回“甄士隐梦幻识通灵”，姑苏城乡宦甄士隐在炎炎夏日伏几盹睡，梦见一僧一道携“通灵宝玉”下凡，他上前搭话，想见此玉，但不及细看，就被夺去，说是已到幻境。见到的是一座大石牌坊，上有“太虚幻境”四个字，两边也是这副对联。

曹雪芹为什么在小说开始两次写到太虚幻境，一次是甄士隐梦到，一次是贾宝玉梦到，从那副对联的“真、假、有、无”来看，“真”谐音“甄”，“假”谐音“贾”，甄士隐和贾宝玉是一对真假的代表，甄士隐的遭遇和归宿是贾宝玉一生道路的缩影。

作者通过这对人物在一开始的出场和同时梦到

太虚幻境，告诉读者小说其实是将真事隐去，说的都是“假语”“荒唐言”，如果曹雪芹这样写是为了避免文字之祸的原因之外，更多的是故意以甄乱贾，以假作真，让读者自己通过作品去辨清“真”与“假”、“有”和“无”。

文学作品本身是虚构的，它的真假有无当然也是现实生活的反映，所以读者在看的时候不要主观臆断、穿凿附会、无中生有，甚至对号入座，或者歪曲曹雪芹的本意，说作品不符合现实而对曹雪芹不满，其实小说就是曹雪芹虚拟了一个世界，反映了现实生活中的种种迹象，似真还假、似假还真罢了。

在太虚幻境，还有一座宫门，上书四个大字：“孽海情天”，也有一副对联：“厚地高天，堪叹古今情不尽；痴男怨女，可怜风月债难偿。”宫门四字其中“孽”是指“情孽”，“孽”本意罪恶，佛教又把情欲说成罪恶苦难的根源，用“海”“天”作比，说明人们沉沦于男女情事就仿佛在罪恶无边的苦海中挣扎，永远脱离不了沉重的枷锁。

对联的含义是说天地间最值得感叹的是古往今来、绵绵不绝的情感之事，而痴男怨女的爱情如风花雪月般美丽而容易消散，到最后不免是要付出痛苦的代价。

这副对联曹雪芹在上联把人的情感放置于广阔的天地之间去考虑，“厚地高天”一词，出自《诗经·小雅·正月》：“谓天盖高，不敢不局（“局”通“焗”，拘束、戒慎的意思）；谓地盖厚，不敢不蹐（蹐，小步行走、畏缩）。”后来用以说天地虽然宽广，人却受禁锢不能自在。

上联的含义其实可以有多重理解，一是人的情感如天地般高深久远、绵延不绝。二是天地虽阔，但情感却常常不能自在潇洒，尤其是生死爱恋这种相互束缚的感情往往还断绝不尽，令人唏嘘。三是让人联想到唐代李贺的诗句“衰兰送客咸阳道，天若有情天亦老”，天如果和人一样有感情，也会因遭遇生离死别而悲伤苍老。但天地是无情的，人却是有情的，人之所以与世间万物不同就是具有七情六欲，而以此引起无法避免的哀伤的情事，问天不语、问地不应，到头来还是人自己自哀自怜、自怨自叹。

对联的下联“风月”一词本义是美好的景色，在此是喻男女情事。用“债”字表明情感有时欠有时还，“可怜”“难偿”，是用一种怜悯和同情之心看由男女情事引起的痴怨缠绵，爱恨情仇在孽海中浮浮沉沉，永不止息。

可惜宝玉不知什么是“古今之情”“风月之债”，但又十分好奇，便想要领略一二。进了宫门的第二重门，看到“痴情司”“结怨司”“朝啼司”“夜怨司”“春感司”“秋悲司”，宝玉更想把各司游玩个遍，于是请求警幻仙姑带他各处走走。

警幻仙姑告诉他这是普天下所有女子过去与将来的簿册，大抵凡尘之眼是看不懂也看不完的。宝玉再三恳求，警幻便带他在“薄命司”随喜（佛教术语，游览参观寺院之意）。“薄命司”有对联一副写着：

“春恨秋悲皆自惹，花容月貌为谁妍”。

“薄命司”意味女子命薄，在封建宗法制度之下，女子的命运不由自己主宰，往往早亡是相当普遍的。“春恨秋悲”与之前的“闲愁”“古今情”“风月债”相似，容易感时伤悲的女子看到春花零落，秋叶衰凋便触景生情，引起身世遭遇的悲愁，这一切岂不是自己太过于敏感而招引的一种愁怨，花容月貌虽然惊艳了岁月，但流年短暂，又能为谁展示出这份美丽和姣妍呢?

太虚幻境的两副对联分明在昭示凡人不要妄动情感，不要过于被情感所左右，陷入感情的沼泽是要付出苦痛的代价的，有时甚至要赔上青春的生命。又仿佛上天看透了人世间分分合合的情事，以警示之语规诫于人，但是凡夫俗子谁又能参透和避免得了呢。

就像宝玉，看了虽有感叹，但还是不甘心地要看看自己家乡女子的簿册。于是警幻带他看了大橱封条上写着的“金陵十二钗正册”“金陵十二钗副册”“金陵十二钗又副册”。

宝玉不懂的是仙界如何把自己家乡的女子归结为十二个，正册、副册和又副册是怎么归类的。警幻告诉他“十二钗正册”是选择了一省中重要的女子记录的，副册里的人物是次要的，又副册的人物是再次要一点的，其他的庸常之辈是没有册籍记载的。

宝玉这才明白太虚幻境所录的女子不是一般平庸之辈，都是有着花容月貌且有着曲折悲叹的情感故事让人感慨万分的，才能在大橱里被装封，而且外面还贴上封条保密，不与外人所道。

但宝玉此时不是外人，既然被警幻仙姑所带，自然可以先得天机，所以他随意拉开橱门，翻看簿册，只见每页上一幅画和一首诗。最先翻看的是又副册的一本，看了两幅画两首诗不懂是什么意思，于是再看副册的，看了一幅画一首诗还是不解。又取正册来看，看了十二幅画，画上各有一首诗。虽说是诗歌的形式，但从册籍的性质上说，是断语一个人的过去与将来，又可称为判词。

宝玉看完，凭着他的天分和聪慧，应该能逐渐领悟其中的含意。正准备细看时，警幻仙姑恐泄漏天机，掩了卷册，忙带宝玉离开此司到别处游玩。

警幻领宝玉所到之处是雕檐画栋，珠帘绣幕，仙草芳香，更有舞衣翩跹的仙子出来迎接。在此仙地，宝玉闻得一股由诸名山胜景初生异卉之精合各种宝林珠树之油所制的唤做“群芳髓”的奇香，饮了一杯在放春山遣香洞仙花灵叶上所带宿露烹煮的清茶曰“千红一窟”（谐音“千红一哭”），更尝得以百花之蕊、万木之汁加以麟髓凤乳酿成的美酒叫“万艳同杯”（谐音“万艳同悲”）。

闻香品茗，必佐美酒助兴，以歌舞取乐，席间有十二舞女前来问演奏何曲。警幻吩咐演奏新制的《红楼梦》十二支曲子，这十二支曲子不比尘世中一般戏曲填词的曲子，没有生旦净末丑的角色，也没有南北九宫之调，只不过是感怀一事，咏叹一人而成，不洞悉内情的人不知其中的奥妙。警幻担心宝玉听不懂曲，先教他看十二支填词的曲稿，宝玉于是便边看边听。待演奏完还又副歌时，宝玉已经听得无甚趣味。

第五回十二首判词和十二支曲子是全书主要人物的悲剧总纲，金陵十二钗十二个女子钟灵毓秀，因所处封建没落的社会和即将分崩离析的贵族家庭，演绎的是一出命途多舛、情感无依的悲戚故事。这些人物故事的结局，又因为曹雪芹《红楼梦》后四十回原稿的佚失而变得更加扑朔迷离。

《红楼梦》的书名是程伟元和高鹗整理出版而得，另一种说法是无名氏续而命名。“红楼”是指闺门绣户女子住的地方，而“梦”是石头（宝玉）在人世间的传奇一梦，借石头堕落之乡金陵十二钗闺阁闲情，喻红尘繁华之处难预料世事如梦之意。

《红楼梦》的原书名本为《石头记》，是传说中大荒山无稽崖青埂峰一块大石因无才补天，幻形入世，被茫茫大士、渺渺真人携入红尘，引登彼岸之后将家庭琐事、闺阁闲情镌写在石上，被空空道人检阅后抄去，后因曹雪芹于悼红轩中批阅十载，增删五次，纂成目录，分出章回，又题曰《金陵十二钗》。

曹雪芹在第五回用了诗词歌赋的形式点明金陵十二钗是本书的主线，第五回是小说的重点章回，不管是续书者、研究者还是读者，都想从第五回的诗词歌赋中寻找曹雪芹最初设计人物和情节的蛛丝马迹，但诗歌意简言赅，提纲挈领，也许，这更给后世人留下了猜测、回想的空间及寻梦的踪迹。

金陵十二钗按图册、判词和曲子的顺序，人物应该是薛宝钗、林黛玉、贾元春、贾探春、史湘云、妙玉、贾迎春、贾惜春、王熙凤、巧姐儿、李纨、秦可卿。

薛宝钗和林黛玉的图册、判词和曲子：

图册

画着两株枯木，木上悬着一围玉带；又有一堆雪，雪下一股金簪。

判词

可叹停机德，堪怜咏絮才。
玉带林中挂，金簪雪里埋。

［终身误］曲

都道是金玉良姻，俺只念木石前盟。空对着，山中高士晶莹雪；终不忘，世外仙姝寂寞林。叹人间，美中不足今方信。纵然是齐眉举案，到底意难平。

［枉凝眉］曲

一个是阆苑仙葩，一个是美玉无瑕。若说没奇缘，今生偏又遇着他；若说有奇缘，如何心事终虚化？一个枉自嗟呀，一个空劳牵挂。一个是水中月，一个是镜中花。想眼中能有多少泪珠儿，怎经得秋流到冬尽，春流到夏！

《金陵十二钗正册》判词头一页的图册和诗是同时写薛宝钗和林黛玉的，这两个人物是小说的主人公，是和宝玉有着爱情和婚姻关系的两位女主角，且两人同为冰雪聪明、博学多识，但出身不同、性格迥异，结局一个为爱情病亡，一个在婚姻里离散。

宝玉和林黛玉有“木石前盟”之说，是石头投身人世之前就有的一段施恩报恩之缘；和薛宝钗又有“金玉良缘”之情，是石头投身贾府后遇到的一段佳好姻缘。两人在小说中地位之重要不言而喻，脂砚斋曾有过“钗黛合一”的说法，林黛玉和薛宝钗是贾宝玉心目中理想对象的合体，是他与封建社会格格不入的离经叛道思想和封建社会所倡导的正统孝顺、循规入仕思想的对立统一，所以小说处处突显钗黛两人之间的差异和矛盾，虽然有过沟通切近，但最终各奔各自的命途，宝玉对待黛玉和宝钗的态度截然不同，这也是曹雪芹把贾宝玉作为一个矛盾思想的调和者进行塑造，最后黛玉身亡，宝玉出家，宝钗凄凉空守，这个以悲剧收尾的爱情故事也显示了当时社会矛盾不可调和、走向没落崩溃的必然结局。

图画的两株枯木是“林”的含义，木上悬一玉带是“黛玉”的谐音；雪里一股金簪是“薛宝钗”的谐音含义。诗用了五言绝句，第一、二句分别赞咏了薛宝钗的“德”和林黛玉的“才”，三、四句暗指钗黛。

宝钗的“德”被曹雪芹称为“停机德”，有个典故出处。《后汉书·列女传·乐羊子妻》说，乐羊子远出寻师求学，因为想家，过了一年就回家了，他妻子就拿刀割断了织布机的绢，以此来比喻学业中断，用来规劝他继续求学，求取功名，不要半途而废。

薛宝钗对贾宝玉的规劝始终是让他走读书应举、出仕为官、立身扬名的道路，在宝玉看来那都是“混账话”，但是宝钗还是一个劲地劝导，被宝玉讽为“沽名钓誉”，入了“国贼禄鬼”之流。所以判词用了“可叹”一词，说明宝钗虽然苦口婆心，自身品德合乎封建社会贤妻良母的标准，但是遭到宝玉的无情讥讽和痛骂，规劝是徒劳无益的。

林黛玉的才被称为“咏絮才”，典故出自东晋才女谢道韫一句“未若柳絮因风起”喻飞雪的诗句，指黛玉聪明灵慧、才华横溢。黛玉在小说中以才女著称，她的诗总是在众人中独树一帜，“堪怜”二字表达对林黛玉才高命薄的惋惜之情。

［终身误］是曲牌名，曲牌即曲之调名，古代词曲创作原是“选词配乐”，后来逐渐将其中动听的曲调筛选保留，依照原词及曲调的格律填制新词，这些被保留的曲调仍多沿用原曲名称，如［折杨柳］［后庭花］［虞美人］等。

《红楼梦》中金陵十二钗十二支曲子的曲牌是曹雪芹创作的，他以曲的形式写金陵十二钗女子的命运并让太虚幻境的舞女们“轻敲檀板，款按银筝”以歌唱来，是一种文学表现的独创形式。据记载，曹雪芹的祖父曹寅擅长北曲（杂剧），有撰著多种，家学渊源，所以曹雪芹也不愧为作曲高手，仿元杂剧的曲牌形式，韵依《中原音韵》，语言俚俗活泼，较之诗词多了一种圆溜潇洒的节奏声情。

［终身误］曲是借贾宝玉的口吻说与薛宝钗和林黛玉的婚姻爱情悲剧。“终身误”是误了终身的意思，暗示薛宝钗把希望寄托在贾宝玉身上，而贾宝玉婚后对死去的林黛玉念念不忘，宝钗守着无望的婚姻孤独寂寞了一生。

曲子写到了“金玉良缘”和“木石前盟”、“山中高士”和“世外仙姝”，作者其实是借薛宝钗和林黛玉的故事，暗指婚姻和爱情同时不可兼得的“美中不足”，这个不足在当时来讲是为了满足封建秩序、封建礼教和封建家族的利益，婚姻关系稳固于建立在共同理想、志趣基础上的自由爱情，无爱的婚姻扼杀了美好的爱情，对于在婚姻和爱情城堡里的人来讲又何尝不都是感情的伤害和终身的贻误，也是曹雪芹对封建社会制度和现实不满发出的一种愤慨之音。

“金玉良缘”代指婚姻，“木石前盟”代指爱情，在《红楼梦》小说中，曹雪芹依据自己的想象创作，用虚幻的神话传说和故事对之进行了演绎和描绘，令人神思遐想。

“木石前盟”的神话传说早在小说第一回曹雪芹就有详细的叙述。先说石的来历，传说女娲氏在补天之时，在大荒山无稽崖炼成高十二丈、见方二十四丈大的顽石三万六千五百零一块。女娲当时只用了三万六千五百块，单单剩下一块未用，弃在青埂峰下。谁知那块石头经煅炼之后，通了灵性，自来自去，可大可小，因觉所有的石头都去补天，自己无材入选，便自怨自艾，日夜悲哀。

一日，石头来至太虚幻境警幻仙姑处，警幻知道这块石头有些来历，就留他在赤霞宫中，命他为赤霞宫神瑛侍者。神瑛侍者经常在西方灵河岸上行走，看见灵河岸上三生石畔，有一棵绛珠仙草，十分娇娜可爱，于是日日以甘露灌溉，使这棵仙草得以久延岁月。绛珠仙草既受日月精华，又得甘露滋养，逐渐脱了草木之胎，幻化人形，修成女体，终日游于“离恨天”外，饿了吃“秘情果”，渴了喝“灌愁水”，因为还未报答神瑛侍者灌溉之恩，体内就郁结着一段缠绵不尽之意，常说：“他是甘露之惠，我并无此水可还。他既下世为人，我也去下世为人，但把我一生所有的眼泪还他，也偿还得过他了。”

“木石前盟”有了这段渊源，后来石头正在青埂峰下哀叹悲伤的一日，见到了一僧一道，这一僧一道便是茫茫大士、渺渺真人。那僧人知道石头的来历，见他鲜莹明洁，又可以缩成扇坠一般可爱，于是托于掌上，说要再镌刻上几个字，带他去昌明隆盛之邦、诗礼簪缨之族、花柳繁华地、温柔富贵乡走一遭。石头于是大喜，待想再仔细问时，僧人便把它放置袖内，与道人飘然而去。

依旧在小说第一回，说是姑苏乡宦甄士隐在家中书房闲坐，不觉入梦来至仙界一地，见一僧一道且行且谈一事。道人问僧人携一物意欲何往，僧人便说起了这段“木石前盟”的风流公案今要了结，不过跟风流公案有关的一干风流冤家还未投胎入世，所以正准备携此物夹带于中一起去造劫历世。

僧道两人要去的地方正是太虚幻境警幻仙姑处，因警幻仙姑掌管人世间风情月债，所以僧人在带石头下世之前，要在警幻仙姑处给他挂个号，连同绛珠仙草，还有因石头下世勾出的情鬼们都要在警幻仙姑处交割清楚，然后下凡造历幻缘。

曹雪芹在小说第一回描画了一个叫太虚幻境的仙界，主人公贾宝玉、林黛玉是神话故事中的神瑛侍者和绛珠仙草，那么其他小说中的人物也是因绛珠仙草"还泪说"的风流公案而引出的"冤家"和"情鬼"，且这些人物在死去之后还要还魂仙界，了结此生情缘。

所以《红楼梦》也是一部情史，由石头的被弃抑郁之情、移情仙草灌溉养育之情，到绛珠仙草接受甘露浇灌、缠绵报恩之情起源，及引出后来红尘的一桩桩纷扰情事、情缘，都离不开一个"情"字。《红楼梦》首曲［红楼梦引子］第一句便为"开辟鸿蒙，谁为情种？"可见曹雪芹把"情"作为小说的主纲，用"石"（贾宝玉）和"红"（金陵十二钗）的故事反映出一部人间悲剧，打破古代传统小说结局"才子佳人"美满团圆的固有模式，开创神人合一的神话故事境界，让读者在真假有无、既虚幻又真实的小说环境中徜徉流连，作品结构宏大瑰伟，想象奇崛，不愧为古典小说的巅峰之作。

"木石前盟"既是前世的情分，"金玉良缘"便是今生的佳偶，曹雪芹在第一回对石头的来历作了一番描绘之后，又说这石头灵性已通，幻化为一块美玉，称为“通灵宝玉”，甄士隐从僧人手中接过看时，但见一块鲜明美玉，上面字迹分明，镌刻着“通灵宝玉”四字，后面还有几行小字。正欲细看，美玉被僧人夺去，不觉已到太虚幻境，忽听一声霹雳，甄士隐恍然梦醒。

这块“通灵宝玉”被僧道下凡带到人世投胎于贾府，成为贾府里的宝二爷贾宝玉，小说第三回林黛玉进贾府回忆母亲生前说过的一句话“二舅母生的有个表兄，乃衔玉而诞，顽劣异常，极恶读书，最喜在内帏厮混；外祖母又极溺爱，无人敢管”，便是与前文遥相呼应。

美玉一般是富贵人家才拥有的珍贵饰品，贾宝玉自然也成了贾府里头最受宠的宝贝，在封建贵族大家族看来，在对宝二爷婚姻问题的选择上也要选一个门当户对，同是大富大贵出身的小姐来般配姻缘。

小说进贾府最早的一位远客便是林黛玉，黛玉因年幼丧母、体弱多病，又是贾母的外孙女，所以被贾母疼爱，要接进府去照顾，减轻其父林如海的生活压力，第三回林黛玉便在老师贾雨村的携带之下，进京投奔贾府。

黛玉进了贾府，见了宝玉，两人都觉面善，似曾相识，宝玉看罢，更是忍不住说了句“这个妹妹我曾见过的”，宝玉一句不加遮掩的话，说出了两位前世有缘的神瑛侍者和绛珠仙草投胎到人世后第一次相见时的默契和一见如故。

于是宝玉急着问黛玉“可也有玉没有？”宝玉

问玉是想找一块一样美的玉来跟他相配，尤其是这位“神仙似的妹妹”，有和没有十分重要。可惜黛玉身上没有玉，宝玉登时发作起狂病来，摘下那玉狠命摔去。宝玉摔玉其实并不是因为黛玉没有跟他一样有稀罕之物而生气，而是他在寻找自己的另一半，当他觉得最喜欢的妹妹身上没有玉，这份绝望之情便抑制不住地爆发出来，于是他也不要这稀罕物，把所谓的“命根子”狠心地摔掉。

黛玉见宝玉摔玉，引得贾母和众人惊慌失措，内心也十分不安。可知黛玉本是一棵绛珠仙草的化身，她除了一生的眼泪和痴情要还报给宝玉，哪还有别的什么稀罕之物。

黛玉身上没有玉，那么宝玉的那块玉要什么来相配，曹雪芹在故事情节上非常神奇地安排了京城四大家族之一的薛家——薛姨妈和薛宝钗的进京，薛家进京投奔贾府，一是因为薛宝钗是为皇宫为公主、郡主入学陪侍才人、赞善之职待选而来，宝钗符合条件暂居贾府；二是因为薛姨妈和宝玉的母亲王夫人是姐妹关系，长久不联络，进京看望相互聊慰思亲之苦，这也是人之常情。

小说第四回即出场了薛宝钗，作为贾府的第二位远道而来的客人，薛宝钗身上可有与玉相配的东西没有？宝钗和宝玉的见面小说几乎没有任何着墨，只一笔带过，“喜的王夫人忙带了女媳人等，接出大厅，将薛姨妈等接了进去。姊妹们暮年相会，自不必说悲喜交集，泣笑叙阔一番。忙又引了拜见贾母，将人情土物各种酬献了。合家俱厮见过，忙又治席接风。”“从此后薛家母子就在梨香院住了。”

薛宝钗的到来给宝玉和黛玉的关系造成影响没有？小说在第五回开头写了几句，宝玉、黛玉在贾母的宠爱之下亲密有爱，言和意顺，忽来了宝钗，容貌美丽，品格端方，行为豁达，比黛玉的孤高自许要深得人心，黛玉内心不忿，宝钗浑然不觉。

黛玉和宝钗性格上的差异，是给贾府里人的表面印象，两人真正的差别是宝钗身上有宝物，此件宝物虽没有宝玉身上的玉那么神奇，也是有一段来历和故事让薛姨妈和宝钗深信不疑，贾府人等知道后变成可靠的传闻，让黛玉听了心里更不是滋味，日久便埋下难解的心事，造成终日以泪洗面的郁结心病，“还泪说”也就因此成立而由此铺展开来。

宝钗身上的宝物是金项圈，情节出现在小说第八回，本来是一件日常佩戴的首饰，但是因为刻了字，和宝玉身上玉的刻字刚好凑成一对，所以成了“金玉良缘”的暗示和伏线。

金玉的相遇是随意的，也是曹雪芹有心的安排。一日宝钗病根儿犯了，宝玉难得来梨香院看望她，宝玉和宝钗在梨香院的相见是金玉奇缘的初逢，两人相互打量得非常仔细，在宝玉眼里，宝钗打扮朴素，不见奢华；在宝钗眼里，宝玉锦衣华服，珠光宝气。宝钗因平时听多了宝玉身上的玉，就产生兴趣要来细看。

只见这块玉“大如雀卵，灿若明霞，莹润如酥，五色花纹缠护”，看上去确实是一块稀世珍品，难怪被视为宝玉的“命根子”，但是曹雪芹在描写完这段之后，马上有一首诗来嘲讽，诗云：

女娲炼石已荒唐，又向荒唐演大荒。
失去幽灵真境界，幻来亲就臭皮囊。
好知运败金无彩，堪叹时乖玉不光。
白骨如山忘姓氏，无非公子与红妆。

曹雪芹借后人的诗来嘲讽这块在宝钗眼中晶莹润泽的美玉不过顽石一块，说是女娲补天遗弃的传说本来荒唐不堪，如今幻化成人形还要在荒唐的人世演绎荒唐的故事，美玉离开了太虚幻境清幽灵秀的境地，从美玉变成人间浑浑噩噩只具一副臭皮囊的公子哥儿贾宝玉，应当知道运气再好也有落败的一天，再珍贵的金玉都要因此黯淡无光，时光易改，生命有时，当所有一切都逝去的时候，有谁还记得谁的名字，无非遗留下红男绿女的红尘琐事如梦一场。

正当薛宝钗准备欣赏美玉，而美玉此时散发着最美丽的光泽准备被人欣赏时，曹雪芹插入了一段讽刺诗的描写，仿佛在告诫人们幻想有时是荒唐的，尤其是思想离开了一定的境界，在俗世中滚打摸爬岂有不背运的时候，越是被利欲打动凡心，越是会尝尽悲苦，还清孽债。

“金无彩”“玉不光”安排在宝玉和宝钗“二宝”两人奇缘相逢的一刻，不得不说眼前的喜悦光芒背后将暗藏着两人将来的不幸和可悲，乐境哀意，显示了小说笔法的起伏跌宕。

而后，宝钗便看到了美玉正面的八个字“莫失莫忘，仙寿恒昌”，宝钗念了两遍，转身笑着叫伏在一旁看的丫鬟莺儿赶快去倒茶，莺儿此时掩藏不住喜悦之情，说出了这八个字和宝钗身上的金项圈是一对儿。

宝玉一听，便缠着要看，宝钗拗不过，只好从衣领里面大红袄儿上挂着的那珠宝晶莹黄金灿烂的璎珞摘出来，宝玉托着锁看时，果然两面八个字“不离不弃，芳龄永继”。宝玉念了两遍，也咂摸出了和自己的八个字好像是一对儿，莺儿这时插嘴说是个癞头和尚送的，而且说这八个字必须錾在金器上。

当然，在这个过程中，作为大家闺秀的薛宝钗看宝玉的美玉，即使是悟到了什么也不会说出来，最多也是笑笑而已，而身边的丫鬟就不同了，曹雪芹用丫鬟的几句打趣的话道出了一种天机，金玉相逢，凑成奇缘一双，在茫茫人海之中岂不是惊鸿一瞥，双方在心里都霎时间打上了对方的烙印，即便两人没有为此深究下去，宝玉也因此岔开话题问起宝钗身上的香味从何而来，就是这样浅说辄止，读者对于宝玉和宝钗的这段金玉奇缘已经是品味不尽了。

在金玉相逢之后片刻，紧接着，黛玉就进来了，一句“嗳哟，我来的不巧了！”把小说的这段情缘也是孽缘的场面描画殆尽。黛玉不仅不住口，还说个不停“早知他来，我就不来了”，“要来一群都来，要不来一个也不来；今儿他来了，明儿我再来，如此间错开了来着，岂不天天有人来了？也不至于太冷落，也不至于太热闹了”，黛玉的这张利嘴毫不饶人，这无意间的三人巧遇只是偶然，但是被她说成“太热闹”了，要刻意错开才行。

本来人多热闹是件好事，但是“二宝”“二玉”三人在一起，这其中的尴尬也许只有当事人心里明白，但是如果把它当做刻意的错开，那又有什么随意的相处乐趣而言呢？

曹雪芹在前八回把“木石前盟”和“金玉奇缘”的情节进行了精心的布局，由此看出，石头下凡人世要经历奇幻异遇，这两段情缘是避之不开的。宝钗品行端方，闺秀超逸，是“山中高士晶莹雪”；黛玉孤寂哀怨，远离尘嚣，是“世外仙姝寂寞林”，但宝玉要满足封建家庭金玉良缘终成佳话的需要，必然舍弃世外仙姝回归天界寂寞，就是最后宝玉和宝钗夫妻终成眷属，举案齐眉、相敬如宾，但双美不可得兼，美中不足的难平之心又如何能够彻底地被抚慰。

［终身误］曲让读者了解到，贾宝玉真正情感的归宿应该是黛玉，但是最后与宝钗姻缘佳成，所以宝钗到头来是“空”，也指终身被误。

［枉凝眉］曲写宝玉和黛玉，二人是太虚幻境美玉、仙草下凡，有过施恩报恩的奇缘，但是心事终究还不是被虚化一空，黛玉常哀怜埋怨，宝玉常挂念牵怀，明明两人心里时时刻刻都想着对方，为什么还像水中月、镜中花，似有若无，缥缈难寻，纵然是凝眉悲愁又有何用，就是绛珠仙草的眼泪从秋流到冬，又从春流到夏，等泪流到尽头，来自虚幻境界的宝玉和

黛玉之爱情最后终究回归虚幻，他们的感情与现实世界相隔太远，永远不能成为现实。

贾元春的图册、判词和曲：

图册

一张弓，弓上挂着香橼。

判词

二十年来辨是非，榴花开处照宫闱。
三春争及初春景，虎兕相逢大梦归。

［**恨无常**］**曲**

喜荣华正好，恨无常又到。眼睁睁，把万事全抛。荡悠悠，把芳魂消耗。望家乡，路远山高。故向爹娘梦里相寻告：儿命已入黄泉，天伦呵，须要退步抽身早！

在《红楼梦》中，曹雪芹最善于用谐音的方法来含蓄地表情达意，之所以推断这幅画是贾元春的，也是根据谐音的方法。“弓”谐音“宫”，暗指被选入凤藻宫封为贤德妃的元春，“香橼”原意是树木名，但“橼”字谐音“元”，取贾元春名字之“元”。弓上挂香橼，预示贾元春将与宫闱之事有关。

判词中“宫闱”“初春”等词都与贾元春有关，贾元春是贾府里年纪最大的姐姐，三个妹妹贾迎春、贾探春、贾惜春都不及她荣华显贵，就像春天伊始，元月代表季节变换，万物生发，即使是后来的三个月都无法企及时令开元的地位。当然，从判词看，元妃入宫大概是二十岁的年纪，那时对女孩子来讲是风华正茂的年龄，元春知书识礼，通达人情世事，被选入宫，封为妃子，用石榴花比喻元妃将为皇上开枝散叶，繁衍皇室子孙，享受大富大贵多子多孙的荣华生活。

但元春的悲剧在于最后的“大梦归”，判词虽然用诗的绝句形式来写，也不完全等同于一般诗的结构，因为是判词，所以更像是人生之谜，把写的对象的主要特点及命运大事隐寓其中，既不能一览无余，也不能太过隐晦。“大梦归”的理解为“死”，人生如梦，最后都要回归最初的起点，即“无”，形骸消弭，就是离世。

至于元春是在什么时候死的，诗句中出现“虎兕相逢”，这个词有两种解释，一种认为“虎兕”是“虎兔”，作为十二生肖来理解，古人把十二生肖与十二地支相配，“虎兔”代表寅卯，说年月时间，但是年月还是月日无法确定，似乎都可以。所以后四十回续书中说：“是年甲寅十二月十八日立春；元妃薨日，是十二月十九日，已交卯年寅月。”也就是说，元妃可能死在虎年和兔年相交之际。如果寅卯代表日月的话，那么元妃恰巧死于某日也说得过去。“虎兔”还有一种说法，是属兔的人遇到虎年或属虎的人而死，都可以解释。

第二种解释是“虎兕”二字指老虎与犀牛，比喻凶恶残暴的人，持这种观点的人认为元春是死于宫廷内政治斗争，这也是一种释疑的方法。

只不过《红楼梦》在开卷时已经说明，本书“朝代纪年，失落无考”，如果一定要确定元春是死于什么时间，未免也太过于坐实无甚意义，如果从诗句隐含的意义去猜测判词指金陵十二钗哪个人物也就可以了。

［恨无常］曲唱的是贾元春。“恨”字表示了一种痛苦深沉的遗憾。无常，是佛教哲学的概念，说世上一切事物都无一例外地变化其存在的形式，没有永恒存在的东西，人的生命也是如此。荣华正好，无常又到，人世间悲喜交集，前景难测，人的大限既至，万事不得不全部抛弃。

元春身在帝宫，与筑于帝城西的贾府相隔并不遥远，“望家乡，路远山高”，这句的含义虽然存疑，也许在理解上抛开地理位置的限定未必不可。元春被选入宫中，与亲人生人作死别，纵然死去，也是跟随皇帝的陵墓所埋葬，芳魂“荡悠悠”难归故里与亲人团聚。所以只能托梦向父亲告知，自己已命归黄泉，在朝廷为官的父亲要及早抽身脱离官宦之路，如果太晚则后果不可想象。

贾府世代勋臣，到了贾政一代，因元春入宫而成了名副其实的皇亲国戚，位列四大家族之首，烜赫一时。元春作为贾府最重要的靠山，她在宫里的吉凶祸福直接影响到贾府的兴衰荣辱，元春一死，这座依靠的大山轰然倒塌，可想而知失去庇荫的贾府将要面临什么样的灾难降临，曹雪芹借“无常”二字说明经历过大喜大悲之后应该是大彻大悟，不要恋羡长久的奢侈靡华，宫闱内部互相倾轧，封建统治集团各派势力你争我斗、不择手段争权夺利势在必然，看清局势及早摆脱权势的羁绊是最明智的选择。

贾探春的图册、判词和曲：

图册

两人放风筝，一片大海，一只大船，船中有一女子掩面泣涕之状。

判词

才自精明志自高，生于末世运偏消。
清明涕送江边望，千里东风一梦遥。

［分骨肉］曲

一帆风雨路三千，把骨肉家园齐来抛闪。恐哭损残年，告爹娘，休把儿悬念。自古穷通皆有定，离合岂无缘？从今分两地，各自保平安。奴去也，莫牵连。

这幅画寓示着人物的命运，是指贾府三小姐贾探春像断线的风筝一样要离别故土，船和海、掩面哭泣的样子是暗示她远嫁的情景。

在判词中，曹雪芹用了“精明之才，高洁之志”来刻画贾探春，可以说，贾探春是贾府众多儿女中最有才华和志气的女子，可惜生在封建家庭将要败落的末世，所有的才志不得施展，最后结局是远嫁海隅，抛家别亲，像断线的风筝扶摇而去，造成天长路远、梦魂难度的又一悲剧。

贾探春过人的才干和胆识体现在理家和抄检之事上，在前八十回中，小说刻画探春的人物形象跃然纸上，栩栩如生。第五十六回“敏探春兴利除宿弊”，因为凤姐小产病倒，王夫人便将家中琐碎之事，“命探春合同李纨裁处”，后来又特地请来了宝钗。

开始众人心中暗喜，以为李纨素日是个厚道多恩无罚的，自然比凤姐好搪塞。后添一个探春，也都想着不过是个未出阁的姑娘，且平日也最平和恬淡，因此都不在意，比凤姐儿在前更惫懒了许多。“只三四日后，几件事过手，渐觉探春精细处不让凤姐”。

探春戳穿吴新登老婆的存心刁难，又在她舅舅赵国基的丧葬上不肯徇私违例，多开赏银，然后又蠲免了宝玉、贾环、贾兰每日浮支的银子和姑娘们的脂粉费……这一连串雷厉风行、铁面无私的作风使众媳妇吓得“伸舌头”，从此“安分回事，不敢如先前轻慢疏忽了”，连凤姐听了平儿的细说之后都连声夸赞：“好，好，好，好个三姑娘！”

探春在树立了威信之后，又想出了一个大观园“承包”的计划，“不如在园子里所有的老妈妈中，拣出几个本分老诚能知园圃的事的，派准他们收拾料理，也不必要他们交租纳税，只问他们一年可以孝敬些什么。一则园子有专定之人修理，花木自又一年好似一年的，也不用临时忙乱；二则也不至作践，白辜负了东西；三则老妈妈们也可借此小补，不枉年日在园中辛苦；四则亦可以省了这些花儿匠山子匠打扫人等的工费。将此有馀，以补不足，未为不可”。

探春“开源节流”的大胆创新做法像一股清泉渗透了整个大观园，连同样聪明机智的宝钗听完都笑着赞叹道：“善哉，三年之内无饥馑矣！”探春之举众人无不服。

在抄检大观园中，探春也是把大家族的危机看得最明晰的人，她说：“你们别忙，自然连你们抄的日子有呢！你们今日早起不曾议论甄家，自己家里好好的抄家，果然今日真抄了。咱们也渐渐的来了。可知这样大族人家，若从外头杀来，一时是杀不死的，这是古人曾说的‘百足之虫，死而不僵’，必须先从家里自杀自灭起来，才能一败涂地！”

探春从抄家想到了家族的泯灭，这几句话沉痛而有见识，不得不佩服她具有敏锐的洞察力，连原来理家的王熙凤都对她作了肯定的评价：“他虽是姑娘家，心里却事事明白，不过是言语谨慎；他又比我知书识字，更利害一层了。”

探春的志向远大，可惜是个女儿身，她常常感叹自己“我但凡是个男人，可以出得去，我必早走了，立一番事业，那时自有我一番道理。偏我是女孩儿家，一句多话也没有我乱说的”。

在大观园诗社活动中，探春是最早发起诗社的人，她给宝玉写的诗社邀请函语气豪情满怀，“孰谓莲社之雄才，独许须眉；直以东山之雅会，让馀脂粉”的呼喊表现了她巾帼不让须眉的壮志，在她的倡导和组织之下，大观园海棠社即日成立并马上开始赛诗比赛，众儿女的积极参与使大观园诗意迸发，才情悦然。

［分骨肉］曲，“骨肉”指父母与儿女之间的关系，骨肉分离是说儿女与父母永远分离。在《红楼梦》后四十回续书中写探春出嫁后又衣锦回娘家来探亲，淡化了骨肉分离的悲剧色彩，这似乎与曹雪芹的原意不相符合。

史湘云图册、判词和曲：

图册

几缕飞云，一湾逝水。

判词

富贵又何为，襁褓之间父母违。
展眼吊斜晖，湘江水逝楚云飞。

［乐中悲］曲

襁褓中，父母叹双亡。纵居那绮罗丛，谁知娇养？幸生来，英豪阔大宽宏量，从未将儿女私情略萦心上。好一似，霁月光风耀玉堂。厮配得才貌仙郎，博得个地久天长，准折得幼年时坎坷形状。终久是云散高唐，水涸湘江。这是尘寰中消长数应当，何必枉悲伤！

“飞云”取“云”字，“逝水”照应词中的“湘江”，隐“湘”字。这幅画暗指金陵十二钗之史湘云。史湘云是金陵四大家族之一史家的小姐，贾母的内侄孙女。

史湘云自幼父母双亡，所以说“襁褓之间父母违”，“违”是丧失、死去的意思。她自小由叔叔忠靖侯史鼎抚养，史家也是金陵世勋王侯，地位显赫，湘云自小寄身亲戚家，虽然不愁吃穿用度，但是寄人篱下的命运比黛玉还要不幸。

所以曲为［乐中悲］，出身豪门，身世孤怜。湘云从小没有被惯养娇养，小说多次交待她在叔叔家过得并不舒畅，在家里竟一点儿也作不得主，针线活都得自己动手，在家累得慌，而且要听婶子抱怨。有时宝钗问她两句家常过日子的话，她就连眼圈儿都红了，每每在大观园住一阵要回家，也是眼泪汪汪的。

但是她的遭遇不佳，并没有养成她多愁善感的性格，而是“幸生来，英豪阔大宽宏”，就是说湘云是个乐天派，开朗豪爽，有着“霁月光风”般磊落的胸怀，从来不把儿女私情悲悲戚戚地放在心上、挥洒不开。

小说在描写史湘云时重点突出她既具有女子妩媚的娇态，又具有男子爽朗的性格，她的美是健康活泼又不具心机的美，比黛玉大度，比宝钗纯真，大大咧咧的性格又不完全像探春那般的刚烈，而是直接爽快，与人交往态度如沐春风，只要是史湘云出现的场合，基本上气氛都是热热闹闹、嘻嘻哈哈的欢快。

平时又喜欢女扮男装，每每“束銮带，穿折袖”，打扮成男子模样，有趣顽皮，就连在玩游戏时，她都没有大家闺秀稳重的样子，揎拳掳袖，不讲斯文。在凤姐捉弄刘姥姥的那次描写，她笑得“撑不住，一口饭都喷了出来”；在黛玉用《携蝗大嚼图》挖苦刘姥姥时，她又全身伏着椅子背儿大笑，不提防两下错了劲，向东一歪，“咕咚”一声，连人带椅都歪倒了。

所以小说多次描写她的笑，笑得无遮无掩，动静极大，极具声色。除此之外，又描写她的吃，在芦雪广赏雪联诗一回，她首先想出了烤鹿肉的主意，拉了宝玉、平儿一起大嚼大吃，一面吃，还一面说道：“我吃这个方爱吃酒，吃了酒才有诗。若不是这鹿肉，今儿断不能作诗。”黛玉笑她是“花子”，她冷笑道：“你知道什么！‘是真名士自风流’，你们都是假清高，最可厌的。我们这会子腥膻大吃大嚼，回来却是锦心绣口。”其豪爽的言语风格，比男子更甚。

湘云性格豪爽之外，也带着女性的娇媚，她的口音咬舌，经常把宝玉“二哥哥”唤做“爱哥哥”，在第六十二回“憨湘云醉眠芍药裀”，更是表现了湘云娇媚憨厚的一面。“湘云卧于山石僻处一个石凳子上，业经香梦沉酣，四面芍药花飞了一身，满头脸衣襟上皆是红香散乱，手中的扇子在地下，也半被落花埋了，一群蜂蝶闹穰穰的围着他，又用鲛帕包了一包芍药花瓣枕着。众人看了，又是爱，又是笑，忙上来推唤挽扶。湘云口内犹作睡语说酒令，唧唧嘟嘟说：‘泉香而酒冽，……醉扶归’”。

湘云醉卧和黛玉葬花、宝钗扑蝶成为《红楼梦》中最能体现不同性格的女子呈现不同画风的经典描写，湘云的洒脱和娇憨成为读者喜欢她的原因。

但是在思想上，湘云没有像黛玉一样的超脱，她反而像宝钗一样带有对功名利禄的追求，所以和宝玉的相处中还有一点隔阂。在第三十二回的描写中，有这么一段话可以体现她的思想："还是这个性情不改。如今大了，你就不愿读书去考举人进士的，也该常常的会会这些为官做宰的人们，谈谈讲讲些仕途经济的学问，也好将来应酬世务，日后也有个朋友。没见你成年家只在我们队里搅些什么！"

这段话她是对着宝玉讲，宝玉听了道："姑娘请别的姊妹屋里坐坐，我这里仔细污了你知经济学问的。"

当然，湘云说这些话也是天真幼稚的流露，她没有宝钗的成熟老练，受了封建思想的影响说出这样的话应该是可以理解的。但是她的天真烂漫更是小说笔墨的重点，她的诗才在大观园众儿女中很突出，应该名列第三。

在海棠诗会中，她来迟了还作了两首诗，令众人悦服；在柳絮词比赛中，她的一首小令使众人赞不绝口；在芦雪广联诗中，开始时宝钗、宝琴、黛玉三人共战湘云，最后只剩下她和宝琴、黛玉对抢，"不是作诗，竟是抢命呢"，伏在宝钗怀里，笑个不住；在凹晶馆和黛玉联诗，两人比对，黛玉险些棋输一着，她的一句"寒塘渡鹤影"使黛玉猝不及防，跺脚叫好，想了半天联了下句。在大观园众儿女的诗作中，能让黛玉拍手叫好的诗句还是少见的。

红楼儿女个个都是"薄命司"的人物，即便是活泼乐观的湘云，其最后的结局也是凄惨黯淡的。[乐中悲］曲“断配得才貌仙郎，博得个地久天长，准折得幼年时坎坷形状”，似说湘云找了个才貌双全的郎君，但是却没有天长地久地在一起，婚后不久，就夫妻离散，湘云又重回到儿时的坎坷生活。“湘江水逝楚云飞”“云散高唐，水涸湘江”，多次提到“云”“湘江”，除了藏“湘云”二字外，湘江又是娥皇、女英二妃哭舜之处，指夫妻离散，“楚云”“高唐”是出自宋玉的《高唐赋》典故，楚襄王梦见能行云作雨的巫山神女，也指夫妻生活，“散”“逝”“涸”指夫妻生活的短暂，男女欢乐转眼成空的结局，好像是尘世间本身的消消长长，是命数，也是气数，不用过于悲伤。

根据曲子和脂砚斋评注中零星的材料，史湘云后来和王孙贵族公子卫若兰结婚，婚后生活还比较美满，但是好景不长，不知什么原因，夫妻离散，她因此寂寞而憔悴。卫若兰的名字在小说中第一次出现是在第十四回，第三十一回“因麒麟伏白首双星”好像是一条史湘云和卫若兰的姻缘伏线。脂批所说：“后数十回若兰射圃所佩之麒麟，正此麒麟也。提纲伏于此回中，所谓草蛇灰线在千里之外。”

章回题目用“伏”字，明显是一条伏线毫无疑问，史湘云身上有一个金麒麟，但是这一回讲史湘云在大观园里和丫鬟翠缕谈论着“雌雄”“阴阳”，恰好拾到了宝玉所丢的一个金麒麟，小说中宝玉说“我得了一件好东西，专等你呢”，说明宝玉丢失的金麒麟本来是送给湘云的，跟她的配对，但是不慎弄丢还被湘云捡到，惹得黛玉听见这件事，怕湘云和宝玉也像外传野史写的，由小物而遂终身，心里有一丝警觉之意。

但是不要误解的是，宝玉的金麒麟其实是指将来与湘云结为夫妻的丈夫，所谓“白首”，是白头到老的意思，宝玉就好像是一个中间人，把湘云将来的所遇先在前面埋下伏笔，“双星”是牵牛、织女星的别称，七夕节又被称为双星节（后来改为双莲节），“白首双星”暗指湘云和卫若兰结成夫妻后，很快分离，成了牛郎织女。

这种写法正如脂砚斋所评：“金玉姻缘已定，又写一个金麒麟，是间色法。”绘画为使主色鲜明，另用一种颜色加以陪衬，湘云的婚姻是宝钗婚姻的陪衬，一个因金锁结缘，一个以金麒麟结缘，一个当宝二奶奶，一个断配得才貌仙郎，但最后都是以守寡告终，这是曹雪芹写作的妙笔，读者只能为后来原文的佚失对湘云最后婚姻原貌的支离破碎而感到遗憾了。

妙玉图册、判词和曲：

图册

一块美玉，落在泥垢之中。

判词

欲洁何曾洁，云空未必空。

可怜金玉质，终陷淖泥中。

［世难容］曲

气质美如兰，才华阜比仙。天生成孤癖人皆罕。你道是啖肉食腥膻，视绮罗俗厌；却不知太高人愈妒，过洁世同嫌。可叹这，青灯古殿人将老；辜负了，红粉朱楼春色阑。到头来，依旧是风尘肮脏违心愿。好一似，无瑕白玉遭泥陷；又何须，王孙公子叹无缘。

在《红楼梦》中，除了宝玉、黛玉之外，还有一块玉，即妙玉。图册中的“美玉”就是“妙玉”，“泥垢”与判词中的“淖泥”都是喻不洁之地。

金陵十二钗中，妙玉以女尼的身份进的贾府，其出身是苏州读书仕宦之家，因自小多病，家里买了许多替身替她出家，皆不中用，后入了空门，病方才好了，所以一直带发修行。因为听说长安都中有观音遗迹并贝叶遗文，便随师父来到都中，在西门外牟尼院住着。后师父圆寂，临别遗言说：“衣食起居不宜回乡，在此静居，后来自然有你的结果。”所以一直没有回苏州老家。

贾府为元妃省亲建造了省亲别墅大观园，大观园是皇家苑囿，园内除亭台楼阁、房楹屋栋之外，依山还筑有佛寺和丹房，规模惊人。在元妃正式省亲之前，贾府为佛寺和丹房采买尼姑和道姑忙了一阵，最后林之孝回禀王夫人，采访聘买的十二个小尼姑和小道姑都到了，其中特别推荐了妙玉，“今年才十八岁，法名妙玉……文墨也极通，经文也不用学了，模样儿又极好”。

贾府为省亲别墅花尽心思，哪怕在道姑尼姑的选择上也丝毫不会疏忽，王夫人听了就要请妙玉进来，但林之孝说妙玉绝不会来的，因为贾府是侯门公府，势必权势压人。王夫人知道妙玉出身不低，性情傲慢，于是就下帖请她，备轿去接，妙玉这才进了大观园。

这是妙玉在小说中第一次出现，接着第四十一回贾母带着刘姥姥游大观园到栊翠庵品茶，妙玉第二次出场。小说第一次是从侧面描写了妙玉的藐视权势、心性高洁，在栊翠庵品茶的情节中，妙玉的“好高”“过洁”令读者印象深刻。

曹雪芹通过宝玉的观察，看妙玉在接待贾母过程中所用的茶具品质。“宝玉留神看他是怎么行事。只见妙玉亲自捧了一个海棠花式雕漆填金云龙献寿的小茶盘，里面放着一个成窑五彩小盖钟”，献给贾母的茶是老君眉，泡的“是旧年蠲的雨水”，“然后众人都是一色官窑脱胎填白盖碗”。

当读者都惊奇栊翠庵的妙玉竟是一个如此讲究品质的喝茶之人时，曹雪芹又用一个情节更让人对妙玉的“怪”和“洁”刮目相看。妙玉接待贾母并没有一直陪坐，而是私自拉了宝钗和黛玉的衣襟，悄悄地来到耳房，再细细地品起茶来。

这次她拿出的两只杯是极其珍贵的古玩，一只是晋代官僚最富的人物王恺所藏，又经过眉山文学家苏轼鉴赏过后的“瓟瓟斝”，另一只有着垂珠篆字，镌着“点犀盉”字样。这两只杯子一只与宝钗，一只与黛玉，自己拿一绿玉斗斟茶给宝玉。当宝玉说这只玉斗不比宝钗黛玉的珍贵、是个俗器时，妙玉说“不是我说狂话，只怕你家里未必找的出这么一个俗器来呢”，吓得宝玉不敢贬低她，只好拿佛门净地来打圆场，“到了你这里，自然把那金玉珠宝一概贬为俗器了”。

妙玉一听，转忿为喜，更是拿出压箱底的宝贝来展示。她拿出的是一只九曲十环，一百二十节，蟠虬整雕竹根的一个大盏，问宝玉能否吃的了这一海，宝玉忙说可以。妙玉笑道：“你虽吃的了，也没这些茶糟踏。岂不闻‘一杯为品，二杯即是解渴的蠢物，三杯便是饮牛饮骡了’。你吃这一海便成什么？”说得宝钗、黛玉都笑了，妙玉往里只倒了一杯的量，宝玉细细品来，觉得轻浮无比。

宝玉被妙玉嘲笑为连骡都不是了，心里怪不是滋味，好不容易战战兢兢品出了点滋味，又遭到妙玉一顿抢白：“你这遭吃的茶是托他两个福，独你来了，我是不给你吃的。”宝玉忙不好意思地说要谢宝钗和黛玉，妙玉这才作罢。

黛玉看宝玉品得那么香，问妙玉是否也是旧年的雨水泡的，刚才用旧年雨水泡茶敬奉贾母的妙玉此时竟然非常不屑一顾，用讥讽的话冷冷地把黛玉贬低了一番：“你这么个人，竟是大俗人，连水也尝不出来。这是五年前我在玄墓蟠香寺住着，收的梅花上的雪，共得了那一鬼脸青的花瓮一瓮，总舍不得吃，埋在地下，今年夏天才开了。我只吃过一回，这是第二回了。你怎么尝不出来？隔年蠲的雨水那有这样轻浮，如何吃得。”

从这个情节的描写可以看出，妙玉的为人正像曲里所写“天生成孤癖人皆罕”，黛玉是孤僻之人，在妙玉跟前成了俗人一个，宝玉就更俗不可耐了，贾母等人完全不在她眼里。从她给贾母敬茶，和宝钗、黛玉、宝玉论品茶的言行举止中，她的孤高自许、目下无人、怪癖成性让人不敢多话，生怕说错了被她讥讽，这种难以与人相处的个性使得大观园里的姐妹都怵她。在四人品茶的过程中，只有宝钗除了笑笑，是一句话也没多问多说，宝钗知道妙玉的性格不好多说话，也不好多坐，于是吃过茶，便约着黛玉出来了。

妙玉的“过洁”还表现在一个情节，那就是处理刘姥姥喝过的那只成窑杯。成窑杯好歹是明代成化年间官窑所出的瓷器，称得上一件古玩，妙玉拿出来是给贾母喝茶用的，不料贾母喝了半盏，客气地递与刘姥姥尝，刘姥姥一口尝尽，留下了这只杯子。按理洗洗就完事儿了，可当道婆收了那茶盏来的时候，妙玉却不要那只杯子，叫道婆搁在外头算了。

宝玉走时惦记着被妙玉遗弃的茶杯，说不如让刘姥姥带走，即使不用卖了也可以度日。不料妙玉又蹦出一句话：“幸而那杯子是我没吃过的，若是我吃过的，我就砸碎了也不能给他。”妙玉因为想着自己喝过的茶杯以后日日被老婆子用，不知有多么脏不可耐，无法忍受，才说出这样的话。

宝玉好像很懂妙玉的心思，说：“你那里和他说话授受去，越发连你也脏了。只交与我就是了。”妙玉便命人拿来递给了宝玉。宝玉思忖着妙玉嫌栊翠庵的地被外人特别是刘姥姥给踏脏了，说该洗洗地才是，叫几个小幺儿去河里打几桶水，妙玉说打来的水放在山门外头墙根下就好了，连人都不用进门来。妙玉送贾母到山门，回身便将门闭了。

妙玉的怪癖和洁癖在栊翠庵这回的刻画中表现得入木三分，正如脂批所说："妙玉，世外人也，故笔笔带写，妙极妥极。"妙玉为人处世过于高洁，在世人眼里不可能不遭到嫌弃，连小说中最宽厚平和的大嫂李纨，也流露过"可厌妙玉为人，我不理她"的态度，其他人就更不用说了。曲里"太高人愈妒，过洁世同嫌"说的就是这个道理。

宝玉虽然也被妙玉贬损，但他与妙玉之间有着一种别样的情愫，因为宝玉自认为"女儿是水做的骨肉，男儿是泥做的骨肉"，所以被贬是正常的，一个转身就忘了，还特别体贴妙玉的心事，处处为她合计，使得妙玉对宝玉也另眼相看，关系比常人要更紧密一些。

自称"槛外人"的妙玉在大观园的栊翠庵住着，除平时的清修独立外，很少与大观园里的人来往。小说除了第七十六回"凹晶馆联诗悲寂寞"正面写到妙玉之外，宝玉到栊翠庵乞讨红梅和妙玉在宝玉的生日派人送去祝寿的帖子都是一笔带过而写。

妙玉"气质美如兰，才华阜比仙"的描写突出在"凹晶馆联诗悲寂寞"这一回。大观园经历抄检风波后，中秋节那夜贾母等人在凸碧山庄设宴，宴会冷清异常，可黛玉和湘云兴致有加，两人结伴乘夜色来到凹晶馆开始玩联诗的游戏，两人刚联到“寒塘渡鹤影，冷月葬诗魂”时，栏外山石后转出一人叫好，那人正是妙玉。

妙玉难得高兴，不管夜深露重引黛玉和湘云到栊翠庵喝茶，把方才的联诗亲自去取笔墨写下来，黛玉没见过妙玉热情如此之高，受宠若惊，忙见机行事，请教妙玉刚才的联诗作得好不好，不好就烧掉，可改的地方再改改。

妙玉十分谦虚，说联诗警句都已经有了，自己接下去，恐狗尾续貂。妙玉的这番推脱使黛玉觉得更有希望，她想起了在凹晶馆妙玉听完联诗后说“有几句虽好，只是过于颓败凄楚”“此亦关人之气数而有”的话，央求妙玉“我们的虽不好，亦可以带好了”。

黛玉非常聪明的理由让妙玉难以推辞，于是从来不在众人面前写诗的妙玉妙笔一挥，写就十五韵，和着刚才黛玉和湘云的二十韵，成《右中秋夜大观园即景联句三十五韵》。妙玉在联诗的收结十分巧妙地把诗回归到本来面目上去，在感情上宽厚豁达、喜悦轻松，与联诗开头中秋节的欢乐气氛遥相呼应，结束全文。收结的原因也正像她所说的“若只管丢了真情真事且去搜奇捡怪，一则失了咱们的闺阁面目，二则也与题目无涉了”。

妙玉的诗论在于，诗作的情感不应过于悲伤，正如“歧熟焉忘径，泉知不问源”“有兴悲何继，无愁意岂烦”，人世虽然纷扰多杂，好像迷失了方向，困扰不堪，但是想想道的本源、人的初心，还有什么值得迷惑和伤感的，只管芳情自遣，雅趣自寻，烹茶会友，不论夜长。

妙玉这番作诗的情感之论让黛玉称赞不已，对妙玉佩服得五体投地，说自己天天舍近求远，纸上谈兵，现成的诗人在眼前都不知道，真是惭愧万分。

中秋节栊翠庵论诗是妙玉唯一一次在大观园两位诗才高手黛玉和湘云面前的表演，从听诗、评诗、联诗到论诗，小说的笔墨一气呵成，集中突出了她才华馥郁、气质如兰，平时孤高自许的黛玉在她面前矮了三分，黛玉的哀哀怜怜没有了之前的大气，反而让妙玉指正了去，黛玉在“槛外人”妙玉面前俯首帖耳，无丝毫狂傲怠慢之气，恭恭敬敬唯恐不及，可见，妙玉在气质和才华上是黛玉等望尘莫及的。

正因为有这样的才华和气质，却在佛门净地、青灯古殿中淹埋青春的年华，这不是妙玉本人所愿，生病要出家才能好，这种封建迷信思想影响了妙玉的一生。当大观园里所有的女孩们在红粉朱楼里享受春意烂漫，寂寞的妙玉只能在昏黄的佛灯下翻阅经卷，一身诗意无处躲藏，越发孤僻的性格使她冷眼观看红尘，无情远离俗世。

可是妙玉的“过洁”最后怎样呢，［世难容］曲“到头来，依旧是风尘肮脏违心愿”“无瑕白玉遭泥陷”，后四十回续书者写妙玉遭劫，原因是她长得漂亮，情欲未断，邪魔入体，遭贼人劫持，是她自己心地不净，人欲未灭而遭到报应。

曹雪芹在塑造妙玉时，图册、判词和曲都写到她犹如一块美玉陷入泥淖，但是否像续书中所说的结局，也委实难以确定。妙玉身在大观园，当贾府家运败落、贾府人丁失散，栊翠庵的妙玉又遭逢了什么，她是如何无可奈何辗转漂泊转入红尘，遭强人所欺凌，这些都是未知的谜。但是续书也是用了对比的手法写出妙玉之前的“过洁”是不被社会所容的，那么落难之后可能是被玷污、被凌辱，这也是妙玉一生的悲剧所在。

贾迎春图册、判词和曲：

图册

有个恶狼，追扑一美女，欲啖之意。

判词

子系中山狼，得志便猖狂。
金闺花柳质，一载赴黄粱。

［喜冤家］曲

中山狼，无情兽，全不念当日根由。一味的骄奢淫荡贪还构。觑着那，侯门艳质同蒲柳；作践的，公府千金似下流。叹芳魂艳魄，一载荡悠悠。

这幅画是暗示贾府二小姐贾迎春要落在一个恶人手里被毁掉。这个恶人就是孙绍祖，曹雪芹用“中山狼”喻他，就知道他是一个忘恩负义的小人。

贾迎春是贾府贾赦与妾所生，因为出身卑微，所以少言寡语，不敢招惹是非，性格温和而懦弱，有“二木头”的诨名。在大观园众儿女中，有关她的笔墨不多，她写诗平平，也没有什么特别的爱好，无聊的时候下下棋、穿穿花，在诗社活动中负责限韵工作。

所谓限韵，在古代作诗是很重要的一个环节，诗赛或诗会中除了出题之外，就是限韵，然后各人各自创作。在海棠诗赛中，迎春负责限韵。这个环节说来是限韵人要动脑子，但是迎春把这个环节玩得很随性、自由，也很有趣。

海棠诗赛在探春所居的秋爽斋，迎春先走到书架前抽出一本诗来，随手一揭，是一首七言律诗。于是递与众人看了，大家便明白要写七言律诗才行。然后她又让一个小丫头随口说出一个字来，小丫头正倚着门，随口说了“门”字，迎春道：“就是门字韵，‘十三元’了。头一个韵定要这‘门’字。”然后她要了韵牌匣子，抽出“十三元”一屉，又让那丫头随手拿四块，便是“盆”“魂”“痕”“昏”四块，尽管宝玉说“盆”“门”韵不好做，但各人还是按照规定各自思索起来。

“门”和“元”按照现代汉语的读音是不太一样，但是在古代，不同地区读音不同，这两字是押同一个韵。而且近体诗共有一百零六韵部，把诗韵各字分别刻在牌子上，然后按韵部分屉，置于一个叫韵牌匣子的匣内，以备作诗限韵时抽取盒检查韵字的方便。

迎春负责的事简单而随性，也符合她的性格。在元妃省亲大观园的时候，迎春也写过颂德诗，把精美的大观园赞美了一番，也特别流露出一种喜欢自然、淡泊心境的情感，但因诗才平平没有引起元妃特别的关注。

在众儿女搬进大观园之后，迎春住的地方叫紫菱洲，紫菱洲占地小，靠近小小的港湾，贾政带着宝玉和众清客在题匾大观园的时候，没有出现紫菱洲这个地名，后来元妃省亲下舆登舟，一路浏览沁芳溪沿途风光，等船入一石港，元妃看到了“蓼汀花溆”四字，在游览完大观园全景后，赐名该地为“紫菱洲”，总算把迎春所居之地作了交待。

迎春作为贾府的二小姐，没有拿出姑娘的身份，总是心活面软、懦弱不堪，连邢夫人都愤愤地冷笑她：“你是大老爷跟前人养的，这里探丫头也是二老爷跟前人养的，出身一样。如今你娘死了，从前看来，你两个的娘，只有你娘比如今赵姨娘强十倍的。你该比探丫头强才是，怎么反不及他一半！”不确切邢夫人说的迎春的娘是否真的比赵姨娘强十分，但是邢夫人这一顿失望的埋怨足以说明大老爷生的女儿不及二老爷生的女儿，这是邢夫人恨铁不成钢，最愤愤不平之事。

迎春作为贾府的老二，她的婚姻是首当先轮到的。但是她的父亲贾赦对她的婚事轻率盲目。在第七十九回“贾迎春误嫁中山狼”，写了贾赦看到孙绍祖年纪尚轻，家资饶富，又想到两家是世交，就择为东床娇婿了。贾母和贾政心里都不大愿意，尤其是贾政厌恶孙家，觉得并非门当户对，孙家不是什么诗礼名族之裔，只不过是趋炎附势之辈，劝诫过贾赦几次，无奈贾赦不听，这门婚事就这么定了。

在续书中，写了孙绍祖是个人面兽心的中山狼，把当年其祖受贾府恩惠的事一笔勾销，还翻脸不认人，竟诬陷贾赦曾使了他五千两银子，迎春嫁给他是贾赦折了五千两银子卖给他的，并且颠倒是非，说迎春爷爷当年图他家的富贵，他娶了迎春实在是亏大了。

孙绍祖还是个好色之徒，一味好色，好赌酗酒，家中所有的媳妇丫头将及淫遍，这一切对于一个胆小懦弱、把希望寄托在丈夫身上好有个依靠的迎春来说，是幻想的彻底破灭。“金闺花柳质，一载赴黄粱”，这个自幼丧母、受父兄冷落的女子就这样在一年之内惨死于丈夫的暴虐蹂躏之下。

［喜冤家］曲意谓错误的婚配遇上了冤家对头。迎春的悲剧在于她父亲的昏庸无能，不听人劝的执拗性格，草草了断女儿的婚事。婚姻由父母做主，一旦看错人便会误及子女终身。在第七十九回的描写中，贾赦只看到孙绍祖生得相貌魁梧、体格健壮、弓马娴熟、应酬权变，且在兵部候缺题升，但是就没想到越是这样骄纵一时的人越会狂妄自大、目空一切。当贾政和贾赦意见出现分歧时，贾赦一意孤行、独断专行，才造成了不可挽回的悲惨结局。

贾惜春图册、判词和曲：

图册

一所古庙，里面有一美人在内看经独坐。

判词

勘破三春景不长，缁衣顿改昔年妆。
可怜绣户侯门女，独卧青灯古佛旁。

［虚花悟］曲

将那三春看破，桃红柳绿待如何？把这韶华打灭，觅那清淡天和。说什么，天上夭桃盛，云中杏蕊多。到头来，谁把秋捱过？则看那，白杨村里人呜咽，青枫林下鬼吟哦。更兼着，连天衰草遮坟墓。这的是，昨贫今富人劳碌，春荣秋谢花折磨。似这般，生关死劫谁能躲？闻说道，西方宝树唤婆娑，上结着长生果。

这幅画是暗指贾惜春出家当尼姑，金陵十二钗中，贾惜春是第二个女尼，看破自家姐妹一个个离去，绝望悲观，和青灯古佛相伴了一生。

如果说妙玉的出家是为消病消灾，受封建迷信的思想影响，那么惜春的出家是因为她真正厌倦世俗、逃避现实，希望在佛门净地寻求自己的净白无瑕。

在《红楼梦》前八十回，曹雪芹对惜春的描写重点在第七十四回“矢孤介杜绝宁国府”，其余对惜春点到即止、寥寥数语，用侧面描写的方法较多。

比如林黛玉刚进贾府的时候，看到惜春“身量未足，形容尚小”，八个字概括之后，曹雪芹便无多余笔墨。惜春是宁国府贾敬的女儿，贾珍的胞妹，生母不详。因贾敬只有一儿一女，人丁不旺，所以宁府发生的故事情节除小说第十三回“秦可卿死封龙禁尉，王熙凤协理宁国府”精彩至极外，其余的人事在整部小说中牵涉的并不算多。

惜春是贾府“元、迎、探、惜”四春中最小的一个，在大观园里，惜春的住所在蓼风轩的暖香坞，邻藕香榭。蓼风轩和藕香榭的地名是元妃省亲时所赐，占地比迎春的紫菱洲要大些，而且暖香坞位置绝佳，与探春的秋爽斋、李纨的稻香村距离最近，风景宜人，是大观园众儿女喜欢聚集的地方。

众人喜欢聚在暖香坞还有一个原因，是惜春喜欢画画。她喜欢画些写意画，这是她的爱好，但是只是喜欢而已，也没见得有多高的水平，画画的工具很简单，两支笔、四种颜色，仅此而已。

但是在小说中，惜春画画的潜质被老祖宗贾母激发出来了，贾母居然给她下达了一个比较艰巨的任务，让她把大观园画下来。这可不是一件小事，对于随便画几笔怡情冶兴的惜春来讲，这个难度恐怕是大了点。但是贾府姐妹中也就是惜春能挥笔弄墨，所以也推脱不掉，众姐妹也就尽量想办法多帮着她点。

贾母为何要画大观园？这得从第三十九回刘姥姥二进大观园的事说起，刘姥姥第二次进贾府，贾母带着她游览了大观园，刘姥姥没见过这么大这么气派的地方，就说乡下人总想着过年买年画贴，闲的时候都说怎么到画上逛逛，因为画上的地方好看。但总想不明白真的能有画上好看的地儿吗，没想到进了大观园，看到的竟比画的强十倍。于是感叹这么好的地方总得有人照着园子画一张，带了家去给人开开眼。

贾母一听，指着惜春笑道："你瞧我这个小孙女儿，他就会画。等明儿叫他画一张如何？"贾母对惜春的赞扬让刘姥姥叹服不已，忙跑过来拉着她的手问她是不是神仙托生的，怎么年纪这么小，模样儿这么好，还这么能干。

于是画大观园的事就落到了惜春头上，惜春要向海棠诗社社长李纨请一年的假，因为惜春和迎春一样，是诗社的副社长，说是副社长，做的是一些杂务工作，惜春负责的是誊录监场，一般不参与诗歌的创作，负责把大家创作的诗抄写下来，特别是诗赛的时候，监看比赛现场，以防有人作弊。

这话被李纨一说，大家就纷纷开始说笑了。黛玉说惜春乐得告假，探春就怪刘姥姥多嘴，宝钗就笑黛玉促狭。李纨跟大家商量到底社里应该给惜春多久的假，是一个月还是两个月？黛玉说得两年，"这园子盖才盖了一年，如今要画自然得二年功夫呢。又要研墨，又要蘸笔，又要铺纸，又要着颜色，又要……""又要照着这样儿慢慢的画，可不得二年的功夫！"

黛玉只管打趣，宝钗是个正经人，她料到惜春做这事有难度，就提了三点要事："这园子却是像画儿一般，山石树木，楼阁房屋，远近疏密，也不多，也不少，恰恰的是这样。你只照样儿往纸上一画，是必不能讨好的。这要看纸的地步远近，该多该少，分主分宾，该添的要添，该减的要减，该藏的要藏，该露的要露。这一起了稿子，再端详斟酌，方成一幅图样。第二件，这些楼台房舍，是必要用界划的。一点不留神，栏杆也歪了，柱子也塌了，门窗也倒竖过来，阶矶也离了缝，甚至于桌子挤到墙里去，花盆放在帘子上来，岂不倒成了一张笑'话'儿了。第三，要插人物，也要有疏密，有高低。衣折裙带，手指足步，最是要紧；一笔不细，不是肿了手就是跏了腿，染脸撕发倒是小事。依我看来竟难的很。"

宝钗这番论画的观点讲得非常在理，就是在绘画艺术上要懂得处理远近、多少、主宾、藏露，楼台房舍要齐整，人物穿插有疏密显高低，还要注意绘画的细节。所以这样的难度大概需要半年时间，遇到问题让宝玉帮忙拿去问会画的先生们，这件事就不难了。

除此之外，画纸也是一个难题，宝玉说用家里的雪浪纸（一种优质的宣纸），宝钗说又不是写字和画写意画，用那纸效果不好，建议用重绢，就是厚重的好绢（画绢），而且宝钗还想了一个众人都没想到的办法，就是依照原来建大观园的样图到外面去描稿，不过还要经过一些删补，这样拿回来画就省事多了，大观园大致的方位不会错了，只往里边添加人物和细节就行了。

宝钗就像个专业画家，安排着惜春绘画的所有一切事宜，还包括绘画工具。惜春绘画工具简陋，宝钗一口气帮她列出了详细的清单：

头号排笔四支，二号排笔四支，三号排

笔四支，大染四支，中染四支，小染四支，大南蟹爪十支，小蟹爪十支，须眉十支，大著色二十支，小著色二十支，开面十支，柳条二十支，箭头朱四两，南赭四两，石黄四两，石青四两，石绿四两，管黄四两，广花八两，蛤粉四匣，胭脂十片，大赤飞金二百帖，青金二百帖，广匀胶四两，净矾四两。矾绢的胶矾在外，别管他们，你只把绢交出去叫他们矾去。这些颜色，咱们淘澄飞跌着，又顽了又使了，包你一辈子都够使了。再要顶细绢箩四个，粗绢箩四个，担笔四支，大小乳钵四个，大粗碗二十个，五寸粗碟十个，三寸粗白碟二十个，风炉两个，沙锅大小四个，新瓷罐二口，新水桶四只，一尺长白布口袋四条，桴炭二十斤，柳木炭一斤，三屉木箱一个，实地纱一丈，生姜二两，酱半斤。

这清单包括各种类型画笔，各色颜料还需要到外头去调好，画绢也要在外头矾好，还要预备化胶、出胶、洗笔各种用具，才可以作画。宝钗精明内行的安排帮惜春解决了很多困难，大家都觉得这样好。只有黛玉笑宝钗怎么不要铁锅铁铲炒颜料，还糊涂得差不多把自己的嫁妆也列上了。

小说之所以在大观园画上写得这么细致，是说明惜春接的这个活儿不好干，单凭她一个人是无能为力的，但是贾母已经把这个任务给了惜春，对她寄予了厚望，所以惜春必须得完成。在第四十八回，众人看到惜春的画“十停方有了三停”，过了几个月，到了冬天，惜春就更不画了。贾母有一次到暖香坞看惜春，问她画得怎么样了，惜春托说天冷胶冻，都收起来了，贾母催她赶紧画，年下就要。

贾母虽然心急，但对于惜春来讲，画这么大幅画谈何容易，故小说后来关于大观园的画再也没有提及，只知道惜春再次出现，并且话说得最多，事情做得最绝的是第七十四回的事了。

第七十四回是写大观园的抄检风波，因丫头傻大姐拾到一只艳情香囊而引发的大观园内部人员来洗脱嫌疑的一次彻底大检查，而这次抄检没想到把惜春也牵涉进来了。

惜春的丫鬟入画在抄检中被发现箱子里有一大包三四十个银锞子，又有一副玉带板子并一包男人的靴袜等物，这下谁都没想到，惜春这个最胆小的姑娘身边的丫头竟然私藏贼赃和私物，那简直是炸了锅的消息。

在抄检的过程中，宝玉的怡红院没搜到什么，就是惹得脾气火爆的晴雯大怒大骂；黛玉的潇湘馆查出有宝玉的东西，两人来往密切，也属正常；探春的秋爽斋有刚烈的探春把守，除了探春自己的同意被搜，丫头的箱子是不允许被搜的；李纨的稻香村没搜出什么，李纨当时也睡着了；迎春房里搜出了丫鬟司棋和表兄潘又安的私信和私物，虽然可气，但是司棋是搜查人王善保家的外孙女儿，王善保家的在凤姐面前失了面子，自讨没趣，司棋也没怎么当回事，再说迎春当时也睡着并不知情。

那么只有尚未识事的惜春最受到了惊吓。她因年少，未见过这种场面，顿时不知所措，害怕起来。虽然入画向凤姐哭诉申辩说这些东西都是贾珍赏给她哥哥的，后来也证实这确是事实，但是在惜春看来，像入画这样的丫鬟是断然留不得了。尽管凤姐看在入画平日使唤得不错，叫惜春饶她一次，但是惜春决意不肯。

惜春看凤姐把错归结到传递人身上，对入画没采取什么惩罚，似乎要饶她一次，于是就叫来尤氏处理，尤氏一开始也骂入画糊涂，“官盐变私盐”，本来是一桩主人赏赐东西的好事，变成了丫鬟私自传送东西的“不合法”之事，心里也没个好气。尤氏本想责怪一下丫头，这事儿就算过去了，因为这些私物跟入画也没什么关系，细查起来水落石出，没什么见不得人的，大不了以后注意点。

但是惜春却不依不饶，又把矛头指向了尤氏：“你们管教不严，反骂丫头。”接着，她觉得这件事让自己颜面大损，简直无法容忍，“这些姊妹，独我的丫头这样没脸，我如何去见人。”最后，说出了狠心之话，“昨儿我立逼凤姐姐带了他去，他只不肯……嫂子来的恰好，快带了他去。或打，或杀，或卖，我一概不管。”

原来，惜春叫来尤氏主要是要惩罚入画，尽管入画从小侍候她，好好的也没犯什么大错，在凤姐和尤氏、奶妈等人看来是可以原谅的，但是惜春咬牙不肯再留入画，主仆一场，到头来不管人家生死，撇得干干净净。

再者，惜春为这事还要跟宁府划清界限，不想再往宁府去了，理由是怕再沾惹是非，尤氏说谁说是非就找谁理论，惜春说躲是非都来不及为什么还要寻是非？“善恶生死，父子不能有所勖助”，连亲生的父子面对善恶生死，都不能相互帮助，更何况是关系疏远的，“我只知道保得住我就够了，不管你们。从此以后，你们有事别累我。”

惜春因为惹上了嫌疑就跟宁府撇清关系的做法，当场让尤氏也感到又气又好笑，终于相信平时大家说惜春年轻糊涂，说话没轻没重，还叫人寒心是真的。但惜春听众人说她年轻，也不服气，“我虽年轻，这话却不年轻。你们不看书不识几个字，所以都是些呆子，看着明白人，倒说我年轻糊涂。”又一番不知轻重的话，惹来尤氏的回敬：“你是状元榜眼探花，古今第一个才子。我们是糊涂人，不如你明白，何如？”

尤氏的奚落之语惜春又计较起来：“状元榜眼难道就没有糊涂的不成。可知他们也有不能了悟的。”尤氏听完，便笑她一会儿才子，一会儿和尚，参悟起来，惜春便冷语回应：“我不了悟，我也舍不得入画了。”

尤氏一看她冷若冰霜的样子，说了句“可知你是个心冷口冷心狠意狠的人”，惜春忙回应：“古人曾也说的‘不作狠心人，难得自了汉’。我清清白白的一个人，为什么教你们带累坏了我！”尤氏忍了半日，终于按捺不住，“你是千金万金的小姐，我们以后就不亲近你，仔细带累了小姐的美名。”于是就带入画起身走，惜春最后扔了一句话：“若果然不来，倒也省了口舌是非，大家倒还清净。”

惜春和尤氏的拌嘴你来我往、针锋相对，尤氏本来想大事化小、小事化了，但是惜春却通过这件事与俗世彻底决裂了，所有人的生死在她眼里都不再重要，所有的是非都想远离逃避，为了证明自己的清白之身，不顾人情，不理世故，忘却天伦，这是要与红尘决裂的明显征兆。

后续书第一一八回，惜春出家，王夫人准许她带发修行，把所居的房子改为静室，这样的情节安排也符合判词中说“勘破三春景不长”，这个“勘破”，说指惜春看破世情，因为后来她看到元春病死，迎春被折磨致死，探春远嫁，这些青春短暂的命运让她感到生命的幻灭，再者妙玉遭劫，失了知己，惜春更加害怕自己看家不力，遭劫惹祸，失了颜面，想自己孤苦伶仃，将来后事未知如何，想来想去，剪去青丝，决意出家。

［虚花悟］曲是彻底明白了荣华富贵都是虚幻无据之意，惜春是四春中最小的一位，也是最后一个看到大观园的悲惨结局，桃红柳绿、云中杏蕊对她来说如过眼烟云，昨贫今富、春荣秋谢在她眼里都成氤氲往昔，衰草坟墓、林下鬼吟是人最终难以逃避的归宿；生死之劫，随时降临，不如生时寻找一份清淡天和，一种不动心、不劳形的清净淡泊，皈依佛门，求得超度，以求修成正果，得到永生。

惜春的悲剧在于她从小缺少真正的亲人关爱，造成性格的孤介冷漠，面对别人的眼泪无动于衷、铁石心肠，也要求自己不沾染一点世俗的错事，一旦沾染就怪罪于封建家庭的罪恶，在现实世界她始终想保持自己的清白之身，但这种明哲保身的处事态度是难以实现的，“人非圣贤，孰能无过？”也许只有伴随青灯黄卷的生活才能让她心里得到一丝安宁。

王熙凤图册、判词和曲：

图册

一片冰山，上面有一只雌凤。

判词

凡鸟偏从末世来，都知爱慕此生才。
一从二令三人木，哭向金陵事更哀。

［聪明累］

机关算尽太聪明，反算了卿卿性命。生前心已碎，死后性空灵。家富人宁，终有个家亡人散各奔腾。枉费了，意悬悬半世心；好一似，荡悠悠三更梦。忽喇喇似大厦倾，昏惨惨似灯将尽。呀！一场欢喜忽悲辛。叹人世，终难定！

这幅画的冰山喻贾家势力，雌凤指王熙凤，立在冰山上极危险。倚靠冰山作为权势的靠山，《资治通鉴·唐玄宗天宝十一年》有典故记载：有人劝张彖去拜见杨国忠以谋富贵，张说：“君辈倚杨右相若泰山，吾以为冰山耳。若皎日既出，君辈得无所恃乎？”所以冰山虽然坚固凌厉，但经不起太阳的照射，一旦融化，势力全无，倚靠落空，下场更为可悲。

判词先用字谜的形式，“凡鸟”合起来就是“鳯”字，也有个典故出处。《世说新语·简傲》说，晋代吕安有一次访问嵇康，嵇康不在家。他哥哥请他到屋里坐，吕安不入，在门上题了一个“鳯”字就走了。嵇康的哥哥很高兴，以为客人说他是神鸟，其实，吕安嘲笑他是凡鸟。

末世是指王熙凤无奈生在贾家走向败落之际，即使拥有再高的天赋，再能干的才华，纵是旁人羡慕命途也是非常短暂的。“此生才”明确王熙凤是个有才的人，她的才是精明强干、能说会道，“一从二令三人木”的说法有分歧，最多的一种解释是说凤姐最初对贾琏言听计从，继而对贾琏发号施令，最后事败被贾琏所休，“金陵”是她老家，所以朝向金陵而哭。

［聪明累］曲是说王熙凤聪明反被聪明误，被自己的自作聪明所牵累。北宋苏轼有《洗儿》诗：“人皆养子望聪明，我被聪明误一生。惟愿孩儿愚且鲁，无灾无难到公卿。”说的意思就是人有时不要太聪明，尤其自作聪明是最愚蠢的，到头来害的人是自己，不如愚笨一点、粗鲁一些，反而能平平安安地享受富贵荣华。

王熙凤的特点就是太精明，聪明过头了，最后败在自己的精明之下。她的精明在于太会理财，太会持家。她出身于金陵四大家族的王府，王夫人的内侄女，贾琏之妻，贾赦、邢夫人之媳，因为能干而招贾母和王夫人的喜欢，不到十八岁就掌管着贾府的经济和人事大权，成了贾府的实际当权者。

她的持家能力在小说第十三回的协理宁国府中表现得最为出色。秦可卿死，尤氏病倒，贾珍愁府里无人料理，就央求王夫人派凤姐过来帮忙照管一个月，王熙凤走马上任，快刀斩乱麻，看出宁府管家的弊病，进行系列的改革，分清职责，令行禁止，赏罚分明，一下子把头绪不清的宁府打理得井井有条，众人诚服。

她掌管贾府的日常开支用度，理财方面她一人说了算，凡事过犹不及，王熙凤对钱财的打理过于精明，成了贪婪的私吞者，她可以“挥霍指示，任其所为”，甚至以权谋私，把众人的月钱和她自己假公济私攒下的月例拿出去放利息，拖延发月例的时间，打个时间差，这样一项就增加自己的体己钱一年上千两的银子。

在续书中贾府被抄时，查出了她一箱子的借票，“重利盘剥”成了贾府犯事的重要罪证，她本人也因此抱羞成病，一蹶不起。她的贪得无厌，不择手段巨额敛财终究逃不过命运的清算。

王熙凤是凡事都会用尽心机的一个女强人，不管是掌管贾府的大家，还是处理自己和贾琏的小家，或是外人求自己帮忙，闲人在自己身上打主意等等，里里外外、琐琐细细，她都操碎了心。但是她的心有时是恶的，容忍不了旁人，尤其在夫妻生活中，她容忍不了与贾琏关系亲密的人，设计害死尤二姐是最大的一次心机策划，她通过欺骗、除灭、哭闹、伪装、狠毒的方法达到了她想要的目的。

王熙凤半辈子悬着一颗操劳的心，但是恶事做多了，这心也不踏实，没有依靠。当贾府的大厦倾倒，自己生命的油灯也将昏暗熄灭，活着时无所不为、无所不用其极，到头来空欢喜一场，悲伤到尽头，只能感叹人世不定，命途多舛。

金陵十二钗的王熙凤是贾家权势的一个集中代表，她颐指气使、见风使舵、两面三刀、巧舌如簧，扮演着一个活脱脱像戏子一样的人物，当面是火、转身是冰，表面慈悲、内心算计。续书中讲贾府被抄家之后，她一度被判刑入狱，后来“身微运蹇”，以至于执帚“扫雪”，终被贾琏休弃，短命而死。

巧姐图册、判词和曲：

图册

一座荒村野店，有一美人在那里纺绩。

判词

事败休云贵，家亡莫论亲。
偶因济刘氏，巧得遇恩人。

［留馀庆］曲

留馀庆，留馀庆，忽遇恩人；幸娘亲，幸娘亲，积得阴功。劝人生，济困扶穷，休似俺那爱银钱忘骨肉的狠舅奸兄！正是乘除加减，上有苍穹。

这幅图暗示凤姐的女儿巧姐最后做了一名勤苦操劳、艰辛度日的农妇。在金陵十二钗里，巧姐是笔墨写得最少，却“伏线”埋得最长的一个人物。在前八十回，和巧姐有关的情节是她的出痘、生病和取名，尚在孩提时的她是凤姐心头牵肠挂肚的宝贝，跟贾府贵族大家的日常没什么联系，但有两处“伏线”值得留意。

一处是第四十一回她和板儿两小儿玩闹的一段描写，另一处是第四十三回她的取名来由。判词中写“事败休云贵，家亡莫论亲”，是说贾府遭遇家势败落、家破人亡的结局，即使是贾府中人，也不要说什么自己的身份尊贵，“树倒猢狲散”，亲人也是各打各的算盘，各谋各的生计，巧姐的母亲王熙凤已死，父亲贾琏不在身边，保护不了她，所以是极有可能被人算计而遭遇不幸，而打她主意的人就是［留馀庆］曲说的“爱银钱忘骨肉的狠舅奸兄”，“狠舅”说的是王熙凤的哥哥王仁，“奸兄”是谁有争议，多说是贾芸。

在续书中，巧姐是被王仁和贾芸以钱财为交易卖给外藩王爷作妃子的，幸运的是被刘姥姥赶到及时救走。巧姐命运在于一个“巧”字，她日后的丈夫按曹雪芹的“伏线”应该是刘姥姥的孙子板儿。

第六回写刘姥姥一进荣国府时脂批有言：“此回借刘妪，却是写阿凤正传，并非泛文，且伏二进、三进及巧姐之归着。”就是说，刘姥姥进荣国府的安排，并非闲笔泛泛而写，主要是衬托来写凤姐，更是千里伏线，为数十回后救下巧姐巧设铺垫。

刘姥姥因女婿狗儿家与荣府略有些瓜葛就攀亲走友，一来二去便成了贾府里头连贾母和王熙凤都熟络的人物，一口乡土俗语、一连串闹下的笑话让她成为大观园众人的乐子，为穿金戴银、锦衣玉食的贾母及公子小姐们带来许多新鲜可笑、乐不可支的野趣。

第四十一回刘姥姥二进荣国府，在贾母处吃点心，有这样一段描写："忽见奶子抱了大姐儿来，大家哄他顽了一会。那大姐儿因抱着一个大柚子玩的，忽见板儿抱着一个佛手，便也要佛手。丫鬟哄他取去，大姐儿等不得，便哭了。众人忙把柚子与了板儿，将板儿的佛手哄过来与他才罢。那板儿因顽了半日佛手，此刻又两手抓着些果子吃，又忽见这柚子又香又圆，更觉好顽，且当球踢着玩去，也就不要佛手了。"

将两小儿玩闹的情节描写得细致，其中有一些暗示。脂批有云："小儿常情，遂成千里伏线"，"柚子即今香团之属也，应与'缘'相通。佛手者，正指迷津者也。以小儿之戏，暗透前后通部脉络，隐隐约约，毫无一丝漏泄，岂独为刘姥姥之'俚言博笑'而有此一大回文字哉？"

由此看出，曹雪芹的暗示功力非同小可，连两小儿玩的东西也藏有哑谜。柚子又称"香橼"，无论从读音上还是拆字法都与"缘"有关，佛手因果实如两掌合十，有佛教祝福之意，也有指点迷津之说。巧姐和板儿所玩的东西暗示两人今后结缘，并且巧姐在命途上遭遇不顺将会有人为她指点迷津。刘姥姥进大观园是一条明线，其作用是对比贫富差距、衬托人性善恶，其暗线是扶危济困的人终究是积善成德，凤姐因当时接济过刘姥姥而成了有德行之人，在她女儿巧姐遇难时，刘姥姥便以恩报恩，化解灾祸的降临。

所以，巧姐的命运缘于“巧”字，而这个名字又是刘姥姥给取的。凤姐因贾母喜欢唠些乡下野里的奇闻趣事，对刘姥姥格外关照，刘姥姥临走时，得知巧姐得病，还未取名，便用了乡下人常用的“以毒攻毒、以火攻火”的法子，取七月初七生辰之意，名为“巧姐”。

刘姥姥给巧姐取名，正合了凤姐的心意，一则借借老人的寿，二则千金小姐生在王孙公侯之家，难免娇生惯养，体弱多病，让出身贫苦的人帮忙取名，可以压一压过于富贵骄奢之气。“巧”的含义在于“或一时有不遂心的事，必然遇难成祥，逢凶化吉”。

［留馀庆］曲名出自俗语“积善人家庆有馀”，这句俗话又出自《易经·坤卦》“积善之家，必有馀庆”，意谓前人积德，后人沾惠。王熙凤一生作恶多端，所幸对刘姥姥的薄恩轻施竟然挽救了女儿巧姐的命运，故古语有云“不因善小而不为，不因恶小而为之”，就是这个道理。

李纨图册、判词和曲：

图册

一盆茂兰，旁有一位凤冠霞帔的美人。

判词

桃李春风结子完，到头谁似一盆兰。

如冰水好空相妒，枉与他人作笑谈。

［晚韶华］曲

镜里恩情，更那堪梦里功名！那美韶华去之何迅！再休提绣帐鸳衾。只这带珠冠，披凤袄，也抵不了无常性命。虽说是，人生莫受老来贫，也须要阴骘积儿孙。气昂昂头戴簪缨，气昂昂头戴簪缨；光灿灿胸悬金印；威赫赫爵禄高登，威赫赫爵禄高登；昏惨惨黄泉路近。问古来将相可还存？也只是虚名儿与后人钦敬。

这幅图的茂兰是指贾兰，说他要有出息，当大官。旁边的美人是其母亲李纨。这一首的“兰”暗指李纨，也连带说了贾兰。

判词首句“桃李春风结子完”是说李纨刚生下贾兰不久，其丈夫贾珠就死了，所以很早就守寡。贾珠是贾政的长子、宝玉的哥哥，留下的儿子叫贾兰，是个好学懂事的公子哥儿，在贾府的子孙中，到最后也只有贾兰有出息，续书中说他中举得了一百三十名，应了“到头谁似一盆兰”一句。

李纨孤单一生，到了晚年，培养出来的儿子为贾家光宗耀祖，也着实是件不容易的事，她坚守封建节操，品行冰清玉洁，在外人看来是值得羡慕的，但是对于她来讲，早年失偶，一手抚养儿子成才，其中的辛酸只有她自己知道，所以为儿子操了一辈子心，到了晚年该享受苦尽甘来、子孙满堂的幸福之时，却“昏惨惨黄泉路近”“也抵不了无常性命”，所以即使凤冠霞帔，得到朝廷封诰之荣，生命的霞光在霎时间一亮之后转瞬又寂灭暗淡。

小说中有关李纨的情节不少，但不是主角，是个陪衬的角色，作为荣国府的大嫂子，地位比较独特，在贾府中她从不卷进是非斗争，她与世无争，一心培养儿子，恪守封建妇女“三从四德”的思想，从不逾越。在大观园的首届诗社中，她被推举为社长，评赏诗歌公道分明，大家对她的裁决没有不服之理。

在大观园，李纨居住在有山野之趣的稻香村，也叫“浣葛山庄”，宁静自然、淳朴守拙，仿佛世外桃源，与世隔绝。但是稻香村距离潇湘馆、暖香坞、秋爽斋很近，所以李纨和大家并不孤离，几乎在重要的事件上，她都会在场。

在第四回开头，有一番她的介绍：“这李氏亦系金陵名宦之女，父名李守中，曾为国子监祭酒，族中男女无有不诵诗读书者。至李守中承继以来，便说女子无才便有德’，故生了李氏时，便不十分令其读书，只不过将些《女四书》《列女传》《贤媛集》等三四种书，使他认得几个字，记得前朝这几个贤女便罢了，却只以纺绩井臼为要，因取名为李纨，字宫裁。因此这李纨虽青春丧偶，居家处膏粱锦绣之中，竟如槁木死灰一般，一概无见无闻，惟知侍亲养子，外则陪侍小姑等针黹诵读而已。”

小说对于李纨的人物刻画其实非常生动，她口才极佳、妙语如珠，连凤姐都知道她是姐妹们的头儿，都让她三分，只要她提出要求，一般都会答应。在抄检大观园中，只有她的稻香村搜不出什么东西来，清清白白，旁人无话。

［晚韶华］曲是李纨嫁到贾府生活过得小心谨慎、自尊自爱了一辈子，到晚年要荣耀一番的时候却韶华短暂，令人叹息。“爵禄高登”对她来说是应该欢喜的，但贾府宝玉的失踪和出家带来的丧败，使她不敢喜形于色，家道复兴并没有她多高兴的份儿，因为贾府的所有人重视的是宝玉而不是贾兰，所以即使她再心满意足，旁人看她也是一副“头戴簪缨，胸悬金印”的躯壳，更多人可能以她淡如死水的一辈子生活为不屑，对她来说也是留个贤女节妇的虚名让后人当作效仿的榜样，其余的也就寥寥了。

秦可卿的图册、判词和曲：

图册

高楼大厦，有一美人悬梁自缢。

判词

情天情海幻情身，情既相逢必主淫。
漫言不肖皆荣出，造衅开端实在宁。

［好事终］曲

画梁春尽落香尘。擅风情，秉月貌，便是败家的根本。箕裘颓堕皆从敬，家事消亡首罪宁。宿孽总因情。

这幅画是暗示秦可卿的死是悬梁自尽。秦可卿是宁府贾珍的儿媳妇、贾蓉之妻，金陵十二钗中最早死去的人物，小说第十三回“秦可卿死封龙禁尉”就描写了她的死。但是秦可卿是怎么死的，是个谜；画中的她悬梁自尽，也就是传说中曹雪芹的初稿曾以“秦可卿淫丧天香楼”为回目，写秦可卿与公公贾珍有染，事败羞愤自缢于天香楼，但据说后来曹雪芹的长辈亲友、批书人之一畸笏叟，为维护封建大家族的利益，命曹雪芹删去这一节大概二千余字，就是我们现在看到的这样，秦可卿是病死了。

但是曹雪芹没有改画册，而书中的文字又没提到“悬梁自缢”，所以这里有一些情节的遗漏，推测是有一定道理的。“情天情海幻情身”是说秦可卿其实是警幻仙姑的妹妹，警幻称为“吾妹”，“乳名兼美，表字可卿”，警幻既为掌管人间风月情债、风情万种的仙姑，那她的妹妹自然也是体格风流、浓情万种的奇特女子，在太虚幻境的“孽海情天”之中游弋，自然下到人间幻化为多情之身。

美丽多情的女子身在宁府，宁府的贾珍便起了淫心，“情既相逢必主淫”似乎揭露了这一丑事，这种见不得人的乱伦关系比起贾府宝玉的不肖来，罪恶就大多了，也丑陋多了。所以表面上荣光熠熠的荣宁二府其实也是背地里干着偷鸡摸狗、蝇营狗苟的勾当，这是大家族命运最后终结的源头。

在［好事终］曲中，秦可卿与贾珍的乱伦关系终于告一段落，曹雪芹谓之“好事”，明显包含讽刺意味，秦可卿的死是败家的根本，曹雪芹一方面把罪恶的原因归诸这个有着花容月貌、深懂人间风情的女子身上，对她迎合主子糜烂生活的不堪、忍辱负屈软弱性格加以批判；另一方面曹雪芹的矛头并没有放过大家族的长辈，“箕裘颓堕皆从敬”一句显见地批判了贾珍的父亲贾敬。

“箕裘颓堕”是指儿孙不能继承祖业。箕裘，指簸箕、皮袍。《礼记·学记》“良冶之子，必学为箕”，意思是说，善于冶炼的人家，必定先要子弟学会缝补皮袍，为炼金属、烧陶土修补器具做准备；善于造弓的人家，必定先要子弟学会做簸箕，为弄弯木竹、兽角制成弓做准备。后人因此以“箕裘”比喻祖先的事业。

宁府的贾敬对儿子管教不严，纵使贾珍胡作非为，与儿媳私通，不孝之子的劣迹是荣宁二府罪恶的祸事开端。在《红楼梦》“都只为风月情浓”的主题中，这种情是首罪、宿孽，是曹雪芹极力鞭挞的一种罪恶。

秦可卿是封建大家族的原罪之人，她深知贾府的好景不长，富贵难安，于是曹雪芹借她之口，又埋下了一条“伏线”，就是贾府今后的溃败之命数。第十三回写到凤姐半夜睡时秦可卿恍惚来与她告别，说了“月满则亏，水满则溢”“登高必跌重”“乐极悲生”“树倒猢狲散”“否极泰来”“荣辱自古周而复始”的道理，并交待了她管家的两项重要事宜，未雨绸缪，以保日后无患，再三叮嘱凤姐不要因为贾府现在处于“烈火烹油、鲜花着锦之盛”，而忘了“盛筵必散”的一句俗语。

秦可卿的真知灼见让读者为之感到同情，就像曹雪芹把这个人物也塑造得十分复杂，她不仅貌美，“其鲜艳妩媚，有似乎宝钗；风流袅娜，则又如黛玉”，兼具两种不同美的女性在秦可卿身上可融为一体，而且多情善良、思虑极深，但可悲的是走上一条被万人所不齿的道路而身败名裂，使家族蒙羞，虽然这个人物着墨不多，却给读者留下了深刻的印象。

贾宝玉在太虚幻境的经历是奇特的，正如一开始所说，是让他了解人间的“情”事而有所了悟，但是宝玉听着毫无兴趣，感觉睡意蒙眬，说自己酒喝多了想躺躺。

在读者眼中，《红楼梦》曲子的引子和收尾因此也就不难理解了。

［**红楼梦引子**］**曲**

开辟鸿蒙，谁为情种？都只为风月情浓。
趁着这奈何天，伤怀日，寂寥时，试遣愚衷。
因此上，演出这怀金悼玉的《红楼梦》。

在宋元时期，说唱艺术在表演时前面第一个曲子通称引子，曹雪芹借鉴这种手法，用引子来概说《红楼梦》金陵十二钗曲的来由。首句问天地自开辟以来，谁是感情最深挚的人？曹雪芹说的感情是“风月之情”，从金陵十二钗来说，这种情既包括男女爱情，也包括浪漫而真挚的人世之情。“奈何天”“伤怀日”

“寂寥时”，曹雪芹用了排比的句式渲染了一种伤怀的心情，因为小说是一出悲剧的上演，而主题是“怀金悼玉”，“金”暗指薛宝钗，“玉”隐含林黛玉，这两个人物与贾宝玉一起构成了故事的主线，交织的感情故事反映了一个朝代的兴衰。

［收尾·飞鸟各投林］曲

为官的，家业凋零；富贵的，金银散尽；有恩的，死里逃生；无情的，分明报应；欠命的，命已还；欠泪的，泪已尽。冤冤相报实非轻，分离聚合皆前定。欲知命短问前生，老来富贵也真侥幸。看破的，遁入空门；痴迷的，枉送了性命。好一似食尽鸟投林，落了片白茫茫大地真干净！

在演绎完十二支曲子之后，还有一个收尾，“飞鸟各投林”是喻家业飘零、一败涂地，各人自谋出路、各奔前程，死的死、散的散，以贾府为代表的四大家族最终走向衰亡的命运。曹雪芹用了对比的手法，列举了故事的悲剧因素，权势财富的烟消云散、恩怨相报的生死有命，就像食物吃尽、飞鸟投林，该回哪儿回哪儿，历缘造劫，归回本真，“白茫茫大地”是自然的最原始貌，也是最无穷相。

古典文学知识

曲

一般指元曲，是盛行于元代的一种文艺形式，包括杂剧和散曲，有时专指杂剧。

杂剧，宋代以滑稽搞笑为特点的一种表演形式，元代发展成戏曲形式。每本以四折为主，在开头或折间另加楔子，每折用同宫调同韵的北曲套曲和宾白组成。如关汉卿的《窦娥冤》等。流行于大都（今北京）一带。明清两代也有杂剧，但每本不限四折。

散曲，盛行于元、明、清三代的没有宾白的曲子形式。内容以抒情为主，有小令和散套两种。

曲的体制具体包含宫调、曲牌、曲韵、平仄、对仗、衬字六个体制。

宫调：宫调是指中国古代音乐的调式，曲与宫调出于隋唐燕乐，南北曲常用的有五宫四调，通称九宫或南北九宫，包括有正宫、中吕宫、南吕宫、仙吕宫、黄钟宫（五宫）、大面调、双调、商调、越调（四调），曲的每一个宫调都有各自的风格，或伤悲或雄壮，或缠绵或沉重。元曲中的戏曲套数和散曲套数，是由两支以同一宫调的不同曲牌相联而成。

曲牌：俗称“曲子”，是对各种曲调的泛称，各有专名，如《点绛唇》《山坡羊》等总数很多，元代北曲共三百三十五个，每一个曲牌都有一定的曲调、唱法，同时也规定了该曲的字数、句法、平仄等。据此可以填写新曲词，曲牌大都来自民间，一部分由词发展而来，故曲牌名也有和词牌名相同的，但是内容并不完全一致。此外，还有专供演奏的曲牌，但大多只有曲调而无曲词。

曲韵：元曲在押韵方面严守《中原音韵》十九部的要求而分平、上、去，用韵上有平仄通押，不避重韵，一韵到底，借韵、暗韵、赘韵、失韵的特点。

平仄：曲在用字的平仄上比诗词更严，而特别注重每首末句的平仄。

对仗：曲的对仗要求比较自由，可平仄相对，也可平声相对，即平声对平声，仄声对仄声。曲的对仗形式有“两字对”“首尾对”“衬字对”等十三种，在语言的运用和词序组合上有许多特点，主要表现在有工对也有宽对，但宽对的现象更普遍；句中自为对；错综成对或倒字为对，如“忠臣不怕死，怕死不忠臣”；以俗语入对。

衬字：曲与词最显著的区别是有无衬字，

有衬字的是曲，没有衬字的是词。所谓“衬字”指的是在曲律规定必须的字数之外所增加的字，它不受音韵、平仄、句式等曲律的限制，衬字一般用于句首。

红香圃庆生行射覆

在《红楼梦》中，大观园设宴摆席的场面不少，有很多关于酒令游戏的描写。酒令是民间风俗之一，为酒席上喝酒助兴之用，一般是席间推举一人为令官，余者听令轮流说诗词、联语或其他类似游戏，违令者或负者罚饮，所以又称“行令饮酒”。

酒令涉及很多诗词，既考验人的文化功底，又能比较出行酒令之人的头脑敏捷和应对能力，其间酒令游戏带来雅俗共赏的乐趣，是饮酒者怡情悦性的享受。

我国古代酒令游戏最早诞生于西周，完备于隋唐，经考察大致有十种，到现在除了猜拳游戏还保留，其余的大都已失传。在清代小说《红楼梦》里约写到了八种，曹雪芹对古代酒令文化的保存和生动描写，使传统文化得以继承和发扬。

春秋战国时期的投壶（以矢投壶，投中者罚不中者饮酒）和东晋的曲水流觞（酒杯随曲水而流，止于某人前便饮酒作诗）是酒令文化早期形式，到了唐代，酒令文化兴盛，产生了一种难度较高的形式叫射覆。

射覆，射者，猜度也；覆者，遮盖隐藏也。最早的玩法是把某物件用盆盂碗先隐藏遮盖起来，让人猜度。后来发展成一种间接曲折的语言文字形式的射覆游戏，其用法是用相连字句隐喻事物，叫覆，若射者猜不出或猜不中或覆者误判射者的猜度时，都要罚酒。

小说第六十二回写大观园宝玉、宝琴、平儿、岫烟共庆生辰，在红香圃玩的酒令游戏就是射覆。

红香圃在大观园的西北角，出了稻香村往北走就是，这里有荼蘼架、木香棚、芍药圃、牡丹亭、蔷薇园、芭蕉坞、榆荫堂，以芍药、牡丹为主，花海一片，姹紫嫣红，并有三间小敞厅，大观园儿女在此摆席，不分宾主，尽情玩耍，直玩得红飞翠舞、玉动珠摇。

宝玉先提出玩行令的游戏，众人赞成，但定夺不了玩哪种，于是想了十来个，香菱写了，搓成阄儿，掷在瓶中，平儿搅了搅，用筷子夹出一个，打开一看，上写着“射覆”二字，宝钗笑说“把个酒令的祖宗拈出来。‘射覆’从古有的，如今失了传，这是后人纂的，比一切的令都难”，宝钗想着难度太大，有一半人不会，不如再拈一个雅俗共赏的。

但是探春反对，“既拈了出来，如何又毁。如今再拈一个，若是雅俗共赏的，便叫他们行去。咱们行这个。”接着袭人拈了个“拇战”，湘云一看，觉得这个好，“这个简断爽利，合了我的脾气。我不行这个‘射覆’，没的垂头丧气闷人，我只划拳去了。”

“拇战”是《红楼梦》里写到的第二种酒令，俗称划拳、猜拳，游戏规则是饮酒时两人同时伸出手指并各说一个数，谁说的数目跟双方所伸手指的总数相符，谁就算赢，输的人喝酒。

湘云因不参加射覆而“乱令”，被探春罚了一杯酒，然后探春自吃一杯，自当令官，叫人取了骰子、令盆，从宝琴开始掷起，对了点的二人射覆。

宝琴、香菱都掷了三点，宝琴提议说“室内生春”，也就是限制了射覆的谜底，要限于房间内的事物，因为范围太大，说到外头，也就没了头绪。“生春”就是射覆的内容想得新巧、妙趣横生，又含有吉利的意思。令官探春同意，并定下细则，三次射不中，罚一杯。

宝琴说了个“老”字，香菱原来并不会行这种令，就看房间有没有跟“老”相连的成语，一时答不上语塞。湘云比较在行，在旁边听了，也在房内乱看，忽然看到门斗上贴有“红香圃”三字，就知道宝琴覆的是“吾不如老圃”的“圃”字，她看香菱射不着，就悄悄教她说“药”字，结果这作弊的行为被黛玉眼尖看到一语揭发，又被众人闹着罚了一杯酒。

覆“老”射“药”的原因是，“红香圃”是“芍药栏”的三间小房，宴席摆在此，这两个地名都是一处，“吾不如老圃”出自《论语·子路》“（樊迟）请学为圃。（孔子）曰：‘吾不如老圃。’”老圃，就是老园丁、老菜农的意思。孔子的学生樊迟向孔子请教种菜的技能，孔子说我不如老菜农，说自己这方面技艺不精。

而“药”字与“圃”可以组成“药圃”一词，如王维的《济州过赵叟家宴》“荷锄修药圃，散帙曝农书”，“药圃”的含义是种植药物的园子。宝琴是贵族家小姐，文化修养较高，射覆对她来说并不难，而香菱就不同，她从小被拐卖，失去受教育的机会，进大观园后曾下苦功夫向黛玉学诗，但还是不谙此道。

湘云帮忙作弊，香菱自然受牵连，按规则也是罚了一杯酒。接着宝钗和探春对点射覆。探春覆了“人”字，宝钗说“人”泛得很，探春就再添一字，两覆一射，说了“窗”字，宝钗看席上有鸡，便猜着她覆“鸡窗”“鸡人”二典，于是就射了“埘”字，探春知道她射着了，二人一笑，各饮了一口门杯。

宝钗和探春的射覆是“鸡栖于埘”，探春覆“人”和“窗”的时候，隐藏着席间的“鸡”字，被宝钗猜中了，因为“鸡窗”“鸡人”分别有典故。“鸡窗”指书室，传说晋代兖州刺史宋处宗得到一只很会长鸣的鸡，经常放在窗边，鸡忽然会说人话，同处宗终日交谈，处宗因而学问大进，后人遂用鸡窗代称书室。

古代皇宫内侍卫头戴红色配饰于清晨报晓，貌似公鸡状，后用“鸡人”指报晓。唐代诗人李商隐《马嵬》诗句“空闻虎旅传宵柝，无复鸡人报晓筹”有提到“鸡人”。“埘”是凿在墙壁的鸡窝，“鸡栖于埘”见《诗经·君子于役》：“鸡栖于埘，日之夕矣，羊牛下来。”意指鸡在窝里栖息，太阳下山，羊牛下山坡归栏，诗句描绘了日暮禽畜归栏返巢的情景。

射覆游戏还没玩完，这边湘云已经迫不及待地和宝玉猜起拳来，袭人和平儿也一对儿猜拳，结果湘云赢了宝玉，袭人赢了平儿。宝玉被罚喝酒，湘云就玩起了“酒面酒底”令，这是《红楼梦》写到的第三种酒令的形式，因为湘云赢了，所以要把难度比较高的酒令给宝玉做。

此令规则是行令前先斟满酒杯，未饮而先行之令称为“酒面”，饮而后行之令称“酒底”。湘云便说：“酒面要一句古文，一句旧诗，一句骨牌名，一句曲牌名，还要一句时宪书上的话，共总凑成一句话。酒底要关人事的果菜名。”众人都说她的令最唠叨，不过也很有意思，就催宝玉快说。宝玉没见过这么复杂的酒面酒底令，推脱说要想一会儿，黛玉估计宝玉一下子想不出来，就叫宝玉多喝一盅，让她来说。

黛玉饱读诗书，即使再高难度的酒令也难不倒她，她就说了一长串：“落霞与孤鹜齐飞，风急江天过雁哀，却是一只折足雁，叫的人九回肠，这是鸿雁来宾。”这是酒面。酒底是“榛子非关隔院砧，何来万户捣衣声”。其中“榛穰”是席上一种菜，“榛”“砧”同音。

黛玉的酒面酒底令说得完美无缺，“落霞与孤鹜齐飞”出自唐代王勃的散文名篇《滕王阁序》，“风急江天过雁哀”出处不详，但应该是唐人诗句，陆游诗“风急江天无过雁”与之相仿。“折足雁”是骨牌副儿名，这副牌由“长三”“一二”“长三”组成。“九回肠”是曲牌名，“鸿雁来宾”出自《礼记·月令》“季秋之月……鸿雁来宾”，旧时历书引此语为秋季来临的标志。“榛子”是榛树的果实，“砧”是捶、砸或切东西的时候垫在底下的器具，古代妇女做衣服，要把织好的布帛铺在平滑的砧板上，用木棒敲平，以求柔软熨帖，好裁制衣服，称为“捣衣”。黛玉捡起席间叫榛瓤的果名，并说出“榛”不同“砧”，用砧捣衣是关乎人的一件事，所以完全符合湘云制这个酒面酒底令的要求。

接着湘云和宝琴玩猜拳，李纨和邢岫烟对点子。对了点的玩射覆，猜拳输的玩酒面酒底令。李纨覆了“瓢”字，岫烟射了“绿”字，两人会意，各饮一口。李纨的“瓢”字是指酒杯，因为瓢也叫葫芦，剖开后壳可以做酒器（也叫“樽”），组成“瓢樽”，李纨指席间有酒器，邢岫烟就射了“绿”，“绿”是酒的意思，和酒器组成“绿樽”，如宋代苏辙《九日三首》之一诗：“瓢樽空挂壁。”唐代刘希夷《送友人之新丰》诗：“愁向绿樽生。”还有杜甫的《对雪》诗：“瓢弃樽无绿，炉存火似红。”所以，李纨和邢岫烟射覆玩得得心应手，各自心领神会。

湘云和宝琴玩猜拳输了，要请酒面酒底令，她自己定的复杂的酒令自己要来一个，宝琴就笑说“请君入瓮”，意指以其人之道还治其人之身，大家笑说这个典故用得极恰当。“请君入瓮”典故是说唐天授二年的时候，女皇武则天命酷吏来俊臣审问周兴，来俊臣问周兴怎样才能使犯人招供，周兴答把犯人放进四面围火的大瓮中，犯人就不会不招。来俊臣如法炮制，置瓮，并对周兴说：奉命审你，请君入瓮。周兴当即服罪。

湘云没犯什么法，只不过她制定了一套复杂的酒面酒底令，把宝玉难住了，是黛玉替他解了围，现在湘云猜拳输了，自己也要做一个，于是大家就打趣她。

湘云不假思索，马上给出酒面：“奔腾而砰湃，江间波浪兼天涌，须要铁锁缆孤舟，既遇着一江风，不宜出行。”酒面“奔腾而砰湃”出自北宋欧阳修的散文《秋声赋》“初淅沥以萧飒，忽奔腾而砰湃”。第二句出自杜甫的《秋兴八首》之一：“江间波浪兼天涌，塞上风云接地阴。”“铁索缆孤舟”是由“长三”“三六”“长三”组成的一副骨牌名，“一江风”是曲牌名，“不宜出行”常见于旧时历，通常指出门远行要挑选良辰吉日，历书中会写明某一天是否出行适宜的说法。

湘云说完酒面，吃了酒，大家快催她说酒底，她夹了一块鸭肉，呷了一口酒，忽见碗内有半个鸭头，就夹出来吃脑子，举着箸子说：“这鸭头不是那丫头，头上那讨桂花油。”众人一听，都笑起来，引得晴雯等丫头走过来说湘云会开心，既拿她们取笑，就得分瓶桂花油擦擦。

接着宝玉和宝钗对了点子，要行射覆。宝钗先覆“宝”字，宝玉会意，射了“钗”字，还连声道歉说叫宝钗别怪他说到了她的讳。宝玉的意思是宝钗覆“宝”，是指宝玉的“通灵玉”，宝玉想着玉配金，就是金钗，所以射了“钗”，含了宝钗的名，没有注意避讳，所以道歉。

湘云说这个射覆不合规矩，说这是用时事，就是发生在现在人身上的事，古代诗书上没有记载“宝玉”二字，但香菱马上说有，香菱自进大观园后，向黛玉学诗，借诗书读多了，随便一想便举出了唐代岑嘉州（岑参）的《送张子尉南海》诗“此乡多宝玉”，还有唐代李义山（李商隐）的《残花》诗“宝钗无日不生尘”，这下把湘云给问住了，湘云误判，只得罚酒一杯。

在红香圃芍药栏，众人玩行射覆的酒令游戏是小说第一次描写，而酒面酒底令的游戏早在第二十八回“蒋玉菡情赠茜香罗”中就有写到，当时玩的人是薛蟠、宝玉、冯紫英、蒋玉菡几个男子和锦香院的妓女云儿，是宝玉提议行令，只不过湘云制的酒面酒底令比宝玉的稍微复杂些，对诗词的要求更高些。

宝玉在冯紫英家行的令应该叫“女儿令”，因为规定门杯一定要说“悲”“愁”“喜”“乐”四个字，还要说出“女儿”来，并要证明这四个字的原故，酒面是一支小曲，酒底是席上生风的一样东西——或古诗、旧对、四书五经成语。

所谓门杯，就是酒席上各人面前的一杯酒，也叫门前杯。酒面和酒底跟之前讲的一样，行令者说完女儿令和酒面之后要饮门杯，之后再说酒底。酒底规定要席上生风，即要说出酒席上现成的一样东西，说一句与此有关的成语或古诗，使大家感到有趣，生风是产生风趣的意思。定好规则之后，谁要是违反规定便要罚酒。

宝玉的女儿令：

女儿悲，青春已大守空闺。
女儿愁，悔教夫婿觅封侯。
女儿喜，对镜晨妆颜色美。
女儿乐，秋千架上春衫薄。

酒面曲

滴不尽相思血泪抛红豆，开不完春柳春花满画楼，睡不稳纱窗风雨黄昏后，忘不了新愁与旧愁，咽不下玉粒金莼噎满喉，照不尽菱花镜里形容瘦。展不开的眉头，捱不明的更漏。呀！恰便似遮不住的青山隐隐，流不断的绿水悠悠。

酒底

雨打梨花深闭门

宝玉在冯家和几个男子、妓女喝酒行令是富家子弟在外恣意行乐、放浪形骸的生活反映，行令的门杯定为“女儿令”，题材也比较适合男子来创作，在这种声色场中对诗词文化的要求不是很高，对于宝玉来讲是手到擒来，而且还表现出一种高雅的格调，同时有些酒令一样寓有深意。

在宝玉的眼里，女儿是“水做的骨肉”，从小在女儿堆里长大，女儿的悲愁喜乐他较为详熟，女儿的悲是年岁大了守着空闺，愁是后悔教丈夫追求功名利禄，反而到头来孤独终老。女儿的喜是对镜梳妆的时候看到红颜娇媚，女儿的乐是坐着秋千在春天的风里自由飘摇。

宝玉在说到女儿的悲愁之时，曹雪芹有意藏着一种预示。宝玉和宝钗最后结成金玉良缘，宝玉应试中举，使宝钗一心规劝宝玉的苦心得到了很好的回报，本是值得庆贺的事，但可悲的是，宝玉中举是在贾家走向败落之际，身边的姐妹死的死、散的散，连他最心爱的黛玉也撒手人寰、离他而去，所以这时的宝玉心灰意冷，婚姻关系名存实亡，并且看破红尘，决意离家出走，所以宝钗的一腔心血付诸东流，独守空闺，寂寞后悔。

宝玉的酒面曲唱的跟黛玉有关，红豆喻相思，“滴不尽相思血泪”暗示黛玉前身作为绛珠仙草受神瑛侍者雨露浇灌，下世行还泪之说。黛玉曾因愁绪绵绵在秋雨夕写过风雨词，父母双亲离世是旧愁，在贾府与宝玉之间夹杂着宝钗又有一种新愁，再加上敏感多疑的性格，事事愁、日日愁，愁绪满怀，挥之不去，以致寝食难安、形容消瘦，愁眉深锁、长夜难挨，这种愁绪似青山无法遮掩，似流水不能断绝，好一个以伤春为时景、以悲愁为感怀的女子！

宝玉的酒底诗句出自北宋词人李重元的《忆王孙》：“杜宇声声不忍闻，欲黄昏，雨打梨花深闭门。”宝玉选择酒席上的“梨”作为酒底，其实与“离”谐音，暗示他最终和生命中两个重要的女子黛玉和宝钗的死生分离。

其间冯紫英和薛蟠、锦香院妓女云儿也行了酒令，冯紫英是神武将军冯唐之子，个性豪爽粗犷，文墨不多，酒令中多是一些日常小事，戏言调笑，也有些民间俚语。薛蟠的酒令纯属笑料，趣味低级，甚至有些淫腔秽语，如蚊蝇之脏恶。

蒋玉菡的女儿令：

女儿悲，丈夫一去不回归。
女儿愁，无钱去打桂花油。
女儿喜，灯花并头结双蕊。
女儿乐，夫唱妇随真和合。

酒面曲

可喜你天生成百媚娇，恰便似活神仙离碧霄。度青春，年正小；配鸾凤，真也着。呀！看天河正高，听谯楼鼓敲，剔银灯同入鸳帏悄。

酒底

花气袭人知昼暖

《红楼梦》第二十八回“蒋玉菡情赠茜香罗，薛宝钗羞笼红麝串”，曹雪芹有一个非常精心的布局，把蒋玉菡和袭人、贾宝玉和薛宝钗放在了一个章回中来进行描写。蒋玉菡是梨香院戏班一个唱小旦的戏子琪官，在冯家玩耍结识了宝玉，行酒令的时候误说到了宝玉的大丫鬟袭人而向宝玉赠物赔礼道歉，无意间结缘袭人。宝玉玩耍后回园次日便听到宫里娘娘赏赐过年的赏银，连赏了端午的节礼，曹雪芹特别安排元妃赏赐宝玉和宝钗的节礼是一样的，同有麝香珠串，而黛玉则有所不同少了很多，有研究认为是元妃有意想促成宝玉和宝钗的姻缘，而将黛玉和迎春、探春、惜春等同视之。

从曹雪芹惯用的写作笔法来看，元春的节礼不一定是她有意想拆散宝玉和黛玉，把节礼的赏赐有别理解为将来宝玉姻缘佳偶的暗示更为妥帖，因为黛玉和宝钗接到节礼之后并没有什么过激反应。黛玉心里不快，说了“比不得宝姑娘什么金啊玉的”“我们不过是个草木人儿罢了”的话，宝钗因谙“金玉之说”反而觉得没有意思，见到宝玉远远躲开，这种反应是很正常的，而宝玉在欣赏宝钗手腕上褪下的红麝串时，顺便细心打量了宝钗的形容。薛宝钗的容貌描写在此处是最美的描画：“脸若银盆，眼似水杏，唇不点而红，眉不画而翠，比林黛玉另具一种妩媚风流……”

元妃的节礼暗示使宝玉在一个恰当的时机把目光正式聚焦到他平时不以为意的宝钗身上，他对黛玉多的是表白和宽慰，对宝钗有的是轻省和忽略，在薛宝钗进贾府许多时日之后，宝玉才对面前的这个女子进行了一次美的欣赏，这次新的发现表明宝钗也有貌美动人之处，不是平时一副冷冰冰的说教面孔，宝玉在视觉上对宝钗有了一份欣赏和赞叹，也暗示两人即使配成佳缘，宝玉在心理上并不完全讨厌和排斥。

那么把蒋玉菡和袭人、宝玉和宝钗安排在同一章回，就有了情节发展的暗示，贾府败落，黛玉早夭，宝玉和宝钗真的走到了一起，但是生活景况大不如前，袭人也没能成为宝玉的侍妾，而是嫁给了蒋玉菡，他们夫妻二人依旧像以前一样对待曾经的主子，恭敬如初。在蒋玉菡的酒令里，分明说出了今后他的婚姻状况和他将要遇到的知己之人。

蒋玉菡的女儿令讲到女儿的悲愁暗示袭人，袭人本是将来指配给宝玉的侍妾，在关系上也可以有丈夫之称，宝玉出家，一去不返，而袭人再也没有像在怡红院那样好的生活条件，困顿缺钱可能是平常之事。袭人的喜乐在于她的归宿是喜庆的，与著名戏子蒋玉菡结为佳偶，过着夫唱妇随的生活，有了真正属于自己的幸福，相比于大观园众多姐妹最后的悲惨结局，她虽然没有大富大贵，但也平安如意。

蒋玉菡的酒面令也是指他将来会遇到心爱的人，此人娇媚动人，青春年少，正是择偶佳时，婚配当年，而自己希望与她共结良缘，共度良宵。

酒底令明是对联的一句，其实是把袭人的名字说得清清楚楚，分明是一种暗示。“花气袭人知昼暖”是陆游的诗句，蒋玉菡拿起的是酒席上一朵木樨花，有可能是糖桂花，符合行令的要求，但是他不知道“袭人”二字犯了宝玉丫鬟的名讳，所以薛蟠喧嚷说席上没有宝贝，怎么说起宝贝来了的时候，宝玉知道被薛蟠打趣，没好意思说出来，只罚了薛蟠喝酒，等云儿说出来，蒋玉菡这才知道袭人是宝玉的丫鬟，忙起身赔罪。

两人出来站在廊上重新认识的时候，宝玉久闻琪官大名，无缘识见，此日兴致，就将一个玉扇坠儿解下来送给琪官以表见面之谊，蒋玉菡也解下系在腰上北静王赐赠的茜香国女国王所贡之礼茜香罗赠与宝玉；照理两人互赠完毕即止，但是曹雪芹却特别安排了宝玉也解下了身上的松花汗巾给了蒋玉菡，而这条汗巾正是袭人之物，所以两人在交换礼物的时候，巧妙地结下了蒋玉菡和袭人的缘分，这正是曹雪芹写作布局的精妙之处。

因贾母、王夫人等长辈们不在家，少了很多管束，红香圃庆生之后到了晚上，寿星宝玉的兴致不减，在怡红院和身边的丫鬟袭人、晴雯、麝月、秋纹，还有芳官、碧痕、春燕、四儿还要吃酒取乐，席间宝玉觉得要行令才好玩，于是不管三更半夜，叫丫鬟们把宝钗、李纨、黛玉、探春、湘云、宝琴都邀了来，大家一起玩起了摇抽象牙花名签的酒令游戏。

摇抽令签是曹雪芹在《红楼梦》中写的第四种酒令游戏，古时这种行令用的签是用象牙、兽骨、竹、木制成，叫做令签，规则是令签插放于相应的签筒内，行令时在座宾客依次轮流摇抽一支，按签上标注的内容游戏行令。

第六十三回“寿怡红群芳开夜宴”用的那副“象牙花名签子”就非常精致有趣。那副签子每支上都画有一枝花，题着签子名称，还镌刻着一句唐诗，标明了饮酒方式、人员、杯数和所说令词等。

晴雯的骰子先投了六点，是宝钗先抽。宝钗将筒摇了摇，伸手一抽，是一支牡丹花签，题着“艳冠群芳”四字，一句唐诗是“任是无情也动人”，签注云“在席共贺一杯，此为群芳之冠，随意命人，不拘诗词雅谑，道一则以侑酒”。

于是众人举杯共贺，说宝钗与牡丹非常配，抽这个签简直太合适了，宝钗吃过酒，叫芳官唱一支曲子，芳官一开始唱贺寿的俗曲，众人不依，等芳官换了支明代汤显祖《邯郸记》中的曲子《赏花时》才肯罢休。

从薛宝钗抽第一支花名签开始，曹雪芹其实有意用一种“诗谶”的写作方法来暗示人物的命运。签上镌的诗句，大部分都是旧时非常流行的诗句，在《千家诗》中都能找到，因为熟悉，所以只要看到一句，便会想起全诗，从花签上那句诗想到全诗，联想到人物命运，这一贯始终的“谶语”写法可见小说在布局谋篇上的匠心。

宝钗抽的“任是无情也动人”出自唐代罗隐的《牡丹花》：“似共东风别有因，绛罗高卷不胜春。若教解语应倾国，任是无情亦动人。芍药与君为近侍，芙蓉何处避芳尘。可怜韩令功成后，辜负秾华过此身。”从这首诗来看，曹雪芹把薛宝钗比作牡丹，连众人看了都说“配”，那么“配”在哪里？

在众人眼中，宝钗雍容华贵，高雅典丽，气度不凡，如花中之王牡丹，所以抽到该签，大家一起举杯同贺群芳之冠是理所当然的。但是从全诗的前后句看，曹雪芹深藏的含义就不仅仅是表象那么简单了，宝玉是拿着签，颠来倒去地念那句诗，听了芳官唱的“翠凤毛翎扎帚叉，闲踏天门扫落花……”，眼看着芳官不语。

写宝玉的若有所思是曹雪芹在提醒，读者在看的时候要留一个心眼，不要被正面文章所迷惑。罗隐的诗从前三句看，都是在赞美牡丹国色天香，被东君所青睐，善解人意，比作解语花，同时又一枝独秀，使芍药、芙蓉相比逊色，但最后一句是贬抑之词，说牡丹纵然处处得人好感，最后还是遭到被人无情砍斫的命运结局。

诗中用了两个典故，一个是“若教解语应倾国”，是说如果叫解语花的话应该是有倾国倾城之貌，“解语花”有唐代杨贵妃之比。《开元天宝遗事·解语花》记：“明皇秋八月，太液池有千叶白莲，数枝盛开，帝与贵戚宴赏焉。左右皆叹羡，久之，帝指贵妃示于左右曰：‘争（怎）如我解语花？’”解语花是会说话的花，比喻美女聪慧可人，善解人意。唐玄宗把杨贵妃比作解语花，可见杨贵妃不仅容貌出众，而且温柔体贴，深得玄宗喜爱。

另一个典故是“可怜韩令功成后，辜负秾华过此身”，韩令，指韩弘，唐元和十四年曾为中书令。李肇《唐国史补》有记载：“京城贵游尚牡丹，三十余年矣。每春暮，车马若狂，以不耽玩为耻。……元和末，韩令始至长安，居第有之，遽命斫去，曰：‘吾岂效儿女子耶？’”牡丹明艳动人，成为国人赏花的花神，但是对于韩令来讲，这种痴迷不悟的狂热喜爱如儿女情感过于缠绵，大丈夫不应该沉浸在对花花草草的迷恋之中，所居之处凡有，皆挥刀砍斫，决不被世俗的喜爱所摆布和左右。

薛宝钗能说会道，善于逢迎，在贾府赢得上下左右所有人的好感，把她比作解语花是再合适不过，她良好的人际关系超过了黛玉，常常让黛玉有相形见绌之感。宝钗是封建正统思想所教育出来的女子，所以她的心里有一套封建道德的礼教束缚，往往压抑她作为青春少女该有的活泼和真诚的内心，她没有黛玉的随性，也不如湘云的真诚，总是稳重平和、机智圆滑，是个“冷美人”。

最能体现她的“无情”和“冷”是在第三十二回听到金钏儿投井自杀之后安慰王夫人的一段话，连袭人都为之流泪、王夫人都感到“岂不是我的罪过”的一个消息，在宝钗看来却是一件极其平常的小事，“姨娘是慈善人，固然这么想。据我看来，他并不是赌气投井。多半他下去住着，或是在井跟前憨顽，失了脚掉下去的。他在上头拘束惯了，这一出去，自然要到各处去顽顽逛逛，岂有这样大气的理！纵然有这样大气，也不过是个糊涂人，也不为可惜。”“姨娘也不必念念于兹，十分过不去，不过多赏他几两银子发送他，也就尽主仆之情了。”

为了安慰主子，对下人能说出这么番无情冷酷的话，也只有薛宝钗能做到，她是站在封建统治阶级的立场上，说出了对下人的一种根深的偏见，这种阶级烙印是抹杀不掉的。但作为封建道德标准培养出来的淑女，宝钗博学多才、举止娴雅，也有使宝玉和众多读者为之动容的地方。

把薛宝钗比作杨贵妃，和用韩令砍斫牡丹的典故，都有暗示宝钗最后被弃的命运，杨贵妃被玄宗赐死，牡丹被韩令斩断，就如宝玉最终皈依佛门、悟道出家，宝钗寂寞此生，终身被误，与第五回《红楼梦》曲［终身误］是一脉相承的含义。

寿宴还在继续，怡红院的儿女抽摇花名签的酒令游戏开展得如火如荼，自薛宝钗始，各人都得到一支花签，而这支签神秘含蓄，从宝玉的隐而不语可以看出玄机所藏，隐前歇后、草蛇灰线的写作笔法又一次艺术地展现在读者面前。

等芳官把曲唱完，宝钗掷了一个十六点，数到探春。探春伸手一掣，自己瞧了先红了脸，便撂在桌上，埋怨这支花签是不是男人们行的令，有许多混账话。袭人拾起，看是一枝杏花，有“瑶池仙品”四字，一句唐诗“日边红杏倚云栽”，签注云“得此签者，必得贵婿，大家恭贺一杯，共同饮一杯”。众人都笑说这支花签本是闺阁中取笑用的，抽到这样玩笑的花签无伤大雅，就来贺她的酒，笑说家里已经出了一个王妃，难道还会再出一个不成。

“日边红杏倚云栽”出自唐代高蟾《下第后上永崇高侍郎》诗：“天上碧桃和露种，日边红杏倚云栽。芙蓉生在秋江上，不向东风怨未开。”原诗是唐代的高蟾科举落第后，写了一封书信给侍郎官，说自己因出身贫寒、无人举荐而考试失利，不像天上的碧桃有露水浇灌，日边的红杏偎靠着云霞栽培，感慨告白自己就像秋江上的芙蓉，清冷自立，不随波逐流，即使没有外在的助力，也不埋怨怀才不遇的时运捉弄。

从“日边红杏倚云栽”的字面上看，杏花既有阳光的照耀，又把天边的云彩当作栽种的依靠，成了“瑶池仙品”，能拥有非人间常人所能拥有的前途幸福，古时女子出身贵族就是家庭背景好，再找个有依靠的贵婿成全婚姻，十全十美的如意生活是令人向往的。所以探春抽的签从表面上看是大吉大利，但是从全诗来看，就像高蟾科举失利一样，即使是拥有再高的智慧和再大的能力，时运不济，也只能做秋江上的芙蓉，不能有丝毫的哀怨，面对生活发生的一切，坦然地去承受和接纳。

探春抽得的这支花签与她的图册、判词和曲是相符的，探春的远嫁海隅也许成了海外王妃，一辈子生活也有了依靠，但是对她来说，抛家别亲是难言的隐痛，像元春省亲时哭诉宫里生活的寂寞和失了人伦之乐一样，再多的哀叹也不能改变女子在家从父、出嫁从夫的命运。探春有着精明的头脑、直烈的性格，但在婚姻问题上，同样没有自主的选择权利和反抗能力，服从贵族家庭的安排是唯一的出路，不管思念家乡亲人的心有多急切，不管生活是否真的过得如意美满，都是无足轻重的，这不得不说也是一个悲剧。

尽管探春嫌弃这花签有杂话，不愿接受众人的庆贺，但是湘云、香菱、李纨等三四人还是强摁着她灌了酒。探春说把这支花签去掉不算，再行个别的酒令，湘云哪里肯依，拿着她的手，强掷了个十九点出来，这下轮到的是李纨。

李纨把签筒摇了摇，抽出一支来看，嘴里说道“好极。你们瞧瞧，这劳什子竟有些意思”。众人看那支签上画着一枝老梅，写着“霜晓寒姿”四字，一句旧诗“竹篱茅舍自甘心”，签注云“自饮一杯，下家掷骰”。李纨看完，不顾众人，利索地自饮一杯，把骰给了下家黛玉。

李纨说的“有些意思”是耐人寻味的，大观园她住在稻香村，本就是竹篱茅舍的建筑风格，“自甘心”也符合李纨平淡守寡的生活，与世无争，把全部精力放在教育儿子贾兰的身上，以求他今后仕途有望，光宗耀祖，自己心甘情愿把美好年华看淡，似水流年隐藏的孤独和痛苦、单调和乏味被她咀嚼多遍，吞咽下肚，还要强颜欢笑，艰难度日。难怪李纨的丫鬟碧月到宝玉的怡红院找手帕，看到宝玉同麝月、晴雯、芳官笑闹不休，十分羡慕，宝玉问，你们为什么不顽呢？碧月回道，我们奶奶不顽，就把大家也“宾”住了。

“竹篱茅舍自甘心”诗句出自宋代王淇的《梅》诗：“不受尘埃半点侵，竹篱茅舍自甘心。只因误识林和靖，惹得诗人说到今。”原诗第一、二句是说梅花高洁自赏，不受尘埃侵扰，在竹篱茅舍旁甘于平淡地生长，这是李纨一生坚守贞洁的写照。后两句讲到一个典故，林和靖即林逋，是宋代有名的杭州诗人，曾在西湖的孤山结庐，无妻无子，性爱植梅养鹤，有“梅妻鹤子”之称。林逋曾写有《山园小梅》诗，其中“疏影横斜水清浅，暗香浮动月黄昏”成为令后人赞赏的名句，“暗香疏影”于是也成了梅花的代名词。

王淇在诗中说梅花本是寂寂无闻，因为“误识”了林逋，独具疏影横斜的姿态和暗香浮动的幽静被诗人描画称赞，才在众花中脱颖而出，被后人说谈到今，借此说李纨像凌霜在晨晓中绽放冰寒之姿的梅花一样，淡泊了大半辈子，因儿子贾兰应考中举，在贾家败落之际勉强为家族撑起最后一丝荣耀，自己诰命加身却病体不济，走向衰亡，被他人当作笑谈笑柄，这何尝又是她自己想要占风情的本意。

黛玉的骰子一掷十八点，轮到湘云掣签。湘云揎拳掳袖，豪爽毕现，一下子抽出一根签来，一看签上画着一枝海棠，题着“香梦沉酣”四字，诗云“只恐夜深花睡去”，注云“既云‘香梦沉酣’，掣此签者不便饮酒，只令上下二家各饮一杯”。湘云看了拍手大笑，口念阿弥陀佛，真是个好签。

湘云的上家是黛玉，下家是宝玉，她自己不喝，反而让黛玉代喝，黛玉就忍不住要打趣她了，说把“夜深”改成“石凉”好了，众人知道湘云白天庆生的时候喝多了酒，在芍药栏的一块青板石凳上睡着了的事，一回想起来个个不觉都心领神会。第六十二回“憨湘云醉眠芍药裀”是小说刻画湘云性格娇娜不胜一面的情节，芍药花红香散乱，蜂蝶飞舞围绕，湘云枕着芍药花包沉睡，掉落在地的扇子被花埋了一半，嘴里嘟嘟囔囔说着酒令：“泉香而酒洌，玉碗盛来琥珀光，直饮到梅梢月上，醉扶归，却为宜会亲友。”

湘云在睡梦中还惦记着自己制的酒面酒底令，只是此令只有酒面，没有酒底，酒面“泉香而酒洌”出自宋代欧阳修的散文《醉翁亭记》，“玉碗盛来琥珀光”是唐代诗人李白在《客中行》中的名句，“梅梢月上”是骨牌副儿名，由“长五”“幺五”“长五”组成，“醉扶归”是曲牌名，“宜会亲友”是旧时历中的说法。梦中的酒底还没说完，湘云就被众人笑着推醒，整妆醒酒去了。

湘云虽娇憨可爱，但醉后失态，是被黛玉逮住的小小的“把柄”，而黛玉又是个“睚眦必报”的人，酒要代喝，但是“奚落”一下湘云对黛玉来说是信手拈来。把“只恐夜深花睡去”的“花”比作湘云，“夜深”改成“石凉”就更符合白天看到的情景了，众人回想当时觉得青板石凳又潮又凉，怕湘云睡出病来，赶忙推醒她一事如历历在目，所以黛玉一说，众人都笑了。

不过湘云抽到的签画的是海棠花，诗句“只恐夜深花睡去”出自北宋苏轼的《海棠》诗：“东风袅袅泛崇光，香雾空蒙月转廊。只恐夜深花睡去，故烧高烛照红妆。”这首诗是第二次出现在小说中，第一次贾政带着宝玉和众清客走到一处院落的时候，看到庭院里栽种着大株海棠，有位清客引用了这首诗，宝玉说这首诗是描写海棠花的，前两句写海棠花在迷蒙月色下泛着美妙奇异的光彩，后两句写春光易老，海棠花易谢，在夜深人静之时，秉烛高照海棠花色花姿，珍惜短促的春色，挽留稍纵即逝的美景在眼前。

诗中的海棠花暗指湘云，大观园无忧无虑的生活对她来说非常短暂，她只要一来园子，便与宝玉和姐妹们嬉笑打闹，玩得兴致盎然、不亦乐乎，对爱情婚姻的渴望一如香梦沉酣，连梦里都要吟诗浪漫，这是一个多么诗意联翩的女子，性格爽快乐观，在大观园除了王熙凤，她是第二个爱玩爱闹的人物，她只要一出现，总是场面热闹、气氛热烈，但是婚后因丈夫的原因，“云散高唐，水涸湘江”，小说续书关于湘云的内容不多，仿佛她的音容笑貌一下子消失在大观园，大观园顿时冷清了许多，湘云的结局不乐观，令无数读者为之惋惜哀叹。

黛玉一番打趣，湘云是要回击的，她指着房间里一个自行船的摆设对黛玉说：“快坐上那船家去罢，别多话了。”黛玉是坐船来投奔贾母，湘云让她坐船回去，也是姐妹间的玩笑，两人常常斗嘴玩闹，都不会真的在意对方说了些什么。

不过黛玉、宝玉在代湘云喝酒的时候，两人都不老实，各自偷偷做了手脚，宝玉是饮了半杯，瞅人不见，递与芳官喝了。黛玉以和人说话为遮掩，将酒全倒在漱盂内了。轮到湘云掷，她一下抓起骰子，一掷九点，该是麝月掣签。

麝月是宝玉身边的丫鬟，她掣的一根签上面画的是一枝荼蘼花，题着“韶华胜极”四字，诗云“开到荼蘼花事了”，注云“在席各饮三杯送春”。麝月看不懂，问宝玉怎么讲，宝玉一看皱了皱眉，把签藏了，招呼众人喝酒，大家吃了三口，以充三杯之数。

曹雪芹在写麝月抽签的时候是用了简笔的方法一带而过，并没有写出众人有多大的反应，但是通过宝玉皱眉的细节描写可以看出，这支花签同样含有深意。第十七回题咏大观园，贾政带着宝玉走到一处怪石玲珑、奇草异香的清厦，叫众清客题拟匾额的时候，众人题了几个，贾政都不满意，宝玉当时题了“蘅芷清芬”四字，同时还出了一联“吟成豆蔻才犹艳，睡足荼蘼梦也香”，联中写到过一次荼蘼花，贾政彼时贬宝玉套用前人诗句认为不足为奇。

麝月得的诗句出自宋代王淇《春暮游小园》诗：“一从梅粉褪残妆，涂抹新红上海棠。开到荼蘼花事了，丝丝天棘出莓墙。”原诗是描写冬去春来，梅花凋谢海棠花盛，等开到荼蘼花的时候，春天也将走到尽头，落英芬芳，只留下蔓生的天棘伸出长满莓苔的墙头。

“荼蘼不争春，寂寞开最晚”，这是宋代诗人苏轼的诗句，任拙斋也有诗云“一年春事到荼蘼”，所以宝玉看到“荼蘼花事了”、饮酒“送春”的时候，心里掠过一丝阴影，虽然签上注着“韶华胜极”，似是“鲜花着锦，烈火烹油”的繁盛之极，但盛极必衰、物极必反的道理谁都懂，宝玉看到此签，连忙遮掩内心隐隐约约的不快，以喝酒为名把签藏了，大观园日益浓重的悲凉气氛在麝月的签里有了一丝透露。

麝月接着掷了十点，该是香菱抽签，香菱抽出了一枝并蒂莲，题着“联春绕瑞”，诗云“连理枝头花正开”，注云“共贺掣者三杯，大家陪饮一杯”。香菱的酒有没有喝，小说没有描写出场面，众人看到此签，也没有说什么，照理说这是一支好签，为何大家平淡视之？香菱抽的签原诗出自宋代朱淑真的诗《落花》：“连理枝头花正开，妒花风雨便相催。愿教青帝长为主，莫遣纷纷落翠苔。”

诗的第一句“连理枝”是指枝干连生在一起的草

木，一般比喻恩爱夫妻。连理枝开花，是花开并蒂，不相分离的吉祥之意，如“联春绕瑞”四字，蕴含春意不歇、祥瑞不止，但第二句语义转折，花开连理容易遭到狂风骤雨的嫉妒摧残，所以希望“青帝”即掌管花事的东方之神，能护佑并蒂花长久开放，不要吹散花朵纷纷掉落在翠苔之上。

说到并蒂莲，让人联想起香菱在第六十二回玩斗草的游戏，用“夫妻蕙”对“姐妹花”的情节，以为香菱将来会遇到什么喜事，到第八十回“美香菱屈受贪父棒”读者就明白，这其实是曹雪芹在写法上的先扬后抑，花签上的诗句看似祥意，歇后的那句“妒花风雨便相催”才是香菱真正的结局。

“妒花风雨”暗指第七十九回出现的人物夏金桂，薛蟠之妻，外号“河东狮”，小说原文对她的描写是“爱自己尊若菩萨，窥他人秽如粪土；外具花柳之姿，内秉风雷之性”，是一个善妒且刁蛮泼辣的悍妇。自嫁到薛家之后，勾结丫鬟宝蟾对香菱百般摆布凌辱，强行把香菱改名为“秋菱”，并拿魇魔法诬陷香菱并叫嚣将她卖掉，香菱不得已与薛蟠断绝关系，跟着宝钗黯然度日，最后身体日渐羸瘦，医药无效，走向生命的尽头。

香菱之后，是黛玉掣签，黛玉心里默念能掣根好的，结果掣的签上面一枝芙蓉花，题着“风露清愁”四字，诗云“莫怨东风当自嗟”，注云“自饮一杯，牡丹陪饮一杯”，众人一看，笑说除了黛玉，别人是不配做芙蓉，黛玉也笑着自饮了。

黛玉花签诗出自宋代欧阳修的《明妃曲·再和王介甫》，全诗云："汉宫有佳人，天子初未识，一朝随汉使，远嫁单于国。绝色天下无，一失难再得。虽能杀画工，于事竟何益？耳目所及尚如此，万里安能制夷狄！汉计诚已拙，女色难自夸。明妃去时泪，洒向枝上花。狂风日暮起，漂泊落谁家。红颜胜人多薄命，莫怨东风当自嗟。"

欧阳修这首歌行体诗是写汉代王昭君匈奴和亲之事，传说宫廷画师毛延寿受贿丑化昭君，汉元帝不识深宫之中还有美貌佳人，将王昭君远嫁匈奴之后悔恨不迭，诗中讽刺汉元帝痛失美女，纵然杀了毛延寿也无济于事，目光短浅如此，更是难以抗敌匈奴，只能以和亲举措平息疆域战事，而抛家别亲的王昭君注定漂泊孤独，薄命的一生只能怪自己的容貌比别人更胜一筹，不能埋怨任何人。

当然，这首诗的含义并不能全部指黛玉，"莫怨东风当自嗟"前一句"红颜胜人多薄命"更像黛玉多一点，黛玉容貌出色，体质纤弱，悲伤时眼泪翻飞，双亲皆失身世堪怜，投身贾府寄人篱下，如一叶孤舟漂泊居无定处，性格敏感脆弱，禁受不起命途的风吹雨打，年轻的生命易折，夭亡的结局同样也怨不得周围的人。

黛玉就像风中的露水，清亮易逝，她单纯无瑕，即使是愁绪满怀，心里牵挂的人只有宝玉，别的男人在她眼里都是"臭男人"，一腔清愁，化作篇篇诗作；她不如牡丹艳冠群芳，却如芙蓉花妩媚动人，在清晨的晓露中散发着淡淡的忧愁，别样的诗意烂漫呈现在她掣的花签中，有着比别人多一份值得同情的感慨。

但是奇怪的是，既然黛玉抽中的是芙蓉花签，众人说芙蓉花非她莫属，为什么到了第七十八回“痴公子杜撰芙蓉诔”，出现了宝玉的丫鬟晴雯死后当了芙蓉花神的说法，黛玉是金陵十二钗正册的人物，而晴雯是又副册的人物，怎能相提并论？研究红学的人认为晴雯是黛玉的分身，从她的花语和黛玉一样可以证明，也可以从王夫人所说“眉眼有点像林妹妹”一句话加以猜度推断，也有人说晴雯的死预示着黛玉即将夭亡，宝玉为晴雯撰写诔文，在芙蓉花前祭奠完之后，恰巧被躲在树后面的黛玉听到了，这些巧合似乎与黛玉也不无关系。

芙蓉还有水芙蓉和木芙蓉之分，水芙蓉一般指荷花，读者从小说有一处写黛玉喜欢残荷，来证明黛玉是水芙蓉、晴雯是木芙蓉的说法。宝玉看到大观园的破荷叶觉得可恨，想叫人来拔掉，宝钗说这段时间天天逛园子，没工夫叫人来收拾，黛玉说：“我最不喜欢李义山的诗，只喜他一句：‘留得残荷听雨声。’偏你们又不留着残荷了。”黛玉说的不喜欢李商隐的其他诗，只喜欢这一句是曹雪芹想表明当时清诗对唐诗的个体诗风推崇，还是用这句诗代表黛玉偏好悲愁的诗风来与她的性格相符，都可以去理解和阅读，没有一个统一的说法，读者从这些蛛丝马迹中寻找曹雪芹的暗语，倒不失为解读这部巨著的一种乐趣。

黛玉之后是袭人掣签，袭人抽的是一枝桃花，题着“武陵别景”，诗云“桃红又是一年春”，注云“杏花陪一盏，坐中同庚者陪一盏，同辰者陪一盏，同姓者陪一盏”，众人陪喝酒的场面此处写得非常热闹，先是众人看了花签觉得有趣，同庚者有香菱、晴雯、宝钗，同辰者有黛玉，原以为没有同姓者，不料芳官说她也姓花，黛玉催促抽中杏花花签、命中要招贵婿的探春先喝，大家才可以喝，探春佯怒，说这是什么话，叫大嫂子李纨给她一巴掌，李纨替黛玉叫屈，说黛玉没得贵婿，还挨巴掌，不忍心下手。大家说说笑笑，直到半夜二更时分住在潇湘馆的薛姨妈打发人来催黛玉回去，各人才吃了最后一杯酒，欢散而去，怡红院给宝玉庆生的寿宴宣告结束。

袭人是怡红院的大丫鬟，是宝玉身边第一个重要的仆人，也是金陵十二钗又副册中的关键人物，暗地的身份其实是宝玉将来的侍妾，是贾母和王夫人倚重、宝玉深为信任和喜欢的女子，她抽的花签关联陶渊明笔下的世外桃源。武陵即晋代捕鱼人找到的桃花源，陶渊明《桃花源记》中说：“晋太元中，武陵（今湖南常德）人，捕鱼为业……”别景指别有天地。“桃红又是一年春”出自宋代谢枋得《庆全庵桃花》诗：“寻得桃源好避秦，桃红又见一年春。花飞莫遣随流水，怕有渔郎来问津。”

避秦是逃避秦二世实行苛政引起的社会混乱，《桃花源记》中说，山中人“自云先世避秦之乱，率妻子邑人来此绝境，不复出焉，遂与外人间隔。”这根花签暗指袭人最终的结局也许别有一番安排，也就是不一定成为宝玉的侍妾，而是自己另找了一个好的归宿。诗中说花朵遇风随飞的时候，要顺水而流，说不定打鱼之人看到桃花水流，会找寻到理想中的世外桃源。秦之乱世喻贾府的没落，袭人嫁给了梨香院戏子琪官蒋玉菡类比渔人问津，是曹雪芹的伏笔交待。

其实袭人的姻缘提示早在小说第二十八回“蒋玉菡情赠茜香罗”中有暗示，当时宝玉和薛蟠、冯紫英、蒋玉菡等人喝酒时，蒋玉菡行的酒令里有一句“花气袭人知昼暖”，然后把自己身上的茜香罗大红汗巾子解下来送给宝玉，而宝玉也把自己身上系的一条松花汗巾作为回礼送给蒋玉菡，回怡红院后才想起那条赠人的汗巾子是袭人给自己的，后悔不已，连忙趁袭人熟睡之时把茜香罗那条系在袭人腰上，袭人醒来后推脱不了，但系了一会儿，等宝玉出去，自己又换了一条系上。

蒋玉菡无意中在酒令中提到袭人，并通过宝玉和袭人交换汗巾而结下不解之缘，是曹雪芹的暗示，等到抽花签时更加暗指袭人最后将回归为一个不再受封建大家庭约束的自由之身，续书中写袭人嫁给蒋玉菡为妻后也没有忘记故主宝玉，与丈夫一起“供奉玉兄、宝卿得同始终者”，也符合“花袭人有始有终”的脂批。

《红楼梦》第五种酒令是牙牌令，小说第四十回“史太君两宴大观园，金鸳鸯三宣牙牌令”对这种酒令进行了详细的描写。牙牌令，又称骨牌、牌九，旧时作游戏用具，也可以作赌具。牙牌每副三十二张，每张刻有等于两粒骰子的点色，上下的点数少则一，多至六，一、四点红色，二、三、五绿色，三张牌点色成套的就成“一副儿”，有一定的名称。行令时，宣令者说一张，受令者用诗词歌赋或成语俗语答一句，而且要押上句的韵。

因为牙牌点数有颜色、数字和排列的不同，所以受令者就要从宣令者的嘴里知道摸到的是什么牌，然后马上答出相应的诗句，一是要和牌相对应，二是反应要快，机智灵活的酒令游戏让人感到一种愉悦的精神享受。

曹雪芹在描写牙牌令的时候，特别突出了这种酒令雅俗共赏的特点，参与者不仅有黛玉、宝钗、湘云、探春等有诗词功底的人，还有贾母、薛姨妈这些地位高、有着文化修养的老太太们，更有刘姥姥大字不识却喜欢插科打诨讨老太太、姨太太欢心的村妪粗人，宣令的人是贾母身边的丫鬟鸳鸯，众人参与牙牌令的游戏，使这个酒令出现的语言更加通俗生动，令人难忘。曹雪芹在安排这个故事情节的时候，每个人抽到的牙牌副儿都不同，说出的诗句也符合各人的身份。

第四十回贾母带着乡下的亲戚刘姥姥畅游大观园，先游了黛玉的潇湘馆，在探春的秋爽斋摆了早饭，然后叫梨香院的戏子在藕香榭的水亭子里演习唱曲，又去了宝钗的蘅芜苑，最后在缀锦阁摆宴吃酒。

缀锦阁酒宴上贾母提议行酒令有意思，于是先喝了杯令酒。接着，从贾母开始，一个个轮流着来。鸳鸯先摸着一副儿牌，宣了三张令，贾母受了三张，最后鸳鸯说了这副牌的名儿，贾母也回应了一句，顺利过关。

贾母的牙牌令：

左边是张“天”。
——头上有青天。
当中是个“五与六”。
——六桥梅花香彻骨。
剩了一张“六与幺”。
——一轮红日出云霄。
凑成便是个“蓬头鬼”。
——这鬼抱住钟馗腿。

贾母第一副第一张摸到的是天牌，“天”是上下点都是六的牌，是最大点数的吉利牌，贾母是贾府的最高长辈，除了她无人能担当天牌的幸运，也说明鸳鸯真会取牌，贾母受令说“头上有青天”，即青天在上，做人要有良心。第二张是上五下六的十一点牌，上面的五点像梅花，下面的六点贾母想到了“六桥”，六桥在杭州西湖的苏堤之上，即跨虹、东浦、压堤、望山、锁澜、映波六座桥，“六桥梅花香彻骨”把六和五结合起来讲，“彻骨”两字与牌的点色刻于骨牌上相契合。第三张是上一点下六点的七点牌，因为“幺”即“一”，一点是红色，在绿色的六点之上像一轮红日跃出云霄，同样形象生动。

贾母的三张牌六六、五六、幺六、五与幺加起来是六，所以成“一副儿”，最后一句鸳鸯说“蓬头鬼”的意思是，这副牌下脚都是六，上头却是不整齐的一、五、六，所以叫“蓬头鬼”。宋代沈括《梦溪笔谈》续集载，相传钟馗是唐代人，曾应武举未中，死后托梦给唐玄宗，立誓要“除天下之妖孽”，唐玄宗醒后，命画工吴道子画成画像，告示天下，命每年年末的时候家家都要画其像“以祛邪魅”。后来，民间就流传钟馗能收服鬼怪之说。贾母说钟馗反被鬼抱住大腿，众人一听都觉得新鲜，笑着喝彩起来，贾母高兴，饮了一杯。

薛姨妈的牙牌令：

> 左边是个“大长五”。
> ——梅花朵朵风前舞。
> 右边是个“大五长”。
> ——十月梅花岭上香。
> 当中“二五”是杂七。
> ——织女牛郎会七夕。
> 凑成“二郎游五岳”。
> ——世人不及神仙乐。

第一张牌“大长五”是上下都是五点的牌，也可以倒过来说“大五长”，五个点贾母说像梅花，“梅花朵朵风前舞”，冬天的梅花在雪中飞舞，暗指“薛”氏。右边第三张和第一张牌一样，不过五加五是十，所以说“十月梅花岭上香”，近似唐代樊晃《南中感怀》“十月先开岭上梅”诗句。当中第二张是“杂七”，是上二点下五点的牌，二加五是七，薛姨妈说成牛郎织女相会在七夕，是来自古代民间神话传说的故事。

薛姨妈三张牌是五五、二五、五五，凡有五个点色同的也凑成“一副儿”，一个“二”比作“二郎”，五个“五”比作“五岳”，“二郎”是神话传说中的人物，即《封神演义》的二郎神杨戬，五岳是五大名山，即中岳嵩山、东岳泰山、南岳衡山、西岳华山、北岳恒山。薛姨妈说“世人不及神仙乐”，大家称赏，饮了酒。

史湘云的牙牌令：

左边“长幺”两点明。
——双悬日月照乾坤。
右边“长幺”两点明。
——闲花落地听无声。
中间还得“幺四”来。
——日边红杏倚云栽。
凑成“樱桃是九熟”。
——御园却被鸟衔出。

按照座位排序，几个姐妹里头由史湘云先行令。第一张牌是“长幺”，就是上下都是一点的牌，一是红色，所以用日月并辉为喻，朗照着天地。这句诗是李白《上皇西巡南京歌》原句：“少帝长安开紫极，双悬日月照乾坤。”少帝即唐玄宗之子李亨，安史之乱唐玄宗西逃蜀地，太子在灵武称帝，称玄宗为“上皇”，所以李白表面上歌颂太子继位，唐王朝后继有人，但是在气势宏大的诗句下面，其实是安慰失去了帝位的玄宗，隐含着伤感和寂寞。

第三张牌也是“长幺”，跟第一张一样，史湘云把两点红看成是闲花，“长幺”又叫“地牌”，与“落地”相符。再看中间的第二张，是“幺四”，上一点下四点的牌，也是红色，所以上一点的红喻为太阳，下四点红喻为红杏，依傍着天边的白云而栽，意指有贵人帮助扶持。湘云的点数共九点，“樱桃是九熟”是成套点色的名称，牌样看上去也像颗颗樱桃成熟的样子，樱桃熟透，不免会被鸟儿衔走。湘云性格率直热烈、胸无城府，一下摸到的是清一色红点牌，委实一副好牌；在出诗句的时候，还注意到了避免重复，如第一张牌的红点比作太阳、月亮双辉，第二张牌的红点虽然也喻太阳，但是反主为客，成了红杏的陪衬，第三张牌的红点喻作落花，充满诗意的联想。

薛宝钗的牙牌令：

左边是“长三”。

——双双燕子语梁间。

右边是“三长”。

——水荇牵风翠带长。

当中“三六”九点在。

——三山半落青天外。

凑成"铁锁练孤舟"。

——处处风波处处愁。

宝钗的第一张、第三张牌都是"长三"，上下三点的六点牌，而且从牌面上看，两个三点成两条斜线，好像是燕子在梁间绕飞。唐代卢照邻《长安古意》有"双燕双飞绕画梁"句，宋刘季孙《题饶州酒务厅屏》有"呢喃燕子语梁间"句，宝钗该是化用而来。也为了避免重复，宝钗把同样的牌换了一个比喻，引用了杜甫诗《曲江对雨》的原句"林花著雨燕脂湿，水荇牵风翠带长"，把绿色的点想象成水上的荇菜，根在水底，叶浮水面，在微风的吹拂下形成一条长长的翠带。

宝钗当中的牌是上三点、下六点的九点牌，三点喻三座青山，六点因为是十二点天牌的一半，所以说"半落青天"，这句诗是李白《登金陵凤凰台》诗的原句"三山半落青天外，二水中分白鹭洲"。三张牌三三、三六、三三，因为左右上下的"三"，很像一条条铁锁链，一个"六"像一孤舟，"铁锁练孤舟"也是成套点色的名称，宝钗说的"处处风波处处愁"引用明代唐寅的《题画》诗二十四首之三"芦苇萧萧野渚秋，满蓑风雨独归舟。莫嫌此地风波险，处处风波处处愁"。

宝钗的四句诗都是引用原诗，且引用得十分巧妙，与牌点排列的形状、色彩极其贴合，只是前面两句还喜气洋洋，后面语意转衰，李白的"凤去台空""长安不见”和唐寅的“萧萧风雨”“处处风波”意含怅惘愁绪、波折多舛，宝钗引用这些句子，是否也是曹雪芹对其命运的一种暗示。

林黛玉的牙牌令：

左边一个“天”。

——良辰美景奈何天。

中间“锦屏”颜色俏。

——纱窗也没有红娘报。

剩了“二六”八点齐。

——双瞻玉座引朝仪。

凑成“篮子”好采花。

——仙杖香挑芍药花。

除了贾母，到黛玉的时候“天牌”再现，黛玉引用了明代戏曲家汤显祖的《牡丹亭》唱词“良辰美景奈何天，赏心乐事谁家院”原句，这句本是女主角杜丽娘看到春光大好，自己却被封建礼教束缚，连自家的后花园美景都不能好好欣赏，因而抒发感慨，黛玉借此似乎透露自己一种压抑的生活，对自由美好生活的向往之意，不过此句一出，宝钗就回头看着她，因为《牡丹亭》一书在封建社会有反封建婚姻制度和反旧礼教的倾向，被道学家视为“淫书”，而黛玉却在公开场合说出里面的句子，思想正统的宝钗虽然没有明指，但还是用眼睛示意了一下黛玉，让她注意一点。

黛玉的第二张牌是上四点下六点的十点牌，也叫

"锦屏"，四是红色，六是绿色，排成长方形，像漂亮的屏风，黛玉说了句"纱窗也没有红娘报"，原句是元代王实甫《西厢记》中张生的唱词"侯门不许老僧敲，纱窗外定有红娘报"，红娘是崔莺莺和张生之间的信使，所以张生盼着她报消息。黛玉把六点绿色比作纱窗，把四点红色比作红娘，有些《西厢记》的版本比如清人金圣叹评本《闹斋》中"纱窗外定有红娘报"也作"纱窗也没有红娘报"，与黛玉说的一样，所以曹雪芹也可能看到的就是这样的句子，那么黛玉可以说也是引用了《西厢记》的原句而没有改动。

黛玉的第三张牌是上二点下六点的八点牌，也叫"八点齐"，很像是左右宫人引百官分两行拜见皇帝，"双瞻玉座引朝仪"，因为分行，所以说"双瞻"，"玉座"是皇帝的座位，朝仪是朝见时臣僚按仪礼所站的行列，这句诗引用杜甫《紫宸殿退朝口号》诗原句"户外昭容紫袖垂，双瞻玉座引朝仪"，杜甫写自己身为谏官，在朝廷上得以亲近皇帝的喜悦之情。

黛玉的三张牌六六、四六、二六,四加二是六，是成套点色的"一副儿"牌，也叫"篮子"，四点颜色是红，周围点色全是绿，鸳鸯说样子也是篮子好去采花。黛玉说的"仙杖"是两点绿色形成的杖，在红色的桃花点旁边，以杖挑花的意思。芍药花，在古代代表爱情，《诗经·郑风·溱洧》里有云："维士与女，伊其相谑，赠之以芍药。"

黛玉的诗句明显有两句引用自当时的禁书《牡丹亭》《西厢记》，周围人没发现，宝钗却听得清清楚楚，以致后来被宝钗逮着机会，苦心教导了一番。

贾迎春牙牌令：

> 左边“四五”成花九。
>
> ——桃花带雨浓。
>
> ……

贾迎春的第一张牌是上四点下五点的九点牌，因为颜色有红有绿，所以也叫“花九”，诗句是引用李白的《访戴天山道士不遇》原句“犬吠水声中，桃花带雨浓”，但是最主要的错误是不押韵，平仄不对，“九”是仄声，“浓”是平声，所以诗句一出，众人笑道：“该罚！错了韵，而且又不像。”迎春只好老老实实地饮了一口酒，其实像不像都不要紧，罚一下还可以继续，但是凤姐和鸳鸯急着要看刘姥姥的笑话，赶紧要轮完，就跳过去了，到了王夫人，鸳鸯代说了一个，下一个便是刘姥姥了。

刘姥姥牙牌令：

> 左边“四四”是个人。
>
> ——是个庄家人罢。
>
> 中间“三四”绿配红。
>
> ——大火烧了毛毛虫。
>
> 右边“幺四”真好看。
>
> ——一个萝卜一头蒜。
>
> 凑成便是一枝花。

——花儿落了结个大倭瓜。

大观园上至贾母，下至小姐丫鬟，个个胸藏文墨，腹有诗书，最后轮到刘姥姥，大家提起更高的兴致来想看看她的笑话，刘姥姥说庄稼人有时闲了，也会几个人弄这个，不过没那么好听，不过叫鸳鸯只管摸牌，自己可以试试。

刘姥姥的第一张牌是上下都是四点全红的人牌，叫“长四”或“大四”“重四”，刘姥姥一听到是“人”，想了半日说“是个庄家人罢”，众人于是哄笑，因为虽然切了“人”字，但是受令的句子要有点引申，不是直接说，但贾母夸刘姥姥说得好，就这么说可以。第二张是上三点下四点的七点牌，因为四点是红，刘姥姥说“大火烧了毛毛虫”，这句说得非常形象生动，把三点绿喻为毛毛虫，众人皆认可。第三张是上一点下四点的五点牌，因为都是红色，鸳鸯说“真好看”，刘姥姥把上一点看成萝卜，下四点看成蒜瓣，感觉越说越精，众人又笑。

刘姥姥的三张牌是四四、三四、幺四、三加幺是四，成“一副儿”，叫“一枝花”，除了三是绿，其他都是红色，刘姥姥就看成是橙红色的倭瓜，也是南瓜的意思，“花儿落了结个大倭瓜”准确无比，众人听了，不觉大笑起来。

从行牙牌令的情节看，曹雪芹通过不同人物身份、内涵写出了各自的语言特点，刻画不同的思想性格，是用心的安排。此外，《红楼梦》还写有第六种酒令游戏叫猜枚。猜枚源于射覆，方法是在宴会的时候，取若干小对象，如钱币、瓜子等物，一人藏手在背，将小物件握于拳中后伸出，让人猜测有无、单双、个数和颜色等，猜中者为胜，猜不中者为负，饮罚酒。第十九回云：“只顾猜枚行令。”第七十五回有云：“一溜坐下，猜枚划拳。”

第七种写到的酒令是击鼓传花，玩法是专门设置一个击鼓，采取一枝花，酒席上随着鼓声和节奏速度，依次循环相传这枝花，鼓声住后，花枝落在谁手里，谁喝一杯罚酒，或说一个笑话。小说有好几回写到击鼓传花行令。第五十四回写道，凤姐儿因见贾母十分高兴，便笑道：“趁着女先儿们在这里，不如叫他们击鼓，咱们传梅，行一个‘春喜上眉梢’的令如何？”贾母笑道：“这是个好令，正对时对景。”结果梅花传到贾母处止，贾母说了个笑话，后来丫头又串通女先儿们，故意在凤姐儿处停下，凤姐儿少不得也说了个笑话。

第七十五回大观园过中秋的时候，贾母提议传桂行令，就是“命一媳妇在屏后击鼓传花”，下人要用布条把眼睛缠住，不能看见花枝传送的情况，鼓点或紧或慢，鼓声或疾或徐都由击鼓人掌握，一旦停住，花枝所在的人便要罚酒或说笑话一个。结果鼓声在花枝传到贾政手中止，贾政就说了一个怕老婆的人的故事，说得贾母和众人都笑了。

第八种写到的酒令是骰子令，是利用骰子行的酒令。骰子也叫色子，立体方块形状，大如杏核。其六面分别刻着一、二、三、四、五、六点，点着有色。点色一般有红绿、红黑或白黑两种，各面点色交错变化，掷之以决胜负。《红楼梦》第六十三回“寿怡红群芳开夜宴”，宝玉要行令，麝月笑道：“拿骰子咱们抢红罢。”所谓抢红，就是投骰，以所得红点多少定胜负，负者罚饮。但是宝玉觉着没趣，还是占花名好，于是就有了那晚的抽摇花名签的行令游戏。

《红楼梦》写到八种酒令游戏，是曹雪芹对古代传统酒令文化进行的概括和艺术的渲染，酒令游戏主要以诗文为主，游戏者参与其中，享受创作的乐趣，也反映出人物的文化修养、性格特征；更多的是曹雪芹同样借酒令运用了“诗谶”的写作手法，使情节隐晦曲折，寓意深远，曹雪芹写作的卓越技巧和良苦用心可见一斑。

古典文学知识

酒令

酒令，是中国民间风俗之一，最早诞生于西周，完备于隋唐，是酒席上助兴的一种游戏。席间推举一人为令官，余者听令轮流说诗词、联语或其他类似游戏，违令者或负者罚饮。既是酒文化，也是诗词文化的一种体现。

悟禅机钗黛破偈语

在《红楼梦》中，还有一种类似于诗句的形式，叫偈语。偈语是附缀于佛经的一些读后感或修行的实践中得到的体悟写成的语句，多为四句组成，兼具文学的形式与内容，朗朗上口，虽不是佛经的主要内容，也成为与佛经相提并论的典故。

曹雪芹在第二十二回写宝玉因被湘云和黛玉误解，感情困扰不堪，烦恼所致，写下偈语，求内心的解脱，后来又被宝钗和黛玉两人取笑，遂打消悟禅的念头，矛盾消散，归于平静。

《红楼梦》本是一部现实与虚幻复叠、真实与梦境重合的神奇小说，主要人物金陵十二钗皆出自太虚幻境薄命司，下凡历劫，游历人间，最后回归天界。男主人公贾宝玉更是女娲补天遗石一块，幻形入世，遭历人间悲欢，结局归彼大荒。在情节的发展中，曹雪芹不断地通过诗词歌赋、酒令、对联等各种文学形式来揭示、暗示故事的梦幻性质，小说前五回的内容是曹雪芹强烈的一次全面策划，太虚幻境的对联“假作真时真亦假，无为有处有还无”就是整部著作的“文眼”，如梦似幻、真真假假，在虚构的小说世界中体味现实的繁盛和悲凉，这是曹雪芹创作作品的思想和要旨。

贾宝玉从衔玉而诞到续书中十九岁出家，中间有好几次写到这块顽石的痴迷疯狂，他身上佩戴的通灵宝玉是暗藏的天机，他的两次砸玉实际上是对封建社会层层压制不满但又无力反抗的表现，续书中失玉的情节也暗伏宝玉将完成“玉”的通灵之能，回归到青埂峰下凡前“石”的本质。当一切烟消云散，落了片白茫茫大地真干净的时候，贾宝玉在故事中被一僧一道携了去，遁入空门，消逝无踪。

本是繁华昌明盛世一公子，怎为枯寂暗淡末路一贫僧，贾宝玉的命途在小说中其实有过好几次的暗示，第二十二回“听曲文宝玉悟禅机”是他对禅朦朦胧胧、似懂非懂的一次领悟，这一回的铺垫对他最后成为“情僧”的结局起到了关键的作用，由此读者也品读到了“因空见色，由色生情，传情入色，自色悟空”的含义，曹雪芹在《红楼梦》中通过禅来实现他对现实与虚幻世界的沟通和跨越，使作品所反映的社会悲剧又多了一层深邃神秘的宗教色彩。

禅的含义最早来自于印度佛教，东汉明帝时由西域传入中国，和中国本土相结合，产生了特有的禅宗。禅的原意是沉思、静虑，达摩为中国禅宗的始祖。

贾宝玉悟禅写偈语的发端始于贾府为薛宝钗庆生一事。薛宝钗是贾府的客人，来到贾府之后第一次过十五岁的生日，贾母内心喜欢，叫凤姐张罗热闹，生辰那天，在贾母内院搭了家常小巧戏台喧锣开戏。席上各人都点了戏，轮到宝钗时，她点了出《山门》，宝玉知道这是《鲁智深醉闹五台山》的戏，略嫌宝钗没点好。宝钗却说这戏是一套《北绛唇》，音律好，词藻《寄生草》极妙，宝玉没有宝钗知道得多，就央求宝钗念念。宝钗念道：

漫揾英雄泪，相离处士家。谢慈悲剃度在莲台下。没缘法转眼分离乍。赤条条来去无牵挂。那里讨烟蓑雨笠卷单行？一任俺芒鞋破钵随缘化！

鲁智深是《水浒传》中的梁山好汉，又称鲁提辖，为人慷慨大方、嫉恶如仇，因三拳打死欺负民女的镇关西，先避难于七宝村赵员外家，后因走漏风声，被转移至五台山剃度出家，但鲁智深在佛门似乎没有修行的缘分，因醉酒破戒，大闹寺院山门，被师父智真长老不得已打发离山。《寄生草》是其中的一支曲子，鲁智深拜别师傅之际所唱，唱词最后表达一种对现实的解脱，觉得自己是自由之身，今后离开寺院，云游四方，随缘化缘，逍遥自在，一任平生。

宝玉听了，喜不自胜，称赏不已。等戏唱完，贾母命人领进戏子给赏钱，唱小旦的十一岁，凤姐说长得像一个人，宝钗、宝玉知道不语，只有湘云冲口而出说像黛玉，宝玉忙给她递眼色，众人一看都笑，果真是像。

湘云被宝玉眼色一使，顿时就生气了，嚷着要回家。宝玉连忙解释使眼色是怕得罪黛玉让她生气，阻止湘云别说。湘云说别人笑都没事，自己说一句又得罪人，黛玉是主子姑娘，说不得，自己是丫头奴才，还要看别人的眼色行事，于是就愤愤来气。

而另一边黛玉也较上劲儿了，本来搭戏台给宝钗庆生黛玉就不高兴，还把她和小戏子作比取笑，就更为着恼。尤其是宝玉和湘云使眼色，被黛玉看到，和湘云解释，被黛玉听到，黛玉觉得宝玉对湘云的提示，想是叫湘云不要降低公侯小姐的身份，不要自轻自贱，自己就是民间的丫头，该被人取笑，所以把气往宝玉身上撒："我恼他，与你何干？他得罪了我，又与你何干？"

黛玉的小性子一使，湘云的脾气一上来，本来想做中间调停的宝玉反而落了两处的不是，他就怀疑起自己所说的话、所做的事都是多余的，正合前日所看《南华经》内："巧者劳而智者忧，无能者无所求，饱食而遨游，泛若不系之舟"，还有"山木自寇，源泉自盗"等句，越想越无趣，再想："目下不过这两个人，尚未应酬妥协，将来犹欲为何？"无言转身赌气离黛玉而去，耳边还飘来黛玉添气的话语："这一去，一辈子也别来，也别说话。"

《南华经》本名《庄子》，是战国时著名的思想家、哲学家和文学家庄子及其弟子所著，乃先秦诸子文章的典范之作，庄子是继老子之后道家学派的代表人物。后世道教继承道家学说，经魏晋南北朝的演变，老庄学说成为道家思想的核心内容。庄子其人被神化，奉为神灵，唐玄宗天宝元年（724）二月封其为"南华真人"，所著书《庄子》，诏称《南华真经》，宋徽宗时还封其为"微妙元通真君"。

贾宝玉想到的这两句，前一句出自《庄子·列御寇》，意思是心灵手巧的人总是辛苦劳碌，聪明智慧的人总是多思多虑，而无牵无挂的人则什么也不追求，吃饱了就随性漫游，就好像没有缆绳拴住的小船，自由自在随水漂流。后一句出自《庄子》的《人世间》和《山木》，意思是山中的树木因成材而遭人来砍伐，源泉之水因甘美而惹人来盗饮。

这两句话字面上似乎表现了道家“有不如无”的虚无思想，有了智慧灵巧反而辛勤劳累，有了才华气质反而招人嫉妒，不如了无牵挂、自在随性，与旁人无干最好，所以有人认为庄子的思想里有回避现实矛盾的消极主张，但从另一个角度看，这种逍遥游世的思想正是道家学说力图在乱世之中保持独立的人格，追求逍遥无恃自由精神的体现。“道法自然”“天人合一”“清静无为”是返璞归真、安时处顺、旷达泰然的人生境界。

但宝玉却越想越气，对着袭人说宝钗要还席的事，冷笑为“他还不还，管谁什么相干”。袭人说大正月里娘儿们姊妹们喜喜欢欢，今儿怎么这样了。宝玉没好气地回道：“他们娘儿们姊妹们欢喜不欢喜，也与我无干。”袭人看他赌气的样子，笑道：“他们既随和，你也随和，岂不大家彼此有趣。”宝玉连忙与众人摆脱干系，“什么是‘大家彼此’！他们有‘大家彼此’，我是‘赤条条来去无牵挂’。”说完大哭。

哭完翻身起来，在案边提笔占下一偈云：

你证我证，心证意证。

是无有证，斯可云证。

无可云证，是立足境。

写完怕人不懂，又填了一支《寄生草》在偈的后面，上床睡去。可巧黛玉与宝玉拌完嘴后，放心不下，来看宝玉动静，不料看到此偈，便拿了于次日与宝钗、湘云同看。宝钗念其词曰：

无我原非你，从他不解伊。肆行无碍凭来去。茫茫着甚悲愁喜，纷纷说甚亲疏密。从前碌碌却因何，到如今回头试想真无趣！

宝钗看了，把宝玉写的偈语看成是自己惹下的祸，要不是自己昨天说《山门》的《寄生草》词好，宝玉也不会胡思乱想认真地说这些疯话，存了不该存的念头。宝玉和湘云、黛玉之间的小摩擦宝钗不管，但是她觉得宝玉悟禅千错万错是自己的错，宝玉聪明灵秀之人，听到宝钗一说起《寄生草》的词当时就欢喜得很，也好像极有领悟的天分，碰到一桩小事也就恼成要悟禅，这可是千不该万不该的事，堂堂贾府一公子，仕途无量，谈论禅那是对家族大不敬的表现。

宝玉的偈其实用意双关，看似谈禅，其实也谈感情。前一层意思，任何事都用人、用心意来验证，其实不一定验证得了什么，反而什么都不验证，那才是真正的验证，到了什么都不需要验证的时候，就到了一个立足的境地。感情亦如此，当宝玉在湘云、黛玉面前解释来解释去，反而什么都解释不清楚，还得到了她们的误解和恼怒，如果当时宝玉自己什么都不做，那么众人笑了也就笑了，此事不了了之。情感之事顺其自然，如愿本心，理解的人自然理解，不理解的人也无需解释，如果都想从对方身上得到感情的印证，都要在自己心里寻找感情的证明，那么双方都会疲惫，就进入不了没有束缚羁绊、自在潇洒的境地。

宝玉的《寄生草》是偈的解释，也有双关的含义。深层的含义指世间万物彼此之间都有不可分割的联系，既然不分彼此，那就任凭别人不理解好了，随心所欲、无牵无挂、我行我素就好，人生渺茫，愁什么悲喜之情、说什么亲疏之分，过去忙忙碌碌替别人瞎操心都不知道为的是什么，现在想想，这一切真的很无趣。从感情上讲，自己为湘云、黛玉所做的，都得不到理解，那么随他去好了，自己“无事忙”的绰号是宝钗起的，想想自己为很多事操心都是多余的。

宝玉还记得自己说的一段“亲疏论”，那是对着黛玉说的：“你这么个明白人，难道连‘亲不间疏，先不僭后’也不知道？我虽糊涂，却明白这两句话。头一件，咱们是姑舅姊妹，宝姐姐是两姨姊妹，论亲戚，他比你疏。第二件，你先来，咱们两个一桌吃，一床睡，长的这么大了，他是才来的，岂有个为他而疏你的？”宝玉为了让黛玉放心，掏心掏肺地表白自己的真心多次，但是到头来，黛玉还不是经常和自己怄气，被她抢白否定，弄得自己灰头土脸、闷闷不乐。所以还不如什么都不要说，彻底放开，才能让自己的身心得以解脱。

宝钗还在悔自己不该多事，惹宝玉悟禅，成了罪魁，叫丫头赶紧把偈烧了，黛玉却自信满满地认为自己肯定能叫宝玉收了这份痴心，三人说着去见宝玉。黛玉见了宝玉头一句就问："至贵者是'宝'，至坚者是'玉'，尔有何贵？尔有何坚？"宝玉的名字因衔玉而诞来，没曾想过与贵、坚有什么联系，自己也不知道贵在何处、坚在何处，一时语塞，竟答不上来。

黛玉和宝钗笑宝玉这么愚钝还参禅，湘云更是拍手笑宝玉先输了一着。参禅是要有聪明的智慧，才能通过静心除虑、排除杂念，来参悟佛教的"真理"，黛玉和宝钗先用打趣的方式肯定宝玉的智商不高，然后再展开下一步的论说。

黛玉的破解方法是在宝玉的原偈后面续了两句，原因是"你那偈末云，'无可云证，是立足境'，固然好了，只是据我看，还未尽善。我再续两句在后。"那两句云："无立足境，是方干净。"宝玉所悟到的禅认为，人不必向外界寻求验证，宇宙间的一切都随人心的生灭而生灭，佛就在每个人的心中，天堂地狱也在每个人的心里，万境皆空，无验证可言，人才算找到了安身立命之境。而黛玉参悟为，人如果连安身立命的境地都不用去想、去操心，那才是真正的没有邪念，顿悟到内心的清静，即可成佛。

宝钗的破解方法是用六祖慧能的故事把黛玉续的一句偈语加以诠释。宝钗说的是，当日"南宗"（佛教派别之一）六祖慧能（禅宗的第六世佛祖）刚寻求祖师到达韶州的时候，听到五祖弘忍（禅宗的第五世佛祖）在湖北黄梅开坛讲学，他就充当厨房的伙夫在寺庙里干活。五祖弘忍为了寻找一个继承人，就对徒弟们说，大家都出一偈（有禅意的诗），看谁出得好就传衣钵给谁。这时弟子神秀很想继承衣钵，就出了首偈子“身是菩提树，心如明镜台。时时勤拂拭，莫使有尘埃”，意思是，要时时刻刻地去照顾自己的心灵和心境，通过不断的修行来抗拒外面的诱惑和种种邪魔，这是一种入世的心态，强调修行的作用。

和尚们的谈论，被厨房里的伙头僧慧能听到了。慧能说，好是好，但是还没有领悟到禅宗的真正意义。于是他自己念了一句偈语：“菩提本非树，明镜亦非台，本来无一物，何处染尘埃？”后来五祖弘忍就把衣钵传给了他。

传承的原因是慧能的这个偈子很契合禅宗的顿悟的理念，这是一种出世的态度。主要意思是，世上本来就是空的，看世间万物无不是一个空字，心本来就是空的话，就无所谓抗拒外面的诱惑，任何事物从心而过，不留痕迹。这是禅宗的一种很高的境界，领略到这层境界的人，就是所谓的开悟了。

宝钗和黛玉的破解是同一个意思，万物皆空，这是禅宗的基本理念，更深奥的道理就不止这些了，宝玉一听觉得自己还差得很远，宝钗、黛玉比自己知道得多都还没解悟，自己又何必自寻烦恼，所以连忙笑道：“谁又参禅？不过一时顽话罢了。”说完，之前闹矛盾的事就算过去了，宝玉也再不谈禅了。

小说第二十二回出现了宝玉参禅的念头，虽然被黛玉和宝钗压制了下去，但这一回表达出的含义并不简单。曹雪芹在小说中冒出禅宗的理念，是为故事情节搭建更大的框架上铺出一个更深远的境界，也照应了小说开头出现的“空空道人”的交待。

有人曾疑问“空空道人”是僧还是道，从他后来转变为“情僧”，称呼上又有“道人”来讲，他是僧道的一个结合体，和小说第一回仙界来的一僧一道是一样的，曹雪芹在小说中其实把儒释道三家合为一体来写，但凡有茫茫大士的地方，必有渺渺真人，下凡后化身为癞头和尚和跛足道人，在该出现的时候出现。空空道人把《石头记》上的文字抄写撰录，最后“因空见色，由色生情，传情入色，自色悟空”，改名“情僧”，《石头记》也改为《情僧录》，这个情僧是空空道人，又何尝不是贾宝玉的化身。贾宝玉幻形入世，经历人世间情、色、空一番大起大落、悲欢离合，最后脱离苦海，遁世而去，名为出家，其实也成了一名情僧，成了一位空空道人。

曹雪芹在小说中表现的“色空”是受佛教“四大皆空”、道教“虚无”、禅宗“本无”思想的影响，作为一部百科式全书，作者在小说中把中国的宗教思想倾向进行了综合的反映，“真假”“有无”贯穿全书，著名的《好了歌》便是最好的注释。

好了歌

世人都晓神仙好，惟有功名忘不了！

古今将相在何方？荒冢一堆草没了。

世人都晓神仙好，只有金银忘不了！
终朝只恨聚无多，及到多时眼闭了。
世人都晓神仙好，只有姣妻忘不了！
君生日日说恩情，君死又随人去了。
世人都晓神仙好，只有儿孙忘不了！
痴心父母古来多，孝顺儿孙谁见了？

歌中所唱的功名、金银、姣妻、儿孙都是人间之“色”，是人生最大的诱惑，也是最想追求的目标，要用“情”去投入，但时光流转，情随境迁，转眼成空，又接着下一个轮回，生生世世，不复休止。小说虽然给人以悲剧的感染，但读者也应领悟到要好好把握精彩纷繁的人生，不要等一切成空而追悔莫及。正如《好了歌注》里所解：

陋室空堂，当年笏满床；衰草枯杨，曾为歌舞场。蛛丝儿结满雕梁，绿纱今又糊在蓬窗上。说什么脂正浓、粉正香，如何两鬓又成霜？昨日黄土陇头送白骨，今宵红灯帐底卧鸳鸯。金满箱，银满箱，展眼乞丐人皆谤。正叹他人命不长，那知自己归来丧！训有方，保不定日后作强梁。择膏粱，谁承望流落在烟花巷！因嫌纱帽小，致使锁枷扛；昨怜破袄寒，今嫌紫蟒长：乱烘烘你方唱罢我登场，反认他乡是故乡。甚荒唐，到头来都是为他人作嫁衣裳！

古典文学知识

偈语

偈语是指佛经中的唱词，附缀于佛经之后，大多是一些读后感或修行中得到的体悟写成的语句，多为四句组成，兼具文学的形式与内容。佛经是佛法之本，偈语是其末，佛经是树干与青柯，偈语是叶片与花朵。因为每首偈语背后都有一个故事，而成为僧人或信徒的美谈。著名偈语有唐代高僧慧能大师《无相偈》“菩提本非树，明镜亦非台。本来无一物，何处染尘埃？”等等。

不世诗才曹雪芹

我国古典文学瑰宝《红楼梦》的作者曹雪芹（约1715—约1763），名霑，字梦阮，号雪芹、芹圃、芹溪，清代著名文学家，一生经历康熙、雍正、乾隆三朝，五十年华未满而逝，留下一部千古流芳的传世名著《红楼梦》，其文学价值毋庸置疑达到了我国古典小说的高峰。难能可贵的是，在整部小说的情节发展中，穿插了诗词歌赋等文学样式，既丰富了文学的表达方式，又可以作为单独一个类别展开专门的研究，其汪洋恣肆的诗歌内涵、深邃博大的古典文学积淀让后世读者品味不尽，赞赏不已。

曹雪芹为后世留下了一部辉煌灿烂的文学巨著，百科式地记载了清代盛世的各种文化景致，但是他自己的生平事迹却少有人去记载，没有传记文字，也不见诸谱牒记载，除了脂评本的若干条批语提供的点滴情况以供后人揣测外，几乎没有多余的文字写到他的生平。

但是，曹雪芹当年有几个好友留有写他的诗歌，这些珍贵的资料可以提供给我们一些线索，让我们去探寻这位伟大作者的才华、个性和生活状况等。这些诗歌无疑为我们打开了一扇透着光亮的窗，虽然景致模糊不清，但至少为我们真实地靠近和了解曹雪芹提供了有益的帮助。

曹雪芹的好友有同时代的敦氏兄弟、张宜泉、永忠、明义，他们留存有诗歌约二十二首，非常有意思的是，现存曹雪芹的诗歌除了写在《红楼梦》里的，只有两句诗流传在外，那就是曹雪芹写的《题敦诚〈琵琶行传奇〉》（断句），可见曹雪芹和好友敦诚之间确为朋友关系，而且有诗文来往。

敦诚（1734—1791），字敬亭，号松堂，清代宗室诗人。清太祖努尔哈赤第十二子英亲王阿济格的五世孙，理事官瑚玐的次子，敦敏的胞弟，出继于从堂叔父宁仁为嗣。虽是宗室，并不显贵，可能是其父被赐死自尽，并黜了宗籍有关。其住所西园颇具名胜，是其父所留，敦诚与清宗室诗人均有往来，他的诗在宗室诗人中地位很高，著有《四松堂集》，敦诚还曾辑录友人诗文书翰为《闻笛集》，其中收有曹雪芹很多诗作、书信和有关他生平事迹的重要资料，可惜此集已佚。

曹雪芹遗留的两句诗为“白傅诗灵应喜甚，定教蛮素鬼排场”，这两句诗出自《四松堂集·鹪鹩庵笔尘》：“余昔为白香山《琵琶行传奇》一折，诸君题跋，不下几十家，曹雪芹诗末云：‘白傅诗灵应喜甚，定教蛮素鬼排场’，亦新奇可诵。曹平生为诗大类如此，竟坎坷以终……”根据敦诚所记，曹雪芹在敦诚家的西园看了他的“小部梨园”演出并读了此剧后所作，离逝世不到两年。

敦诚的《琵琶行传奇》是取白居易的《琵琶行》

情节改编的戏曲，写白居易被贬江州司马，秋夜送客，遇琵琶女在江上弹曲，于是移船相邀，赏其弹奏之曲，哀其不幸遭遇。曹雪芹在听了之后，写下这两句诗，意思是白居易若地下有知，一定非常高兴，会教身边两个善歌的侍妾樊素、小蛮登场排演一番的。因为白居易官至太子少傅，所以称“白傅”，身边两位侍妾在《本事诗》有记载：“乐天（白居易）姬樊素善歌，小蛮善舞。尝为诗曰：‘樱桃樊素口，杨柳小蛮腰。’”不过敦诚的《琵琶行传奇》已失，我们只能想象当时曹雪芹在看完好友编排的《琵琶行传奇》之后的欣喜和赞赏，遗留下诗的断句作为片言只语的明证。

敦诚写曹雪芹的诗有五首，前三首是曹雪芹住到北京西郊某村后敦诚与他交往留下的诗歌，后两首是曹雪芹的挽诗，也就是纪念曹雪芹逝世的诗歌。曹雪芹最后十年左右的时间是在北京西郊某村度过，当时他的生活境况、生活状态都可以从朋友留下的诗歌中找到一些迹象。

寄怀曹雪芹 敦诚

少陵昔赠曹将军，曾曰魏武之子孙。
君又无乃将军后，于今环堵蓬蒿屯。
扬州旧梦久已觉，且著临邛犊鼻裈。
爱君诗笔有奇气，直追昌谷披篱樊。
当时虎门数晨夕，西窗剪烛风雨昏。
接䍦倒着容君傲，高谈雄辩虱手扪。

感时思君不相见，蓟门落日松亭樽。
劝君莫弹食客铗，劝君莫叩富儿门。
残杯冷炙有德色，不如著书黄叶村。

此诗作于1757年秋，敦诚当时比曹雪芹大概小十岁，从全诗来看，诗人写曹雪芹的源流谱系、家世生平、才华气度等均有不凡之笔，耐人细读。他从唐代杜甫诗赋中曹霸的典故说起，推测曹雪芹是不是曹霸的后代，更远了说，是魏武帝曹操的后代。当然，这只是一种推测。曹操是三国一代枭雄，善诗能文，建安文学的开启者和代表人物；曹霸是唐代著名画家，曹雪芹与他们同姓，也是善画能诗，不由得打开了诗人的想象，但是不同的是，好友曹雪芹现在却住在四周环睹皆长满蓬草和蒿草的方丈狭小之室。

但诗人知道好友很久之前在扬州曾有过繁华生活的经历。扬州，指称江南一带，唐代诗人杜牧《遣怀》诗有“十年一觉扬州梦”，扬州古为州名，今华东的江南各省皆属。东吴时，州治在建业（今江苏南京），也是曹家三代共做了五十多年江宁织造的江宁府。曹雪芹在父辈曹頫任内的幼年生活十分优裕，到了其父因“织造差员勒索驿站”及亏空公款等事被株连获罪去职、家产抄没，雍正六年（1728）举家移居北京，靠发还的崇文门外蒜市口少量房屋度日的时候，曹雪芹还是个小孩子。

曹雪芹从祖母及长辈人的讲述中得知自己的家族

荣耀显赫，曹家曾四次接驾康熙皇帝南巡，风光无限，但是旧梦已失，无处可寻，现如今只有靠自己的手艺卖卖字画为生。“且著临邛犊鼻裈”是个典故，说汉代文学家司马相如曾在临邛（今四川邛崃）穿着犊鼻裈（一种形状像牛鼻子的短脚裤）过着自己卖酒涤器、自食其力的生活。

“爱君诗笔有奇气，直追昌谷披篱樊”，这是敦诚对好友曹雪芹在诗才文笔方面的赞赋，曹雪芹文学才气逼人，直追唐代诗人李贺，李贺因家居昌谷乡（今河南宜阳境内）而被世人称为李昌谷。李贺的诗大胆奇特，十分蔑视当时流行的庸俗浅显的文风，有大刀阔斧、突破樊篱的标新立异之举，在好友敦诚眼里，曹雪芹写诗的才气也是如此横溢独创。

敦诚回忆往昔，与曹雪芹同在虎门（清代右翼宗学）求学，朝夕相处，同数早晨和黄昏的日升日落，更在吹摇着风雨的黄昏对着西窗彻夜长谈，对烛天明。敦诚沿用陶潜《移居》“闻多素心人，乐与数晨夕”，李商隐《夜雨寄北》“何当共剪西窗烛，却话巴山夜雨时”的诗意，来回忆与好友关系密切，情意深长。

曹雪芹虽然生活落寞，没有了之前的优越富裕，但是他依旧铮铮傲骨，谈笑风生，生活无拘无束，内心自在坦荡。接篱是一种白色的帽子，倒着带，是晋代山简醉酒后的狂佯，借以形容曹雪芹不拘礼法的傲世之态；高谈阔论之时手捉身上的虱子，说的是晋代王猛蔑视权势显赫的恒温长史，以此赞道曹雪芹处困顿之境依然保持毫无拘束的傲岸个性。

敦诚在感叹两人友情深厚之时自然思念起友人，友人不在眼前，而自己在松亭关（今河北平泉境内，喜峰口北面）做税吏，因不能相见，只能遥望蓟门（今北京德胜门西北，当时曹雪芹居北京西郊）酌酒自宽。最后两句宽慰友人，不要因为处境窘困，去做一些低人一等、低三下四的事，“弹食客铗”有个典故，食客是古代依附在权贵家的门客，齐国冯驩投靠孟尝君门下为食客，因被当作下客相待，就弹着长剑发牢骚说，吃饭没有鱼，出门没有车，没法养家，还不如回去，后指受到冷遇而怨恨。

杜甫《奉赠韦左丞丈二十二韵》诗“朝叩富儿门，暮随肥马尘；残杯与冷炙，到处潜悲辛”，叩富儿门，意味着奔走于权贵之家，好友敦诚对曹雪芹的境况大概是了如指掌，在赞赏他的才华之余，也为好友的生活处境担忧，即使非常了解好友的个性，但也担心对方可能为生活所迫，会做出一些有损尊严、攀附权贵的事情；两个“莫”字表现了敦诚对曹雪芹给予的希望，因为吃人家的残杯冷炙，还要看人家摆出一副施人恩惠的自矜之色，不如在黄叶村好好著书，继续像之前那样写书，安心度日。

黄叶村，代指乡村，苏轼《书李世南所画秋景》诗：“扁舟一棹归何处？家在江南黄叶村。”乡村秋景因落满黄叶而景致美好，这是文人进行文学创作最好的地方，好友的劝勉之意在此溢于言表。据资料显示，曹雪芹在移居北京西郊之前，《红楼梦》稿子已基本写好，移交脂砚斋誊清加批，不过在过程中被人借阅遗失而未能抄出，使全书成为残稿。

赠曹雪芹 敦诚

满径蓬蒿老不华，举家食粥酒常赊。
衡门僻巷愁今雨，废馆颓楼梦旧家。
司业青钱留客醉，步兵白眼向人斜。
阿谁买与猪肝食，日望西山餐暮霞。

此诗写于乾隆二十六年辛巳（1761）秋天，敦诚与他哥哥敦敏去西郊访晤曹雪芹后写的。距上一首写的诗歌时隔四年左右，曹雪芹的生活依然没有大的改善，甚至越来越贫困潦倒，到了“举家食粥”的境地，喜欢喝酒的他还经常因没钱买酒赊欠，住处周围蓬蒿满径，荒草衰败，横木为门，房屋简陋，就是经常谈起的江南老家也早已破败颓废了，曾经的风月繁华在记忆中也已渐行渐远，现实生活中还要靠朋友给予接济，才能勉强喝得上酒，虽然被人瞧不起，但是曹雪芹还是保持像晋代阮籍一样不肯随波逐流的傲骨，以西山的朝露为饮、暮霞为餐，在陋巷，一箪食，一瓢饮，也不改其乐。

这首诗敦诚用了三个典故来形容曹雪芹的窘困境地。杜甫《戏简郑广文虔兼呈苏司业源明》诗：“赖有苏司业，时时乞酒钱。”郑虔有才名，生活贫困，家中寒冷没有毡席，常往苏源明处饮酒，醉则骑马而归。以此来说曹雪芹很贫困，靠着类似苏司业那样的朋友送钱给他沽酒。另一个典故说的是晋代的阮籍，做过步兵校尉，《晋书·阮籍传》说他能为青白眼，见了权贵、儒生，常以白眼对之，表示瞧不起，也借指曹雪芹不附庸流俗的傲世态度。“猪肝食”讲的是东汉时期一个叫闵仲叔的人，老病家贫，缺钱买肉，一天只买猪肝一片，卖肉的常不肯给他。安邑县令知道后，就派人告诉卖肉的给他，闵仲叔不肯领情，离开了安邑，此典故见《后汉书·周黄徐姜申屠列传》，用这个典故来感叹曹雪芹处境艰难，没有人肯帮助他，十分堪怜。

敦诚在诗中把曹雪芹的生活状况作了如实的反映，作为朋友，曹雪芹生活如果还过得去，敦诚应该不会这样去描写，这说明曹雪芹一生的境况都不十分富裕，祖辈的荣华是一个烟云旧梦，只是听说，在脑海里想象过、憧憬过，但现实就是风雨交加，再悲愁苦喜，都无法追回上一辈人的荣耀华茂、鼎盛风光。

佩刀质酒歌 敦诚

秋晓遇雪芹于槐园，风雨淋涔，朝寒袭袂。时主人未出，雪芹酒渴如狂。余因解佩刀沽酒而饮之。雪芹欢甚，作长歌以谢余，余亦作此以答之。

我闻贺鉴湖，不惜金龟掷酒垆；
又闻阮遥集，直卸金貂作鲸吸。
嗟余本非二子狂，腰间更无黄金珰。
秋气酿寒风雨恶，满园榆柳飞苍黄。

主人未出童子睡，斝乾瓮涩何可当？
相逢况是淳于辈，一石差可温枯肠。
身外长物亦何有？鸾刀昨夜磨秋霜。
且酤满眼作软饱，谁暇齐鬲分低昂。
元忠两褥何妨质，孙济缊袍须先偿。
我今此刀空作佩，岂是吕虔遗王祥。
欲耕不能买犍犊，杀贼何能临边疆？
未若一斗复一斗，令此肝肺生角芒。
曹子大笑称快哉，击石作歌声琅琅。
知君诗胆昔如铁，堪与刀颖交寒光。
我有古剑尚在匣，一条秋水苍波凉。
君才抑塞倘欲拔，不妨斫地歌王郎。

这首诗作于乾隆二十七年壬午（1762）秋天的一个早晨，天下着雨，寒风吹彻衣衫，曹雪芹从西郊来到北京宣武门内太平湖侧的槐园访敦敏，却和敦诚相遇。当时，主人敦敏还未起床，雪芹已“酒渴如狂”，敦诚于是解下身边的佩刀换酒招待曹雪芹，雪芹乘兴作长歌来表示答谢，敦诚也写了这首诗作答，可惜曹雪芹当时写的长歌已无法看到了。

诗的一开头就用了唐代诗人贺知章和东晋阮孚的典故。贺鉴湖即贺知章，唐代著名诗人，家住会稽（今浙江绍兴）鉴湖边，唐玄宗天宝初年，李白从四川到长安，把诗稿送给贺知章看，贺读了《蜀道难》后，惊叹道：“子谪仙人也。”贺知章爱才若渴，当时他身居太子宾客，看到平民李白崭露头角的诗才，赞叹不已，称李白是“谪仙”。两人年龄相差40多岁，但一见如故，结为忘年知己。那天，贺知章身上没钱买酒，竟毫不犹豫地解下佩在身上显示官品级别的金龟，换取酒菜，这就是著名的“金龟换酒”典故。后来，贺知章在皇帝面前热情提携诗坛后辈，推荐了李白，皇帝把李白召进宫中，任为供奉翰林。从此，李白声名鹊起。

东晋阮孚（阮籍之孙），字遥集，也是嗜酒之人，曾解金貂换酒，为所司弹劾。其饮酒如鲸吸，像鲸鱼吸海水那样狂饮，杜甫有《饮中八仙歌》诗形容大量饮酒之人：“饮如长鲸吸百川。”敦诚说曹雪芹和自己没有像贺知章和阮孚饮酒那样的狂放，腰间也没有华贵的装饰品，主人还未醒，罍瓮干涩，无酒可喝，拿什么来当酒呢？况且遇到的是淳于之辈、好酒之人，饮一石的量估计只能让枯肠温热一下，根本不够。

敦诚诙谐地把曹雪芹比作淳于之辈，淳于是指战国时期的淳于髡，据《史记·滑稽列传》记载，他滑稽善辩，为了讽谏齐威王少饮酒，称自己“臣饮一斗亦醉，一石亦醉”，而归结到“酒极则乱，乐极则悲”，齐王“乃罢长夜之饮”。

那么身上有什么东西可以换酒呢？只有一把佩刀闪闪发亮，还可以换取不管是好是坏的酒来喝，就像南北朝时期的李元忠拿两条褥子去典当买酒招待朋友，也像三国时孙权的叔父孙济在欠人酒债的时候，拿棉袍子去典当还债。身上的宝刀发出空空的佩环之声，它的作用不是拿来换取仕途功名的。“吕虔遗王祥”典故出自《晋书·王览传》，吕虔和王祥是好朋友，吕虔有一把好刀，有人说佩带这口刀可以位至“三公”，吕虔就把这口刀赠送给王祥，此典可见吕虔对功名仕途的蔑视。身上的宝刀既不能卖了买牛来耕田养家，也不能只凭一把刀去边疆杀敌，不如换取酒来大斗大斗地喝，让自己饮酒酣足，痛快淋漓。

敦诚一建议，曹雪芹大笑称快哉！拿石头击打唱起歌来声音琅琅，作为朋友，敦诚知道曹雪芹虽无钱财，但一身诗胆，往昔如铁之凛然，能与刀锋的寒光交相辉映。自己还有一把古剑在匣子里，剑身像秋水一样散发着苍凉的波光，如果被压抑的奇才想要重新振奋起来，不如拔出剑来斫地而歌，唱出内心的积愤。

最后一个典故说到王郎，出自杜甫《短歌行赠王郎司直》：“王郎酒酣拔剑斫地歌莫哀，我能拔尔抑塞磊落之奇才。”原诗是杜甫为勉励友人王司直所作，来表达感慨友人王司直空有满腔抱负，却无处可施的一种悲愤之情。这里是反用其意，是倘若有抱负，就要刀剑出鞘，激扬慷慨，重新振作起来。

挽曹雪芹 敦诚

一

四十萧然太瘦生，晓风昨日拂铭旌。
肠回故垅孤儿泣，泪迸荒天寡妇声。
牛鬼遗文悲李贺，鹿车荷锸葬刘伶。

故人欲有生刍吊，何处招魂赋楚蘅？

二

开箧犹存冰雪文，故交零落散如云。

三年下第曾怜我，一病无医竟负君。

邺下才人应有恨，山阳残笛不堪闻。

他时瘦马西州路，宿草寒烟对落曛。

这两首诗写于乾隆二十九年甲申年初（1764 年 2 月后），曹雪芹去世于乾隆二十八年癸未除夕（1764 年 2 月 1 日）或乾隆二十九年甲申年初（1764 年 2 月 1 日后），这两种说法相距没有几天。之前三首诗仿佛看到曹雪芹与敦诚之间亲密的友谊，生活贫困却乐观洒脱，贫寒交加依然把酒临风，一身诗意万古流芳。在挽诗中，敦诚用了“四十萧然太瘦生”来概括好友短暂凄凉的一生，令人萧然泣下，日子总在艰难曲折中度过，衣带渐宽，面容憔悴，在曹雪芹逝前数月，独子也因感染北京流行的天花而死，留下妻子在失子丧夫的悲恸中泪崩荒天。

曹雪芹文章新奇独特，有李贺遗风，个性傲然超世，似刘伶再世。故友想要凭吊他，去哪里赋辞招魂。敦诚在挽诗中第二次把曹雪芹的文风与李贺相比，把个性与“竹林七贤”中的刘伶相提并论，可见曹雪芹在文学创作上追求独树，在处世中蔑视流俗是很显而易见的。清代诗歌多用典，敦诚诗歌中的典故比比皆是。唐代诗人杜牧称赞李贺的诗新奇：“鲸呿鳌掷，牛鬼蛇神，不足为其虚荒诞幻也。”意思指鲸鱼张口，海龟腾跃，牛头的鬼，蛇身的神，都比不上其作品气势雄伟奇特，意境荒诞虚幻。

《晋书·刘伶传》载：刘伶纵酒，他曾乘着鹿车，带着酒，叫人背着铁锹跟着他，吩咐说：“如果我醉死了，便把我埋掉好了！”好酒随性，狂放自傲与曹雪芹有一比。凭吊曹雪芹之死，用战国时期伟大诗人屈原写的《招魂》一章，用楚辞中写到的那些香草杜蘅，来比喻曹雪芹文采华章卓然于世、精神品质超然于人。

第二首挽诗，敦诚对故人的离去更加黯然悲伤。曹雪芹的诗文书札在敦诚处还有保留，所以说“开箧犹存”，“冰雪文”赞誉曹雪芹的文章透露着冰雪聪慧，但是知交零落，如云散失。想当年自己曾多次参加考试落第，曹雪芹深表同情给予安慰，但好友一病不起，自己无力帮助，深感愧疚于心。英年早逝，抱负未成，内心应有无限愁恨，面对落日残阳，不忍闻听笛声断续，预想将来要是策马出郊经过好友之墓，定悲恸深切，宿草寒烟对着落日的余晖，触景生情，会伤感无限。

再来看敦敏的七首诗，前五首是写与曹雪芹的交往，后两首是凭吊。爱新觉罗·敦敏（1727—1776），字子明，号懋斋，清代宗室诗人敦诚的哥哥。敦敏与他弟弟不同之处是比较热衷于仕途，曾授右翼宗学的总管，他们兄弟俩都与曹雪芹交往密切。敦敏家住在北京内城西南角太平湖旁的槐园，是曹雪芹常到的地方，著有《懋斋诗钞》。

芹圃曹君别来已一载余矣。偶过明君养石轩，隔院闻高谈声，疑是曹君，急就相访，惊喜意外，因呼酒话旧事，感成长句。

可知野鹤在鸡群，隔院惊呼意倍殷。
雅识我惭褚太傅，高谈君是孟参军。
秦淮旧梦人犹在，燕市悲歌酒易醺。
忽漫相逢频把袂，年来聚散感浮云。

这首诗写于乾隆二十五年庚辰（1760），是敦敏在与故交曹雪芹分别一年多后，无意间在朋友明琳的宅院中与曹雪芹相遇后所作。明琳，富察氏富文之子，敦敏路过明琳的养石轩，听到隔院有高谈阔论之声传来，怀疑是好友曹雪芹，急忙进去拜访，果然不出意料，惊喜异常，于是置酒谈起往事，感慨成诗。

诗的开头就把曹雪芹比作鹤立鸡群，《晋书·稽绍传》说嵇绍在人群中像野鹤在鸡群中一样出类拔萃，在敦敏眼中，曹雪芹也是人才出众、与众不同，所以隔着墙院听到是朋友的声音连忙惊呼，情意倍加殷切。敦敏惭愧自己没有晋人褚太傅（褚浮）的识人能力，却佩服曹雪芹有晋人孟嘉高谈雄辩的才华，敦敏知道曹雪芹繁华旧梦在南京的秦淮河畔，那些幼小时的故友也许还会在北京遇见，就像战国时的高渐离击筑，荆轲在燕市与之相和一样，酒醉微醺之间回忆起往事更加遥不可及，与曹雪芹的不期而遇是如此的欣喜，频频携手而谈，共话分别后各自行踪不定、如浮云聚散飘忽的感慨。

题芹圃画石 敦敏

傲骨如君世已奇，嶙峋更见此支离。
醉馀奋扫如椽笔，写出胸中磈礧时。

与上一首诗几乎同时，敦敏在养石轩偶遇曹雪芹后，相谈甚欢，两人同醉，不久后曹雪芹提笔作画，敦敏为之赋诗一首。曹雪芹画的是石头，敦敏想到曹雪芹一身傲骨，如铿然之石，而笔下画的石头更是嶙峋支离，如同其为人一样有棱有角，与世俗不同流合污。曹雪芹趁着酒兴，挥动如椽大笔，画出郁积在胸中的块垒，通过画石来抒发对现实的不满和心中不平之气，傲骨嶙峋的气质画风让人闻见，为之惊奇。

赠芹圃 敦敏

碧水青山曲径遐，薜萝门巷足烟霞。
寻诗人去留僧壁，卖画钱来付酒家。
燕市狂歌悲遇合，秦淮残梦忆繁华。
新仇旧恨知多少，一醉酕醄醉眼斜。

此诗写于乾隆二十六年辛巳（1761）秋天，敦敏、敦诚去西郊访曹雪芹后留赠，与敦诚所写《赠曹雪芹》是同时而作。敦敏写的角度先从曹雪芹所居之处的风光写起，虽然房屋清贫简陋，但是西郊某村一带风景别致，远眺碧水青山，近看曲径遐远，门巷薜萝丛生，满眼烟霞涣散，曹雪芹喜欢写诗，经常在僧舍的壁上留下一些诗歌，喜欢画画，日子贫困，就靠卖画换钱来付酒钱，虽身居北京，但是遭遇到秦淮故友，还是会回忆起故乡的烟云往事，无数金陵繁华梦，锁入不老记忆中，这朝不保夕的困顿新愁和烟消云散的荣华旧恨重重叠叠，不如酩酊大醉一场，狂歌也好，留得残梦也好，风云际会、兴衰荣辱，只盼一醉方休，方能解得千古忧愁。

访曹雪芹不值 敦敏

野浦冻云深，柴扉晚烟薄。
山村不见人，夕阳寒欲落。

1761 年初冬，敦敏时隔不久又去西郊访曹雪芹，但是曹雪芹不在，没有遇到，敦敏写诗留下了西郊冷清寂静的一片风景。冬天的西郊水滨，远处的云仿佛被冻住了，深深压低在天空之上，傍晚薄薄的烟霞四散，寂静的山村柴门静立不见人影，只看到天寒的黄昏夕阳渐渐落山的景致。

小诗代简寄曹雪芹 敦敏

东风吹杏雨，又早落花辰。
好枉故人驾，来看小院春。
诗才忆曹植，酒盏愧陈遵。
上巳前三日，相劳醉碧茵。

乾隆二十八年癸未（1763）旧历二月末，时隔两年，敦敏又写了一首诗代替书信邀请曹雪芹到自己家槐园吃酒赏春。二月末杏花盛开，东风一来，将吹落花瓣如雨，正是赏花好时节，敦敏盛邀故人前来小院赏春。敦敏赞赏友人曹雪芹诗才敏捷，如建安诗人曹植，而自己虽喜饮酒好客，但怕热情不够，待客不周，不如西汉末年的陈遵，约定好上巳节的前三日，在春草碧绿如茵的时节相互慰问，醉罢方休，有资料显示，相约的那日刚巧也是敦敏三十岁的生日。

河干集饮题壁兼吊雪芹 敦敏

花明两岸柳霏微，到眼风光春欲归。
逝水不留诗客杳，登楼空忆酒徒非。
河干万木飘残雪，村落千家带远晖。
凭吊无端频怅望，寒林萧寺暮鸦飞。

曹雪芹逝世后的1764年春（或说1765年暮春），敦敏同友人在潞河岸边（或说通惠河边）集饮，在寺院题壁兼凭吊友人而写的诗作。时节应是暮春，杨柳烟雾蒙蒙，花开两岸，河水一去不留如诗客（指曹雪芹）杳无行踪，登上高楼，嗜酒之友人不在，河岸边柳絮纷飞，远处的余晖映照着千家村落，凭吊故人没来由怅望四周，看到寒气深沉的寺院中飞起暮鸦阵阵。

西郊同人游眺兼有所吊 敦敏

秋色招人上古墩，西风瑟瑟敞平原。
遥山千叠白云径，清磬一声黄叶村。

野水渔航闻弄笛，竹篱茅肆坐开樽。
小园忍泪重回首，斜日荒烟冷墓门。

敦敏此诗未见于《懋斋诗钞》，是选入《熙朝雅颂集》得以保留，从内容上看，也是凭吊曹雪芹无疑。从远山、清磐、野水、茅肆、小园等景物描写，都符合之前敦氏兄弟赠曹雪芹诸诗中黄叶村景物的特点。“斜日荒烟冷墓门”的凄凉，与之前敦诚挽诗中“山阳残笛不堪闻”“宿草寒烟对落曛”等语暗合，斗转星移、物是人非，回首往昔，友人曹雪芹在黄叶村开樽饮酒、野航弄笛的旧事已随秋风远逝，被泪水模糊的双眼看到的是古墩平原上的叠山白云，听到瑟瑟秋声不尽。

怀曹芹溪 张宜泉

似历三秋阔，同君一别时。
怀人空有梦，见面尚无期。
扫径张筵久，封书畀雁迟。
何当常聚会，促膝话新诗。

张宜泉，曹雪芹居北京西郊时的好友，一生穷愁潦倒，终身无功名，但与曹雪芹交往甚密，意气相投，著有《春柳堂诗稿》。此诗作于曹雪芹生前，从内容看，张宜泉似与友人曹雪芹分别很久，但见面遥遥无期，自己蓬门扫径，期待相聚重逢的时刻，但曹雪芹迟迟未来书信告知相见的确切时间，所以诗人渴盼何时聚首，促膝聊话新诗。

和曹雪芹《西郊信步憩废寺》原韵 张宜泉

君诗曾未等闲吟，破刹今游寄兴深。
碑暗定知含雨色，墙隤可见补云阴。
蝉鸣荒径遥相唤，蛩唱空厨近自寻。
寂寞西郊人到罕，有谁曳杖过烟林。

这是首唱和诗，概写于乾隆二十六年辛巳（1761），曹雪芹之前写了首《西郊信步憩废寺》诗，张宜泉和了同韵的一首，可见两人当时同在西郊游玩，在一所荒废的寺庙小憩而留诗纪念，不过曹雪芹的诗已佚。在和诗中，张宜泉说好友曹雪芹一般平常情况下不吟诗，不过今日来到一所破旧的古刹反而诗兴大发，以诗寄情。出游的当天见这所古庙碑文暗淡，墙垣颓圮，似乎阴云密布，天要下雨。蝉声在荒径上此起彼伏，蟋蟀在废寺的空厨内遥相呼伴，所居西郊偏僻寂寞，人迹罕至，没有看到有谁拄杖经过这片如烟迷茫的树林。

题芹溪居士 张宜泉

姓曹名霑，字梦阮，号芹溪居士，其人工诗善画。

爱将笔墨逞风流，庐结西郊别样幽。
门外山川供绘画，堂前花鸟入吟讴。
羹调未羡青莲宠，苑召难忘立本羞。

借问古来谁得似，野心应被白云留。

约在乾隆二十七年壬午（1762）三月，张宜泉为好友写下的这首诗是曹雪芹的形象小传，在短短的几行诗中，曹雪芹的性格特点、笔墨才华呼之欲出。在题序中点明曹雪芹工诗善画，是文学诗歌和绘画的艺术家，平时喜欢舞文弄墨，在朋友圈中以字画怡情，借风流交友。西郊风景别有天地，推门而望，山川相缪入画中，堂前屋后山花烂漫、百鸟争鸣，可以吟诗作歌。山居村野，自由逍遥，不用羡慕李白因诗才飘逸受到皇帝的宠信，也不用仰慕阎立本为皇帝辛苦作画不得洒脱心生惭愧。古往今来还有谁能像好友曹雪芹一样，山野之心已经被白云留住了，倾情一生，过着闲云野鹤般的生活，与世无争，无拘无束。

伤芹溪居士　张宜泉

其人素性放达，好饮，又善诗画，年未五旬而卒。

谢草池边晓露香，怀人不见泪成行。
北风图冷魂难返，白雪歌残梦正长。
琴裹坏囊声漠漠，剑横破匣影铓铓。
多情再问藏修地，翠叠空山晚照凉。

从题目上看，这首诗应该写于曹雪芹卒后，友人不到五十而亡，在古人眼里年未过半百，十分惋惜。诗首句把曹雪芹的诗才同南北朝诗人谢灵运相比，因为谢灵运有“池塘生春草”的名句，所以“谢草池边”指意曹雪芹。故人不见，泪落两行，曹雪芹善画，可是图画犹在人不在，文章如阳春白雪，似作品《红楼梦》佚失的未补，成不完整的梦永久遗憾。诗章不继，犹琴声不响声音静寂，破匣里的剑依然刀光逼人，对友人情深意长，想再去寻访其专心读书写书之地，只见青山横翠，绿水悠长，空山里日落晚照唯有凉意袭人。

因墨香得观《红楼梦》小说吊雪芹三绝句 永忠

传神文笔足千秋，不是情人不泪流。可恨同时不相识，几回掩卷哭曹侯。

颦颦宝玉两情痴，儿女闺房语笑私。三寸柔毫能写尽，欲呼才鬼一中之。

都来眼底复心头，辛苦才人用意搜。混沌一时七窍凿，争教天不赋穷愁。

永忠（1735—1793），爱新觉罗·永忠，字良辅，又字敬轩，号臞仙、蕖仙，清宗室诗人，康熙第十四子胤禵的孙子，多罗贝勒弘明的儿子。胤禵在与胤祯（即雍正）的政治斗争中失败，遭雍正禁锢，到乾隆时才被释放。弘明也终身不得一职，他给几个儿子每人一套棕衣、帽、拂，意思是让他们远离名利、保全身首。永忠体会到父亲的用意，自号栟榈道人，虽做过宗学总管等职，但人生观接近佛家。其本人能诗工书善画，与敦氏兄弟很熟，但未结识曹雪芹，著有《延芬室集》。永忠因为墨香而有机会读到当时在曹雪芹少数亲友中私下传阅的《红楼梦》一书，写下此诗，而那时曹雪芹已经去世。墨香（1743—1790），名赫尔赫宜，是敦氏兄弟的叔父，乾隆的侍卫。

这三首诗约写于乾隆三十三年戊子，从永忠写的诗题来看，当时传阅的小说已叫《红楼梦》而不是《石头记》，首句永忠就赞颂曹雪芹的文笔传神，《红楼梦》当为千秋传诵之作，凡多情之人看了都会为之动情流泪，只恨自己当时与曹雪芹不相识，好几次看了书之后，想到自己家族的兴衰荣辱，似有切身体会，不免掩卷为曹雪芹而哭，也为自己而哭。

从小说的内容上看，写的是宝黛两位痴于儿女之情所发生的故事，仿佛闻见闺房的欢声笑语，其实作者曹雪芹是用三寸毫笔写尽人世沧桑，真想把他叫来和自己痛饮一番。自己的身世遭遇，对往事的追忆历历在目、涌上心头，这是小说的创作者辛苦搜集素材、潜心构思才能取得的艺术效果，古时中央帝混沌没有七窍，后来一天凿一窍，七天凿成，变得非常聪明，混沌也就死了，而像曹雪芹这么绝顶聪明的人，怎么不穷愁而死呢？

从曹雪芹好友留下与其交往的诗歌和挽诗来看，在友人眼中，曹雪芹诗歌创作的能力堪比曹植、谢灵运、李贺、李白，绘画能力让人联想到唐代著名画家阎立本，在村居的十年，友人除了一句“不如著书黄叶村”之外，无人在他生前具体提及《红楼梦》一书，“不如著书”一句模棱两可，让红学研究者好奇《红楼梦》具体的成书地点之谜，只有永忠在他逝后才有机会看过并且写下诗赞。

与曹雪芹交往的大多数清代宗室诗人，他们能诗善画，相互之间志趣相投，常常互访相聚，饮酒为乐，曹雪芹虽穷困潦倒，但才华过人、豪气冲天、豁达爽朗、秉直旷达，与朋友谈笑风生、令人敬仰，只是苦寒年华，英才早逝，令人唏嘘哀叹、扼腕痛惜。

而曹雪芹在《红楼梦》小说中所创作的诗歌，无疑是可以代表清代诗歌创作所达到的巅峰水平，他在小说中表现的诗、词、曲、辞赋、歌谣、诔、偈语、联额、灯谜、酒令、骈文、拟古文等等，都是以诗歌作为源头进行加工创作而成。他对诗歌体裁驾轻就熟地进行运用，出现五绝、七绝、五律、七律、排律、歌行、骚体等类型；从内容上看，有咏怀诗、咏物诗、怀古诗、即事诗、即景诗、谜语诗等；从创作特点上看，有限题的、限韵的、限诗体的，有同题分咏的、分题合咏的，有应制体、联句体等，形式丰富，众体齐备。

《红楼梦》诗歌是曹雪芹对我国古典文学诗歌表现艺术的一次回顾和总结，也是对诗歌各种表现形式的创作尝试，是小说的有机组成部分，“文之不尽，诗以言之”，在推动小说故事情节的发展方面起到了重要的作用。

《红楼梦》诗歌代表清代诗歌的集成与革新。在清代三百年左右的时间里，诗歌并没有走向衰亡，而是爆发出了前所未有的潜能，人们之所以忽略清代诗歌，是因为随着时代的发展，文学领域的拓宽，各种文学体裁如戏曲、小说等新兴文学样式以更大容量的文字信息占据了人们的视野，吸引了广大观众和读者的兴趣，而传统的诗歌承载的信息量已远远不能满足文化生活的需求，不知不觉被别的文学样式代替，但是诗歌创作条件不受限制的便捷，又使这种文学体裁不断焕发出创新的活力。

在清代，诗歌数量在总量上远远超过之前任何一个时代，清人自编诗集在两万种以上，其余收入各种诗歌总集、选集、唱和集以及地方志、族谱里的作者总括起来，估计约十万家以上，这个数字是唐人的十余倍、宋人的三至四倍，也是现在所知的元代诗人和明代诗人的六至七倍。

不仅数量上超越，在诗歌质量上也达到了第三个高峰。清代诗歌创作已经融入了自己的时代，进入清人精神生活的深处，与时代的脉搏一起跳动，诗歌作为传统文学样式已经达到了高度的成熟，并在此基础之上对前代有所继承和超越，似古人又不尽如古人的整合式集成，展现了清代诗歌的独特面貌。

继承之处是清代复古派诗人喜欢唐诗“幽远”和宋诗“瘦劲”相结合，在诗歌表现意境和反映生活方面沿袭传统的创作方法，超越之处是清代出现了声势浩大、掩映一时的袁枚倡导的性灵诗潮，推崇诗歌书写自我的性情。袁枚声称：“须知有性情，便有格律，格律不在性情之外。《三百篇》半是劳人思妇率意而言情之事，谁为之格？谁为之律？”性灵派的崛起为清代诗歌开辟了不同的审美理想。

曹雪芹作为康乾盛世之人，一方面为封建社会百态构建了一个庞大的小说框架，另一方面在小说文学样式中融合了多种诗歌表达方式，那些不是“赞赋闲文”的诗歌很多是“诗谶”，即谶语式表现方法，也有“按头制帽，诗即其人”的个性表达，更多诗歌是当时时代文化精神的体现和反映。

清代统治阶级文化精神生活很多体现在《红楼梦》的诗词歌赋活动中，不过只是从朝廷上移到闺阁内，曹雪芹通过大观园儿女吟诗作画来表达当时的文化娱乐生活，所谓的“闺阁诗章”也是朝廷诗章的反映。清代诗歌学派林立，诗歌代表人物名系大家，如顾炎武、黄宗羲、钱谦益、王士祯、朱彝尊、陈维崧、沈德潜、袁枚、郑燮等，这些诗歌代表人物及其提倡的学派诗风给曹雪芹造成了深刻的影响。宗唐论、宗宋论等诗歌创作讨论此起彼伏，各地诗群、诸家诸派阵营罗列，诗坛格局变换多样，在复兴和崛起的清代诗歌文化环境中，曹雪芹担负起了集大成的创作旗手，为回避清朝“文字狱”的垄杀，以含蓄隐晦的诗歌语言、以小说中的人物故事构建他的文学理想和文学信念，表达对个人在封建社会中遭遇到的坎坷命运的种种看法。醉眼看醒世，诗酒笑人生。

小说借元妃省亲暗指康熙乾隆南巡之盛况，元春归省大观园众儿女奉命赋诗创作应制诗，符合当时朝代君臣唱和诗的风潮。大观园元妃省亲创作出来的诗篇，其实是清代对两宋以来曲宴赋诗制度的延续和发展，是朝廷社会制度风气的体现。

宋太祖重用文吏而夺取武臣之权，是为改变五代以来君为臣制的政治弊端，但是不经意间却造就了宋代繁荣的文化发展，其中曲宴赋诗制度就是宋初皇帝对文人施以恩宠的重要制度和手段。在赏花钓鱼宴中，上赋诗，从臣皆赋，即皇帝作诗，臣子依照官阶附和作诗，要不皇帝出题，群臣写作，曲宴赋诗制度成为颂美政治、表达忠心、对知识阶层尊重、君臣和乐的重要礼仪活动。

大观园众儿女结社作诗也是清代宗室文人旗人子弟吟咏唱酬联句成风的社会风气反映。因为君臣上下疏通也造成了馆阁唱和风气，促进了诗人雅集赋诗风尚的形成。大观园儿女组建诗社、定题赛诗活动也是当时文人之间交流情感、切磋技艺的文化生活反映，群体作诗，相互之间品评，大观园诗歌文化繁荣异常；同时曹雪芹还加入了酒令、谜语等时人喜闻乐见的趣味诗歌形式，把民间的文化习俗和传统通过诗歌的元素加以发挥，更加丰富了小说的文化内涵。

大观园拟句留题、勒石刻字更是“康乾风气”的反映，匾额对联是古建筑的一部分，是辞赋诗文、书法篆刻、建筑艺术融为一体的我国独特的民俗文化精品，在清代达到了鼎盛。清代的三位皇帝康熙、雍正、乾隆书法最好，他们亲题的碑牌匾更是遍布各地名胜古迹，由此引起的题匾风潮涉遍全国。小说中描写元妃在省亲前，贾政带着宝玉和众清客先拟题匾额和拟对联，元妃在归省后修改并正式留题，然后贾政叫工匠在石上匾上勒石刻字以作皇家园林大观园一道诗文并茂、皇恩浩荡的文化景观。

曹雪芹在小说中多处使用对联，前八十回概有近三十副对联，最经典的七副对联为太虚幻境联“假作真时真亦假，无为有处有还无”、智通寺门联“身后有余忘缩手，眼前无路想回头”、宁府上房联“世事洞明皆学问，人情练达即文章”、秦氏卧房题画联“嫩寒锁梦因春冷，芳气笼人是酒香”、沁芳亭联“绕堤柳借三篙翠，隔岸花分一脉香”、容禧堂联“座上珠玑昭日月，堂前黼黻焕烟霞”、潇湘馆联“宝鼎茶闲烟尚绿，幽窗棋罢指犹凉”，这些对联有的是门帘，有的是楹联、画联等，语言对仗、意境优美、含义深刻，在小说中造成突出、醒目的审美效果。

当然，在《红楼梦》诗词的创作中，还有很多诗句里的佳联也是经过精心的锤炼，而清代文人工于佳联的打造是一种风行，有的作品中佳联成为一道令人瞩目的艺术风景，如清初“宣城体”诗人施闰章就有喜好推敲佳联的习惯，不仅对仗工整，声调铿锵，色彩明丽，画面感很强，而曹雪芹诗句的佳构方面做得尤为突出。

中国古典诗歌艺术到了清代，创作数量和质量达到了空前的顶峰，而清代诗人对于诗歌的创作观提出种种不同的主张，尤其在宗唐和宗宋方面的争论比较激烈，有大部分诗人把唐代诗歌作为自己的效法对象，学习杜甫的作家尤多，也有的师法苏轼、兼尚黄庭坚，用意深微、力追险涩，有的四、五言诗侧重学习魏晋、师法陶渊明，陶渊明的语言质朴、敦实，不事雕琢也是清人模仿的对象。

而清代的叶燮则全面地阐述了诗歌的继承和创新问题，他指出了诗歌在创作上的盛衰交替是一种历史运行的规则，不断地在发生变化，诗歌的历史就好像江河一样，一路奔腾，不会停止于一处，所以他强调诗歌创作的超越性，立足当前、鼓励探索、提倡创新。他本人的创作便是“意必钩元，语必独造，宁不谐俗，不肯随俗，戛戛于诸名家中，能拔戟自成一队者”，叶燮兼顾继承和创新的诗学观为清诗艺术水平的提升奠定了良好的基础。

《红楼梦》作者曹雪芹借大观园众儿女诗歌创作活动，相互进行诗歌高下品评，诗歌学习创作谈论的刻画描写，既体现了小说人物的聪明才智和博识广闻，一定程度上也反映了清代文人诗歌创作鉴赏主流的一种现实情况，更是作者本人在诗歌创作方面积累的理论和实践经验系统完整的表述。

曹雪芹写诗是为人物服务的，这点在小说中表现得非常突出，不同人物性格写不同的诗歌，根据故事情节的发展安排诗歌的出现也是非常巧妙的，此外，有关诗歌创作观点的表达也是俯拾即是。

第十七回“大观园试才题对额”中，曹雪芹借贾宝玉和众清客之口提出“编新不如述旧”“只要套得妙”的观点。原文为：

“尝闻古人有云：‘编新不如述旧，刻古终胜雕今。’况此处并非主山正景，原无可题之处，不过是探景一进步耳。莫若直书‘曲径通幽处’这句旧诗在上，倒还大方气派。”（宝玉）

……

“这是套的‘书成蕉叶文犹绿’，不足为奇。”（贾政）

众客道：“李太白‘凤凰台’之作，全套‘黄鹤楼’，只要套得妙。如今细评起来，方才这一联，竟比‘书成蕉叶’犹觉幽娴活泼。视‘书成’之句，竟似套此而来。”（众清客）

曹雪芹并不是认为述旧一定比创新好，但是在有些情况下，如没有诗歌创作的灵感，或者勉强题些不切实际的诗句，还不如沿用旧诗，既得古诗中意境与现实景色相符的和谐之趣，又会赞留题人熟悉古诗进而巧用的雅致之情。

套用前人诗歌也是诗歌创作的方法，但是要套得妙就很难做到，宝玉题蘅芜苑一联“吟成豆蔻才犹艳，睡足荼蘼梦也香”早已超出了前人“书成蕉叶文犹绿”的诗歌意境，这种超越是意境的开拓和创新，唐代的李白就有仿崔颢《黄鹤楼》而作《登金陵凤凰台》，一样成为传世之作，曹雪芹诗歌创作沿用古人又不拘泥于古人的灵动得体由此可见。

第三十七回和第三十八回，曹雪芹借宝钗、宝玉的话提出“不过是寄兴写情”“忌过于新巧求生”“不喜限韵”的观点。原文为：

“不过是白海棠，又何必定要见了才作。古人的诗赋，也不过都是寄兴写情耳。若都是等见了作，如今也没这些诗了。”（宝钗）

“诗题也不要过于新巧了。你看古人诗中那些刁钻古怪的题目和那极险的韵了，若题过于新巧，韵过于险，再不得有好诗，终是小家气。诗固然怕说熟话，更不可过于求生，只要头一件立意清新，自然措词就不俗了。”（宝钗）

“我平生最不喜限韵的，分明有好诗，何苦为韵所缚。咱们别学那小家派，只出题不拘韵。原为大家偶得了好句取乐，并不为此而难人。”（宝钗）

“我也最不喜限韵。”（宝玉）

宝钗在秋爽斋论作诗谈到了“寄兴写情”，这对于不怎么会作诗的贾迎春来说，就不是入门级的水平了，而是写诗的更高一层境界，即咏物诗不能囿于所见事物的形体，要发挥想象，体现所咏之物的精神，这句话虽然说得容易，但是没有作诗的修养是做不到的。秋爽斋咏白海棠诗是同题分咏，黛玉、宝钗、探春、宝玉、湘云等人构思独特，佳句迭出，最后诗赛结果揭晓，相互品评，不亦乐乎，最后成立海棠诗社，大观园众儿女的文学社团活动自此拉开帷幕。

宝钗论述好诗在于题目要新巧，但不可为了刻意追求新巧，而让人难以理解，或者在诗句中用一些“窄韵”“险韵”，就更不能讨好读者了。在用韵方面，某一韵部所属的字多或常用字较多，因而选择的余地较大，叫宽韵；反之，选择余地较小的叫窄韵，特别窄的就是险韵。用韵方面追求奇险，有卖弄作诗技巧之嫌，对诗歌本身重立意而言属于多余之举，不值得提倡。

古人在作诗的时候，有时会限韵，就像出题考试限制规定用什么韵，这在一定程度上也堵塞了思路，不能根据立意而自主选择用韵，所以宝钗和宝玉都说不喜欢限韵，因为诗社活动的目的是自由抒发各人的性情，又不是应付考试，也不是为了为难作诗之人，所以限韵就显得没有必要。

第三十八回“林潇湘魁夺菊花诗，薛蘅芜讽和螃蟹咏”，曹雪芹通过黛玉、李纨的对话，黛玉、探春、宝钗、湘云和众人的相互评赏，对作诗的“巧”“背面傅粉”“烘染”“切题形容”“小题目要寓大意”等技巧进行了探讨。原文为：

“我那首也不好，到底伤于纤巧些。”（黛玉）

“巧的却好，不露堆砌生硬。”（李纨）

“据我看来，头一句好的是‘圃冷斜阳忆旧游’，这句背面傅粉。‘抛书人对一枝秋’已经妙绝，将供菊说完，没处再说，故翻回来想到未折未供之先，意思深透。”（黛玉）

"到底要算蘅芜君沉着，'秋无迹'，'梦有知'，把个忆字竟烘染出来了。"（探春）

"你的'短鬓冷沾'，'葛巾香染'，也就把簪菊形容的一个缝儿也没了。"（宝钗）

"'偕谁隐'，'为底迟'，真个把个菊花问的无言可对。"（湘云）

"你的'科头坐'，'抱膝吟'，竟一时也不能别开，菊花有知，也必腻烦了。"（李纨）

这是食螃蟹绝唱，这些小题目，原要寓大意才算是大才，只是讽刺世人太毒了些。（众人）

当黛玉在菊花诗赛中夺得头魁的时候，黛玉自谦地说自己的诗有些纤巧的伤感之意，但是李纨却肯定了此次黛玉伤得巧、伤得好，就是在感情的处理上没有过多想表达悲伤的痕迹，而是自然而然地流露出细微的伤痕，在作诗时对思想感情的处理是有控制的发挥，恰到好处，所以巧也要巧得有技巧，故作姿态就不好了。

背面傅粉又称背面铺粉，本是绘画的一种特殊技术处理方法，在作画的绢的背面上涂一层铅粉，然后再作画，从而把正面的画迹衬托得更加清晰、鲜明。从写作方法上来讲，是指不用全力对作品所描写的事物作正面的刻画，而是着力去写与其特征相反或相对的事物，互相映衬对照，使这一事物的特征鲜明突出。

湘云在菊花诗赛中因《供菊》一首获得黛玉的好评，湘云是先从正面描写供菊的场景，“弹琴酌酒”“几案婷婷”的环境描写，然后供菊人“抛书人对一枝秋”，抛开书卷独自欣赏菊花透露出来的一丝秋意；在颈联处，湘云写“霜清纸帐来新梦，圃冷斜阳忆旧游”，突然语义一翻转，从眼前的菊花勾起往事的回忆，深秋斜阳里与友人一道携手同游的画面仿佛来到如今的梦中，那么通过咏菊来思念友人的感情就表达出来了，在作诗的表达技巧上就是“背面傅粉”。

烘染，原指国画设色的技法，用水墨或色彩涂抹画面，使阴阳相衬，浓淡得宜。王颂余《中国画技法述要·染法》：“烘染是一支蘸有墨或色的笔，涂在需要浓重的部分，随以另一支含着清水的笔，向需要浅的部分润开，使这块墨或色随笔的走向由深而浅，逐渐消失，或与另外颜色相融接。”在写作技法上，烘染是衬托渲染的意思。

宝钗的《忆菊》在菊花诗赛中也是得到好评的诗歌，探春赞她沉着，因为律诗的要求是句句不离题目，但是也不要句句生硬地去点题，能不靠正面的直说，用烘染之笔显得尤为重要。宝钗的每一句都是“忆”，菊花代表秋天的来临，菊花的凋零寓意着秋天的逝去，“空篱旧圃秋无迹，瘦月清霜梦有知”，“秋无迹”“梦有知”，通过寻找秋迹、梦中感知清霜降临，都是在表达对菊花的回忆，这就是烘染之妙笔。

《红楼梦》菊花诗会是一场赛诗的空前盛会，同一个吟咏对象菊花，在每一个人的眼里都有不同的角度，宝钗和湘云出的题也是新颖别致，得到大家一致的喜欢，探春写了《簪菊》、黛玉写了《问菊》、湘云写了《对菊》，里面的措辞造句非常切题，宝钗、湘云、李纨分别就切题的好句进行了夸赞。既然是把菊花簪在头上，那么就会写到“短鬓冷沾”，然后葛巾也因为头上簪了菊而染上了一股香气；问菊是与菊花进行对话，黛玉问菊花“孤标傲世”，将要和谁一起归隐，又问菊花为什么在众花凋零之后的秋天才开，是为谁迟迟开放；对菊是对着菊花欣赏，“科头”是不戴帽子的随意，“抱膝”是闲散和从容地与菊花相对而坐。这些句子在立意、构句和用字上，都非常讲究切题，也就是现在常说的写作点题之法。

说到食螃蟹绝唱，有必要赏析宝玉、黛玉、宝钗写的螃蟹诗。《螃蟹咏》是《菊花诗》的余音，在赛完菊花诗后，众人吃蟹赏桂花，宝玉先吟一首，问谁还敢作。黛玉笑他“这样的诗，要一百首也有”，就随手写了一首，但接着就撕了。宝钗也写了一首，得到众人的称赞，宝玉看了说他的那首也该烧了。

螃蟹咏　其一　宝玉

持螯更喜桂阴凉，泼醋擂姜兴欲狂。
饕餮王孙应有酒，横行公子却无肠。
脐间积冷馋忘忌，指上沾腥洗尚香。
原为世人美口腹，坡仙曾笑一生忙。

螃蟹咏　其二　黛玉

铁甲长戈死未忘，堆盘色相喜先尝。
螯封嫩玉双双满，壳凸红脂块块香。
多肉更怜卿八足，助情谁劝我千觞。
对斯佳品酬佳节，桂拂清风菊带霜。

螃蟹咏　其三　宝钗

桂霭桐阴坐举觞，长安涎口盼重阳。
眼前道路无经纬，皮里春秋空黑黄。
酒未敌腥还用菊，性防积冷定须姜。
于今落釜成何益，月浦空馀禾黍香。

宝玉的诗写吃蟹的喜悦在于边吃边赏桂花，用蟹蘸着醋和姜，然后还做下酒菜，宝玉称螃蟹“横行公子”非常形象，蟹虽性寒但美味诱人，也就忘了忌口放量多吃，手上沾满腥香，螃蟹就是用来美世人口福，由此想到苏东坡曾嘲笑自己一生只为口腹而忙，到老了还事业无成。

黛玉把螃蟹比作“铁甲长戈”的战士威武十足，煮了之后堆在盘里颜色好看，蟹满膏香，酬节佳品，在清风拂来桂花香气、菊花带霜的秋季，要是饮酒助兴更是会千杯下肚，兴致盎然。

宝钗螃蟹咏的寓意较之宝玉、黛玉要深，“眼前道路无经纬，皮里春秋空黑黄”是以螃蟹讽刺横行霸道、满腹心机的小人，这就是小题目大寓意的表现，“只是讽刺世人太毒了些！”众人的评价认为宝钗也算温柔敦厚之人，教养良好，但是此诗口露锋芒，犀利辛辣，与平时平和宽容的为人相距甚远。众人一边赞赏作诗能够寓含深意，一边也对宝钗敢伤时骂世的大胆表现表示惊叹。

第四十八回和第四十九回，讲黛玉教香菱学作诗，在理论和实践的教学中，黛玉的诗作观屡屡呈现，也是作者曹雪芹在诗歌创作时的经验体会，在第四十八回中，黛玉相当于专业的写诗人，提出了很多专业的观点，如“格律何难”“不以词害意”“盛唐三大家诗作底子”“诗之三昧”“创作过程论”等。原文为：

“什么难事，也值得去学！不过是起承转合，当中承转是两副对子，平声对仄声，虚的对实的，实的对虚的，若是果有了奇句，连平仄虚实不对都使得的。”（黛玉）

“怪道我常弄一本旧诗偷空儿看一两首，又有对的极工的，又有不对的，又听见说‘一三五不论，二四六分明’。看古人的诗上亦有顺的，亦有二四六上错了的，所以天天疑惑。如今听你一说，原来这些格调规矩竟是末事，只要词句新奇为上。”（香菱）

“词句究竟还是末事，第一立意要紧。若意趣真了，连词句不用修饰，自是好的，这叫做‘不以词害意’。”（黛玉）

“我只爱陆放翁的诗‘重帘不卷留香久，古砚微凹聚墨多’，说的真有趣！”（香菱）

“断不可看这样的诗。你们因不知诗，所以见了这浅近的就爱，一入了这个格局，再学不出来的。你只听我说，你若真心要学，我这里有《王摩诘全集》，你且把他的五言律读一百首，细心揣摩透熟了，然后再读一二百首老杜的七言律，次再李青莲的七言绝句读一二百首。肚子里先有了这三个人作了底子，然后再把陶渊明、应玚、谢、阮、庾、鲍等人的一看。你又是一个极聪敏伶俐的人，不用一年的工夫，不愁不是诗翁了。”（黛玉）

“据我看来，诗的好处，有口里说不出来的意思，想去却是逼真的。有似乎无理的，想去竟是有理有情的。”“我看他《塞上》一首，那一联云：‘大漠孤烟直，长河落日圆。’想来烟如何直？日自然是圆的。这‘直’字似无理，‘圆’字似太俗。合上书一想，倒像是见了这景的。若说再找两个字换这两个，竟再找不出两个字来。再还有‘日落江湖白，潮来天地青’，这‘白’‘青’两个字也似无理。想来，必得这两个字才形容得尽，念在嘴里倒像有几千斤重的一个橄榄。还有‘渡头馀落日，墟里上孤烟’，这‘馀’字和‘上’字，难为他怎么想来！我们那年上京来，那日下晚便湾住船，岸上又没有人，只有几棵树，远远的几家人家作晚饭，那个烟竟是碧青，连云直上。谁知我昨日晚上读了这两句，倒像我又到了那

个地方去了。”（香菱）

“既是这样，也不用看诗，会心处不在多，听你说了这两句，可知‘三昧’你已得了。”（宝玉）

“你说他这‘上孤烟’好，你还不知他这一句还是套了前人来的。我给你这一句瞧瞧，更比这个淡而现成。”（黛玉）

“原来‘上’字是从‘依依’两个字上化出来的。”（香菱）

“月挂中天夜色寒”一首

“意思却有，只是措词不雅。皆因你看的诗少，被他缚住了。把这首丢开，再作一首，只管放开胆子去作。”（黛玉）

“非银非水映窗寒”一首

“自然算难为他了，只是还不好。这一首过于穿凿了，还得另作。”（黛玉）

“不像吟月了，月字底下添一个‘色’字倒还使得。你看句句倒是月色。这也罢了，原来诗从胡说来，再迟几天就好了。”（宝钗）

“精华欲掩料应难”一首

“这首不但好，而且新巧有意趣。可知俗语说‘天下无难事，只怕有心人’。社里一定请你了。”（众人）

作诗讲究格律，黛玉向香菱讲解了律诗的规则，就是起承转合的四联四个阶段，平仄对仗的规定用法，不过掌握了写诗的普遍结构，也可以熟能生巧，创作出一些奇句来，冲破写诗的藩篱也未为不可。

格律诗就是因为太严整，创作过程中因为对仗而用字，反而伤了诗意，这是令人遗憾的，所以黛玉提倡立意要紧，在立意新颖的前提下，不必太遵循词句的平仄按律使用。

在黛玉看来，写诗是要有丰厚的底子和积淀才可以进行创作，而学习的范本应该是盛唐的王维、杜甫、李白三家诗作，还有魏晋南北朝诗人陶渊明、谢灵运、阮籍、庾信、鲍照等。如宋代严羽《沧浪诗话》中所说："夫学诗者以识为主，入门须正，立志须高，以汉、魏、晋、盛唐为师，不作开元、天宝以下人物……学其上，仅得其中；学其中，斯为下矣。"就是学诗要正确选择所学的对象，眼光要高，选对了，诗才能写得好，在这里曹雪芹尤为推崇魏晋南北朝和盛唐的诗人。

"三昧"一词本是佛家语，沿用指事物的要诀和精义。宝玉说香菱得了诗之三昧，意思是领悟了写诗的要旨，香菱原来一直不清楚诗的用词看上去似乎不确切，但是合上眼又觉得很形象是怎么回事，经常不得要领，黛玉说那就是诗歌的"一字而境界全出""诗有别趣，非关理也"的道理，诗的词句不能用像不像或对不对去分析，不能用纯粹的逻辑思维角度去看，而是要形象地去想象，要有敏锐的艺术感觉，感觉对了，境界也就体会到了。

在诗歌创作的过程中，香菱是苦学苦练，每写出一首，黛玉加以指点，香菱越写越好，终于得到了大家的认可。这个过程就是要多读诗，俗谚“熟读唐诗三百首，不会吟诗也会吟”就是这个道理；第二就是放胆去写，不要怕失败，也不要受前人的束缚，要自己创新，也有出息；第三要切题，但不能“过于穿凿”，即句句明显地露出点题痕迹，如果用一些烘染的方法就更好，最后要寄兴写情，有自己的意趣和感情，那么有心人终会学有所成。

第七十回“林黛玉重建桃花社”，黛玉以一首《桃花行》诗惹得大观园诗社又重新活跃起来，改名为桃花社，而这首诗宝玉看了之后偷偷拭泪，宝琴笑着问他诗是谁作的，宝玉说肯定是潇湘妃子，而宝琴就拿杜甫不同风格的诗类比，说不一定是黛玉写的，曹雪芹借此说明同一诗人写诗也是有不同风格，但是小说里宝玉断不肯相信是宝琴所作，因为宝钗是不允许宝琴作感伤之诗的。原文为：

> “难道杜工部首首只作‘丛菊两开他日泪’之句不成！一般的也有‘红绽雨肥梅’‘水荇牵风翠带长’之媚语。”（宝琴）

后人在讲到杜甫诗风的时候，多用“沉郁顿挫”一词，但这是片面的理解，大家之诗，往往风格多样，并非只是单一的格调和意境。“丛菊两开他日泪”出自《秋兴》八首之一，是杜甫晚年为逃避战乱寄居夔州，飘零在外，心系故园之情；“红绽雨肥梅”是《陪郑广文游何将军山林》十首之五，写杜甫与广文馆博士郑虔同游何将军山林的情景和感受，见到雨催肥了红梅，朵朵绽开的山林景物，喜逢豪饮的情怀。“水荇牵风翠带长”出自《曲江对雨》，通过“水荇牵风”的美景勾画出一幅美丽的曲江春雨图，这些不同风格的诗让人体会到大诗人的风格多变。

第七十六回“凹晶馆联诗悲寂寞”，从来不作诗的妙玉在听完黛玉和湘云的联诗之后，对诗歌创作提出了一些自己的观点，曹雪芹借此表达对联诗、闺阁诗的一些看法。原文为：

> “诗多韵险，也要铺陈些才是。纵有好的，且留在后头。”（湘云）
>
> “好诗，好诗，果然太悲凉了。不必再往下联，若底下只这样去，反不显这两句了，倒觉得堆砌牵强。”（妙玉）
>
> “如今收结，到底还该归到本来面目上去。若只管丢了真情真事且去搜奇捡怪，一则失了咱们的闺阁面目，二则也与题目无涉了。”（妙玉）

长诗不同于短诗，有好的句子尽量留在后头，不要早早地泄露了精华，这是写长诗需要考虑安排好句的技巧。当黛玉和湘玉的联句“寒塘渡鹤影，冷月葬诗魂”出来后，妙玉忙从后山中转身出来，打断了联诗，因为她认为，一篇长诗中的警句不要被无意地冲淡，如果一直悲凉下去，那么写得好的警句也就不凸显了，这个观点符合陆机《文赋》里所谓“立片言以居要，乃一篇之警策”的意思。

《右中秋夜大观园即景联句三十五韵》后十三韵是妙玉接联的，原因是妙玉觉得黛玉和湘云联的诗意太过于悲伤了，对于一首诗来讲，既然写中秋夜的大观园，就不要太伤感悲时，语意应该往好的带，诗歌的本来面目应该是反映真情真事，能够真情动人，而不是过于奇怪、走向极端，一是会失了闺阁面目，失去女子写诗的温柔敦雅；二则容易离题，与题目无关，也是写诗的大碍。

第七十八回“老学士闲征姽婳词，痴公子杜撰芙蓉诔”，贾政、众清客为以林四娘的故事为原型来创作诗歌进行了一番热闹的讨论谈话，贾政以家长的身份令宝玉、贾环、贾兰各作一首，众清客在旁附和点赞，曹雪芹根据宝玉的创作过程也透露出歌行体诗歌的写作方法，那就是“见题先度其体格”“长歌须词藻点缀”。原文为：

> “这个题目似不称近体，须得古体，或歌或行，长篇一首，方能恳切。”（宝玉）
>
> “我说他立意不同！每一题到手必先度其体格宜与不宜，这便是老手妙法。就如裁衣一般，未下剪时，须度其身量。这题目名曰《姽婳词》，且既有了序，此必是长篇歌行方合体的。或拟白乐天《长恨歌》，或拟温八叉《击

瓯歌》，或拟李长吉《会稽歌》，或拟咏古词，半叙半咏，流利飘逸，始能尽妙。”（众人）

“长歌也须得要些词藻点缀点缀，不然便觉萧索。”（宝玉）

宝玉在接到父亲要求写诗的命令后，先揣摩而不是马上落笔，想是用近体还是古体，因为听到父亲说有人已经写了序，他就想到了用古体来写，才能写出恳切的诗意。而一帮老先生们为了逢迎贾政，都夸宝玉这么做实在是老手妙法。

宝玉在写的时候有些磨蹭，因为林四娘的故事长而感人，所以宝玉没有直接叙事，而是用了漂亮的辞藻去修饰夸张，一开始被父亲嫌弃，认为诗句累赘而多余，但是宝玉说长歌要有词藻点缀，一是作为诗歌的修饰，二是为转折引出下文起到铺垫作用，不能忽省。宝玉的《姽婳词》正因为有了美词的夸饰和曲折的叙述，得到了众清客的连声夸赞，也过了贾政这一关而如释重负。

《红楼梦》曹雪芹论诗的内容还有很多散落在各个章回，节选部分相对来说比较系统集中，也较能反映作者对诗歌创作的种种体会，其独特在于，作者赋予小说人物善于写诗的优点，而且还能头头是道说出一番道理来，这是人物刻画的精彩之处，也是作者诗歌研究精深、造诣高超的表现。

通过这些诗论，我们相信在曹雪芹的朋友把他的诗才与曹植、谢灵运、李贺、李白相比是无愧的，他的不拘一格、大胆创新的写诗理念在清代诗人中有一定的威望。当然，他的传世之作《红楼梦》也因为有了诗歌的装点而更加诗意浓厚，读者在品味诗歌寓意和意境的同时也加深了对小说的理解和领悟，这幅广阔的社会画卷因为有了诗，更加韵味深长。

参考文献：

1. 曹雪芹，无名氏. 红楼梦[M]. 人民文学出版社，2008.
2. 曹雪芹，高鹗. 红楼梦[M]. 喀什维吾尔文出版社，2002.
3. 孙逊，孙菊园. 红楼梦鉴赏词典[M]. 上海辞书出版社，2011.
4. 何士明. 红楼梦诗词鉴赏词典[M]. 上海辞书出版社，2011.
5. 蔡义江. 红楼梦诗词歌赋全解[M]. 复旦大学出版社，2007.
6. 王培友. 宋诗品格与两宋文化生态[M]. 中国社会科学出版社，2015.
7. 王小舒. 中国诗歌通史（清代卷）[M]. 人民文学出版社，2012.
8. 苏缨，毛晓雯. 卿须怜我我怜卿[M]. 中国友谊出版公司，2010.